O CAVALEIRO
DE
RUBI

David Eddings

O CAVALEIRO DE RUBI

Livro Dois do *Elenium*

Tradução
Marcos Fernando de Barros Lima

ALEPH

O CAVALEIRO DE RUBI

TÍTULO ORIGINAL:
The Ruby Knight

PREPARAÇÃO DE TEXTO:
Opus Editorial

REVISÃO:
Hebe Ester Lucas
Isadora Prospero
Entrelinhas Editorial

LETTERING DE CAPA:
Pedro Inoue

ILUSTRAÇÃO DE CAPA:
Marc Simonetti

MONTAGEM DE CAPA, PROJETO GRÁFICO E DIAGRAMAÇÃO:
Desenho Editorial

ADAPTAÇÃO DOS MAPAS:
L. M. Melite

DIREÇÃO EXECUTIVA:
Betty Fromer

DIREÇÃO EDITORIAL:
Adriano Fromer Piazzi

EDITORIAL:
Daniel Lameira
Mateus Duque Erthal
Katharina Cotrim
Bárbara Prince
Júlia Mendonça
Andréa Bergamaschi

COMUNICAÇÃO:
Luciana Fracchetta
Lucas Ferrer Alves
Pedro Barradas Fracchetta
Renata Assis

COMERCIAL:
Orlando Rafael Prado
Fernando Quinteiro
Lidiana Pessoa
Roberta Saraiva
Ligia Carla de Oliveira
Eduardo Cabelo
Stephanie Antunes

FINANCEIRO:
Rafael Martins
Roberta Martins
Sandro Hannes
Rogério Zanqueta

LOGÍSTICA:
Johnson Tazoe
Sergio Lima
William dos Santos

COPYRIGHT © DAVID EDDINGS, 1990
COPYRIGHT © EDITORA ALEPH, 2016
(EDIÇÃO EM LÍNGUA PORTUGUESA PARA O BRASIL)

TODOS OS DIREITOS RESERVADOS.
PROIBIDA A REPRODUÇÃO, NO TODO OU EM PARTE, ATRAVÉS DE QUAISQUER MEIOS.

EDITORA ALEPH
Rua Lisboa, 314
05413-000 – São Paulo – SP – Brasil
Tel.: (55 11) 3743-3202
www.editoraaleph.com.br

DADOS INTERNACIONAIS DE CATALOGAÇÃO NA PUBLICAÇÃO (CIP)
ANGÉLICA ILACQUA CRB-8/7057

Eddings, David
O cavaleiro de rubi / David Eddings ;
tradução de Marcos Fernando de Barros Lima. –
São Paulo : Aleph, 2015.
376 p. (Elenium ; 2)

ISBN 978-85-7657-287-9
Título original: The Ruby Knight

1. Ficção norte-americana 2. Fantasia I. Título

15-1145   CDD-813.5

ÍNDICES PARA CATÁLOGO SISTEMÁTICO:
1. Ficção norte-americana

Para o jovem Mike
"Coloque no carro".

E para Peggy
"O que aconteceu com os meus balões?".

Sumário

Prólogo 11
Parte 1 – Lago Randera . . . 19
Parte 2 – Ghasek 151
Parte 3 – A caverna do troll . . 259

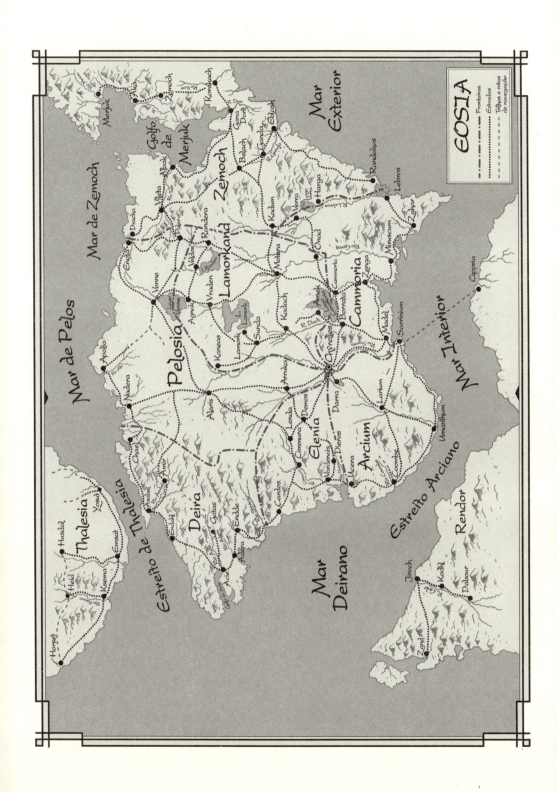

Prólogo

Uma História da Casa de Sparhawk
– Das Crônicas da Irmandade Pandion

Foi no 25º século que as hordas de Otha de Zemoch invadiram os reinos elenos de Eosia Ocidental e, com fogo e espada, varreram todos diante de si em sua marcha para o oeste. Otha parecia invencível até que suas forças foram confrontadas no grande e enevoado campo de batalha do Lago Randera pelos exércitos combinados dos reinos ocidentais e pelo poderio concentrado dos Cavaleiros da Igreja. Dizem que a batalha na porção central de Lamorkand durou semanas antes de os invasores zemochs serem finalmente rechaçados e fugirem pelas próprias fronteiras.

Assim, a vitória dos elenos estava completa, mas metade do efetivo dos Cavaleiros da Igreja jazia morta no campo de batalha, e os exércitos dos reis elenos contavam suas baixas em dezenas de milhares. Quando os sobreviventes vitoriosos, mas exaustos, retornaram às suas casas, encontraram um inimigo ainda mais severo: a fome, uma das consequências comuns das guerras.

A escassez de alimentos em Eosia durou gerações, ameaçando, por vezes, depopular o continente. A organização social começou a erodir, inevitavelmente, e o caos político imperou pelos reinos elenos. Barões ardilosos juravam lealdade a seus reis da boca para fora. Disputas particulares normalmente resultavam em pequenas, mas sangrentas guerras, e crimes cometidos à luz do dia eram frequentes. Essas condições gerais prevaleceram até os primeiros anos do século 27.

Foi nessa época tumultuosa que um acólito apareceu nos portões de nossa casa-mãe em Demos, expressando um desejo fervoroso de se tornar membro de nossa ordem. Quando seu treinamento começou, nosso preceptor logo percebeu que o jovem postulante, de nome Sparhawk, não era um homem comum. Ele rapidamente ultrapassou seus colegas noviços e derrotou até mesmo pandions experientes no campo de treinamento. Mas não eram apenas suas proezas físicas que o distinguiam, uma vez que seus dons intelectuais também eram consideráveis. Sua aptidão para os segredos de Styricum era o deleite de seu tutor em tais artes, e o idoso instrutor styrico guiou seu pupilo muito além dos limites normais ensinados aos cavaleiros pandions. O patriarca de Demos nutria o mesmo entusiasmo pelo intelecto do noviço, e, quando Sir Sparhawk ganhou seus estribos, também era competente nos meandros das discussões filosóficas e teológicas.

Na mesma época em que Sir Sparhawk foi nomeado cavaleiro, o jovem rei Antor ascendeu ao trono eleniano em Cimmura, e as vidas de ambos logo se entrelaçaram. O rei Antor era um rapaz impetuoso, até mesmo considerado tolo, e um surto de banditismo na fronteira norte de seu reino o irritou de tal maneira que o monarca abriu mão de quaisquer precauções e montou uma expedição punitiva àquela porção de seu reino com uma força preocupantemente inadequada. Quando essas notícias chegaram a Demos, o preceptor da Ordem Pandion ordenou que um contingente de reforço fosse despachado às pressas para auxiliar o rei, e entre os cavaleiros de tal grupo estava Sir Sparhawk.

Logo o rei Antor perdera terreno. Ainda que ninguém pudesse questionar sua bravura pessoal, a falta de experiência o levava com frequência a sérios equívocos táticos e estratégicos. Uma vez que ele desconhecia as alianças feitas entre os vários barões desonestos dos pântanos ao norte, o monarca costumava conduzir seus homens contra um deles, sem considerar a possibilidade de haver outro malfeitor vindo no auxílio de seu aliado. Dessa forma, as tropas do rei Antor, já gravemente superadas em número, sofriam perdas contínuas por conta de ataques-surpresa direcionados à retaguarda de seu exército. À medida que o monarca avançava cegamente adiante, os barões do norte assediavam alegre e repetidamente suas forças enquanto dizimavam suas reservas.

E essa era a situação quando Sparhawk e os outros cavaleiros pandions chegaram à zona de guerra. Os exércitos que estavam pressionando o jovem rei de forma tão violenta eram compostos em grande parte por uma ralé despreparada recrutada pelos grupos de bandidos locais. Os barões que os conduziam bateram em retirada para reavaliar a situação; apesar de ainda estarem em maioria, a reputação das habilidades dos pandions em um campo de batalha era algo a ser considerado. Alguns dos bandidos, impulsivos por conta de suas vitórias anteriores, pressionaram seus aliados a atacar, mas os mais velhos e mais sábios aconselharam cautela. Pode-se dizer com alguma certeza que um bom número dos barões, tanto os jovens quanto os anciães, percebeu que o caminho para o trono de Elenia estava aberto diante deles. Caso o rei

Antor caísse em batalha, sua coroa poderia facilmente se tornar propriedade de qualquer homem forte o suficiente para tomá-la de seus companheiros.

Os primeiros ataques dos barões contra as tropas combinadas dos pandions e do rei Antor foram experimentais, mais parecendo uma avaliação da força e determinação dos Cavaleiros da Igreja e de seus aliados. Quando se tornou evidente que a resposta era uma ampla postura defensiva, esses assaltos se tornaram mais sérios, até que chegaram a uma batalha acirrada não muito longe da fronteira com Pelosia. Assim que ficou nítido que os barões estavam utilizando todas as suas forças no combate, os pandions reagiram com sua costumeira ferocidade. A postura defensiva que haviam adotado durante as primeiras investidas claramente tinha sido apenas um estratagema com o objetivo de induzir os barões a partirem para um ataque total.

A batalha perdurou por grande parte de um dia primaveril. No final da tarde, quando a luz brilhante do sol inundou o campo, o rei Antor se separou das tropas que protegiam a casa real. Ele se viu sem cavalo e encurralado, então decidiu que seus inimigos pagariam um preço alto por sua vida. Foi nesse momento que Sir Sparhawk entrou em cena, abrindo caminho rapidamente até chegar ao lado do rei e, em um posicionamento tão velho quanto a própria história das guerras, os dois ficaram de costas um para o outro, mantendo seus oponentes a distância. A combinação da bravura obstinada de Antor com a habilidade de Sparhawk foi capaz de conter seus inimigos até que, por azar, a espada de Sparhawk se quebrou. Com gritos de triunfo, as forças que os cercavam investiram para matá-los. Isso se provou um erro fatal.

Apanhando uma lança de batalha (curta, mas de lâmina larga) do corpo de um oponente, Sparhawk dizimou fileiras das tropas que avançavam em sua direção. O ápice do combate se deu quando um barão de rosto moreno que estava liderando o ataque investiu para abater o já muito ferido Antor, mas acabou morrendo com a lança de Sparhawk em suas entranhas. A queda do barão desmoralizou seus homens. Eles retrocederam e acabaram fugindo do campo de batalha.

As lesões de Antor eram graves, e as de Sparhawk pouco menos severas. Exaustos, ambos postaram-se lado a lado no chão conforme a noite caía sobre eles. É impossível reconstruir o diálogo que os dois feridos travaram naquele campo sangrento logo ao anoitecer, uma vez que, nos anos que se seguiram, ambos se recusaram a revelar o que se passou ali. É sabido, entretanto, que em algum momento de sua conversa eles acabaram trocando suas armas. Antor presenteou Sir Sparhawk com a espada real de Elenia e, em troca, tomou para si a lança com que o cavaleiro havia salvado sua vida. O rei cuidou com zelo daquela arma rústica pelo resto de seus dias.

Era quase meia-noite quando os dois feridos viram uma tocha se aproximando pela escuridão; não sabendo se quem vinha era aliado ou inimigo, colocaram-se de pé com esforço e se prepararam como puderam para se defender. A pessoa que se acercava, todavia, não era elena, mas styrica: uma mulher trajando manto branco e com o capuz cobrindo-lhe o rosto. Sem dizer palavra, ela cuidou dos ferimentos dos dois homens. Em seguida, falou-lhes brevemente com uma voz musical e deu-lhes um par de anéis que viria a simbolizar a amizade de uma vida inteira. A tradição diz que as pedras ovaladas incrustadas nos anéis eram tão pálidas quanto diamantes quando eles as receberam, mas que o sangue dos feridos tingiu-as permanentemente, e que até hoje elas se assemelham a rubis de um tom escuro de vermelho. Feito isso, a misteriosa styrica virou-se em silêncio e se afastou pela noite, com seu manto branco brilhando contra a luz da lua.

Assim que a aurora nebulosa iluminou o campo, as tropas incumbidas de proteger a casa real e um destacamento dos pandions finalmente encontraram os dois feridos, e ambos foram trazidos em macas até nossa casa-mãe aqui em Demos. A recuperação deles levou meses; quando estavam bem o suficiente para viajar, rei e cavaleiro já eram amigos inseparáveis. Seguiram em etapas leves até Cimmura, a capital de Antor, e lá chegando o monarca fez um pronunciamento surpreendente. Declarou que dali em diante o pandion Sparhawk seria seu campeão e que, enquanto suas famílias sobrevivessem, os descendentes de Sparhawk serviriam os governantes de Elenia nessa mesma qualidade.

Como acontece invariavelmente, a corte do rei em Cimmura estava repleta de intrigas. As várias facções, entretanto, foram tomadas de surpresa pela presença de Sir Sparhawk, com sua face austera. Após algumas tentativas iniciais de aliciamento serem rechaçadas com severidade, os cortesãos concluíram com inquietação que o campeão do rei era incorruptível. Além disso, a amizade entre Antor e Sparhawk fez com que o cavaleiro pandion se tornasse o confidente e conselheiro mais fiel do rei. Uma vez que Sparhawk, como já foi dito anteriormente, possuía uma inteligência acima da média, ele foi capaz de antever os esquemas mesquinhos de vários oficiais da corte e os expôs à atenção de seu amigo menos ilustrado. Em um ano, a corte do rei Antor se tornou singularmente livre de corrupção enquanto Sparhawk impunha sua rígida moralidade sobre aqueles que o cercavam.

Ainda mais preocupante para as várias facções políticas em Elenia era o crescimento da influência da Ordem Pandion sobre o reino. O rei Antor era profundamente grato não apenas a Sparhawk, mas aos irmãos cavaleiros de seu campeão. O rei e seu amigo viajavam com frequência a Demos para deliberar com o preceptor de nossa ordem, e muitas decisões políticas importantes foram tomadas em nossa casa-mãe em detrimento da câmara do Conselho

Real, onde os cortesãos costumavam ditar políticas reais visando mais vantagens pessoais do que o bem comum.

Sir Sparhawk casou-se quando chegou à meia-idade, e sua esposa logo lhe conferiu um filho. Cedendo a um pedido de Antor, o menino foi batizado Sparhawk, uma tradição que, uma vez adotada, continuou sem exceções pela história da família até os dias de hoje. Quando chegou à idade apropriada, o Sparhawk mais jovem ingressou na casa-mãe dos pandions a fim de iniciar o treinamento para a posição que um dia ocuparia. Para total felicidade de seus pais, o jovem Sparhawk e o filho de Antor, o príncipe herdeiro, tornaram-se amigos próximos em sua juventude, e o relacionamento entre rei e campeão, por essa razão, permaneceu ininterrupto.

Quando Antor, com muitas honras e muita idade, jazia em seu leito de morte, sua última vontade foi entregar seu anel de rubi e a lança curta de lâmina longa a seu filho; no mesmo momento, o Sparhawk ancião passou seu anel e a espada real a *seu* filho. Essa tradição também persiste até os dias atuais.

É uma crença bem difundida entre a população comum de Elenia que, enquanto persistir a amizade entre a família real e a casa de Sparhawk, o reino prosperará e nenhum mal poderá recair sobre ele. Bem como muitas superstições, esta tem um fundo de verdade baseado nos fatos. Os descendentes de Sparhawk sempre foram homens capazes e, além de seu treinamento pandion, também receberam instrução especial em diplomacia e em ciências políticas, a fim de estarem mais bem preparados para seu posto hereditário.

Nos últimos tempos, entretanto, houve uma cisão entre a família real e a casa de Sparhawk. O fraco rei Aldreas, dominado pelas ambições de sua irmã e do primado de Cimmura, relegou de maneira indiferente o Sparhawk atual à posição inferior, até mesmo degradante, de protetor pessoal da princesa Ehlana – possivelmente, com esperanças de que o campeão se sentisse tão ofendido que renunciasse à sua posição hereditária. Apesar disso, Sir Sparhawk aceitou seus deveres com seriedade e educou a jovem que um dia se tornaria a rainha de Elenia nas áreas que iriam prepará-la para governar.

Quando ficou óbvio que Sparhawk não abdicaria de seu posto por vontade própria, Aldreas, instigado por sua irmã e pelo primado Annias, enviou o cavaleiro Sparhawk em exílio para o reino de Rendor.

Quando da morte do rei Aldreas, sua filha Ehlana ascendeu ao trono como rainha. Ao receber essa notícia, Sparhawk retornou a Cimmura apenas para descobrir que sua jovem rainha estava gravemente doente e que sua vida estava sendo mantida em suspensão graças a um encantamento lançado pela feiticeira styrica Sephrenia – um feitiço que, no entanto, manteria Ehlana viva por menos de um ano, apenas.

Em deliberação, os preceptores das quatro ordens militantes dos Cavaleiros da Igreja decidiram que as quatro ordens deveriam trabalhar em conjunto para descobrir uma cura para a doença da rainha e devolver-lhe a saúde e a autoridade, a fim de evitar que o corrupto primado Annias alcançasse seu objetivo: o trono do arquiprelado na basílica de Chyrellos. Com tal propósito, os preceptores dos cirínicos, dos alciones e dos genidianos enviaram seus próprios campeões para se unirem ao pandion Sparhawk e a seu amigo de juventude, Kalten, na busca pela cura que não apenas devolveria a saúde à rainha Ehlana, mas também seu reino, que sofria, em sua ausência, de um grave mal.

E assim se encontra a situação. O restabelecimento da saúde da rainha não é apenas vital para o reino de Elenia, mas também para os outros reinos elenos, pois, caso o venal primado Annias chegue ao trono do arquiprelado, podemos ter certeza de que esses reinos serão devastados pela desordem, e nosso antigo inimigo, Otha de Zemoch, está a postos em nossa fronteira oriental, aguardando para se aproveitar de qualquer dissidência e caos. Todavia, a cura para a rainha, que está tão próxima da morte, pode desalentar até mesmo seu campeão e seus leais companheiros. Orem pelo sucesso deles, meus irmãos, pois, caso falhem, todo o continente de Eosia cairá inevitavelmente em um estado de guerra generalizada, e a civilização como a conhecemos cessará de existir.

Parte 1
Lago Randera

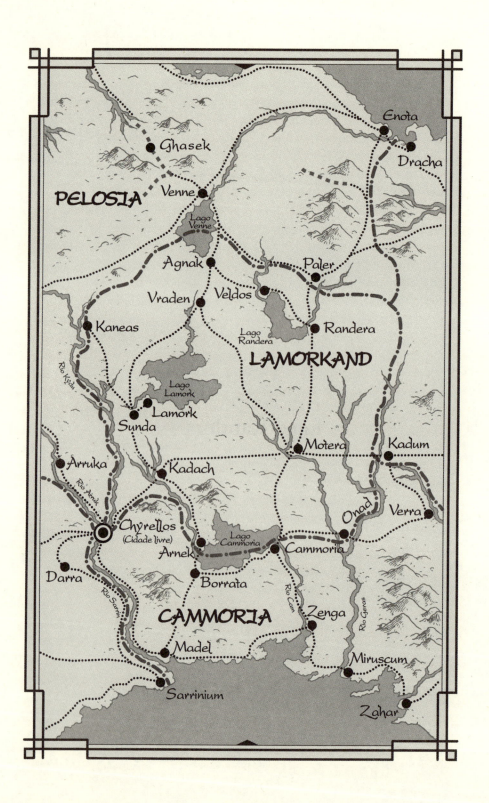

Capítulo 1

Já passava muito da meia-noite, e um denso nevoeiro havia se esgueirado a partir do rio Cimmura para se misturar com a fumaça de lenha que saía dos milhares de chaminés, embaçando as ruas quase desertas da cidade. Ainda assim, o cavaleiro pandion, Sir Sparhawk, movia-se com cautela, mantendo-se nas sombras sempre que possível. As vias úmidas resplandeciam e halos fracos e multicoloridos circundavam as tochas que, com suas chamas vacilantes, tentavam em vão iluminar os caminhos pelos quais nenhum homem de bom senso se aventuraria a essa hora da noite. As casas que ladeavam a rua em que Sparhawk seguia não passavam de altas sombras negras. O pandion prosseguiu, com seus ouvidos ainda mais atentos do que seus olhos, já que, em uma noite escura como aquela, os sons eram muito mais importantes do que a visão para alertá-lo de algum perigo iminente.

Era uma péssima hora para se estar nas ruas. De dia, Cimmura era tão pacata quanto qualquer outra cidade. De noite, era uma selva onde o mais forte se alimentava dos fracos e incautos. Sparhawk, entretanto, não era nem um nem outro. Sob sua simples capa de viagem ele trajava uma cota de malha, e sua espada larga estava em seu cinturão. Além disso, ele carregava de maneira displicente uma lança de batalha curta, mas de lâmina larga. Sobretudo, Sparhawk era um guerreiro treinado em níveis de violência aos quais nenhum salteador poderia se equiparar, e uma raiva fervilhante o inflamava àquela altura. De modo austero, o homem de nariz quebrado quase desejava que algum tolo o tentasse abordar. Quando provocado, Sparhawk não era uma pessoa das mais razoáveis, e ultimamente ele fora muito provocado.

Apesar de tudo, ele sabia da urgência da situação que enfrentava. Por mais que pudesse sentir alguma satisfação em atacar e retalhar um assaltante desconhecido e sem importância, ele tinha responsabilidades. Sua jovem e pálida rainha estava à beira da morte, e ela pedia silenciosamente a absoluta fidelidade de seu campeão. Ele não a trairia, e morrer em uma sarjeta lamacenta por causa de um encontro sem sentido não serviria à rainha a qual ele jurara proteger. Por isso ele seguia com cuidado, seus pés mais silenciosos do que os de um assassino profissional.

Um pouco mais adiante ele notou um brilho indistinto de tochas vacilando para cima e para baixo, e ouviu os passos ritmados de vários homens marchando em uníssono. Resmungando um palavrão, ele se encolheu em um beco malcheiroso.

Cerca de meia dúzia de homens passou marchando com suas lanças compridas sobre os ombros, as túnicas vermelhas tocadas pelo orvalho por conta do nevoeiro.

– É aquele lugar na Rua da Rosa – o superior falava com arrogância –, onde os pandions tentam ocultar seus subterfúgios ímpios. Claro que eles sabem que estamos vigiando, mas nossa presença lhes restringe as ações e permite que Sua Graça, o primado, esteja livre da interferência deles.

– Sabemos as razões, tenente – um cabo que soava entediado comentou. – Já estamos fazendo isso há mais de um ano.

– Ah – o jovem e presunçoso tenente pareceu um pouco decepcionado. – Só queria me certificar de que entenderam a importância.

– Sim, senhor – o cabo respondeu monotonamente.

– Esperem aqui, homens – o tenente ordenou, tentando fazer com que sua voz juvenil soasse rude. – Vou dar uma olhada adiante. – Ele marchou rua acima, seus calcanhares batendo sonoramente contra os paralelepípedos úmidos por conta do nevoeiro.

– Que idiota – o cabo resmungou para seus companheiros.

– Cresça, cabo – disse um veterano idoso, de cabelos grisalhos. – Aceitamos o pagamento, portanto obedecemos às ordens e guardamos nossas opiniões para nós mesmos. Apenas faça o seu trabalho e deixe que os oficiais tenham sua própria maneira de pensar.

– Estive na corte ontem – o cabo resmungou com amargor. – O primado Annias tinha convocado aquele fedelho ali e o idiota simplesmente *teve* de levar uma escolta. Você acredita que o tenente chegou até a bajular o bastardo Lycheas?

– É o que os tenentes mais sabem fazer. – O veterano deu de ombros. – Eles nascem como lambe-botas e, no final das contas, o bastardo *é* o príncipe regente. Não sei se isso faz com que as botas dele sejam mais gostosas, mas a esta altura já deve ter dado calos na língua do tenente.

O cabo riu.

– Isso deve ser a mais pura verdade, mas ele não ficaria surpreso se a rainha se recuperasse e ele descobrisse que engoliu toda aquela graxa de sapatos à toa?

– É melhor você torcer para que ela não se recupere, cabo – um dos outros homens disse. – Se ela acordar e assumir o controle de seu tesouro mais uma vez, Annias não terá dinheiro para pagar nosso próximo salário.

– Ele sempre pode pegar dos cofres da Igreja.

– Não sem ter que prestar contas. A hierocracia em Chyrellos conta cada moeda que entra na contabilidade da Igreja.

– Muito bem, homens – o jovem oficial chamou do nevoeiro adiante –, a estalagem dos pandions é ali na frente. Dispensei os soldados que estavam de guarda, portanto é melhor prosseguirmos e tomarmos nossos postos.

– Vocês o ouviram – o cabo disse. – Mexam-se. – Os soldados da Igreja marcharam nevoeiro adentro.

Sparhawk sorriu brevemente na escuridão. Eram raras as oportunidades de ouvir uma conversa casual de seus inimigos. Ele já suspeitava que os soldados do primado de Cimmura eram mais motivados pela ganância do que por algum senso de lealdade ou devoção. Ele saiu do beco, mas voltou com um salto silencioso quando ouviu outros passos vindo em sua direção. Por algum motivo, as ruas de Cimmura, que geralmente eram vazias durante a noite, estavam apinhadas de gente. Os passos faziam muito barulho, portanto quem quer que estivesse vindo não estava tentando se esgueirar. Sparhawk ajeitou a lança de cabo curto em sua mão direita. Então viu a figura saindo do nevoeiro. O homem usava um casaco escuro e trazia uma cesta grande palancando em um de seus ombros. Aparentava ser uma espécie de trabalhador, mas não havia como ter certeza disso. Sparhawk continuou em silêncio e o deixou passar. Esperou até que o som dos passos desaparecesse e então saiu para a rua mais uma vez. Andando com cuidado, suas botas leves fazendo pouco barulho nos paralelepípedos molhados, envolveu-se bem em sua capa cinzenta para impedir que a cota de malha tilintasse.

Cruzou uma rua deserta para evitar o brilho amarelado de lampiões que vertia pela porta aberta de uma taverna, onde vozes podiam ser ouvidas cantando despudoradamente. Passou a lança para a mão esquerda e puxou o capuz de sua capa ainda mais para a frente, ocultando o rosto em sombras conforme atravessava a névoa iluminada.

Ele parou, seus olhos e ouvidos vasculhando cuidadosamente a rua enevoada adiante. Sparhawk seguia no sentido do portão leste, mas não evidenciava uma escolha óbvia por essa direção. Pessoas que andam em linha reta são previsíveis, e pessoas previsíveis tornam-se presas fáceis. Era absolutamente vital que ele deixasse a cidade sem ser reconhecido ou visto pelos homens de Annias, mesmo que isso levasse a noite toda. Quando se convenceu de que a rua estava vazia, Sparhawk prosseguiu, mantendo-se nas sombras mais profundas. Em uma esquina, sob o brilho laranja de uma tocha, um mendigo maltrapilho estava sentado com as costas apoiadas contra a parede. O homem tinha uma bandagem cobrindo-lhe os olhos e uma boa quantidade de feridas que pareciam autênticas nos braços e nas pernas. Sparhawk sabia que não era um horário lucrativo para mendigar, então aquela pessoa estava provavelmente fazendo outra coisa. Subitamente, uma telha caiu na rua não muito longe de onde o pandion estava.

– Caridade! – o mendigo suplicou com voz aflita, apesar de o pé leve de Sparhawk não ter feito nenhum ruído.

– Boa noite, vizinho – o cavaleiro robusto disse com suavidade, atravessando a rua. Ele despejou algumas moedas na vasilha de esmolar.

– Obrigado, milorde. Deus o abençoe.

– Se você não é capaz de enxergar, vizinho – Sparhawk o lembrou –, não deveria saber se sou um lorde ou um cidadão comum.

– Está tarde – o mendigo se desculpou –, e estou com um pouco de sono. Às vezes eu esqueço.

– Muito desleixado – Sparhawk o repreendeu. – Preste atenção nos negócios. Ah, aproveitando, mande lembranças a Platime. – Platime era o homem imensamente gordo que comandava o submundo de Cimmura com punhos de ferro.

O mendigo levantou a bandagem de seus olhos e encarou Sparhawk, seus olhos se arregalando ao reconhecê-lo.

– E diga a seu amigo ali no telhado para não ficar tão empolgado – Sparhawk acrescentou. – E o avise, também, para tomar cuidado com onde coloca os pés. Aquela telha que ele derrubou quase me partiu a cabeça.

– Ele é novo – o mendigo desdenhou. – Tem muito o que aprender sobre roubos.

– Tem mesmo – Sparhawk concordou. – Talvez você possa me ajudar, vizinho. Talen me contou sobre uma taverna que fica encostada na muralha oriental da cidade. Dizem que o lugar tem um sótão que o taverneiro aluga de tempos em tempos. Você sabe me dizer onde fica?

– Fica na Travessa do Bode, Sir Sparhawk. Tem uma placa na frente, que era para parecer um cacho de uvas. Não tem como errar. – O mendigo estreitou os olhos. – Onde Talen tem estado ultimamente? Faz um bom tempo que não o vejo.

– O pai tem cuidado dele, mais ou menos.

– Eu nem sabia que Talen *tinha* pai. O garoto vai longe, se não for pego e enforcado. Ele é o melhor ladrão de Cimmura.

– Eu sei – Sparhawk disse. – Ele já roubou meus bolsos algumas vezes. – O cavaleiro colocou mais algumas moedas na vasilha de esmolar. – Agradeço se puder guardar segredo de que me viu, vizinho.

– Eu nunca o vi, Sir Sparhawk – o mendigo escancarou um sorriso.

– E eu não vi você nem seu amigo no telhado.

– Bom para todos, então.

– Exatamente o que pensei. Boa sorte em seus negócios.

– O mesmo para o senhor.

Sparhawk sorriu e desceu a rua. O breve período de exposição ao lado mais sórdido da sociedade de Cimmura lhe rendera bons frutos novamente. Apesar de não ser exatamente um amigo, Platime e o mundo sombrio que ele controlava poderiam se mostrar muito úteis. Sparhawk continuou por outra rua para evitar que uma confusão, inevitável caso o ladrão atrapalhado no telhado fosse pego durante o exercício de suas atividades, trouxesse uma patrulha pelo caminho que ele estava seguindo.

Como sempre acontecia quando estava sozinho, os pensamentos de Sparhawk se voltaram para sua rainha. Ele conhecia Ehlana desde que ela era uma menininha, apesar de não tê-la visto durante os dez anos que passara exilado em Rendor. A memória da jovem sentada no trono, enclausurada em um cristal tão duro quanto diamante, pesava em seu coração. Começou a se arrepender de não ter aproveitado a oportunidade de matar o primado Annias poucas horas antes. Um envenenador sempre era desprezível, mas o homem que envenenara a rainha de Sparhawk havia se colocado em perigo mortal, uma vez que o pandion não costumava deixar dívidas em aberto por muito tempo.

Foi então que ele ouviu passos furtivos atrás de si na névoa, postou-se sob o profundo vão de uma porta e ficou completamente parado.

Havia dois homens, e vestiam roupas sem distinções.

– Você ainda consegue vê-lo? – um sussurrou para o outro.

– Não. Este nevoeiro está ficando mais denso. Mas ele está logo ali na frente.

– Tem certeza de que é um pandion?

– Quando se está há tanto tempo quanto eu neste negócio, aprende-se a reconhecê-los. Pelo modo de andar e como eles posicionam os ombros. É um pandion, sim, senhor.

– E o que ele está fazendo na rua a esta hora da noite?

– É isso o que temos de descobrir. O primado quer saber de todos os passos deles.

– A ideia de tentar se esgueirar atrás de um pandion em uma noite enevoada me deixa um pouco nervoso. Eles usam magia, e podem sentir que estamos no encalço deles. Prefiro não acabar com uma espada em minhas entranhas. Você chegou a ver o rosto dele?

– Não. Ele estava de capuz; o rosto estava obscurecido.

Os dois continuaram a se esgueirar pela rua sem saber que, por um momento, suas vidas estiveram por um fio. Se algum deles tivesse visto o rosto de Sparhawk, teria morrido naquele instante. O campeão da rainha era um homem muito pragmático em situações como aquela. Ele esperou até não poder mais ouvir os passos dos dois homens, então retrocedeu a um cruzamento e seguiu por uma rua lateral.

A taverna estava vazia, exceto pelo taverneiro que cochilava com os pés sobre uma mesa e as mãos cruzadas à frente de sua barriga proeminente. Era um homem mal barbeado e corpulento, vestindo um casaco sujo.

– Boa noite, vizinho – Sparhawk disse baixinho quando entrou.

O taverneiro abriu um olho.

– Está mais para dia – ele resmungou.

Sparhawk olhou ao redor. A taverna tinha um ar típico de estabelecimento frequentado por trabalhadores, com o teto sujo de fumaça, baixo e suportado por vigas, e com um balcão utilitário na parte de trás. As cadeiras e os bancos estavam arranhados e a serragem no chão não havia sido varrida e trocada há meses.

– Parece que foi uma noite arrastada – ele observou com voz baixa.

– Sempre é arrastada a esta hora, amigo. O que vai ser?

– Arciano tinto... se você tiver um pouco.

– Arcium tem uvas até as orelhas. Ninguém fica sem arciano tinto, nunca. – Com um suspiro cansado, o taverneiro se levantou com dificuldade e serviu o vinho tinto em uma taça. O recipiente, Sparhawk reparou, não estava muito limpo. – É tarde para se estar de pé, amigo – o homem comentou, entregando ao robusto cavaleiro a taça encardida.

– Negócios. – Sparhawk deu de ombros. – Um amigo me disse que você tem um sótão aqui nesta casa.

Os olhos do taverneiro se estreitaram, cheios de suspeita.

– Você não me parece o tipo de pessoa que se interessa por sótãos – ele disse. – Esse seu amigo tem nome?

– Não um que ele costume revelar por aí – Sparhawk retrucou, tomando um gole de vinho. Era distintamente de uma safra inferior.

– Amigo, eu não te conheço, e você tem a aparência de alguém importante. Por que não termina seu vinho e vai embora? Ou isso, ou você me diz um nome que eu reconheça.

– Esse meu amigo trabalha para um homem chamado Platime. Você já deve ter ouvido esse nome.

Os olhos do taverneiro se arregalaram um pouco.

– Platime deve estar ampliando os negócios. Não sabia que ele lidava com a nobreza... além de roubá-la.

– Ele me devia um favor. – Sparhawk deu de ombros.

O homem com a barba por fazer ainda parecia em dúvida.

– Qualquer um pode usar o nome de Platime – ele disse.

– Vizinho – Sparhawk disse num tom seco, pousando sua taça de vinho –, isso está começando a ficar entediante. Ou você me leva ao sótão, ou eu vou procurar uma patrulha. Tenho certeza de que eles ficariam muito interessados em seu pequeno empreendimento.

O taverneiro assumiu uma expressão emburrada.

– Vai te custar meia coroa de prata.

– Tudo bem.

– Você não vai negociar?

– Estou com um pouco de pressa. Podemos regatear da próxima vez.

– Você parece estar bem apressado para sair da cidade, amigo. Não matou ninguém com essa lança esta noite, matou?

– Ainda não. – O tom de voz de Sparhawk era de poucos amigos.

O taverneiro engoliu em seco.

– Deixa eu ver seu dinheiro.

– Claro, vizinho. E depois vamos subir e dar uma olhada em seu sótão.

– Teremos de ser muito cuidadosos. Com esse nevoeiro, você não conseguirá ver os guardas chegando pelo parapeito da muralha.

– Posso cuidar disso.

– Nada de matança. Tenho um ótimo negócio aqui. Se alguém matar um dos guardas, serei obrigado a fechá-lo.

– Não se preocupe, vizinho. Não acho que terei de matar alguém esta noite.

O sótão estava coberto de poeira e parecia abandonado. O taverneiro abriu a janela com cuidado e perscrutou a névoa. Atrás dele, Sparhawk sussurrou em styrico e soltou o feitiço. Ele pôde pressentir alguém lá fora.

– Cuidado – o cavaleiro murmurou baixinho. – Há um guarda vindo pelo parapeito.

– Não vejo ninguém.

– Posso ouvi-lo – Sparhawk retrucou. Não havia motivos para explicações complexas.

– Você tem ouvidos aguçados, amigo.

Os dois aguardaram na escuridão conforme o guarda sonolento caminhava tranquilamente pelo parapeito e desaparecia no nevoeiro.

– Me ajuda aqui – o taverneiro disse, abaixando-se para levantar a ponta de uma pesada tábua de madeira até a janela. – Vamos deslizar isso até o parapeito, e então você atravessa. Quando estiver lá, eu jogo a ponta dessa corda. Ela está presa aqui, portanto você vai conseguir descer pelo lado de fora da muralha.

– Certo – Sparhawk disse. Deslizaram a madeira pelo espaço que separava a casa do parapeito da muralha. – Obrigado, vizinho – Sparhawk agradeceu. Subiu na tábua e prosseguiu de pouco em pouco até o parapeito. Levantou-se e pegou o rolo de corda que apareceu da escuridão enevoada. Jogou-o pela muralha e preparou-se para descer. Alguns instantes depois, estava no chão. A corda serpenteou de volta para o sótão. – Muito engenhoso – Sparhawk murmurou, afastando-se com cautela da muralha da cidade. – Tenho de me lembrar deste lugar.

O nevoeiro fez com que ficasse difícil reconhecer os arredores, mas, mantendo a sombra alta que era a muralha à sua esquerda, ele podia determinar onde estava. Colocou um pé diante do outro com cuidado. A noite estava silenciosa, e o som de um graveto quebrando pareceria muito alto.

Então ele parou. Os instintos de Sparhawk eram muito bons, e ele sabia quando estava sendo observado. Sacou sua espada bem devagar para evitar que ela fizesse aquele som acusador conforme saía de sua bainha. Com a espada em uma mão e a lança de batalha na outra, ele ficou parado, observando o nevoeiro.

E foi assim que ele o viu. Era um brilho muito tênue na escuridão, tão tênue que poucas pessoas o teriam notado. A luminescência se aproximou, e Sparhawk pôde ver que ela tinha uma tonalidade esverdeada. O cavaleiro ficou absolutamente imóvel, aguardando.

Havia uma figura no nevoeiro, talvez indistinta, mas, ainda assim, uma figura. Parecia usar um manto negro com capuz e o brilho tênue aparentava vir de debaixo do capuz. A figura era bem alta e parecia ser absurdamente magra, quase esquelética. Por algum motivo, ela arrepiou Sparhawk. Ele murmurou em styrico, movendo seus dedos no cabo da espada e na haste da lança. Então ergueu a lança e soltou o feitiço com sua ponta. O encantamento era relativamente simples, seu propósito era apenas identificar a figura emaciada no nevoeiro. Sparhawk quase perdeu o fôlego quando sentiu ondas de pura maldade emanando da forma escura. O que quer que fosse, certamente não era humano.

Depois de alguns instantes, uma risada metálica e fantasmagórica surgiu das trevas da noite. A figura se virou e se afastou. Ela caminhava com movimentos travados, como se seus joelhos estivessem virados do avesso. Sparhawk ficou onde estava até a sensação de maldade desaparecer. Fosse o que fosse, havia ido embora.

– Será que é outra das surpresinhas de Martel? – Sparhawk murmurou consigo mesmo. Martel era um pandion renegado que havia sido expulso da Ordem. Ele e Sparhawk haviam sido amigos, mas isso acabara. Agora, Martel trabalhava para o primado Annias, e fora ele quem havia providenciado o veneno com o qual Annias quase matara a rainha.

Sparhawk continuou vagarosa e silenciosamente, sua espada e sua lança ainda em punhos. Por fim, ele viu as tochas que marcavam o portão leste da cidade, que estava fechado, mas que lhe permitiram reconhecer os arredores.

Foi então que ele ouviu um leve fungar vindo de algum lugar atrás de si, algo parecido com o som de um cão farejador. Outra vez ouviu a risada metálica. Ele corrigiu essa ideia em sua mente. Não era tanto uma risada, mas sim um tipo de ruído penetrante, um estridular. Sentiu novamente a sensação de um mal sobrepujante, que logo começou a diminuir.

Sparhawk desviou-se um pouco do portão da cidade e da luz embaçada produzida pelas tochas que o iluminavam. Cerca de um quarto de hora depois, ele viu a forma quadrada e alta da casa capitular dos pandions logo adiante.

Abaixou-se e prostrou-se na grama molhada pelo nevoeiro, preparando o feitiço localizador mais uma vez. Ele o lançou e aguardou.

Nada.

Ele se levantou, embainhou sua espada e cruzou o campo com cautela. Como sempre, a casa capitular que se assemelhava a um castelo estava sendo observada. Soldados da Igreja, vestidos como trabalhadores, estavam acampados não muito longe do portão dianteiro, com paralelepípedos empilhados ostensivamente ao redor de suas tendas. Sparhawk, entretanto, deu a volta em direção à muralha traseira e atravessou com cuidado o fosso profundo e repleto de estacas que cercava a construção.

A corda que ele havia usado para descer quando deixara a casa capitular ainda estava pendurada, escondida por um arbusto. Ele a repuxou algumas vezes para garantir que o gancho de escalada ainda estava firme na outra ponta. Então, passou a lança de guerra por debaixo de seu cinturão. Agarrou a corda e a puxou com força.

Sparhawk pôde ouvir, lá em cima, as pontas do gancho arranhando as pedras da ameia. Começou a subir, mão ante mão.

– Quem está aí? – Uma voz surgiu bruscamente da neblina mais acima. Era jovem e familiar.

Sparhawk resmungou um palavrão e sentiu que alguém mexia na corda que ele estava escalando.

– Deixe isso aí, Berit – ele disse com os dentes cerrados, subindo com esforço.

– Sir Sparhawk? – O noviço exclamou com a voz repleta de espanto.

– Não mexa na corda – Sparhawk ordenou. – As estacas no fundo do fosso são bem afiadas.

– Deixe-me ajudá-lo a subir.

– Pode deixar que faço isso sozinho. Só não solte esse gancho. – Ele rosnou conforme tentava passar pelo parapeito, e Berit tomou-lhe o braço para ajudar. Sparhawk estava suando por conta do esforço. Subir por uma corda quando se está trajando uma cota de malha pode ser muito cansativo.

Berit era um noviço pandion muito promissor. Era um jovem alto e magro que usava cota de malha sob uma capa simples e utilitária. Ele carregava um machado de batalha de lâmina pesada em uma mão. Como era muito cortês, o jovem não fez nenhuma pergunta, apesar de seu rosto transparecer curiosidade. Sparhawk olhou para baixo, em direção ao pátio central da casa capitular. Sob o brilho de uma tocha vacilante, ele viu Kurik e Kalten. Ambos estavam armados e, pelo som que vinha dos estábulos, alguém estava selando cavalos para eles.

– Não vão embora – ele gritou para os dois.

– O que você está fazendo aí em cima, Sparhawk? – Kalten perguntou, surpreso.

– Pensei em fazer uns bicos como gatuno – Sparhawk respondeu secamente. – Fiquem aí, já vou descer. Venha comigo, Berit.

– Eu deveria fazer a ronda, Sir Sparhawk.

– Mandamos alguém te substituir. Isso é mais importante. – Seguiram pela ameia e desceram a íngreme escada de pedra que levava ao pátio, com Sparhawk na dianteira.

– Onde você esteve, Sparhawk? – Kurik exigiu saber, nervoso, assim que eles se encontraram. O escudeiro de Sparhawk vestia seu costumeiro traje de couro negro, e seus braços musculosos e ombros fortes brilhavam sob a luz alaranjada da tocha que iluminava o pátio. Ele falava aos sussurros, como costumam fazer as pessoas que conversam à noite.

– Tive de ir à catedral – Sparhawk explicou em voz baixa.

– Você anda tendo experiências religiosas? – Kalten perguntou, achando graça. O robusto cavaleiro loiro, amigo de infância de Sparhawk, estava trajando uma cota de malha, e uma espada larga e pesada pendia em seu cinturão.

– Não exatamente – Sparhawk retrucou. – Tanis está morto. Seu fantasma veio até mim por volta da meia-noite.

– Tanis? – Kalten soou chocado.

– Ele era um dos doze cavaleiros que estavam com Sephrenia quando ela envolveu Ehlana em cristal. Seu fantasma deixou instruções, antes de ir entregar sua espada para Sephrenia, para que eu fosse à cripta que fica embaixo da catedral.

– E você foi? À noite?

– Era uma questão de certa urgência.

– O que você foi fazer lá? Violar alguns túmulos? Foi assim que conseguiu essa lança?

– Claro que não – Sparhawk respondeu. – O rei Aldreas a entregou para mim.

– *Aldreas*?

– Seu fantasma, na verdade. Seu anel perdido está escondido no encaixe.

– Sparhawk olhou com curiosidade para seus dois amigos. – Para onde vocês estavam indo agora há pouco?

– Saindo para te procurar. – Kurik deu de ombros.

– Como vocês sabiam que eu não estava na casa capitular?

– Algumas vezes, durante a noite, passo por seu leito para ver como você está – Kurik explicou. – Pensei que soubesse que costumo fazer isso.

– Toda noite?

– Pelo menos três vezes – Kurik confirmou. – Tenho feito isso desde que você era garoto... sem contar os anos que viveu em Rendor. Na primeira vez que passei por sua cela, você estava falando enquanto dormia. Na segunda, pouco depois da meia-noite, você tinha desaparecido. Procurei por toda parte e, quando não consegui te encontrar, acordei Kalten.

– Acho melhor acordar os outros – Sparhawk disse com severidade. – Aldreas me contou algumas coisas e temos decisões a tomar.

– Más notícias? – Kalten perguntou.

– É difícil dizer. Berit, peça aos noviços no estábulo para que te substituam. Isso pode demorar um bocado.

O grupo se reuniu no escritório de carpetes amarronzados de Vanion, na torre sul. Sparhawk, Berit, Kalten e Kurik estavam presentes, é claro. Sir Bevier, o cavaleiro cirínico, também estava lá, bem como Sir Tynian, o cavaleiro alcione, e Sir Ulath, o gigantesco cavaleiro genidiano. Os três eram campeões de suas respectivas irmandades, e haviam se juntado a Sparhawk e Kalten quando os preceptores das quatro ordens decidiram que o restabelecimento da rainha Ehlana era uma questão que dizia respeito a todos. Sephrenia, a pequena styrica de cabelos negros que instruía os pandions nos segredos de Styricum, estava sentada ao fogo com a garotinha a quem todos chamavam de Flauta ao seu lado. O rapaz, Talen, estava à janela, esfregando os olhos com as mãos fechadas. Talen tinha um sono pesado, e não gostava de ser acordado. Vanion, o preceptor dos cavaleiros pandions, ocupava seu lugar à mesa que fazia as vezes de escrivaninha. Seu escritório era um cômodo agradável, de teto baixo e suportado por vigas escuras, com uma lareira profunda que Sparhawk nunca vira apagada. Como sempre, a chaleira fervente de Sephrenia estava sobre o fogo.

Vanion não parecia estar bem. Tirado de sua cama no meio da noite, o preceptor da Ordem Pandion, um cavaleiro austero e desgastado por suas responsabilidades e que provavelmente era mais velho do que aparentava, vestia um manto styrico branco e simples, o que não era de seu costume. Sparhawk observara essa mudança peculiar em Vanion ao longo dos anos. Quando era surpreendido em determinadas ocasiões, o preceptor, um dos baluartes da Igreja, por vezes parecia meio styrico. Como eleno e Cavaleiro da Igreja, era a obrigação de Sparhawk revelar esse tipo de observação para as autoridades eclesiásticas. Ele optara, entretanto, por não o fazer. Sua lealdade para com a Igreja era uma coisa; um mandamento de Deus. Sua lealdade para com Vanion, em contrapartida, era mais profunda, mais pessoal.

O preceptor estava abatido, e suas mãos tremiam ligeiramente. Era óbvio que o fardo das espadas de três cavaleiros mortos – que Vanion havia forçado Sephrenia a transmitir para ele – pesava-lhe mais do que o preceptor estava pronto para admitir. O feitiço que Sephrenia havia lançado no salão do trono e que mantinha viva a rainha Ehlana envolvera a ajuda combinada de doze cavaleiros pandions. Um a um, esses cavaleiros estavam morrendo, e seus fantasmas entregavam suas espadas a Sephrenia. Quando o último participante morresse, a styrica os seguiria para a Casa dos Mortos. Mais cedo, naquela mesma noite, Vanion a havia compelido a entregar as espadas para ele. E não era apenas o peso das espadas que as tornava um fardo tão grande. Havia outras coisas que as acompanhavam, coisas as quais Sparhawk não conseguia sequer começar a imaginar. Vanion tinha sido inflexível sobre tomar as espadas para si. Ele havia dado alguns motivos vagos para sua decisão, mas Sparhawk suspeitava consigo mesmo de que a razão principal do preceptor era poupar Sephrenia o máximo possível. Apesar de todas as censuras que proibiam tal coisa, Sparhawk acreditava que Vanion amava a pequena e adorável styrica, instrutora de gerações de pandions nos segredos de Styricum. Todos os cavaleiros da Ordem amavam e reverenciavam Sephrenia. Entretanto, no caso de Vanion, Sparhawk imaginava que o amor e a reverência iam talvez além disso. Sephrenia, ele havia notado, parecia nutrir uma afeição especial pelo preceptor, um sentimento que parecia superar o amor de uma professora por seu pupilo. Isso também era algo que um Cavaleiro da Igreja deveria relatar à hierocracia em Chyrellos. Mais uma vez, Sparhawk decidiu que não faria isso.

– Por que estamos nos reunindo nesta hora tão inconveniente? – Vanion perguntou, exausto.

– Você quer contar a ele? – Sparhawk indagou a Sephrenia.

A mulher no manto branco suspirou e desembrulhou um objeto que estava envolvido por um pedaço de pano, revelando outra espada cerimonial pandion.

– Sir Tanis partiu para a Casa dos Mortos – ela informou Vanion com tristeza.

– Tanis? – A voz de Vanion era cheia de pesar. – Quando isso aconteceu?

– Recentemente, creio eu – ela respondeu.

– É por isso que estamos reunidos aqui esta noite? – Vanion questionou Sparhawk.

– Não unicamente por isso. Antes de entregar sua espada para Sephrenia, Tanis me visitou... ou pelo menos seu fantasma. Ele me disse que alguém na cripta real queria me ver. Segui até a catedral e fui confrontado pelo fantasma de Aldreas, que me contou uma série de coisas e me entregou isto. – Sparhawk torceu o cabo da lança, tirando-o do encaixe, e chacoalhou a lâmina, removendo o anel de rubi de onde estava escondido.

– Então *foi aí* que Aldreas o escondeu – Vanion disse. – Talvez o rei fosse mais sábio do que pensávamos. Você disse que ele te contou algumas coisas. Tais como?

– Ele foi envenenado – Sparhawk respondeu. – Provavelmente o mesmo veneno que deram a Ehlana.

– Foi Annias? – Kalten perguntou sombriamente.

Sparhawk balançou a cabeça de um lado para o outro.

– Não. Foi a princesa Arissa.

– Sua própria *irmã*? – Bevier exclamou. – Isso é monstruoso! – Bevier era arciano e tinha uma série de convicções morais profundas.

– Arissa é consideravelmente monstruosa – Kalten concordou. – Não é o tipo de pessoa que deixa coisas pequenas em seu caminho. Mas como ela saiu do convento em Demos para se livrar de Aldreas?

– Annias tomou providências – Sparhawk explicou. – Arissa divertiu Aldreas da maneira de costume e, quando ele estava exausto, ela lhe deu vinho envenenado.

– Não consegui compreender – Bevier franziu o cenho.

– O relacionamento entre Arissa e Aldreas ia além do que é considerado usual para um irmão e uma irmã – Vanion disse de maneira delicada.

Os olhos de Bevier se arregalaram e a cor fugiu de seu rosto moreno quando lentamente ele compreendeu o que Vanion quis dizer.

– Por que ela o matou? – Kalten perguntou. – Vingança por trancá-la naquele convento?

– Não, acho que não – Sparhawk contrapôs. – Acho que era parte do grande plano que ela e Annias tramaram. Primeiro eles envenenaram Aldreas, e depois, Ehlana.

– Para que o caminho rumo ao trono ficasse livre para o filho bastardo de Arissa? – Kalten conjecturou.

– É algo lógico – Sparhawk concordou. – E se encaixa ainda melhor quando se sabe que o bastardo Lycheas é filho de Annias.

– O primado da Igreja? – Tynian exclamou, parecendo um pouco surpreso. – Vocês, aqui em Elenia, têm regras diferentes do resto de nós?

– Na verdade, não – Vanion respondeu. – Annias parece achar que está acima de todas as regras, e Arissa faz o que pode para quebrá-las.

– Arissa sempre foi um pouco indiscriminada – Kalten acrescentou. – Dizem os boatos que ela já travou a melhor das relações com quase todos os homens de Cimmura.

– Isso pode ser um pequeno exagero – Vanion disse. Ele se levantou e foi até a janela. – Vou transmitir essa informação ao patriarca Dolmant – ele falou, olhando para a noite enevoada. – Talvez ele possa fazer bom proveito dela quando chegar a hora de eleger um novo arquiprelado.

– E talvez o conde de Lenda possa utilizá-la também – Sephrenia sugeriu. – O Conselho Real é corrupto, mas até mesmo seus membros podem titubear se descobrirem que Annias está tentando colocar o próprio filho bastardo no trono. – Virou-se para Sparhawk e perguntou: – O que mais Aldreas lhe disse?

– Só mais uma coisa. Sabemos que precisamos de um objeto mágico para curar Ehlana. Ele me contou qual é: a Bhelliom. Ela é a única coisa no mundo com poder suficiente.

O rosto de Sephrenia empalideceu.

– Não! – ela ofegou. – A Bhelliom, não!

– Foi isso o que ele me disse.

– Então temos um grande problema – Ulath declarou. – A Bhelliom está perdida desde a guerra zemoch, e, mesmo se tivermos a sorte de achá-la, ela não responderá se não tivermos os anéis.

– Anéis? – Kalten questionou.

– Ghwerig, o troll-anão, fez a Bhelliom – Ulath explicou. – Em seguida, confeccionou um par de anéis para libertar seu poder. Sem os anéis, a Bhelliom é inútil.

– Nós já temos os anéis – Sephrenia disse a ele distraidamente, com o rosto ainda preocupado.

– Temos? – Sparhawk estava espantado.

– Você está usando um – ela comentou –, e Aldreas lhe deu o outro esta noite.

Sparhawk examinou o anel de rubi em sua mão esquerda, então olhou de volta para a sua professora.

– Como isso é possível? – ele indagou. – Como meu ancestral e o rei Antor encontraram esses anéis em particular?

– Eu os dei a eles – ela respondeu.

Ele piscou.

– Sephrenia, isso foi há trezentos anos.

– Sim – ela concordou –, aproximadamente.

Sparhawk a encarou, então engoliu em seco.

– *Trezentos anos?* – ele questionou, incrédulo. – Sephrenia, afinal, qual *é* a sua idade?

– Você sabe que não vou responder a essa pergunta, Sparhawk. Eu já lhe disse isso antes.

– Como *você* conseguiu os anéis?

– Minha Deusa Aphrael os deu para mim... com algumas instruções. Ela me contou que eu deveria encontrar seu ancestral e o rei Antor, e ordenou que eu entregasse os anéis para eles.

– Mãezinha – Sparhawk começou, e então se calou quando viu a expressão séria da styrica.

– Quieto, meu querido – ela ordenou. – Vou dizer isso apenas uma vez, Sirs Cavaleiros – ela falou para todos. – O que fazemos nos coloca em conflito direto com os Deuses Anciães, e isso não deve ser feito com leviandade. Seu Deus eleno perdoa; os Deuses Jovens de Styricum podem ser persuadidos a se apiedar. Os Deuses Anciães, em contrapartida, exigem absoluta obediência a seus caprichos. Desafiar as ordens de um Deus Ancião é cortejar algo pior do que a morte. Eles obliteram aqueles que os desafiam... de maneiras que vocês não podem imaginar. Nós *realmente* temos de trazer a Bhelliom de volta à luz mais uma vez?

– Sephrenia! É nossa obrigação! – Sparhawk exclamou. – É a única forma de salvarmos Ehlana... e você, e Vanion, devo lembrar.

– Annias não viverá para sempre, Sparhawk, e Lycheas é pouco mais do que um inconveniente. Vanion e eu somos temporários, bem como, devo lembrar (a despeito de como você se sinta), Ehlana. O mundo não sentiria tanto a nossa falta. – O tom de voz de Sephrenia era quase desprovido de emoção. – A Bhelliom, entretanto, é outro assunto... bem como Azash. Se falharmos e a joia cair nas mãos daquele Deus hediondo, condenaremos o mundo para sempre. Vale a pena correr esse risco?

– Eu sou o campeão da rainha – Sparhawk a lembrou. – Devo fazer o que me for possível para salvar sua vida. – Ele se levantou e caminhou em direção à pequena styrica. – E enquanto Deus me der forças, Sephrenia – ele declarou –, invadirei o próprio inferno para salvar aquela garota.

– Às vezes, ele é como uma criança – ela suspirou para Vanion. – Não há uma forma de fazer com que ele cresça?

– Eu estava considerando acompanhá-lo – o preceptor retrucou, sorrindo.
– Sparhawk pode me deixar segurar sua capa enquanto ele chuta os portões. Não creio que alguém tenha investido contra o inferno, ultimamente.

– Você também? – Ela cobriu o rosto com as mãos. – Ai de mim. Pois bem, cavalheiros – ela disse, desistindo –, se vocês estão convencidos disso, vamos tentar... mas com uma condição. Se de fato encontrarmos a Bhelliom e ela restaurar a saúde de Ehlana, devemos destruí-la imediatamente após essa tarefa ser concluída.

– *Destruí-la*? – Ulath explodiu. – Sephrenia, ela é a coisa mais preciosa em todo o mundo.

– E também a mais perigosa. Se Azash um dia conseguir possuí-la, o mundo estará perdido, e toda a humanidade mergulhará na mais hedionda forma de escravidão imaginável. Devo insistir neste ponto, cavalheiros. Caso contrário, farei tudo o que estiver ao meu alcance para impedi-los de encontrar aquela pedra amaldiçoada.

– Não acho que tenhamos muita escolha sobre isso – Ulath disse com gravidade para os outros. – Sem a ajuda dela, são poucas as esperanças de desenterrar a Bhelliom.

– Ah, alguém irá encontrá-la, com certeza – Sparhawk falou a ele com firmeza. – Uma das coisas que Aldreas me contou foi que chegou a hora de a Bhelliom enxergar a luz do dia outra vez, e que nenhuma força no mundo pode evitar que isso aconteça. A única coisa que me preocupa neste exato momento é se seremos nós a encontrá-la ou se algum zemoch o fará, levando--a diretamente a Otha.

– Ou se ela se erguerá da terra por vontade própria – Tynian acrescentou, taciturno. – Ela é capaz de fazer isso, Sephrenia?

– Provavelmente, sim.

– Como você saiu da casa capitular sem ser visto pelos espiões do primado? – Kalten questionou Sparhawk com curiosidade.

– Joguei uma corda pela muralha traseira e desci.

– E como você entrou e saiu da cidade depois que os portões haviam sido fechados?

– Por um golpe de sorte, o portão ainda estava aberto quando segui para a catedral. Usei outro caminho para sair.

– Aquele sótão que eu te falei? – Talen perguntou.

Sparhawk anuiu com a cabeça.

– Quanto ele te cobrou?

– Meia coroa de prata.

Talen pareceu chocado ao ouvir isso.

– E eles *me* chamam de ladrão. Ele te engrupiu, Sparhawk.

– Eu precisava sair da cidade. – Sparhawk deu de ombros.

– Vou contar a Platime – o garoto disse. – Ele vai pegar seu dinheiro de volta. Meia coroa? Isso é um absurdo. – O garoto chegava a estar exaltado.

Sparhawk se lembrou de algo.

– Sephrenia, enquanto eu me dirigia para cá, algo no nevoeiro estava me observando. Não acho que era humano.

– O Damork?

– Não consegui ter certeza, mas não parecia ser a mesma coisa. O Damork não é a única criatura sujeita a Azash, não é mesmo?

– Não. O Damork é muito poderoso, mas é estúpido. As outras criaturas não possuem seus poderes, mas são mais espertas. De várias maneiras, podem ser ainda mais perigosas.

– Muito bem, Sephrenia – Vanion disse em seguida. – Acho que é melhor você me entregar a espada de Tanis agora.

– Meu querido... – ela começou a protestar, com o rosto preocupado.

– Já tivemos essa discussão uma vez esta noite – ele a lembrou. – Não vamos passar por tudo isso de novo.

Ela suspirou. Então, os dois começaram a recitar em uníssono, no idioma styrico. O rosto de Vanion ficou mais um pouco abatido ao término do feitiço, quando Sephrenia lhe entregou a espada e suas mãos se tocaram.

– Muito bem – Sparhawk disse a Ulath, após terminada a transferência. – Por onde começamos? Onde estava o rei Sarak quando a coroa foi perdida?

– Ninguém sabe – o alto cavaleiro genidiano respondeu. – Ele deixou Emsat quando Otha invadiu Lamorkand. Levou consigo alguns soldados de confiança e deixou ordens para que o resto de seu exército o seguisse até o campo de batalha no lago Randera.

– Alguém chegou a relatar que o viu lá? – Kalten perguntou.

– Não que eu saiba. Mas o exército thalesiano foi seriamente dizimado. É possível que Sarak tenha chegado lá antes de a batalha começar, mas que nenhum dos poucos sobreviventes o tenha visto.

– Acho que devemos começar por lá, então – Sparhawk disse.

– Sparhawk – Ulath objetou –, o campo de batalha é imenso. Todos os Cavaleiros da Igreja poderiam passar o resto de suas vidas cavando aquele lugar e ainda assim não encontrar a coroa.

– Há uma alternativa – Tynian comentou, coçando o queixo.

– E qual seria, amigo Tynian? – Bevier indagou.

– Sou versado em necromancia – Tynian respondeu a ele. – Não gosto muito disso, mas sei como fazer. Se conseguirmos encontrar o local onde os thalesianos foram enterrados, posso perguntar a eles se alguém viu o rei Sarak no campo ou se sabem onde ele pode estar enterrado. É exaustivo, mas a causa faz valer a pena.

– Posso ser de alguma ajuda para você, Tynian – Sephrenia disse. – Eu mesma não pratico necromancia, mas conheço os feitiços apropriados.

Kurik se levantou.

– Acho melhor eu ir juntar as coisas de que precisaremos – ele disse. – Venha comigo, Berit. Você também, Talen.

– Seremos dez – Sephrenia o informou.

– Dez?

– Levaremos Talen e Flauta conosco.

– Isso é realmente necessário? – Sparhawk objetou. – Ou até mesmo prudente?

– É, sim. Iremos pedir o auxílio de alguns Deuses Jovens de Styricum, e eles gostam de simetria. Éramos dez quando começamos esta busca, então agora devemos ser os mesmos dez durante todas as etapas da jornada. Mudanças repentinas perturbam os Deuses Jovens.

– Como você quiser. – Ele deu de ombros.

Vanion se levantou e começou a andar de um lado para o outro.

– Melhor começarmos logo – ele disse. – Talvez seja mais seguro se vocês deixarem a casa capitular antes do amanhecer e antes que este nevoeiro se dissipe. É melhor não facilitar para os espiões que nos vigiam.

– Concordo com isso – Kalten aprovou. – Prefiro não ter que apostar corrida com os soldados de Annias até o lago Randera.

– Muito bem, então – Sparhawk falou. – Vamos nos preparar. O tempo está ficando cada vez mais curto.

– Aguarde mais um momento, Sparhawk – Vanion pediu conforme os outros saíam.

Sparhawk esperou até que todos se retirassem e, então, fechou a porta.

– Recebi um comunicado do conde de Lenda esta tarde – o preceptor disse a seu amigo.

– Ah, é?

– Ele pediu que eu o reconfortasse. Annias e Lycheas parecem não estar mais agindo contra a rainha. Aparentemente, o fiasco do plano em Arcium deixou Annias muito constrangido. Ele não vai arriscar e fazer papel de tolo mais uma vez.

– Isso é um alívio.

– Além disso, Lenda acrescentou algo que não consegui compreender. Ele pediu que eu lhe informasse que as velas ainda estão ardendo. Você faz ideia do que ele quis dizer?

– Bom e velho Lenda – Sparhawk disse com afeição. – Eu pedi a ele que não deixasse Ehlana no escuro, sentada no salão do trono.

– Não acho que fará muita diferença para ela, Sparhawk.

– Mas faz para mim – Sparhawk retrucou.

Capítulo 2

O NEVOEIRO SE TORNARA AINDA mais espesso quando se reencontraram no pátio central, um quarto de hora mais tarde. Os noviços estavam ocupados no estábulo, selando os cavalos.

Vanion surgiu pela porta principal, seu manto styrico reluzindo pela escuridão enevoada.

– Estou enviando vinte cavaleiros para escoltá-los – ele disse a Sparhawk em voz baixa. – É possível que vocês sejam seguidos, e eles podem oferecer algum tipo de proteção.

– Precisamos nos apressar, Vanion – Sparhawk objetou. – Se levarmos mais pessoas conosco, não conseguiremos nos mover com mais rapidez do que a do cavalo com o trote mais lento.

– Eu sei disso, Sparhawk – Vanion respondeu pacientemente. – Você não precisará ficar com eles por muito tempo. Espere até que vocês estejam em campo aberto e com o sol brilhando. Certifique-se de que ninguém está muito próximo e abandone a formação dos cavaleiros. A coluna pandion irá para Demos. Se alguém os estiver seguindo, não saberá que vocês não integravam a tropa.

– Agora eu sei como você acabou virando preceptor, meu amigo – Sparhawk escancarou um sorriso. – Quem irá liderar a coluna?

– Olven.

– Bom. Olven é confiável.

– Vá com Deus, Sparhawk – Vanion falou, apertando a mão do cavaleiro robusto –, e seja cuidadoso.

– Eu certamente vou tentar.

Sir Olven era um corpulento cavaleiro pandion com uma série de cicatrizes vermelhas no rosto. Ele saiu da casa capitular trajando sua armadura completa, esmaltada de preto. Seus homens seguiam na retaguarda.

– É bom vê-lo novamente, Sparhawk – ele saudou conforme Vanion voltava para o interior da fortaleza. Olven falava em um tom de voz baixo, evitando alertar os soldados da Igreja acampados do outro lado do portão. – Muito bem – ele prosseguiu –, você e os outros irão cavalgar no centro. Com esse nevoeiro, aqueles soldados provavelmente não serão capazes de ver vocês. Vamos descer a ponte levadiça e sair bem rápido. Não queremos ficar no campo de visão deles por mais de um ou dois minutos.

– Isso foi mais do que ouvi você falar nos últimos vinte anos – Sparhawk disse para seu amigo normalmente silencioso.

– Eu sei – Olven concordou. – Tentarei ser mais conciso da próxima vez.

Sparhawk e seus amigos trajavam cotas de malha e capas de viagem, uma vez que armaduras formais atrairiam muita atenção da população interiorana. Suas armaduras, ainda assim, estavam cuidadosamente armazenadas em fardos carregados pela fileira de seis cavalos que Kurik lideraria. Subiram em suas montarias, e os homens em armaduras completas colocaram-se em formação ao redor deles. Olven sinalizou para os homens que cuidavam da catraca que erguia e baixava a ponte levadiça, e estes soltaram as taramelas, permitindo que a engrenagem girasse desimpedida. Ouviu-se o tilintar barulhento de correntes e a ponte levadiça caiu com um baque estrondoso. Olven a cruzava a galope quase no mesmo momento em que ela atingiu o lado oposto do fosso.

O nevoeiro denso ajudou muito. Assim que eles saíram galopando da ponte, Olven virou bruscamente para a esquerda, liderando a coluna pelos campos abertos em direção à estrada de Demos. Atrás deles, Sparhawk pôde ouvir gritos sobressaltados conforme os soldados da Igreja deixavam suas tendas às pressas para observar, com desânimo, a coluna que se afastava.

– Impecável – Kalten disse alegremente. – Passando pela ponte levadiça e para dentro da neblina em menos de um minuto.

– Olven sabe o que faz – Sparhawk comentou –, e, melhor ainda, vai levar no mínimo uma hora antes que os soldados consigam organizar qualquer tipo de perseguição.

– Me dê uma hora de vantagem e eles nunca me alcançarão – Kalten riu, divertindo-se. – Isso está começando muito bem, Sparhawk.

– Aproveite enquanto pode. As coisas provavelmente vão começar a dar errado mais tarde.

– Você é um pessimista, sabia disso?

– Não. Só estou acostumado com pequenas decepções.

Diminuíram o passo para um trote largo quando chegaram à estrada para Demos. Olven era um veterano, e sempre tentava conservar seus cavalos. Velocidade podia ser necessária mais tarde, e Sir Olven não se arriscava muito.

Uma lua cheia estava suspensa sobre o nevoeiro, o que fazia com que as brumas densas parecessem enganadoramente luminosas. A névoa branca e brilhante ao redor deles mais confundia os olhos e ocultava do que iluminava.

Havia uma qualidade fria e úmida no nevoeiro, e Sparhawk fechou sua capa conforme cavalgava.

A estrada de Demos virava para o norte, em direção à cidade de Lenda, antes de retomar o sentido sudeste, de volta para Demos, onde ficava a casa-mãe dos pandions. Embora não pudesse ver, Sparhawk sabia que a paisagem interiorana cortada pela estrada passava gentilmente, e que havia grandes trechos arborizados por lá. Ele contava com tais árvores para escondê-los quando ele e seus amigos deixassem a coluna.

Cavalgaram. A névoa umedecera a terra que cobria a estrada, e o som dos cascos de seus cavalos era amortecido.

De vez em quando, as sombras escuras das árvores assomavam do nevoeiro pelas laterais da estrada conforme o grupo seguia. Talen se contraía toda vez que isso acontecia.

– Qual o problema? – Kurik perguntou a ele.

– Odeio isso – o garoto respondeu. – Eu simplesmente odeio isso. Qualquer coisa pode estar se escondendo na beira da estada... lobos, ursos... ou coisa pior.

– Você está no meio de um grupo de homens armados, Talen.

– É fácil para você dizer isso, mas eu sou o menor aqui... sem contar Flauta, talvez. Ouvi dizer que lobos e coisas assim sempre apanham os menores quando atacam. Não quero ser comido, pai.

– Isso vive se repetindo – Tynian observou com curiosidade para Sparhawk. – Você nunca explicou por que o garoto insiste em chamar seu escudeiro dessa forma.

– Kurik foi indiscreto quando era mais jovem.

– Ninguém em Elenia dorme em sua própria cama?

– É uma peculiaridade cultural. Mas não é tão difundida quanto aparenta ser.

Tynian se levantou em suas esporas e olhou adiante, onde Bevier e Kalten cavalgavam lado a lado, perdidos em conversa.

– Um conselho amigo, Sparhawk – ele confidenciou. – Você é eleniano, portanto não parece se importar com esse tipo de coisa, e em Deira também temos a mente aberta sobre assuntos dessa natureza, mas não sei se eu deixaria que isso chegasse a Bevier. Os cavaleiros cirínicos são um grupo devoto, assim como todos os arcianos, e eles desaprovam essas pequenas irregularidades com veemência. Bevier é um bom homem em uma luta, mas tem a mente um pouco fechada. Se ele se ofender, pode causar problemas mais tarde.

– Você provavelmente está certo – Sparhawk concordou. – Vou conversar com Talen e pedir para que ele mantenha seu relacionamento com Kurik em segredo.

O CAVALEIRO DE RUBI

– E você acha que ele vai te ouvir? – o deirano de rosto largo perguntou com ceticismo.

– Vale a pena tentar.

Vez por outra passavam por uma quinta situada ao lado da estrada enevoada, de onde o brilho dourado e difuso de um lampião vertia pelas janelas num sinal seguro de que, apesar de o céu ainda não ter começado a clarear, o dia já havia começado para os habitantes do interior.

– Por quanto tempo vamos acompanhar esta coluna? – Tynian indagou.

– Seguir para o lago Randera passando por Demos é um caminho bem tortuoso.

– Talvez sejamos capazes de nos esgueirar a qualquer momento durante a manhã – Sparhawk respondeu –, assim que nos certificarmos de que ninguém está nos seguindo. Foi isso o que Vanion sugeriu.

– Você colocou alguém observando nossa retaguarda?

Sparhawk concordou com a cabeça.

– Berit está cavalgando a pouco menos de um quilômetro lá atrás.

– Você acha que os espiões do primado nos viram deixar a casa capitular?

– Eles não tiveram muito tempo para isso – Sparhawk falou. – Já havíamos passado por eles quando conseguiram sair de suas tendas.

Tynian resmungou.

– Que caminho você pretende tomar quando deixarmos esta estrada?

– Acho que iremos pelos campos. Estradas tendem a ser vigiadas. Tenho certeza de que, a esta altura, Annias já adivinhou que estamos aprontando alguma coisa.

Eles continuaram a cavalgar até o final daquela noite enevoada. Sparhawk estava pensativo. Ele admitia para si mesmo que o plano traçado às pressas tinha poucas chances de sucesso. Mesmo se Tynian conseguisse invocar os fantasmas dos mortos thalesianos, não havia garantia de que esses espíritos saberiam onde era o lugar do descanso final do rei Sarak. Essa jornada inteira poderia se provar inútil e serviria apenas para gastar o pouco tempo que Ehlana tinha à sua disposição. Então, uma ideia lhe passou pela cabeça. Cavalgou adiante para falar com Sephrenia.

– Algo acaba de me ocorrer – ele disse.

– Ah, é?

– O feitiço que você usou para envolver Ehlana é bem conhecido?

– Ele quase nunca é praticado por ser muito perigoso – ela informou. – Alguns styricos podem conhecê-lo, mas duvido que qualquer um deles ousaria lançá-lo. Por que você pergunta?

– Acho que estou tendo vislumbres de uma ideia. Se ninguém, além de você, está disposto a usar o feitiço, então é relativamente improvável que alguém saiba da limitação de tempo.

– Isso é verdade. Não saberia.

– Então ninguém poderia contar a Annias sobre isso.

– É óbvio.

– Portanto, Annias não sabe que não temos muito tempo. Na cabeça dele, o cristal poderia manter Ehlana viva indefinidamente.

– Não tenho certeza de que isso nos dê alguma vantagem em particular, Sparhawk.

– Eu também não, mas é algo para se lembrar. Nós podemos utilizar esse dado algum dia.

O céu oriental ficava gradualmente mais claro conforme eles prosseguiam; o nevoeiro rareava e se esvaía em torvelinhos. Faltava meia hora para o nascer do sol quando Berit se aproximou galopando da retaguarda. Ele trajava sua cota de malha e uma simples capa azul, e seu machado de guerra estava preso por uma tira na lateral de sua sela. O jovem noviço, Sparhawk concluiu quase despreocupadamente, iria precisar de alguma instrução no uso de espada em breve, antes de se tornar muito apegado àquele machado.

– Sir Sparhawk – ele disse, puxando as rédeas –, há uma coluna de soldados da Igreja vindo em nossa direção. – O cavalo, que havia se esforçado ao máximo, soltava vapor contra o nevoeiro gélido.

– Quantos? – Sparhawk perguntou.

– Cerca de cinquenta, e eles estão cavalgando forte. Surgiu uma brecha no nevoeiro e os vi chegando.

– A que distância?

– Cerca de um quilômetro e meio. Estão naquele vale que acabamos de cruzar.

Sparhawk considerou essa informação.

– Acho que uma pequena mudança de planos talvez seja necessária – ele considerou. Olhou ao redor e viu um borrão escuro na névoa que rodopiava à sua esquerda. – Tynian – ele falou –, acho que tem um bosque logo ali. Por que você não leva os outros, cavalga pelo campo e entra no bosque antes que os soldados nos alcancem? Vou logo em seguida. – Agitou as rédeas de Faran. – Quero falar com Sir Olven – ele disse a seu grande corcel.

Faran agitou as orelhas com irritação, então se moveu pela coluna a galope.

– Vamos nos separar aqui, Olven – Sparhawk avisou o cavaleiro com cicatrizes no rosto. – Há cerca de cinquenta soldados da Igreja vindo em sua direção. Quero estar longe antes que eles o alcancem.

– Boa ideia – Olven aprovou. Ele não costumava desperdiçar palavras.

– Por que você não os coloca para correr um pouco? – Sparhawk sugeriu.

– Os soldados só descobrirão que não estamos na coluna quando te alcançarem.

Olven esboçou um sorriso enviesado.

– Que tal até Demos? – ele perguntou.

– Isso ajudaria muito. Faça um atalho pelo campo antes de chegar a Lenda e volte à estrada ao sul da cidade. Tenho certeza de que Annias tem espiões em Lenda.

– Boa sorte, Sparhawk – Olven disse.

– Obrigado – Sparhawk agradeceu, apertando a mão do cavaleiro com cicatrizes no rosto. – Podemos precisar. – Conduziu Faran para fora da estrada e a coluna trovejou ao passar por ele, a pleno galope.

– Agora vejamos quão rápido você consegue chegar àquelas árvores logo ali – Sparhawk disse para sua montaria mal-humorada.

Faran resfolegou zombeteiramente, então saltou adiante a toda velocidade.

Kalten aguardava na orla do bosque, sua capa cinzenta camuflando-o nas sombras e no nevoeiro.

– Os outros estão um pouco mais adiante – ele informou. – Por que Olven está galopando daquele jeito?

– Eu pedi a ele – Sparhawk respondeu, descendo de sua sela. – Os soldados não saberão que deixamos a coluna se Olven se mantiver a dois ou três quilômetros na dianteira.

– Você é mais esperto do que aparenta, Sparhawk – Kalten observou, também desmontando. – Vou tirar os cavalos do campo aberto. O vapor produzido por eles pode fazer com que sejam notados. – Ele estreitou os olhos para Faran. – Diga a esse seu animal feio e estúpido para não me morder.

– Você o ouviu, Faran – Sparhawk falou para seu cavalo de guerra.

Faran virou suas orelhas para trás.

Enquanto Kalten levava os cavalos pelas árvores, Sparhawk se deitou de bruços atrás de uma moita baixa. O bosque ficava a menos de cinquenta metros da estrada; à medida que o nevoeiro começava a se dissipar com a chegada da manhã, ele podia enxergar com clareza todo o trecho da estrada que eles tinham acabado de abandonar. Então, um único soldado de túnica vermelha surgiu a galope, vindo do sul. O homem cavalgava de maneira rija, e seu rosto estava estranhamente desprovido de emoção.

– Um batedor? – Kalten sussurrou, arrastando-se para o lado de Sparhawk.

– Mais do que provável – Sparhawk murmurou de volta.

– Por que estamos cochichando? – Kalten perguntou. – Ele não pode nos ouvir por conta do barulho dos cascos de seu cavalo.

– Foi você quem começou.

– Força do hábito, creio eu. Sempre sussurro quando estou sendo furtivo.

O batedor puxou as rédeas de sua montaria no topo da colina, então se virou e retornou por onde viera a toda velocidade. Seu rosto ainda estava inexpressivo.

– Ele vai cansar aquele cavalo se continuar a fazer isso – Kalten observou.

– O cavalo é dele.

– Isso é verdade, e será ele quem terá de andar quando seu cavalo ficar exausto.

– Andar faz bem para os soldados da Igreja. Ensina a eles a humildade.

Cerca de cinco minutos depois, os soldados da Igreja passaram a galope, com suas túnicas vermelhas escurecidas sob a luz da aurora. Acompanhando o líder da tropa estava uma figura alta e emaciada, em um manto negro com capuz. Podia ter sido uma ilusão de óptica causada pela luz enevoada da manhã, mas um brilho esverdeado parecia emanar a partir do capuz, e a figura aparentava ser terrivelmente deformada.

– Eles realmente não querem perder de vista aquela coluna – Kalten disse.

– Espero que eles gostem de Demos – Sparhawk respondeu. – Olven se manterá na frente deles por todo o caminho. Preciso falar com Sephrenia. Vamos voltar para onde estão os outros. Esperaremos por volta de uma hora até termos certeza de que os soldados não estão por perto e, então, seguiremos em frente.

– Boa ideia. Eu estava mesmo achando que era hora do café da manhã.

Conduziram os cavalos pela mata molhada até uma pequena bacia circundante a uma nascente que escoava de um declive coberto por samambaias.

– Eles passaram direto? – Tynian perguntou.

– A galope. – Kalten escancarou um sorriso. – E nem se deram ao trabalho de olhar ao redor com atenção. Alguém tem algo para comer? Estou morrendo de fome.

– Tenho um pedaço de toucinho frio – Kurik ofereceu.

– Frio?

– Fogo produz fumaça, Kalten. Você realmente quer ver esta mata infestada de soldados?

Kalten suspirou.

Sparhawk olhou para Sephrenia e disse:

– Tem alguém, ou algo, cavalgando com aqueles soldados. Tive uma sensação inquietante, e acho que foi a mesma coisa que vislumbrei na noite passada.

– Você pode descrevê-la?

– É bem alta e muito magra. Parece que as costas são deformadas, e está vestindo um manto negro com capuz, por isso não consegui ver mais detalhes. – Ele franziu o cenho. – Os soldados da Igreja naquela coluna pareciam estar meio adormecidos. Normalmente eles prestam mais atenção ao que estão fazendo.

– Essa coisa que você viu – ela começou com seriedade –, tinha algo de incomum nela?

– Eu não tenho certeza, mas parecia que um brilho esverdeado emanava de sua face. Percebi a mesma coisa na noite passada.

O rosto dela ficou severo.

– Acho melhor partirmos imediatamente, Sparhawk.

– Os soldados não sabem que estamos aqui – ele objetou.

– Não tardará até que descubram. Você acaba de descrever um Rastreador. Em Zemoch eles são usados para caçar escravos fugitivos. O calombo nas costas é causado por suas asas.

– Asas? – Kalten perguntou com ceticismo. – Sephrenia, nenhum mamífero tem asas... exceção feita aos morcegos.

– Isso não é um mamífero, Kalten – ela respondeu. – Ele mais se parece com um inseto... entretanto, nenhum dos termos é muito exato quando se está falando das criaturas que Azash invoca.

– Eu dificilmente me preocuparia com um inseto qualquer – ele disse.

– Temos de nos preocupar com essa criatura em particular. Ela tem muito pouco cérebro, mas isso não importa, pois o espírito de Azash foi infundido nela e a provê com seus pensamentos. Ela pode enxergar bem longe, mesmo no escuro ou em nevoeiros. Seus ouvidos são aguçados e possui um poderoso senso olfativo. Assim que os soldados fizerem contato visual com a coluna de Olven, ela saberá que não estamos cavalgando dentre os outros cavaleiros. Nesse momento, os soldados irão voltar.

– Você está dizendo que os soldados da Igreja aceitarão ordens de um inseto? – Bevier perguntou, incrédulo.

– Eles não têm escolha, não possuem mais livre-arbítrio. O Rastreador os domina por completo.

– Por quanto tempo isso dura? – ele perguntou.

– Pelo resto de suas vidas... o que, em geral, não é muito tempo. Assim que os soldados não lhe mais forem úteis, ele os consumirá. Sparhawk, estamos em grave perigo. Vamos embora imediatamente.

– Vocês a ouviram – Sparhawk disse com austeridade. – Vamos sair daqui.

Saíram do bosque cavalgando a um trote largo e atravessaram uma ampla e verdejante campina, onde vacas malhadas de marrom e branco pastavam uma grama alta que batia nos joelhos. Sir Ulath colocou-se ao lado de Sparhawk.

– Sei que não é problema meu – disse o cavaleiro genidiano de sobrancelhas desgrenhadas –, mas você tinha vinte pandions lá atrás. Por que não manobrou e eliminou os soldados e o inseto?

– Cinquenta soldados mortos espalhados na estrada iriam atrair muita atenção – Sparhawk explicou –, e túmulos recém-cavados são igualmente óbvios.

– Faz sentido, eu acho – Ulath grunhiu. – Viver em um reino superpopuloso tem seus próprios problemas, não é mesmo? Lá em Thalesia, os trolls e os ogros geralmente limpam esse tipo de coisa antes que alguém o possa encontrar.

Sparhawk estremeceu.

– Eles realmente comem cadáveres? – perguntou Sparhawk, olhando por sobre o ombro à procura de sinais de perseguição.

– Trolls e ogros? Ah, sim... se os cadáveres não estiverem muito maduros. Um clérigo bem gordinho pode alimentar uma família de trolls por mais ou menos uma semana. Esse é um dos motivos por que não se encontram muitos soldados da Igreja em Thalesia, nem seus túmulos. Mas o ponto é que não gosto de deixar inimigos vivos atrás de mim. Aqueles Cavaleiros da Igreja podem voltar para nos assombrar, e se aquela coisa que está com eles é tão perigosa quanto Sephrenia diz, provavelmente teria sido melhor se tivéssemos nos livrado dela enquanto havia chance.

– Talvez você esteja certo – Sparhawk admitiu –, mas temo que agora seja tarde demais. Olven já está muito longe para que nós o alcancemos. Tudo o que podemos fazer é nos apressar e torcer para que os cavalos dos soldados cansem antes dos nossos. Quando tivermos a oportunidade, quero falar mais com Sephrenia acerca desse Rastreador. Tive a impressão de que há coisas que ela não nos contou.

Cavalgaram com rigor pelo resto do dia e não viram sinais de que os soldados estivessem atrás deles.

– Tem uma estalagem de beira de estrada logo adiante – Kalten informou conforme a noite caía sobre a paisagem interiorana. – Você quer arriscar?

– O que você acha? – Sparhawk perguntou, olhando para Sephrenia.

– Só por algumas horas – ela respondeu –, apenas o suficiente para alimentar os cavalos e deixá-los descansar. A esta altura, o Rastreador sabe que não estamos naquela coluna, e tenho certeza de que segue a nossa trilha. Temos de prosseguir.

– Poderíamos pelo menos jantar – Kalten acrescentou –, e talvez tirar algumas horas de sono. Já estou de pé há muito tempo. Além disso, pode ser que consigamos algumas informações se fizermos as perguntas certas.

A estalagem era administrada por um homem magro e bem-humorado e por sua esposa rechonchuda e alegre. Era um lugar confortável e meticulosamente limpo. A lareira larga que ficava em uma extremidade do salão comunal não produzia fumaça, e juncos frescos cobriam o chão.

– Não costumamos ver o pessoal da cidade por estes rincões – o estalajadeiro comentou conforme trazia uma travessa de carne assada para a mesa –, e menos ainda cavaleiros... ao menos julgo, pelos seus trajes, que sejam cavaleiros. O que os traz aqui, milordes?

– Estamos indo para Pelosia – Kalten mentiu com facilidade. – Assuntos da Igreja. Temos pressa, portanto decidimos cortar pelo campo.

– Há uma estrada que segue até Pelosia a menos de dezessete quilômetros ao sul – o estalajadeiro informou, prestativo.

– Estradas dão muitas voltas – Kalten disse –, e, como já expliquei, temos pressa.

– Algo de interessante acontecendo aqui nas redondezas? – Tynian perguntou, como se estivesse marginalmente curioso.

O estalajadeiro riu com amargor.

– O que poderia acontecer em um lugar como este? Os fazendeiros locais gastam todo o seu tempo falando sobre uma vaca que morreu há seis meses. – Ele puxou uma cadeira e se sentou sem ser convidado. Suspirou. – Eu costumava viver em Cimmura quando era mais jovem. Aquele sim era um lugar onde as coisas aconteciam. Sinto falta de toda a agitação.

– O que o fez se mudar para este lugar? – Kalten indagou, atacando outro pedaço de carne com sua adaga.

– Meu pai me deixou este lugar quando morreu. Ninguém queria comprar, então não tive escolha. – Ele franziu a testa levemente. – Agora que o senhor mencionou – ele disse, voltando ao tópico anterior –, tem algo um pouco incomum acontecendo por aqui nos últimos meses.

– Ah, é? – Tynian disse com cautela.

– Temos visto bandos de styricos errantes. O interior está infestado deles. Eles não costumam andar por aí, costumam?

– Na verdade, não – Sephrenia respondeu. – Não somos um povo nômade.

– Imaginei que a senhora fosse styrica... a julgar por sua aparência e suas roupas. Tem uma vila styrica não muito longe daqui. São pessoas boas, em minha opinião, mas bem reclusas. – Ele se recostou na cadeira. – Acho que vocês, styricos, poderiam evitar muitos dos problemas que acontecem de tempos em tempos se tentassem se misturar um pouco mais com seus vizinhos.

– Não é nosso costume – Sephrenia murmurou. – Não acreditamos que styricos e elenos devam se misturar.

– Pode haver alguma verdade nisso que a senhora acaba de falar – ele concordou.

– Esses styricos estão fazendo algo em particular? – Sparhawk perguntou, mantendo sua voz em um tom neutro.

– Eles só ficam fazendo perguntas; parecem ter muita curiosidade a respeito da guerra zemoch, por algum motivo. – Ele se colocou de pé. – Aproveitem seu jantar – ele disse e voltou para a cozinha.

– Temos um problema – Sephrenia disse gravemente. – Styricos ocidentais não perambulam pelo interior. Nossos Deuses preferem que fiquemos perto de seus altares.

– Então eles são zemochs? – Bevier supôs.

– Tenho quase certeza.

– Quando eu estive em Lamorkand, havia relatos de zemochs se infiltrando no país a leste de Motera – Kalten se lembrou. – Agiam da mesma maneira: andavam pelo interior e faziam perguntas, principalmente sobre folclore.

– Azash parece ter um plano semelhante ao nosso – Sephrenia disse. – Ele está tentando juntar informações que o guiarão à Bhelliom.

– Então é uma corrida – Kalten falou.

– Temo que sim, e ele tem zemochs na dianteira.

– E soldados da Igreja atrás de nós – Ulath acrescentou. – Você nos encurralou, Sparhawk. Esse tal Rastreador poderia estar controlando esses zemochs errantes da mesma forma que faz com os soldados? – o gigante thalesiano questionou Sephrenia. – Se ele estiver, podemos estar cavalgando direto para uma emboscada, sabiam?

– Não tenho certeza absoluta – ela respondeu. – Ouvi muito sobre os Rastreadores de Otha, mas nunca vi um em ação.

– Você não teve tempo para ser muito específica pela manhã – Sparhawk comentou. – Como, exatamente, essa coisa controla os soldados de Annias?

– Ele é venenoso – ela explicou. – Sua picada paralisa a vontade de suas vítimas... ou daqueles que ele quer dominar.

– Vou me assegurar de não deixá-lo me picar – Kalten disse.

– Você pode não ser capaz de detê-lo – ela falou. – Aquele brilho esverdeado é hipnótico. Faz com que seja mais fácil para ele se aproximar o suficiente para injetar o veneno.

– Quão rápido ele pode voar?

– Ele não voa nesse estágio de seu desenvolvimento – ela respondeu. – Suas asas não maturam até ele se tornar adulto. Além disso, tem que estar no chão para seguir o cheiro de quem ele quer capturar. Normalmente, viaja a cavalo, e como sua montaria é controlada da mesma forma que as pessoas o são, o Rastreador simplesmente cavalga o animal até que ele morra, e então se apropria de outro. Ele cobre grandes distâncias dessa forma.

– O que ele come? – Kurik perguntou. – Talvez possamos montar uma armadilha para prendê-lo.

– Ele se alimenta primariamente de humanos – ela informou.

– Isso faz com que seja difícil encontrar iscas para a armadilha – ele admitiu.

Todos foram para suas respectivas camas após o jantar, mas pareceu a Sparhawk que, tão logo ele encostou a cabeça no travesseiro, Kurik o acordou.

– É por volta de meia-noite – o escudeiro disse.

– Certo – Sparhawk falou com cansaço, sentando-se na cama.

– Vou acordar os outros – Kurik sussurrou –, e então Berit e eu vamos selar os cavalos.

Depois de se vestir, Sparhawk seguiu para o andar de baixo a fim de falar com o estalajadeiro, que estava cheio de sono.

– Diga-me, vizinho – ele falou –, por um acaso há algum monastério na região?

– Acho que tem um perto da vila de Verine – ele respondeu, coçando a cabeça. – Fica a menos de trinta quilômetros a leste daqui.

– Obrigado, vizinho – Sparhawk disse. Olhando ao redor, ele emendou: – Você tem uma estalagem bonita e confortável, e sua esposa mantém as camas limpas e serve uma refeição muito boa. Vou mencionar seu estabelecimento para meus amigos.

– Ora, o senhor é muito gentil, Sir Cavaleiro.

Sparhawk acenou com a cabeça e saiu para se juntar aos outros.

– Qual o plano? – Kalten perguntou.

– O estalajadeiro acha que há um monastério perto de uma vila a menos de trinta quilômetros daqui. Devemos chegar lá pela manhã. Quero enviar um relatório sobre tudo isso para Dolmant em Chyrellos.

– Eu poderia levar a mensagem para ele, Sir Sparhawk – Berit se ofereceu impetuosamente.

Sparhawk meneou a cabeça.

– É provável que o Rastreador já conheça seu cheiro a esta altura. Não quero que você sofra uma emboscada na estrada para Chyrellos. Em vez disso, vamos mandar algum monge anônimo. De toda forma, o monastério fica em nosso caminho, e não vamos perder tempo. Vamos montar.

A lua estava cheia e o céu noturno estava límpido conforme eles se afastavam da estalagem.

– Por ali – Kurik apontou.

– Como você sabe disso? – Talen questionou.

– Pelas estrelas – Kurik respondeu.

– Você está querendo dizer que realmente é possível se guiar pelas estrelas? – Talen pareceu impressionado.

– Claro que sim. Marinheiros têm feito isso por milhares de anos.

– Eu não sabia.

– Você deveria ter ficado na escola.

– Não pretendo ser marinheiro, Kurik. Pegar peixes soa demais como trabalho para o meu gosto.

Eles cavalgaram pela noite banhada de lua, movendo-se quase diretamente para o leste. Quando a manhã chegou, eles haviam percorrido quase trinta quilômetros, e Sparhawk subiu até o cume de uma colina para olhar ao redor.

– Há um vilarejo logo adiante – ele contou aos outros quando retornou.

– Vamos torcer para que seja o que estamos procurando.

A vila ficava em um vale não muito profundo. Era um local pequeno, com talvez uma dúzia de casas de pedra, uma igreja na ponta de uma única rua de paralelepípedos e uma taverna na outra extremidade. Uma construção ampla e murada ficava no topo de uma colina mais além.

– Com licença, vizinho – Sparhawk perguntou a um transeunte enquanto eles atravessavam a cidade com estrépito. – Esta é a vila de Verine?

– É.

– E ali no topo daquela colina fica o monastério?

– Fica – o homem respondeu outra vez, com tom de voz mal-humorado.

– Algum problema?

– Os monges lá em cima são donos de todas as terras da região – o homem explicou. – Os aluguéis são abusivos.

– Não é sempre assim? Todos os senhorios são gananciosos.

– Os monges insistem em cobrar o dízimo além do aluguel. Isso é um pouco excessivo, você não acha?

– Você tem razão nesse ponto.

– Por que você chama a todos de "vizinho"? – Tynian perguntou conforme se afastavam.

– Hábito, creio eu. – Sparhawk deu de ombros. – Herdei isso de meu pai, e faz com que as pessoas se sintam mais à vontade.

– E por que não chamá-los de "amigo"?

– Porque eu não sei se eles realmente o são. Vamos falar com o abade daquele monastério.

O monastério era uma construção de aspecto severo, cercado por uma muralha feita de arenito amarelado. Os campos que o cercavam eram bem cuidados, e monges usando chapéus cônicos, feitos de palha local, trabalhavam silenciosamente em longas fileiras de vegetais sob o sol matutino. Os portões do monastério estavam abertos, e Sparhawk e os outros cavalgaram diretamente para o pátio central. Um irmão magro e de aspecto abatido apareceu para recebê-los, com o rosto transparecendo um pouco de receio.

– Bom dia, irmão – Sparhawk o saudou. Abriu a capa para mostrar a pesada insígnia de prata pendurada em uma corrente ao redor de seu pescoço, e que o identificava como um cavaleiro pandion. – Se não for muito incômodo, gostaríamos de falar com seu abade.

– Trá-lo-ei imediatamente, milorde. – O irmão correu de volta para o prédio.

O abade era um homenzinho gordo e aprazível, com uma tonsura bem raspada e um rosto avermelhado e suado. Seu monastério era pequeno e remoto, e tinha pouco contato com Chyrellos. Ele estava quase embaraçosamente obsequioso pela súbita e inesperada aparição de Cavaleiros da Igreja em sua porta.

– Milordes. – Ele quase se prostrou. – Em que lhes posso servir?

– Apenas uma pequena ajuda, meu senhor abade – Sparhawk disse com gentileza. – O senhor conhece o patriarca de Demos?

O abade engoliu em seco.

– O patriarca Dolmant? – ele falou, com uma voz assombrada.

– Camarada alto – Sparhawk concordou. – Um pouco magro e de aparência desnutrida. De todo modo, precisamos enviar uma mensagem a ele. O senhor disporia de um jovem monge com energia suficiente e um bom cavalo para levar a mensagem até o patriarca por nós? É em serviço da Igreja.

– C-claro, Sir Cavaleiro.

– Não esperava que respondesse de outra forma. O senhor abade teria à mão uma pena e tinta para escrever? Vou redigir a mensagem, e não iremos lhe perturbar mais.

– Só mais uma coisa, meu senhor abade – Kalten acrescentou. – Poderíamos lhe pedir um pouco de comida, se não for muito estorvo? Estamos na estrada há algum tempo, e nossos suprimentos estão ficando escassos. Nada de muito exótico, é claro... algumas galinhas assadas, talvez, quem sabe uma peça de presunto ou duas, um pedaço de toucinho, quiçá lombo de boi.

– Claro, Sir Cavaleiro – o abade anuiu rapidamente.

Sparhawk escreveu a nota para Dolmant enquanto Kurik e Kalten carregavam os suprimentos no cavalo de carga.

– Você tinha que fazer aquilo? – Sparhawk perguntou a Kalten conforme eles se afastavam.

– Caridade é uma das virtudes cardinais, Sparhawk – Kalten respondeu altivamente. – Gosto de encorajá-la sempre que posso.

A paisagem campesina pela qual galopavam tornou-se gradualmente mais desolada. O solo era pobre e estéril, suportando apenas espinheiros e ervas daninhas. Aqui e ali se viam lagoas de água estagnada, e as poucas árvores que as margeavam eram atarracadas e de aspecto doentio. O tempo ficara nublado e eles cavalgaram por um fim de tarde miserável.

Kurik conduziu seu capão para junto de Sparhawk.

– Não parece muito promissor, não é mesmo? – ele observou.

– Desanimador – Sparhawk concordou.

– Acho que teremos de acampar em algum lugar esta noite. Os cavalos estão quase exaustos.

– Eu mesmo não estou me sentindo muito animado – Sparhawk admitiu. Seus olhos pareciam estar cheios de areia, e ele sentia uma tênue dor de cabeça.

– O único problema é que não vi nenhuma fonte de água limpa nos últimos cinco quilômetros. Por que eu e Berit não damos uma volta para ver se encontramos uma nascente ou um riacho?

– Fique de olhos bem abertos – Sparhawk acautelou.

Kurik virou-se em sua sela.

– Berit – ele chamou –, preciso de sua ajuda.

Sparhawk e os outros diminuíram o passo a um trote enquanto o escudeiro e o noviço se afastavam à procura de água potável.

– Podíamos continuar cavalgando, sabia? – Kalten disse.

– Só se você não se importar de caminhar antes do amanhecer – Sparhawk retrucou. – Kurik está certo. Os cavalos não têm muito mais força para prosseguir.

– Acho que isso é verdade.

Então, Kurik e Berit desceram uma colina próxima a todo galope.

– Preparem-se! – Kurik gritou, apanhando seu mangual. – Temos companhia!

– Sephrenia – Sparhawk rugiu –, pegue Flauta e vá para trás daquelas rochas! Talen, leve os cavalos de carga. – Ele sacou sua espada e se posicionou à frente, ao mesmo tempo que os outros se armavam.

Havia cerca de quinze oponentes, e eles forçavam seus cavalos colina abaixo, a toda velocidade. Era um grupo estranhamente eclético, formado por soldados da Igreja em suas túnicas vermelhas, styricos em seus casacos caseiros e alguns camponeses. O rosto de todos eles estava desprovido de emoção, e seus olhos eram vazios. Investiram de modo inconsequente, mesmo contra os bem equipados Cavaleiros da Igreja que vinham ao seu encontro.

Sparhawk e os outros se espalharam, preparando-se para receber os adversários.

– Por Deus e pela Igreja! – Bevier berrou, brandindo seu machado lochaber. Em seguida, esporeou seu cavalo para a frente, indo de encontro ao centro dos atacantes que investiam contra eles. Sparhawk foi pego de surpresa pela ação impulsiva do jovem cirínico, mas rapidamente se recuperou e correu para auxiliar seu companheiro. Bevier, entretanto, parecia não precisar de muita ajuda. Ele aparou com seu escudo golpes de espada desajeitados dos atacantes inconsequentes, e seu lochaber de haste longa zunia pelo ar para mergulhar fundo no corpo de seus oponentes. Apesar de os ferimentos que ele infligia serem horrendos, os homens sequer gemiam quando caíam de suas selas. Eles lutavam e morriam em um silêncio nefasto. Sparhawk cavalgava atrás de Bevier, abatendo qualquer inimigo de rosto inexpressivo que tentasse atacar o cirínico pela retaguarda. Sua espada partiu um soldado da Igreja quase pela metade, mas o homem em túnica vermelha nem estremeceu; ainda lutando, ele ergueu sua espada para atacar Bevier pelas costas, mas Sparhawk abriu-lhe a cabeça com um amplo golpe vindo do alto. O soldado despencou de sua sela e ficou caído na grama manchada de sangue, convulsionando.

Kalten e Tynian flanquearam os agressores por ambos os lados e estavam abrindo caminho para o combate corpo a corpo, enquanto Ulath, Kurik e Berit interceptavam os poucos sobreviventes que conseguiram abrir caminho pela linha do contra-ataque.

Logo o chão estava repleto de corpos em túnicas vermelhas e casacos styricos brancos e ensanguentados. Montarias sem cavaleiros fugiam da luta, guinchando em pânico. Em circunstâncias normais, Sparhawk sabia que os atacantes que estavam na retaguarda iriam vacilar e fugir quando vissem o que tinha acontecido com seus companheiros. Esses homens sem expressão, entretanto, continuavam a atacar, e era necessário matar até o último combatente.

– Sparhawk! – Sephrenia berrou. – Lá em cima! – Ela estava apontando em direção ao cume da colina de onde os atacantes haviam surgido. Era a figura alta e esquelética em um manto negro com capuz que Sparhawk já havia visto por duas vezes. Estava sentada em seu cavalo com aquele débil brilho esverdeado emanando de seu rosto encoberto.

– Aquela coisa está começando a me cansar – Kalten disse. – A melhor forma de se livrar de um inseto é pisar nele. – Ele ergueu o escudo e fustigou os flancos de seu cavalo com os calcanhares. Começou a galopar colina acima, com sua lâmina erguida ameaçadoramente para o alto.

– Kalten! Não! – O grito de Sephrenia saiu agudo por conta do pavor. Mas Kalten não prestou atenção a seu aviso. Sparhawk soltou um palavrão e saiu atrás de seu amigo.

Mas, naquele momento, Kalten foi subitamente arremessado de sua sela por alguma força invisível quando a figura no topo da colina gesticulou de maneira quase desdenhosa. Com repugnância, Sparhawk viu que o que emergia da manga do manto negro não era uma mão, mas se assemelhava à garra dianteira de um escorpião.

E então, no mesmo instante que descia das costas de Faran para correr ao auxílio de Kalten, Sparhawk ficou boquiaberto de perplexidade. De alguma forma, Flauta havia escapado dos olhos atentos de Sephrenia e estava avançando pelo sopé da colina. Ela bateu um pezinho manchado de grama no chão de maneira imperiosa e ergueu seu tosco instrumento musical até os lábios. Sua melodia era inflexível, até mesmo um pouco dissonante; por algum motivo peculiar, ela parecia estar acompanhada de um vasto e invisível coro de vozes humanas. A figura encapuzada no cume da colina oscilou para trás em sua sela como se tivesse sido atingida por um poderoso golpe. A canção de Flauta se ergueu, e aquele coro invisível a ampliou em um poderoso *crescendo*. O som era tão sobrepujante que Sparhawk foi forçado a tapar os ouvidos. A canção chegou ao limite de se tornar uma dor física.

A figura guinchou alto, um som horrivelmente inumano, e também levou suas garras para as laterais de sua cabeça encapuzada. Então, ela virou seu cavalo e fugiu descendo a face oposta da colina.

Não havia tempo de perseguir a monstruosidade. Kalten jazia ofegante no chão, seu rosto pálido e suas mãos segurando o estômago.

– Você está bem? – Sparhawk perguntou, ajoelhando-se ao lado do amigo.

– Me deixe em paz – Kalten falou num chiado.

– Não seja idiota. Você está machucado?

– Não. Estou deitado aqui porque é divertido. – O homem loiro inspirou profundamente, estremecendo. – O que ele fez comigo? Nunca fui atingido por algo tão forte.

– É melhor você deixar que eu te examine.

– Estou bem, Sparhawk. Ele só tirou meu fôlego, só isso.

– Seu idiota. Você sabe o que aquela coisa é. Em que estava pensando? – Sparhawk se viu súbita e irracionalmente bravo.

– Pareceu uma boa ideia no momento. – Kalten escancarou um débil sorriso. – Talvez teria sido melhor se eu tivesse refletido um pouco mais.

– Ele está ferido? – Bevier perguntou, desmontando e se aproximando deles com preocupação estampada no rosto.

– Acho que ele vai ficar bem. – Sparhawk se levantou, controlando seu temperamento com alguma dificuldade. – Sir Bevier – ele disse num tom bastante formal –, o senhor teve treinamento nesse tipo de procedimento. O senhor sabe o que se deve fazer quando estamos sendo atacados. O que o levou a investir contra eles daquela maneira?

– Eu não achei que eles fossem tantos assim, Sparhawk – Bevier respondeu defensivamente.

– Eram em número suficiente. Bastava apenas um para matá-lo.

– Você está aborrecido comigo, não está, Sparhawk? – A voz de Bevier estava cheia de tristeza.

Sparhawk olhou para o rosto sincero do jovem cavaleiro por alguns instantes. Em seguida, suspirou.

– Não, Bevier, acho que não. Você me pegou desprevenido, só isso. Por favor, pelo bem dos meus nervos, não faça mais coisas inesperadas. Eu não sou mais tão jovem, e surpresas fazem com que eu envelheça.

– Talvez eu não tenha considerado os sentimentos de meus camaradas – Bevier admitiu, arrependido. – Prometo que isso não voltará a acontecer.

– Eu lhe agradeço, Bevier. Vamos ajudar Kalten a descer a colina. Quero que Sephrenia o examine, e tenho certeza de que ela vai querer falar com ele... uma longa conversa.

Kalten estremeceu.

– Não acho que consigo convencê-los a me deixar aqui, não é? Está tão bom nesta sujeira macia.

– Sem chance, Kalten – Sparhawk respondeu, inclemente. – Mas não se preocupe. Sephrenia gosta de você; provavelmente, não fará nada... pelo menos nada permanente.

Capítulo 3

SEPHRENIA CUIDAVA DE UMA escoriação grande e feia no braço de Berit enquanto Sparhawk e Bevier ajudavam Kalten, que protestava debilmente, a descer a colina em direção à styrica.

– É grave? – Sparhawk perguntou ao jovem noviço.

– Não é nada, milorde – Berit disse bravamente, apesar de seu rosto estar pálido.

– Essa é a primeira coisa que ensinam a vocês, pandions? – Sephrenia perguntou com acidez. – Menosprezar seus ferimentos? A cota de malha de Berit absorveu grande parte do impacto, mas em cerca de uma hora seu braço irá ficar roxo do cotovelo até o ombro. Ele mal conseguirá utilizá-lo.

– Você está de ótimo humor nesta tarde, mãezinha – Kalten disse a ela.

Ela apontou um dedo ameaçador na direção dele, dizendo:

– Sente-se, Kalten. Vou lidar com você assim que terminar o braço de Berit.

Kalten suspirou e se sentou de qualquer jeito no chão.

Sparhawk olhou em volta.

– Onde estão Ulath, Tynian e Kurik? – ele perguntou.

– Estão vasculhando a área para ter certeza de que não há mais emboscadas, Sir Sparhawk – Berit informou.

– Boa ideia.

– Aquela criatura não me pareceu muito perigosa – Bevier disse. – Um pouco misteriosa, talvez, mas nada perigosa.

– Ela não acertou *você* – Kalten retrucou. – É perigosa, sim. Ouça o que estou dizendo.

– É mais perigosa do que você poderia imaginar – Sephrenia falou. – O Rastreador pode enviar exércitos inteiros atrás de nós.

– Se ele tem o tipo de poder que me derrubou do cavalo, não *precisa* de exércitos.

– Você continua a se esquecer, Kalten. A mente dele é a mente de Azash. Os Deuses preferem que humanos façam o trabalho por eles.

– Os homens que desceram aquela colina pareciam sonâmbulos. – Bevier disse, estremecendo. – Nós os retalhamos e eles não emitiram nem um som. – Ele parou, franzindo a testa. – Não pensava que styricos fossem tão agressivos – ele acrescentou. – Eu nunca havia visto um empunhando uma espada.

– Aqueles não eram styricos ocidentais – Sephrenia explicou, amarrando uma bandagem almofadada ao redor da porção superior do braço de Berit. – Tente não usá-lo com frequência – ela instruiu. – Dê tempo para que cure.

– Sim, senhora – Berit respondeu. – Agora que mencionou, ele *está* ficando um pouco dolorido.

Ela sorriu e colocou uma mão no ombro do noviço com afeição.

– Este pode até ficar bem, Sparhawk. A cabeça dele não é *tão* dura... como a de alguns que posso nomear. – Ela encarou Kalten de maneira significativa.

– Sephrenia – o cavaleiro loiro protestou.

– Livre-se dessa cota de malha – ela ordenou rispidamente. – Quero ver se você quebrou alguma coisa.

– Você disse que os styricos daquele grupo não eram styricos ocidentais – Bevier retomou.

– Não. Eles eram zemochs. É mais ou menos o que havíamos suposto naquela estalagem. O Rastreador manipulará qualquer pessoa, mas um styrico do Oeste é incapaz de usar armas feitas de aço. Se eles formassem a população local, suas espadas seriam de bronze ou de cobre. – Ela olhou criticamente para Kalten, que havia acabado de retirar a cota de malha. Ela estremeceu, dizendo: – Você parece um tapete loiro.

– Não é minha culpa, mãezinha – ele falou, enrubescendo de súbito. – Todos os homens da minha família são peludos.

Bevier parecia intrigado.

– O que finalmente afugentou aquela criatura? – ele perguntou.

– Flauta – Sparhawk respondeu. – Ela já fez isso antes. Ela espantou até mesmo o Damork certa vez, usando seu instrumento.

– Esta criancinha? – O tom de Bevier revelava sua incredulidade.

– Há mais em Flauta do que os olhos veem – Sparhawk disse. Ele olhou para a encosta da colina. – Talen – ele berrou –, pare com isso.

Talen, que estava ocupado pilhando os mortos, ergueu os olhos com um pouco de consternação.

– Mas Sparhawk... – ele começou.

– Apenas saia daí. Isso é repugnante.

– Mas...

– Faça o que ele disse! – Berit rugiu.

Talen suspirou e desceu a colina.

– Vamos juntar os cavalos, Bevier – Sparhawk disse. – Assim que Kurik e os outros voltarem, acho que será melhor sair daqui. Aquele Rastreador ainda está por aí, e pode vir atrás de nós com um novo grupo de pessoas a qualquer momento.

– Ele pode fazer isso tão bem de noite quanto à luz do dia, Sparhawk – Bevier disse dubiamente –, e pode seguir nosso cheiro.

– Eu sei. A esta altura, acho que nossa única defesa é a agilidade. Teremos de tentar ser mais velozes do que aquela coisa outra vez.

Kurik, Ulath e Tynian retornaram conforme o crepúsculo baixava sobre a paisagem desolada.

– Parece que não há mais ninguém nas imediações – o escudeiro informou, descendo de seu capão.

– Temos de seguir em frente – Sparhawk disse a ele.

– Os cavalos estão à beira da exaustão, Sparhawk – o escudeiro protestou. Ele olhou para os outros. – E seus cavaleiros não estão em melhores condições. Nenhum de nós dormiu muito nos últimos dois dias.

– Posso cuidar disso – Sephrenia falou calmamente, desviando a atenção do torso cabeludo de Kalten.

– Como? – Kalten soou um pouco rabugento.

Ela sorriu para o cavaleiro e mexeu os dedos na frente do nariz dele.

– De que outra forma?

– Se existe um feitiço que neutraliza nosso atual estado de ânimo, por que você não nos ensinou antes? – Sparhawk também estava se sentindo um bocado mal-humorado, uma vez que sua dor de cabeça havia voltado.

– Porque é perigoso, Sparhawk – ela respondeu. – Sei como vocês, pandions, são. Dadas as circunstâncias, tentariam utilizá-lo por semanas a fio.

– E daí? Se o feitiço realmente funciona, que diferença faria?

– O feitiço apenas faz com que você *se sinta* descansado, mas, na verdade, não está. Se fizer uso prolongado dele, irá morrer.

– Ah. Isso faz sentido, eu acho.

– Fico feliz que você tenha compreendido.

– Como está Berit? – Tynian perguntou.

– Ele sentirá dor por algum tempo, mas ficará bem – ela informou.

– O jovem camarada dá sinais de ser promissor – Ulath disse. – Quando o braço dele melhorar, vou instruí-lo um pouco com aquele machado. Ele tem entusiasmo, mas sua técnica é um pouco vacilante.

– Tragam os cavalos até aqui – Sephrenia pediu a eles. Ela começou a falar em styrico, pronunciando algumas palavras em voz baixa e escondendo dos outros os movimentos de seus dedos. Por mais que tentasse, Sparhawk não

O CAVALEIRO DE RUBI

foi capaz de ouvir todo o encantamento nem adivinhar quais eram os gestos que intensificavam o feitiço. Então, de súbito, ele se sentiu enormemente revigorado. A tênue dor de cabeça havia passado, e sua mente estava mais clara. Um dos cavalos de carga, que estava cabisbaixo e com as pernas tremendo intensamente, chegou até a saltitar como um potrinho.

– Bom feitiço – Ulath disse laconicamente. – Vamos começar?

Eles ajudaram Berit a subir em sua sela e cavalgaram pelo crepúsculo luminoso. A lua cheia surgiu mais ou menos uma hora depois e proveu luz suficiente para arriscarem um trote largo.

– Há uma estrada logo depois daquela colina ali adiante – Kurik avisou Sparhawk. – Nós a vimos quando estávamos vasculhando a área. Seu traçado leva mais ou menos à direção certa, e ganharíamos tempo se seguíssemos por ela, em vez de ficar tropeçando às cegas neste terreno irregular.

– Creio que você esteja certo – Sparhawk concordou –, e nós queremos sair desta região o mais rápido possível.

Tão logo alcançaram a estrada, prosseguiram para o leste a galope. Já passava da meia-noite quando as nuvens chegaram do oeste, obscurecendo o céu noturno. Sparhawk resmungou um palavrão e a comitiva diminuiu o passo.

Pouco antes do amanhecer, eles chegaram a um rio e a estrada desviou para o norte. Continuaram seguindo por ela à procura de uma ponte ou de um vau. A aurora estava lúgubre por conta da densa capa de nuvens. Cavalgaram rio acima por mais alguns quilômetros, e então a estrada dobrou a leste novamente, submergindo no rio para emergir do outro lado.

Uma pequena cabana ficava ao lado do vau. Seu dono, um homem de olhos astutos vestindo uma túnica verde, cobrava uma tarifa pela travessia. Em vez de discutir com ele, Sparhawk pagou o que havia sido pedido.

– Diga-me, vizinho – ele falou quando a transação havia sido completada –, a que distância fica a fronteira com Pelosia?

– Cerca de trinta quilômetros – o camarada de olhos astutos respondeu. – Se vocês seguirem depressa, deverão chegar lá à tarde.

– Obrigado, vizinho. Você foi muito prestativo.

Eles chapinharam pelo vau. Quando chegaram à outra margem, Talen conduziu seu cavalo para o lado de Sparhawk.

– Aqui está seu dinheiro de volta – o jovem ladrão disse, entregando várias moedas.

Sparhawk o mirou com um olhar espantado.

– Não me oponho a pagar pedágio para atravessar uma ponte – Talen torceu o nariz. – Afinal de contas, alguém teve que gastar dinheiro para construí-la. Mas aquele camarada só estava tirando vantagem de uma parte natural e mais rasa do rio. Não custou nada para ele, então por que ele deveria lucrar com isso?

– Por isso você cortou a bolsa dele?

– É claro.

– E havia outras moedas além das minhas?

– Algumas. Digamos que é minha taxa por recuperar seu dinheiro. Afinal de contas, eu mereço um pouco de lucro, não mereço?

– Você é incorrigível.

– Eu precisava praticar.

Da margem oposta do rio, ouviu-se um uivo de agonia.

– Eu diria que ele acaba de descobrir sua perda – Sparhawk observou.

– É o que parece, não é mesmo?

O solo do lado oposto do rio não era muito melhor do que a desolação raquítica pela qual eles tinham acabado de passar. Em algumas ocasiões, viam-se quintas pobres onde camponeses de aspecto maltrapilho em casacos marrons e enlameados trabalhavam longa e duramente para retirar da terra infrutífera uma colheita escassa. Kurik torceu o nariz com desdém.

– Amadores – ele resmungou. Kurik levava a agricultura muito a sério.

Por volta do meio da manhã, a trilha estreita que eles estavam seguindo se juntou a uma estrada bem trafegada que seguia direto para o leste.

– Uma sugestão, Sparhawk – Tynian disse, ajustando seu escudo azul abrasonado.

– Sugira à vontade.

– Talvez seja melhor seguirmos por esta estrada até a fronteira em vez de cortar pelo campo novamente. Os pelosianos costumam se ressentir de pessoas que tentam evitar os postos oficiais de fronteira. Eles se preocupam em demasia com contrabandistas. Não acho que tiraremos muito proveito se confrontarmos uma de suas tropas de patrulha.

– Certo – Sparhawk concordou. – Vamos evitar confusões, se pudermos.

Era um começo de tarde melancólico e sem sol quando eles chegaram à fronteira e a atravessaram sem incidentes, adentrando a porção sul de Pelosia. As fazendas dali estavam em um estado ainda mais precário do que aquelas da região nordeste de Elenia. As casas e os anexos eram universalmente cobertos de relva, e bodes ligeiros pastavam nos telhados. Kurik olhou ao redor com desaprovação, mas não falou nada.

O CAVALEIRO DE RUBI

Conforme a noite foi se assentando sobre a paisagem, eles encimaram uma colina e viram o refulgir de luzes de uma vila no vale mais abaixo.

– Uma estalagem, talvez? – Kalten sugeriu. – Acho que o feitiço de Sephrenia está acabando. Meu cavalo cambaleia e eu não me sinto muito melhor que ele.

– Você não vai dormir sozinho em uma estalagem pelosiana – Tynian avisou. – As camas geralmente são frequentadas por todo tipo de criaturinhas desagradáveis.

– Pulgas? – Kalten perguntou.

– E piolhos e percevejos do tamanho de camundongos.

– Acho que teremos de arriscar – Sparhawk decidiu. – Os cavalos não conseguirão ir muito mais longe, e não creio que o Rastreador nos atacaria em um recinto fechado. Ele parece preferir espaços abertos. – E seguiu o caminho colina abaixo, conduzindo os companheiros até a vila.

As ruas da cidade não eram pavimentadas, e eles avançavam com lama na altura dos tornozelos. Chegaram à única estalagem do lugar; Sparhawk carregou Sephrenia até o alpendre enquanto Kurik o seguia com Flauta. Os degraus que levavam à porta estavam cheios de barro seco, e o capacho ao lado da entrada mostrava poucos sinais de uso. Ao que tudo indicava, os pelosianos eram indiferentes à lama. O interior da estalagem estava escuro e fumacento, e exalava um forte odor de suor rançoso e comida estragada. Alguma vez o chão fora coberto por juncos, mas, exceto nos cantos, os juncos estavam soterrados pelo barro seco.

– Você tem certeza de que não quer reconsiderar? – Tynian perguntou a Kalten enquanto entravam.

– Meu estômago tem certeza absoluta – Kalten respondeu –, e senti o cheiro de cerveja quando entramos.

O jantar que o estalajadeiro serviu, pelo menos, era marginalmente comestível, apesar de exagerado na guarnição de repolho cozido; as camas, meros catres de palha, não estavam tão infestadas de insetos quanto Tynian havia previsto.

Acordaram cedo na manhã seguinte e saíram cavalgando da vila enlameada sob uma aurora funesta.

– O sol nunca brilha nesta parte do mundo? – Talen perguntou amargamente.

– É primavera – Kurik explicou. – O tempo sempre é nublado e chuvoso na primavera. É bom para as plantações.

– Não sou um rabanete, Kurik – o garoto retrucou. – Não preciso ser regado.

– Vá falar com Deus sobre isso. – Kurik deu de ombros. – Eu não decido o clima.

– Eu e Deus não estamos nos melhores dos termos – Talen disse com loquacidade. – Ele está ocupado, assim como eu. Tentamos não interferir um com o outro.
– O garoto é atrevido – Bevier observou com desaprovação. Então disse: – Jovem, não é apropriado falar dessa maneira com o Senhor do Universo.
– O senhor é um honrado Cavaleiro da Igreja, Sir Bevier – Talen apontou. – Eu sou apenas um ladrão de rua. Regras diferentes se aplicam a nós. O grande jardim de flores de Deus precisa de algumas ervas daninhas para contrabalancear o esplendor das rosas. Eu sou uma erva daninha. Tenho certeza de que Deus me perdoa por isso, já que faço parte de seu grande desígnio.
Bevier olhou para ele sem saber o que dizer, e então começou a rir.

Seguiram com prudência pelo sudeste de Pelosia por vários dias, revezando-se na função de batedores para cavalgar até os cumes de colinas e inspecionar as cercanias de onde estavam. O céu permanecia lúgubre conforme rumavam para o leste. Viram camponeses – na verdade, servos – trabalhando nos campos com os tipos mais rudimentares de ferramentas. Havia pássaros fazendo ninhos nas sebes e vez por outra avistavam um cervo pastando em meio a um rebanho de animais esquálidos.

Apesar de a região ser povoada, Sparhawk e seus amigos não viram mais soldados da Igreja nem zemochs. Ainda assim, mantiveram-se cautelosos, evitando pessoas sempre que possível, e continuaram a investigar os arredores, já que todos sabiam que o Rastreador de manto negro podia recrutar até o mais tímido dos servos para fazer suas vontades.

À medida que se aproximavam da fronteira com Lamorkand, eles recebiam relatos cada vez mais perturbadores acerca de tumultos naquele reino. Os lamorks não eram o povo mais estável do mundo. O rei de Lamorkand governava apenas com a anuência dos barões, em grande parte independentes, os quais se recolhiam atrás dos muros de seus imponentes castelos em tempos de desordem. Disputas sangrentas, que datavam de centenas de anos, eram comuns, e barões ardilosos saqueavam e pilhavam à vontade. Na maior parte do tempo, Lamorkand existia em um estado de perpétua guerra civil.

Acamparam à noite a cerca de quinze quilômetros da fronteira daquele que era o mais problemático dos reinos ocidentais, e Sparhawk se levantou logo depois de um jantar composto pela última porção de carne que Kalten havia conseguido.

– Muito bem – ele disse –, em que estamos nos metendo? O que está causando tudo isso em Lamorkand? Vocês têm alguma ideia?

O CAVALEIRO DE RUBI

– Passei os últimos oito ou nove anos em Lamorkand – Kalten disse com seriedade. – É um povo estranho. Um lamork sacrificará tudo o que tem em prol de vingança... e as mulheres são ainda piores que os homens. Uma boa garota lamork pode empenhar toda a sua vida, e a fortuna de seu pai, pela chance de enfiar uma lança em alguém que recusar seu convite para dançar em alguma festa invernal. Vivi ali todos aqueles anos, e em todo esse tempo nunca ouvi uma pessoa rir nem vi alguém sorrir. É o lugar mais austero do mundo. O sol é proibido de brilhar em Lamorkand.

– Esse estado de guerra generalizado que ouvimos dos pelosianos é algo comum? – Sparhawk questionou.

– Pelosianos não são os melhores juízes acerca das peculiaridades dos lamorks – Tynian respondeu, pensativo. – Só a influência da Igreja e a presença de seus Cavaleiros evitam que Pelosia e Lamorkand embarquem cegamente em uma guerra de mútua extinção. O sentimento de desprezo um pelo outro é tão grande que chega a ser quase sagrado em sua ferocidade impensada.

Sephrenia suspirou.

– Elenos – ela disse.

– Nós temos os nossos defeitos, mãezinha – Sparhawk admitiu. – Então vamos nos meter em confusões quando atravessarmos a fronteira, não vamos?

– Não necessariamente – Tynian disse, coçando o queixo. – Você está aberto a outra sugestão?

– Sempre estou aberto a sugestões.

– Por que não colocamos nossas armaduras formais? Nem o mais louco barão lamork irá conscientemente se opor à Igreja, e os Cavaleiros da Igreja poderiam triturar a porção ocidental de Lamorkand se quisessem.

– E se alguém pagar para ver nosso blefe? – Kalten perguntou. – Somos apenas cinco, afinal de contas.

– Não acho que eles teriam motivos para fazer isso – Tynian falou. – A neutralidade dos Cavaleiros da Igreja nessas disputas locais é lendária. As armaduras formais podem ser exatamente o que precisamos para evitar mal-entendidos. Nosso propósito é chegar ao lago Randera, não nos engajar em disputas aleatórias com indivíduos inconsequentes.

– Pode funcionar, Sparhawk – Ulath murmurou. – Pelo menos, vale a pena tentar.

– Muito bem, vamos fazer dessa forma – Sparhawk decidiu.

Quando eles se levantaram na manhã seguinte, os cinco cavaleiros desempacotaram suas armaduras formais e começaram a vesti-las com a ajuda de Kurik e Berit. Sparhawk e Kalten trajavam o negro dos pandions, com sobretudos prateados e as protocolares capas negras. A armadura de Bevier refletia um prateado polido, e seu sobretudo e sua capa eram de um branco alvíssimo. A armadura de Tynian, de aço maciço, contrastava com o azul cerúleo brilhante de seu sobretudo e de sua capa. Ulath colocara de lado a cota de malha utilitária que trajara até então e a substituiu por calças de elos de metal e uma armadura de malha que chegava ao meio de suas coxas. Guardou seu simples elmo cônico e sua capa de viagem verde e vestiu um sobretudo esverdeado e um elmo de aparência bem impressionante, adornado por um par de chifres retorcidos e curvos, que ele identificou como vindos de um ogro.

– Bem? – Sparhawk disse para Sephrenia quando finalmente estavam todos paramentados. – Como estamos?

– Deslumbrantes -- ela os elogiou.

Talen, entretanto, os examinava criticamente.

– Eles meio que parecem esculturas de ferro das quais brotaram pernas, não é? – ele comentou com Berit.

– Seja educado – Berit disse, escondendo um sorriso com uma das mãos.

– Isso é deprimente – Kalten falou para Sparhawk. – Você acha que nós realmente parecemos ridículos assim para as pessoas comuns?

– É provável.

Kurik e Berit cortaram lanças de um bosque de teixos e afixaram pontas de aço a elas.

– Flâmulas? – Kurik questionou.

– O que você acha? – Sparhawk perguntou para Tynian.

– Não faria mal nenhum. Vamos tentar parecer tão impressionantes quanto possível, eu acho.

Eles montaram com alguma dificuldade, ajustaram seus escudos e moveram suas lanças com as flâmulas para uma posição em que elas fossem vistas, e partiram. Faran começou a trotar com ostentação

– Ora, pare com isso – Sparhawk ordenou, com desgosto.

Adentraram Lamorkand não muito depois do meio-dia. Os guardas da fronteira olharam com suspeita, mas automaticamente abriram caminho para os Cavaleiros da Igreja que portavam armaduras formais e expressões de resolução inexorável.

A cidade lamork de Kadach ficava na margem oposta de um rio. Havia uma ponte, mas Sparhawk decidiu não passar por aquele lugar feio e desolado. Em vez disso, checou seu mapa e rumou para o norte.

– O rio se bifurca mais acima – ele explicou aos outros. – Lá poderemos atravessá-lo por um vau. De todo modo, temos que seguir naquela direção, e as cidades estão repletas de pessoas predispostas a conversar com forasteiros que podem perguntar a nosso respeito.

O CAVALEIRO DE RUBI

Cavalgaram para o norte passando por uma série de pequenos afluentes que alimentavam o braço principal do rio. Foi naquela tarde, enquanto cruzavam um desses afluentes rasos, que eles viram um grande destacamento de guerreiros lamorks na margem oposta.

– Espalhem-se – Sparhawk comandou sucintamente. – Sephrenia, pegue Talen e Flauta e vá para a retaguarda.

– Você acha que eles pertencem ao Rastreador? – Kalten perguntou, levando a mão até a haste de sua lança.

– Vamos descobrir num instante. Não façam nenhum gesto abrupto, mas estejam prontos para problemas.

O líder do grupo de guerreiros era um homem corpulento que usava uma armadura de elos de metal, um elmo de aço com uma viseira protuberante e pontiaguda, além de firmes botas de couro. Ele avançou pelo afluente sozinho e ergueu o visor para mostrar que não tinha intenções hostis.

– Acho que ele está normal, Sparhawk – Bevier disse em voz baixa. – Ele não tem aquela fisionomia inexpressiva que tinham os homens que matamos em Elenia.

– Que encontro venturoso, Sirs Cavaleiros – o lamork disse.

Sparhawk instigou Faran mais um pouco adiante pela correnteza.

– De fato, venturoso, milorde – ele respondeu.

– Este é um encontro afortunado – o lamork continuou. – Parecia-me que teríamos de cavalgar até Elenia antes de encontrarmos Cavaleiros da Igreja.

– E o que o senhor tem a tratar com Cavaleiros da Igreja, milorde? – Sparhawk perguntou com polidez.

– Temos de lhe requisitar um serviço, Sir Cavaleiro... um serviço que implica diretamente o bem-estar da Igreja.

– Vivemos para servi-la – Sparhawk falou, lutando para ocultar sua irritação. – Fale mais a respeito desse serviço tão necessário.

– Como todo mundo sabe, o patriarca de Kadash é o candidato mais importante para ocupar o trono do arquiprelado em Chyrellos – o lamork de elmo declarou.

– Eu não tinha ouvido isso – Kalten murmurou baixinho lá de trás.

– Quieto – Sparhawk resmungou por sobre o ombro. – Prossiga, milorde – ele disse ao lamork.

– Infortunadamente, o tumulto civil desfigura Lamorkand ocidental no presente momento – o lamork prosseguiu.

– Gosto de "infortunadamente" – Tynian murmurou para Kalten. – Tem uma bela sonoridade.

– Vocês dois *podem* ficar quietos? – Sparhawk os repreendeu, irritadiço. Então voltou sua atenção ao homem na armadura de malha. – Boatos já nos acautelaram sobre tal discórdia, milorde – ele respondeu. – Mas certamente essa é uma questão local, e não envolve a Igreja.

– Irei direto ao ponto, Sir Cavaleiro. Em razão desse tumulto que acabo de mencionar, o patriarca Ortzel de Kadach foi forçado a buscar refúgio na fortaleza de seu irmão, o barão Alstrom, a quem tenho a honra de servir. Essa rude discórdia civil se alastra por Lamorkand, e antecipamos com algum grau de certeza que os inimigos de milorde Alstrom irão sitiar sua fortaleza em breve.

– Somos apenas cinco, milorde – Sparhawk indicou. – Certamente nossa ajuda não seria de grande valia durante um cerco prolongado.

– Ah, não, Sir Cavaleiro – o lamork disse com sorriso desdenhoso. – Podemos proteger a nós mesmos e ao castelo de milorde Alstrom sem o auxílio dos invencíveis Cavaleiros da Igreja. O castelo de milorde Alstrom é inexpugnável, e seus inimigos podem se lançar livremente contra sua muralha por gerações a fio até tornarem-se pó sem que tenhamos de nos preocupar. Como eu já havia dito, entretanto, o patriarca Ortzel é o candidato mais importante para ocupar o trono do arquiprelado... quando do falecimento do reverendo Cluvonus, o que, rogo a Deus, seja postergado por algum tempo. Dessa forma, Sir Cavaleiro, incumbo ao senhor e a seus nobres companheiros a tarefa de conduzir Sua Graça, íntegro e em segurança, até a cidade sagrada de Chyrellos para que ele possa estar presente na eleição, caso essa desoladora necessidade venha a acontecer. Com esse fim em mente, irei conduzi-lo junto com seus companheiros à fortaleza de milorde Alstrom para que o senhor possa se encarregar dessa nobre tarefa. Prossigamos, então.

Capítulo 4

O CASTELO DO BARÃO ALSTROM estava situado em um promontório rochoso na margem leste do rio. O promontório se projetava sobre o braço principal alguns quilômetros acima da cidade de Kadach. Era uma fortaleza feia, de aspecto severo, que aparentava estar agachada como um sapo contra um céu desanimador. Suas muralhas eram altas e espessas, e pareciam refletir a arrogância petulante e intransigente de seu dono.

– Inexpugnável? – Bevier murmurou com desdém para Sparhawk, conforme o cavaleiro em armadura de elos de metal os guiava pelo caminho estreito que levava ao portão do castelo. – Eu poderia demolir esses muros no espaço de dois anos. Nenhum nobre arciano se sentiria seguro dentro de uma fortificação tão frágil.

– Os arcianos têm anos e anos para construir seus castelos – Sparhawk lembrou o cavaleiro de trajes brancos. – Demora-se bem mais tempo para se deflagrar um conflito em Arcium do que em Lamorkand. Aqui, pode-se começar uma guerra em cerca de cinco minutos, e é provável que dure por gerações.

– Verdade – Bevier concordou. Ele esboçou um sorriso leve. – Em minha juventude, eu costumava dedicar algum tempo ao estudo da história militar. Quando voltei minha atenção para os volumes que tratavam sobre Lamorkand, joguei as mãos para o alto em desespero. Nenhum homem racional consegue destrinchar todas as alianças, traições e disputas sangrentas que fervilham por trás dos panos deste reino infeliz.

A ponte levadiça desceu com um estrondo, e todos atravessaram-na com estrépito em direção ao pátio principal do castelo.

– Se lhes aprouver, Sirs Cavaleiros – o cavaleiro lamork disse, desmontando –, conduzi-los-ei diretamente à presença do barão Alstrom e de Sua Graça, o patriarca Ortzel. O tempo urge, e precisamos assegurar que Sua Graça esteja a salvo, fora do castelo, antes que as forças do conde Gerrich iniciem o sítio.

– Conduza-nos, Sir Cavaleiro – Sparhawk disse, tilintando ao desmontar de Faran. Ele recostou sua lança contra a parede do estábulo e entregou as rédeas a um cavalariço que estava a postos.

Seguiram por uma ampla escadaria de pedra e, quando chegaram ao topo, atravessaram um par de portas maciças.

– Você alertou aquele cavalariço? – Kalten perguntou, colocando-se ao lado de Sparhawk; sua capa negra rodopiava à altura dos tornozelos.

– Sobre o quê?

– O temperamento de seu cavalo.

– Eu me esqueci – Sparhawk confessou. – Ele descobrirá por si, creio eu.

– Ele já deve ter descoberto.

O cômodo para onde o cavaleiro lamork os levou era austero. Em muitos aspectos se assemelhava mais a uma armaria do que a um aposento utilizado para convivência. Espadas e machados estavam pendurados nas paredes, e dezenas de piques se aglomeravam encostados em um canto. O fogo queimava em uma grande e abobadada lareira, e as poucas cadeiras existentes eram pesadas e sem almofadas. Não havia tapetes no chão, e alguns sabujos cochilavam aqui e ali.

O barão Alstrom era um homem de rosto severo e ar melancólico. Seu cabelo e sua barba negros tinham mechas cinzentas. Ele vestia uma armadura de elos de metal e levava uma espada larga na cintura. Seu sobretudo era negro e cuidadosamente bordado em vermelho, e, tal como o cavaleiro do elmo de viseira pontiaguda, usava botas.

O homem que os acompanhara fez uma mesura formal.

– Por muita boa sorte, milorde, encontrei estes Cavaleiros da Igreja a não mais que cinco quilômetros de suas muralhas. Eles foram corteses o suficiente para me acompanhar até aqui.

– E nós tivemos escolha? – Kalten resmungou.

O barão se levantou de sua cadeira com um movimento desajeitado por conta de sua armadura e espada.

– Saudações, Sirs Cavaleiros – ele disse em um tom de voz não muito afetuoso. – De fato foi uma sorte Sir Enmann os ter encontrado tão perto desta fortaleza. As forças de meu inimigo irão me sitiar a qualquer momento, e meu irmão deve estar em seu caminho, com segurança, antes que eles cheguem.

– Sim, milorde – Sparhawk respondeu, tirando o elmo e olhando para o lamork em armadura de cota de malha que saía. – Sir Enmann nos informou das circunstâncias. Não seria mais prudente, contudo, que seu irmão fosse escoltado pelo caminho por suas próprias tropas? Foi apenas um acaso que nos trouxe até seu portão antes da chegada de seus inimigos.

Alstrom balançou a cabeça em negativa.

– Os guerreiros de conde Gerrich certamente atacariam meus homens assim que os vissem. Apenas sob a escolta de Cavaleiros da Igreja meu irmão estará a salvo, Sir...?

– Sparhawk.

Alstrom pareceu surpreso por um instante.

– O nome não nos é desconhecido – ele falou. Olhou de maneira inquiridora para os outros, e Sparhawk fez as apresentações.

– Uma comitiva assaz eclética, Sir Sparhawk – Alstrom observou após inclinar-se mecanicamente para Sephrenia. – Mas é sábio levar uma dama e duas crianças em uma jornada que pode envolver perigo?

– A dama é essencial para o nosso propósito – Sparhawk respondeu. – A garotinha está sob os cuidados dela, e o menino é seu pajem. Ela não pôde deixá-los para trás.

– Pajem? – Sparhawk ouviu Talen sussurrar para Berit. – Já fui chamado de muitas coisas, mas essa é nova.

– Quieto – Berit sussurrou de volta.

– O que me impressiona ainda mais, entretanto – Alstrom continuou –, é o fato de que todas as quatro ordens militantes estejam representadas aqui. As relações entre as ordens não têm sido cordiais ultimamente, pelo que fui informado.

– Nós embarcamos em uma missão que envolve diretamente a Igreja – Sparhawk explicou, retirando suas manoplas. – É de tamanha urgência que nossos preceptores nos uniram para que, por meio de nossa unidade, possamos triunfar.

– A unidade dos Cavaleiros da Igreja, assim como a da própria Igreja, tardou a acontecer – uma voz áspera disse a partir do lado oposto do cômodo. Um clérigo saiu das sombras. Seu hábito negro era simples, até mesmo severo, e seu rosto de aspecto macilento era sobriamente ascético. Seu cabelo, de uma tonalidade loiro-clara e já grisalho, caía liso por seus ombros e aparentava ter sido arrancado a certo ponto por uma faca.

– Meu irmão – Alstrom o apresentou –, o patriarca Ortzel de Kadach.

– Vossa Graça – Sparhawk o saudou, fazendo uma mesura, e sua armadura rangeu levemente.

– Esse assunto da Igreja que o senhor mencionou me interessa – Ortzel disse, andando para a frente até a luz. – Que tamanha urgência é capaz de impelir os preceptores das quatro ordens a deixar de lado suas velhas inimizades e enviar seus campeões em conjunto, como uma só força?

Sparhawk pensou por um breve instante, então arriscou.

– Vossa Graça talvez conheça Annias, o primado de Cimmura? – ele perguntou, depositando suas manoplas no interior de seu elmo.

O rosto de Ortzel endureceu.

– Já o encontrei – ele disse concisamente.

– Também tivemos esse prazer – Kalten disse de maneira seca –, mais do que o suficiente para minha satisfação, devo dizer.

Ortzel esboçou um leve sorriso.

– Percebo que nossas opiniões sobre o bom primado mais ou menos coincidem – ele sugeriu.

– Vossa Graça é perceptivo – Sparhawk notou suavemente. – O primado de Cimmura aspira a uma posição na Igreja para a qual nossos preceptores acreditam que ele não possui qualificações.

– Ouvi boatos a respeito dessas aspirações.

– Esse é o motivo principal de nossa jornada, Vossa Graça – Sparhawk explicou. – O primado de Cimmura está profundamente envolvido na política de Elenia. A rainha de direito daquele reino é Ehlana, filha do finado rei Aldreas. Ela está, entretanto, gravemente doente, e o primado Annias controla o Conselho Real... o que significa que ele também controla o tesouro real. É seu acesso ao tesouro que abastece suas esperanças de ascensão ao trono do arquiprelado. Ele tem um fundo mais ou menos ilimitado à sua disposição, e certos membros da hierocracia já se provaram suscetíveis a seus agrados. É nossa missão restituir a saúde à rainha Ehlana para que ela possa mais uma vez tomar as rédeas do governo de seu reino com as próprias mãos.

– Uma situação imprópria – o barão Alstrom observou, com desaprovação. – Nenhum reino deveria ser governado por uma mulher.

– Tenho a honra de ser o campeão da rainha, milorde – Sparhawk declarou –, e, espero, seu amigo também. Eu a conheço desde que ela era uma criança e asseguro-lhe que Ehlana não é uma mulher comum. Ela possui mais determinação do que qualquer outro monarca em toda a Eosia. Tão logo esteja recuperada, será mais do que apta para lidar com o primado de Cimmura. Ela cortará o acesso de Annias ao tesouro com tanta facilidade quanto partiria um fio de cabelo, e, sem o dinheiro, as esperanças do primado morrerão.

– Então sua jornada é nobre, Sir Sparhawk – o patriarca Ortzel aprovou –, mas por que ela o trouxe a Lamorkand?

– Posso falar abertamente, Vossa Graça?

– É claro.

– Descobrimos recentemente que a doença que aflige a rainha Ehlana não é de origem natural, e para curá-la devemos apelar a medidas extremas.

– Você está falando muito delicadamente, Sparhawk – Ulath grunhiu, retirando seu elmo com chifres de ogro. – O que meu irmão pandion está tentando dizer, Vossa Graça, é que a rainha Ehlana foi envenenada, e que devemos usar magia para devolvê-la à saúde.

– Envenenada? – Ortzel empalideceu. – Certamente vocês não suspeitam do primado Annias.

– Tudo aponta nessa direção, Vossa Graça – Tynian disse, afastando sua capa azul. – Os detalhes são tediosos, mas temos fortes evidências de que Annias está por trás de tudo.

– Os senhores devem apresentar essas acusações perante a hierocracia! – Ortzel exclamou. – Se elas forem verdadeiras, isso é monstruoso.

– A questão já está nas mãos do patriarca de Demos, Vossa Graça – Sparhawk assegurou. – Creio que podemos confiar nele para que a exponha à hierocracia no momento apropriado.

– Dolmant é um bom homem – Ortzel concordou. – Serei guiado por sua decisão nessa questão... por enquanto, pelo menos.

– Por favor, sentem-se, Sirs Cavaleiros – o barão disse. – A urgência dessa presente situação fez com que eu esquecesse de minha cortesia. Poderia oferecer-lhes algum refresco?

Os olhos de Kalten reluziram.

– Nem pense nisso – Sparhawk resmungou para ele, puxando uma cadeira para Sephrenia. Ela se sentou e Flauta veio em sua direção, subindo em seu colo.

– Sua filha, madame? – Ortzel presumiu.

– Não, Vossa Graça. Nós a encontramos... ou quase isso. Ainda assim, sou apegada a ela.

– Berit – Kurik falou –, só estamos atrapalhando aqui. Vamos aos estábulos. Quero checar os cavalos. – E com isso os dois deixaram o cômodo.

– Diga-me, milorde – Bevier disse ao barão Alstrom –, o que fez com que o senhor chegasse à beira de uma guerra? Alguma disputa antiga, talvez?

– Não, Sir Bevier – o barão respondeu, seu rosto endurecendo –, este é um assunto de origem mais recente. Talvez um ano atrás meu filho único tornou-se amigo de um cavaleiro que disse ser de Cammoria. Descobri algum tempo depois que esse homem é um vilão. Ele encorajou meu jovem e tolo filho na vã esperança de obter a mão da filha de meu vizinho, o conde Gerrich. A garota parecia ser sensata, ainda que o pai dela e eu nunca tivéssemos sido amigos. Não muito depois disso, entretanto, Gerrich anunciou que havia prometido a mão de sua filha a outro. Meu filho ficou irado. O suposto amigo que o havia colocado nessa situação propôs um plano desesperado. Eles iriam sequestrar a garota, encontrar um padre disposto a casá-la com meu filho e apresentar uma série de netos a Gerrich para aplacar sua cólera. Eles escalaram as muralhas do castelo do conde e se esgueiraram até o quarto da jovem. Depois que tudo havia acontecido, fiquei sabendo que o suposto amigo de meu filho havia alertado o conde; Gerrich e os sete filhos de sua irmã surgiram de onde estavam escondidos quando os dois entraram. Meu filho, acreditando que fora a filha do conde que o havia traído, enterrou sua adaga no peito da garota antes que os sobrinhos do conde caíssem sobre ele com suas espadas. – Alstrom fez uma pausa, com os dentes cerrados e os olhos cheios de lágrimas.

– Meu filho estava obviamente errado – ele admitiu, continuando sua história – e eu não iria insistir nesse assunto, apesar de estar ressentido. Foi o que aconteceu depois da morte de meu filho que fez com que a inimizade entre mim e Gerrich se tornasse eterna. Não satisfeito em apenas matar meu filho, o conde e a prole selvagem de sua irmã mutilaram seu corpo e, com desdém, depositaram seus restos mortais no portão de meu castelo. Eu me senti ultrajado, mas o cavaleiro cammoriano, em quem ainda confiava, me aconselhou astúcia. Ele declarou ter assuntos importantes a tratar em Cammoria, mas garantiu que dois de seus homens fiéis me ajudariam. Foi apenas na semana passada que os dois chegaram à minha porta dizendo que a hora de minha vingança havia chegado. Eles conduziram meus soldados até a casa da irmã do conde e lá massacraram os sete sobrinhos dele. Depois do ocorrido, soube que os dois homens incitaram meus soldados, que acabaram tomando certas liberdades com a pessoa da irmã de Gerrich.

– Essa é uma forma delicada de colocar a situação – Kalten sussurrou para Sparhawk.

– Quieto – Sparhawk murmurou de volta.

– A dama foi despachada para o castelo de seu irmão... nua, devo acrescentar com pesar. Agora a reconciliação é totalmente impossível. Gerrich possui muitos aliados, assim como eu, e hoje Lamorkand ocidental paira à beira de uma guerra generalizada.

– Uma história melancólica, milorde – Sparhawk disse com tristeza.

– A guerra iminente é *minha* preocupação. O mais importante agora é retirar meu irmão desta casa e conduzi-lo em segurança até Chyrellos. Caso ele também pereça durante o ataque de Gerrich, a Igreja não terá escolha além de enviar seus Cavaleiros. O assassinato de um patriarca, especialmente de um que é forte candidato à arquiprelazia, seria um crime que a Igreja não poderia ignorar. Por isso eu vos imploro, salvaguardem-no em seu caminho até a cidade sagrada.

– Uma questão, milorde – Sparhawk falou. – As atividades desse cavaleiro cammoriano mencionado pelo senhor me soam familiares. Poderia descrevê-lo e a seus capangas para nós?

– O cavaleiro é um homem alto de conduta arrogante. Um de seus companheiros é um bruto corpulento, mal chega a ser humano. O outro é um fulano franzino com um apego excessivo a bebidas fortes.

– Parece um pouco com alguns velhos amigos, não é mesmo? – Kalten disse a Sparhawk. – Havia algo de incomum nesse cavaleiro?

– Seu cabelo era absolutamente branco – Alstrom respondeu –, e ele não era tão velho.

– Martel certamente não sabe ficar parado, não é? – Kalten observou.

– O senhor conhece esse homem, Sir Kalten? – o barão perguntou.

– O homem de cabelos brancos se chama Martel – Sparhawk explicou. – Seus dois capangas são Adus e Krager. Martel é um pandion renegado que vende seus serviços em várias partes do mundo. Recentemente, ele tem trabalhado para o primado de Cimmura.

– Mas qual seria o propósito do primado em fomentar a discórdia entre Gerrich e mim?

– O senhor mesmo já chegou ao ponto, milorde – Sparhawk respondeu. – Os preceptores das quatro ordens militantes se opõem com firmeza à ideia de Annias sentar-se no trono do arquiprelado. Eles estarão presentes, e votarão, durante a eleição na basílica de Chyrellos, e a opinião deles carrega muito peso sobre a hierocracia. Além disso, os Cavaleiros da Igreja iriam responder imediatamente à primeira suspeita de irregularidades na eleição. Se Annias quiser ser bem-sucedido, ele deve tirar os Cavaleiros da Igreja de Chyrellos antes da eleição. Há pouco tempo frustramos um plano arquitetado por Martel, em Rendor, que teria tirado os cavaleiros da cidade sagrada. Minha suspeita é de que esse infeliz incidente que o senhor nos contou é outro embuste. Martel, agindo sob as ordens de Annias, está acendendo fogueiras mundo afora na esperança de que, cedo ou tarde, os Cavaleiros da Igreja sejam forçados a sair de Chyrellos para apagá-las.

– Annias é depravado a esse ponto? – Ortzel questionou.

– Vossa Graça, Annias fará *qualquer coisa* para ascender àquele trono. Tenho certeza de que ele ordenaria o massacre de metade de Eosia para conseguir o que deseja.

– Como é possível para um clérigo se predispor a algo tão baixo?

– Ambição, Vossa Graça – Bevier disse com tristeza. – Uma vez que ela finca suas garras no coração de um homem, ele se torna cego a todo o resto.

– Esse é mais um motivo para levar meu irmão em segurança até Chyrellos – Alstrom falou gravemente. – Ele é muito respeitado pelos outros membros da hierocracia, e sua voz carregará grande peso durante as deliberações.

– Devo advertir o senhor e seu irmão, milorde Alstrom, de que há certo risco envolvendo esse plano – Sparhawk os avisou. – Estamos sendo perseguidos. Há aqueles que têm como intento frustrar nossa jornada. Uma vez que a segurança de seu irmão é sua preocupação primária, devo dizer-lhe que não posso garanti-la. Aqueles que nos perseguem são determinados e muito perigosos. – Ele falou de maneira oblíqua, uma vez que nem Alstrom nem

Ortzel lhe dariam ouvidos se ele dissesse a verdade nua e crua acerca da natureza do Rastreador.

– Temo não haver escolha nessa questão, Sir Sparhawk. Com este sítio antecipado pairando sobre minha cabeça, tenho que colocar meu irmão fora deste castelo, não importa o risco.

– Desde que o senhor entenda, milorde – Sparhawk suspirou. – Nossa missão é da mais grave urgência, mas essa questão até mesmo a ofusca.

– Sparhawk! – Sephrenia ofegou.

– Não temos escolha, mãezinha – ele disse. – Nós realmente *temos* de garantir que Sua Graça saia de Lamorkand e chegue a Chyrellos em segurança. O barão tem razão. Se algo acontecer ao irmão dele, os Cavaleiros da Igreja deixarão Chyrellos para retaliar. Nada poderia evitá-lo. Temos de levar Sua Graça até a cidade sagrada e, então, tentar compensar o tempo perdido.

– O que é, precisamente, objeto de sua procura, Sir Sparhawk? – o patriarca de Kadach perguntou.

– Como Sir Ulath explicou, fomos forçados a apelar ao uso de magia para restaurar a saúde da rainha de Elenia, e há apenas um objeto em todo o mundo capaz de fazê-lo. Estamos nos dirigindo ao grande campo de batalha no lago Randera para procurar a joia que, no passado, ornava a coroa real de Thalesia.

– A Bhelliom? – Ortzel estava chocado. – Certamente vocês não trariam aquela coisa amaldiçoada à luz mais uma vez.

– Não temos escolha, Vossa Graça. Apenas a Bhelliom pode fazer com que minha rainha se recupere.

– Mas a Bhelliom é corrompida. Toda a crueldade dos Deuses Trolls a infecta.

– Os Deuses Trolls não são tão ruins assim, Vossa Graça – Ulath falou. – Eles são caprichosos, é verdade, mas não são realmente maus.

– O Deus eleno proíbe consorciar-se com eles.

– O Deus eleno é sábio, Vossa Graça – Sephrenia disse. – Ele também proibiu o contato com os Deuses de Styricum. No entanto, Ele abriu uma exceção a essa regra quando chegou a hora de formar as ordens militares. Os Deuses Jovens de Styricum concordaram em assisti-Lo em Seus desígnios. Imagino se Ele também não seria capaz de angariar a ajuda dos Deuses Trolls. Ele é, segundo me consta, muito persuasivo.

– Blasfêmia! – Ortzel ofegou.

– Não, Vossa Graça, na verdade não é. Sou styrica e, portanto, não estou sujeita à teologia elena.

– Não é melhor irmos logo? – Ulath sugeriu. – É uma longa cavalgada até Chyrellos, e temos de tirar Sua Graça deste castelo antes que a luta comece.

– Muito bem colocado, meu amigo lacônico – Tynian aprovou.

– Vou iniciar os preparativos imediatamente – Ortzel falou, indo em direção à porta. – Poderemos partir dentro de uma hora. – E saiu.

– Quanto tempo o senhor acha que levará antes de as forças do conde chegarem aqui, milorde? – Tynian perguntou ao barão.

– Não mais que um dia, Sir Tynian. Tenho amigos que estão impedindo sua marcha rumo ao norte a partir de sua fortaleza, mas ele possui um exército considerável, e tenho certeza de que abrirá caminho em breve.

– Talen – Sparhawk ordenou rispidamente –, coloque isso de volta.

O garoto fez uma careta e recolocou sobre a mesa uma pequena adaga com o punhal cravejado de joias.

– Não achei que você estivesse prestando atenção – ele disse.

– Nunca cometa esse erro – Sparhawk retrucou. – Eu sempre estou de olho em você.

O barão pareceu intrigado.

– O garoto ainda não consegue entender alguns dos pontos mais refinados no que diz respeito à propriedade privada, milorde – Kalten disse com suavidade. – Estamos tentando ensiná-lo, mas ele não é um bom aluno.

Talen suspirou e apanhou seu bloco de papel e um lápis. Então, sentou-se à mesa do lado oposto do quarto e começou a desenhar. Ele era, Sparhawk se lembrou, muito talentoso.

– Fico muito grato a todos os senhores, cavalheiros – o barão dizia. – A segurança de meu irmão tem sido minha única preocupação. Agora poderei me concentrar na questão que tenho em mãos. – Olhou para Sparhawk. – O senhor acha que haverá a possibilidade de encontrar esse tal Martel durante o curso de sua jornada?

– Eu certamente *espero* que sim – Sparhawk disse com fervor.

– E é seu intento matá-lo?

– Esse tem sido o intento de Sparhawk pelos últimos doze anos, mais ou menos – Kalten falou. – Martel dorme com um olho aberto quando Sparhawk está no mesmo reino que ele.

– Que Deus guie seu braço, então, Sir Sparhawk – o barão disse. – Meu filho descansará em maior paz quando aquele que o traiu se juntar a ele na Casa dos Mortos.

A porta do cômodo se abriu de supetão e Sir Enmann entrou com pressa.

– Milorde! – ele disse para Alstrom em tom de urgência. – Venha depressa!

Alstrom pôs-se de pé.

– O que foi, Sir Enmann?

– O conde Gerrich nos ludibriou. Ele tem uma frota de navios no rio, e neste exato momento suas forças estão desembarcando em ambos os lados deste promontório.

– Soe o alarme! – o barão comandou. – E erga a ponte levadiça!

– Imediatamente, milorde. – Enmann saiu apressado da sala.

Alstrom suspirou com austeridade.

– Temo que seja tarde demais, Sir Sparhawk – ele disse. – Tanto sua jornada quanto a tarefa de que lhe incumbi estão condenadas agora. Estamos sitiados, e ficaremos aprisionados no interior destas muralhas por um bom número de anos, temo eu.

Capítulo 5

O RUÍDO ESTRONDOSO DE PEDRAS se chocando contra as muralhas do castelo de Alstrom era ouvido com uma regularidade monótona quando os engenhos de cerco do conde Gerrich foram posicionados e começaram a fustigar a fortaleza.

Sparhawk e os outros permaneceram no cômodo lúgubre e repleto de armamentos a pedido de Alstrom; eles estavam sentados, aguardando seu retorno.

– Nunca estive sitiado antes – Talen disse, erguendo os olhos de seus desenhos. – Quanto tempo eles costumam levar?

– Se não conseguirmos pensar em uma forma de sair daqui, você estará se barbeando quando isso acabar – Kurik respondeu.

– Faça algo, Sparhawk – o garoto quase implorou.

– Estou aberto a sugestões.

Talen olhou para ele com desesperança.

O barão Alstrom voltou para o cômodo. Seu rosto estava sério.

– Temo que estamos completamente cercados – ele disse.

– Uma trégua, talvez? – Bevier sugeriu. – É costumeiro em Arcium garantir uma saída em segurança para mulheres e clérigos antes de se firmar um sítio.

– Infelizmente, Sir Bevier – Alstrom respondeu –, não estamos em Arcium. Estamos em Lamorkand, e não existem tréguas por aqui.

– Alguma ideia? – Sparhawk perguntou a Sephrenia.

– Um punhado, talvez – ela falou. – Deixem-me tentar a sua excelente lógica elena. Primeiro, o uso de força bruta para abrir caminho e sair do castelo está fora de questão, vocês não diriam?

– Completamente.

– E, como o barão apontou, uma trégua provavelmente não seria respeitada, não é?

– Com certeza, eu não arriscaria a vida de Sua Graça, ou a sua, em uma trégua.

– Então, há a possibilidade de sair às escondidas. Não acho que seria possível, e vocês?

O CAVALEIRO DE RUBI

– Muito arriscado – Kalten concordou. – O castelo está cercado, e os soldados estarão alertas a pessoas que tentem se esgueirar.

– Algum tipo de subterfúgio? – ela perguntou.

– Não sob estas circunstâncias – Ulath disse. – As tropas que envolvem o castelo estão armadas com balestras. Nunca chegaríamos perto o suficiente para ludibriá-los.

– Restam-nos apenas as artes de Styricum, não é verdade?

O rosto de Ortzel se fechou.

– Não serei a favor do uso de feitiçaria pagã – ele declarou.

– Eu temia que ele encarasse dessa forma – Kalten murmurou para Sparhawk.

– Tentarei argumentar com ele pela manhã – Sparhawk respondeu em voz baixa. Ele olhou para o barão Alstrom e disse: – É tarde, milorde, e estamos todos cansados. Um pouco de sono talvez possa clarear nossa mente e apontar outras soluções.

– Muito bem colocado, Sir Sparhawk – Alstrom concordou. – Meus criados levarão o senhor e seus companheiros a quartos seguros, e iremos juntos considerar essa questão em maiores detalhes pela manhã.

Foram todos conduzidos pelos deprimentes corredores do castelo de Alstrom a uma ala que, embora fosse confortável, mostrava poucos sinais de uso. O jantar foi trazido aos seus quartos, e Sparhawk e Kalten tiraram suas armaduras. Depois de comer, eles se sentaram e conversaram em voz baixa na câmara que dividiam.

– Eu poderia ter dito a você que Ortzel agiria exatamente daquela forma a respeito de magia. Os clérigos aqui em Lamorkand têm sentimentos quase tão fortes quanto os rendorenhos.

– Se fosse Dolmant, nós conseguiríamos argumentar com ele – Sparhawk concordou, taciturno.

– Dolmant é mais cosmopolita – Kalten falou. – Ele cresceu ao lado da casa-mãe dos pandions e sabe muito mais sobre os segredos do que deixa transparecer.

Ouviu-se uma batida na porta. Sparhawk se levantou e atendeu. Era Talen.

– Sephrenia quer ver você – ele disse ao cavaleiro robusto.

– Muito bem. Vá para a cama, Kalten. Você ainda está abatido. Mostre-me o caminho, Talen.

O garoto levou Sparhawk até o final do corredor e bateu na porta.

– Pode entrar, Talen – Sephrenia respondeu.

– Como você sabia que era eu? – Talen perguntou com curiosidade quando do abriu a porta.

– Há formas – ela disse misteriosamente. A pequena styrica estava escovando os longos cabelos negros de Flauta com gentileza. A garotinha estava com uma expressão sonhadora em seu pequeno rosto e cantarolava para si mesma de lábios fechados, contente. Sparhawk ficou espantado. Era o primeiro som vocal que ele ouvia a menina emitir.

– Se ela pode murmurar, por que não consegue falar? – ele perguntou.

– O que te deu a ideia de que ela não consegue falar? – Sephrenia continuou a escovar.

– Ela nunca falou.

– E o que isso tem a ver?

– Por que você queria me ver?

– Vamos precisar de algo relativamente espetacular para nos tirar daqui – ela respondeu –, e eu posso precisar de sua ajuda e da dos outros para conseguir.

– Tudo o que você tem a fazer é pedir. Ideias?

– Algumas. Entretanto, nosso primeiro problema é Ortzel. Se ele bater o pé em relação a isso, nunca conseguiremos tirá-lo do castelo.

– E se eu simplesmente o golpear na cabeça antes de sairmos e o amarrar na sela de seu cavalo até que estejamos longe e em segurança?

– Sparhawk – ela o repreendeu.

– Foi só uma ideia. – Ele deu de ombros. – E a nossa Flauta, aqui?

– O que tem ela?

– Ela fez com que aqueles soldados no cais de Vardenais e os espiões do lado de fora da casa capitular nos ignorassem. Ela não poderia fazer o mesmo aqui?

– Você faz ideia do tamanho do exército que está além dos portões, Sparhawk? Afinal, ela é apenas uma menininha.

– Ah. Eu não sabia que isso faria diferença.

– É claro que faz.

– Você não poderia fazer com que Ortzel adormecesse? – Talen perguntou a ela. – Você sabe, meio que mexer seus dedos até ele cair no sono?

– É possível, creio eu.

– Assim, até que acorde, ele não vai saber que você usou magia para nos tirar daqui.

– Ideia interessante – ela concedeu. – Como você arquitetou isso?

– Sou um ladrão, Sephrenia. – Ele escancarou um sorriso descaradamente. – Eu não seria muito bom nisso se não conseguisse pensar mais rápido que as outras pessoas.

– Mas como lidaremos com Ortzel não é a questão – Sparhawk disse. – Nossa preocupação principal é obter a cooperação de Alstrom. Ele pode ficar um pouco relutante em arriscar a vida do irmão em algo que não compreende. Vou falar com ele pela manhã.

— Seja *muito* persuasivo, Sparhawk — Sephrenia falou.

— Vou tentar. Vamos, Talen. Deixe as damas dormirem um pouco. Kalten e eu temos uma cama sobrando em nosso quarto. Você pode dormir lá. Sephrenia, não tenha medo de me chamar ou aos outros se precisar de ajuda com qualquer feitiço.

— Eu nunca tenho medo, Sparhawk... não quando tenho você para me proteger.

— Pare com isso — ele disse. Então sorriu. — Durma bem, Sephrenia.

— Você também, meu querido.

— Boa noite, Flauta — ele acrescentou.

Ela soprou um trilado em seu instrumento.

Na manhã seguinte, Sparhawk se levantou cedo e voltou para a porção principal do castelo. Por um golpe de sorte, ele encontrou Sir Enmann no corredor comprido e iluminado por tochas.

— Como estão as coisas? — ele perguntou ao cavaleiro lamork.

O rosto de Enmann estava abatido pela fadiga. Era óbvio que ele ficara acordado a noite toda.

— Obtivemos algum sucesso, Sir Sparhawk — ele respondeu. — Repelimos um ataque relativamente perigoso contra os portões do castelo por volta de meia-noite, e estamos reposicionando nosso maquinário. Devemos ser capazes de destruir os engenhos de cerco de Gerrich, bem como seus navios, antes do meio-dia.

— Ele irá retroceder a esta altura?

Enmann negou, balançando a cabeça.

— O mais provável é que ele comece a cavar trincheiras e fortificações. É possível que este cerco seja prolongado.

Sparhawk anuiu com a cabeça.

— Pensei que seria esse o caso — ele concordou. — O senhor tem ideia de onde eu poderia encontrar o barão Alstrom? Preciso falar com ele... longe de seu irmão.

— Milorde Alstrom está no topo da muralha dianteira do castelo, Sir Sparhawk. Ele quer que Gerrich seja capaz de vê-lo. Isso talvez o incite a tomar alguma iniciativa impensada. O barão está sozinho. O patriarca Ortzel normalmente está na capela a esta hora.

– Bom. Então, vou falar com o barão.

Estava ventando no alto da muralha. Sparhawk cobriu-se com sua capa para esconder a armadura, e o vento fustigava suas pernas.

– Ah, bom dia, Sir Sparhawk – disse o barão Alstrom. Sua voz estava cansada. Ele trajava uma armadura completa, e o visor de seu elmo tinha aquela estrutura pontuda peculiar, comum em Lamorkand.

– Bom dia, milorde – Sparhawk respondeu, mantendo-se longe do parapeito. – Há algum lugar reservado onde possamos conversar? Não sei se é uma boa ideia deixar que Gerrich saiba que há Cavaleiros da Igreja no interior de suas muralhas, e tenho certeza de que ele tem uma boa quantidade de homens com olhos aguçados observando o senhor.

– A torre sobre o portão, logo ali – Alstrom sugeriu. – Acompanhe-me, Sir Sparhawk. – Ele guiou o caminho pela ameia.

O cômodo dentro da torre era austeramente funcional. Cerca de uma dúzia de balestreiros estavam posicionados em seteiras estreitas na parede dianteira, despejando suas setas nas tropas mais abaixo.

– Vocês, homens – Alstrom comandou –, preciso utilizar este cômodo. Vão atirar das ameias por algum tempo.

Os soldados saíram em fila, suas botas de metal retinindo no piso de pedra.

– Temos um problema, milorde – Sparhawk disse quando os dois foram deixados a sós.

– Notei isso – Alstrom disse secamente, olhando pelas seteiras para as tropas dispostas diante de suas muralhas.

Sparhawk abriu um sorriso para a rara demonstração de humor dessa raça geralmente austera.

– Esse problema em particular é seu, milorde – ele disse. – O assunto que temos em comum é o que vamos fazer com seu irmão. Sephrenia foi direto ao ponto, ontem à noite. Nenhum esforço puramente natural irá funcionar para escaparmos deste cerco. Não temos escolha. Temos de usar magia, e Sua Graça parece ser inflexível em sua oposição.

– Eu não ousaria instruir Ortzel em teologia – Alstrom falou.

– Nem eu, milorde. Devo ressaltar, entretanto, que, caso Sua Graça ascenda à arquiprelazia, ele deverá modificar sua posição... ou pelo menos fazer vistas grossas quando esse tipo de coisa acontecer. As quatro ordens são o braço militar da Igreja e utilizamos rotineiramente os segredos de Styricum para completar nossas tarefas.

– Estou ciente disso, Sir Sparhawk. Meu irmão, todavia, é um homem rígido, e é improvável que mude suas opiniões.

Sparhawk começou a andar de um lado para o outro, pensando rápido.

O CAVALEIRO DE RUBI

– Muito bem, então – ele disse com cautela. – O que vamos fazer para tirar seu irmão do castelo não parecerá natural para o senhor, mas asseguro que será muito efetivo. Sephrenia é muito habilidosa nos segredos. Eu a vi fazendo coisas que beiram o milagre. O senhor tem minha palavra de que ela não irá colocar seu irmão em perigo.

– Eu compreendo, Sir Sparhawk.

– Bom. Eu temia que o senhor pudesse objetar. A maioria das pessoas reluta em confiar em coisas que elas não compreendem. Bem, Sua Graça não irá participar em nada do que faremos. Falando a verdade nua e crua, ele simplesmente atrapalharia. Tudo o que ele fará é se aproveitar da situação. Ele não estará envolvido pessoalmente em nada que considere um pecado.

– Tente me entender, Sir Sparhawk, eu não me oponho a nada disso. Tentarei argumentar com meu irmão. Às vezes ele me ouve.

– Vamos torcer para que esta seja uma dessas vezes. – Sparhawk relanceou pela janela e soltou um palavrão.

– O que foi, Sir Sparhawk?

– Aquele é Gerrich, no topo daquele outeiro, na retaguarda de suas tropas? O barão olhou pela seteira.

– É, sim.

– O senhor talvez reconheça o homem de pé ao lado dele. Aquele é Adus, capanga de Martel. Parece que Martel está jogando pelos dois times nesta questão. Quem me preocupa, entretanto, é aquela figura que está afastada em um canto... aquela alta em um manto negro.

– Não creio que seja uma ameaça, Sir Sparhawk. Não me parece ser mais do que um esqueleto.

– O senhor pode ver como o rosto dele parece brilhar?

– Agora que o senhor mencionou, sim, eu vejo. Que estranho.

– Mais do que estranho, barão Alstrom. Acho melhor falar com Sephrenia. Ela precisa saber disso imediatamente.

Sephrenia estava sentada ao lado da lareira de seu quarto, com sua sempre presente xícara de chá nas mãos. Flauta estava sentada de pernas cruzadas em seu leito, entrançando uma cama de gato de tal complexidade que Sparhawk teve de desviar sua atenção, senão toda a sua mente ficaria perdida tentando acompanhar cada uma das linhas.

– Temos problemas – ele disse à sua tutora.

– Notei isso – ela respondeu.

– É um pouco mais sério do que pensávamos. Adus está com o conde Gerrich, e é provável que Krager esteja espreitando em algum lugar, nos bastidores.

– Martel está começando a me cansar.

– Adus e Krager não adicionam muitos problemas aos que já temos em mãos, mas aquela coisa, o Rastreador, está lá fora também.

– Você tem certeza? – Ela se colocou de pé rapidamente.

– Tem o tamanho e a forma dele, e o mesmo brilho vindo de debaixo do capuz. Quantos indivíduos ele pode dominar por vez?

– Não creio que haja um limite, Sparhawk, pelo menos não quando Azash o está controlando.

– Você se lembra daqueles que nos emboscaram, perto da fronteira de Pelosia? Como eles simplesmente continuavam a nos atacar mesmo quando lhes arrancávamos pedaços?

– Sim.

– Se o Rastreador pode se apossar de todo o exército de Gerrich, eles montarão um assalto que as forças do barão Alstrom não serão capazes de conter. É melhor sairmos daqui depressa, Sephrenia. Você já conseguiu planejar algo?

– Há algumas possibilidades – ela respondeu. – A presença do Rastreador complica as coisas um pouco, mas acho que sei como contorná-la.

– Espero que sim. Vamos falar com os outros.

⊱◇◆◇⊰

Foi cerca de meia hora depois que todos se reuniram novamente na sala em que haviam se encontrado no dia anterior.

– Muito bem, cavalheiros – Sephrenia disse a eles. – Estamos em grande perigo.

– O castelo é bem seguro, madame – Alstrom assegurou. – Em quinhentos anos não caiu nas mãos de sitiadores uma única vez.

– Temo que desta vez seja diferente. Um exército sitiador normalmente ataca as muralhas, correto?

– É uma prática comum, uma vez que os engenhos de cerco tenham enfraquecido as fortificações.

– E após sofrerem muitas baixas, as forças atacantes normalmente recuam, não é mesmo?

– Isso é o que prova a minha experiência.

– Os homens de Gerrich *não* irão recuar. Eles continuarão a atacar até que subjuguem este castelo.

– Como a senhora pode ter tanta certeza?

– O senhor se lembra da figura no manto negro que lhe apontei, milorde? – Sparhawk falou.

O CAVALEIRO DE RUBI

– Sim. Ela pareceu tê-lo deixado aflito.

– E com bons motivos, milorde. Aquela criatura tem nos seguido. Ela se chama Rastreador. Não é um ser humano, e está sujeita a Azash.

– Cuidado com o que diz, Sir Sparhawk – o patriarca Ortzel admoestou, ominoso. – A Igreja não reconhece a existência dos Deuses styricos. O senhor está a um passo da heresia.

– Apenas para os propósitos desta discussão, vamos presumir que sei sobre o que estou falando – Sparhawk respondeu. – Deixando Azash de lado por ora, é importante que o senhor e seu irmão entendam quão perigosa aquela coisa lá fora realmente é. Ela é capaz de controlar as tropas de Gerrich por completo, e não hesitará em arremessá-las contra este castelo até que consiga tomá-lo.

– E, além disso – Bevier acrescentou sombriamente –, eles não são afetados por ferimentos que incapacitariam um homem comum. A única forma de pará-los é matando-os. Já encontramos homens controlados pelo Rastreador antes, e tivemos de eliminar até o último deles.

– Sir Sparhawk – Alstrom disse –, o conde Gerrich é meu inimigo mortal, mas ainda assim é um homem honrado e um fiel filho da Igreja. Ele não se associaria a uma criatura das trevas.

– É possível que o conde nem saiba que ela está ali – Sephrenia falou. – O verdadeiro ponto desta questão, entretanto, é que todos nós estamos enfrentando um perigo mortal.

– Por que essa criatura juntaria forças com Gerrich? – Alstrom indagou.

– Como Sparhawk havia dito, ela tem nos perseguido. Por algum motivo, Azash considera Sparhawk uma ameaça. Os Deuses Anciães possuem alguma habilidade que lhes permite ver o futuro, e é possível que Azash tenha visto um lampejo de algo que ele quer evitar. Ele já realizou alguns atentados contra a vida de Sparhawk. Acredito que o Rastreador esteja aqui com o propósito exclusivo de matar Sparhawk... ou pelo menos de evitar que ele recupere a Bhelliom. Devemos partir, milorde, e rapidamente. – Ela se virou para Ortzel.

– Receio, Vossa Graça, que não temos escolha. Somos compelidos a apelar para as artes de Styricum.

– Não me associarei a isso – ele disse com insistência. – Sei que a senhora é styrica, madame, e por isso ignorante sobre os ditames da verdadeira fé, mas como ousa propor a prática de suas artes negras em minha presença? Sou um clérigo, afinal de contas.

– Acho que, com o tempo, o senhor talvez seja forçado a modificar seus pontos de vista, Vossa Graça – Ulath falou calmamente. – As ordens militares são os braços da Igreja. Recebemos instrução nos segredos para que possamos melhor servi-la. Essa prática foi aprovada por todos os arquiprelados pelos últimos novecentos anos.

– Inclusive – Sephrenia acrescentou –, nenhum styrico consentirá em ensinar os cavaleiros até que a aprovação seja dada por cada novo arquiprelado.

– Caso eu ascenda ao trono em Chyrellos, essa prática cessará.

– Então o Ocidente certamente estará condenado – ela previu –, pois, sem essas artes, os Cavaleiros da Igreja estarão indefesos contra Azash, e sem os Cavaleiros, o Oeste cairá perante as hordas de Otha.

– Não temos evidências de que Otha está a caminho.

– Tampouco temos evidências de que o verão está a caminho – ela disse secamente. Olhou para Alstrom e continuou: – Creio que tenho um plano que pode assegurar nossa fuga, milorde, mas primeiro precisarei ir à sua cozinha e falar com seu cozinheiro.

O barão pareceu intrigado.

– O plano requer o uso de certos ingredientes que normalmente são encontrados em cozinhas. Preciso ter certeza de que eles estão à minha disposição.

– Há um guarda à porta, madame – Alstrom falou. – Ele irá escoltá-la até a cozinha.

– Eu lhe agradeço, milorde. Venha comigo, Flauta. – E ela saiu.

– O que ela está tramando? – Tynian questionou.

– Sephrenia quase nunca explica as coisas antes da hora – Kalten disse a ele.

– E nem depois, pelo pude notar – Talen acrescentou, levantando os olhos de seus desenhos.

– Fale apenas quando lhe dirigirem a palavra – Berit disse ao garoto.

– Se eu fizesse isso, me esqueceria de como se fala.

– Certamente você não vai permitir uma coisa dessas, Alstrom – Ortzel disse, nervoso.

– Não tenho muita escolha – Alstrom respondeu. – Temos que levá-lo para um lugar seguro, e esta parece ser a única forma.

– Você também viu Krager lá fora? – Kalten indagou a Sparhawk.

– Não, mas imagino que ele esteja por aí. Alguém tem que ficar de olho em Adus.

– Adus é tão perigoso assim? – Alstrom perguntou.

– Ele é um animal, milorde – Kalten respondeu –, e um bem estúpido. Sparhawk prometeu que me deixará matar Adus se eu não interferir quando ele for atrás de Martel. Adus mal sabe falar, e ele mata pelo prazer que isso lhe proporciona.

– Ele é sujo e também cheira mal – Talen acrescentou. – Uma vez, ele me perseguiu por uma rua em Cammoria, e o fedor quase me derrubou.

– Você acha que Martel pode estar com eles? – Tynian perguntou, esperançoso.

– Duvido – Sparhawk falou. – Acho que preguei os pés dele no chão em Rendor. Suspeito que Martel tenha organizado as coisas aqui em Lamorkand e regressado para Rendor a fim de montar seu estratagema por lá. Então ele mandou Krager e Adus de volta para cá, com ordens de iniciar tudo.

– Acho que o mundo seria um lugar melhor sem esse seu Martel – Alstrom disse.

– Vamos fazer o possível para que isso aconteça, milorde – Ulath ribombou.

Alguns momentos mais tarde, Sephrenia e Flauta retornaram.

– Você encontrou as coisas de que precisa? – Sparhawk perguntou.

– Grande parte – ela respondeu. – Posso fazer as outras. – Ela olhou para Ortzel e sugeriu: – Talvez o senhor deseje se retirar, Vossa Graça. Não quero ofender sua sensibilidade.

– Permanecerei, madame – ele disse friamente. – Talvez minha presença evite que essa abominação venha a acontecer.

– Talvez, mas eu duvido muito. – A styrica franziu os lábios e olhou criticamente para um pequeno jarro de barro que havia trazido da cozinha. – Sparhawk – ela disse –, vou precisar de um barril vazio.

Ele foi até a porta e falou com o guarda.

Sephrenia caminhou até a mesa e pegou uma taça de cristal. Ela falou por algum tempo em styrico; com um farfalhar, a taça foi subitamente preenchida com finas partículas que se assemelhavam a pó de lavanda.

– Ultrajante – Ortzel resmungou.

Sephrenia o ignorou.

– Diga-me, milorde – ela falou a Alstrom –, o senhor possui nafta e piche, presumo.

– Claro. Eles fazem parte das defesas do castelo.

– Bom. O sucesso deste plano depende deles.

O soldado entrou, rolando um barril.

– Bem aqui, por favor – ela instruiu, apontando um local longe da lareira.

Ele colocou o barril de pé, fez uma mesura para o barão e saiu.

Sephrenia conversou brevemente com Flauta. A menininha assentiu com a cabeça e ergueu seu instrumento. Sua melodia era estranha, hipnótica e quase langorosa.

A styrica colocou-se na frente do barril, falando em seu idioma nativo, segurando o jarro em uma mão e a taça na outra. Então ela começou a despejar seus conteúdos no barril. As especiarias pungentes no jarro e o pó de lavanda na taça começaram a verter, mas nenhum dos vasilhames se esvaziou. As duas correntes, misturando-se conforme caíam, começaram a cintilar, e o cômodo foi de súbito iluminado por pontos brilhantes similares às estrelas, que ficavam suspensos como vaga-lumes e reluziam nas paredes e no teto. Sephrenia vertia os conteúdos sem parar. Minuto após minuto a pequena mulher continuou a derramar dos dois recipientes que pareciam inesgotáveis. Levou quase meia hora para encher o barril.

– Pronto – Sephrenia disse por fim –, isso deve ser o suficiente. – Ela olhou o interior do barril que brilhava.

Ortzel estava emitindo sons abafados.

Ela colocou os dois vasilhames sobre a mesa, distantes um do outro.

– Melhor não deixar que estes dois se misturem, milorde – ela avisou Alstrom –, e mantenha-os longe de qualquer fonte de fogo.

– O que estamos fazendo aqui? – Tynian questionou.

– Temos de afugentar o Rastreador, Tynian. Iremos misturar o conteúdo deste barril com a nafta e o piche e carregaremos as máquinas de cerco do barão com o composto. Em seguida, atearemos fogo e arremessaremos a mistura candente entre as tropas do conde Gerrich. A fumaça os obrigará a recuar, pelo menos temporariamente. Entretanto, esta não é a razão principal de fazermos isso. O Rastreador possui um aparelho respiratório muito diferente do dos seres humanos. A fumaça, nociva para os humanos, é letal para o Rastreador. Ou ele foge, ou morre.

– Isso soa promissor – ele disse.

– Foi tão terrível assim, Vossa Graça? – Ela indagou a Ortzel. – Isso irá salvar sua vida, sabia?

O rosto do patriarca estava marcado por uma expressão perturbada.

– Sempre pensei que a feitiçaria styrica fosse apenas um truque, mas o que acabo de presenciar não pode ser charlatanismo. Vou orar por iluminação sobre essa questão. Pedirei a orientação de Deus.

– Eu não tardaria a fazê-lo, Vossa Graça – Kalten aconselhou. – Se demorar demais, pode ser que o senhor chegue a Chyrellos a tempo de beijar o anel do arquiprelado Annias.

– Isso não pode acontecer em hipótese alguma – Alstrom declarou severamente. – O cerco a meus portões é problema *meu*, Ortzel, não seu. Portanto, é com pesar que me vejo obrigado a retirar minha hospitalidade. Você deve deixar meu castelo assim que for conveniente.

– Alstrom! – Ortzel ofegou. – Este é meu lar. Eu nasci aqui.

– Mas nosso pai o deixou para *mim*. O *seu* lar de direito é a basílica de Chyrellos. Aconselho-o a se dirigir para lá de imediato.

Capítulo 6

– Precisaremos ir ao ponto mais alto de seu castelo, milorde – Sephrenia disse a Alstrom logo depois de o patriarca de Kadach, cheio de raiva, deixar o cômodo.
– Seria a torre norte – ele respondeu.
– E podemos ver o exército sitiador de lá?
– Sim.
– Bom. Entretanto, antes de tudo, devemos dar instruções a seus soldados sobre como proceder com isto. – Ela apontou para o barril. Então disse bruscamente: – Muito bem, cavalheiros, não fiquem aí sentados. Ergam o barril e tragam-no conosco, e não importa o que façam, não deixem que ele caia ou chegue perto de qualquer fonte de fogo.

Suas instruções para os soldados que manejavam as catapultas eram relativamente simples, explicando a mistura apropriada de pó, nafta e piche.

– Agora – ela continuou –, escutem com atenção. A segurança de vocês depende disso. Não ateiem fogo na nafta até o último instante possível, e, se a fumaça soprar em sua direção, segurem o fôlego e corram. Sob nenhuma circunstância inalem os vapores.

– Eles vão nos matar? – Um dos soldados perguntou com voz assustada.
– Não, mas podem deixá-los enjoados e com a mente confusa. Cubram o nariz e a boca com panos úmidos. Isso pode protegê-los um pouco. Aguardem o sinal do barão na torre norte. – Ela testou a direção do vento. – Arremessem o material ardente ao norte daquelas tropas que estão na estrada – ela os orientou – e não se esqueçam de também lançar um pouco sobre os navios que estão no rio. Muito bem, barão Alstrom. Vamos até a torre.

Tal como nos últimos dias, o céu continuava nublado, e um vento fresco assobiava por entre as seteiras abertas da torre norte. Como todas as construções de propósito defensivo, a torre era severamente funcional. O exército sitiador do conde Gerrich parecia estranhamente com um formigueiro, uma massa de homens diminutos cujas armaduras refletiam seu estanho sob a luz pálida. Apesar da altura da torre, uma ocasional seta de balestra atingia as pedras fustigadas pelas intempéries.

O CAVALEIRO DE RUBI

– Cuidado – Sparhawk murmurou para Sephrenia conforme ela colocava a cabeça para fora de uma das seteiras para perscrutar as tropas reunidas diante do portão.

– Não há perigo – ela assegurou enquanto o vento fazia com que seu manto branco balançasse. – Minha Deusa me protege.

– Você pode acreditar na sua Deusa o quanto quiser – ele retrucou –, mas sua segurança é *minha* responsabilidade. Você tem ideia do que Vanion faria comigo se eu permitisse que você se machucasse?

– E isso só depois que *eu* acabasse com ele – Kalten rosnou.

Ela se afastou da seteira e ficou parada, batendo um dedo pensativamente em seu lábio franzido.

– Perdoe-me, madame – Alstrom disse. – Reconheço a necessidade de repelir aquela criatura lá fora, mas um mero recuo temporário das tropas de Gerrich não nos ajudará muito. Eles retornarão assim que a fumaça se dissipar, e ainda não estaremos nem perto de tirar meu irmão em segurança daqui.

– Se fizermos tudo certo, eles não voltarão por vários dias, milorde.

– Os fumos são tão poderosos assim?

– Não. Eles irão desaparecer em cerca de uma hora.

– Isso não é tempo suficiente para que vocês tenham uma fuga bem-sucedida – ele comentou. – O que impedirá Gerrich de voltar e continuar seu cerco?

– Ele estará muito ocupado.

– Ocupado? Com o quê?

– Ele irá perseguir algumas pessoas.

– E quem são elas?

– Eu, o senhor, Sparhawk e os outros, seu irmão e alguns membros de sua guarnição.

– Não creio que isso seja sábio, madame – Alstrom falou criticamente. – Tenho fortificações seguras aqui. Não proponho abandoná-las e arriscar nossa vida em uma fuga.

– Nós não vamos a lugar algum, por enquanto.

– Mas a senhora acaba de dizer...

– Gerrich e seus homens vão pensar que estão atrás de nós. O que eles estarão perseguindo, entretanto, serão ilusões. – Ela sorriu brevemente. – Algumas das melhores magias são ilusões – ela comentou. – Levam a mente e os olhos a acreditarem por completo em algo que de fato não está lá. Gerrich se convencerá de que estamos tentando tirar vantagem da confusão para fugir. Ele irá seguir com seu exército, e isso nos dará tempo suficiente para nos esgueirarmos com seu irmão em segurança. Aquela floresta que podemos ver no horizonte é muito extensa?

– Ela segue por vários quilômetros.

– Muito bom. Vamos conduzir Gerrich até lá com nossas ilusões e deixar que ele perambule entre as árvores pelos próximos dias.

– Acho que tem uma falha no seu plano, Sephrenia – Sparhawk disse. – O Rastreador não vai voltar assim que a fumaça se dissipar? Não acho que uma ilusão vá enganá-lo, não é mesmo?

– O Rastreador não voltará no mínimo por uma semana – ela assegurou. – Ele estará muito, muito mal.

– Devo sinalizar às tropas que manejam as catapultas? – Alstrom perguntou.

– Ainda não, milorde. Tenho outras coisas a fazer antes disso. O tempo é um fator determinante. Berit, precisarei de uma bacia com água.

– Sim, senhora. – O noviço foi em direção às escadas.

– Muito bem, então – ela continuou. – Vamos começar. – Ela passou a ensinar pacientemente o feitiço para os Cavaleiros da Igreja. Havia palavras em styrico que Sparhawk não havia aprendido antes, e Sephrenia insistiu com firmeza que cada um deles deveria repeti-las vezes a fio até que a pronúncia e a entoação estivessem absolutamente perfeitas.

– Pare com isso! – ela ordenou a certa altura, quando Kalten tentou se juntar a eles.

– Pensei que eu poderia ajudar – ele protestou.

– Sei quão inepto você é, Kalten. Apenas fique fora disso. Muito bem, cavalheiros, vamos tentar mais uma vez.

Quando se deu por satisfeita com a pronúncia dos outros, Sephrenia instruiu Sparhawk a tecer o feitiço. Ele começou a repetir as palavras em styrico e os gestos com seus dedos. A figura que apareceu no centro do quarto era vagamente amorfa, mas parecia estar trajando a armadura negra dos pandions.

– Você não colocou um rosto nele, Sparhawk – Kalten comentou.

– Vou cuidar disso – Sephrenia disse. Ela pronunciou duas palavras e gesticulou bruscamente.

Sparhawk observou a forma diante de si. Era como olhar em um espelho. Sephrenia franziu o cenho.

– Algo errado? – Kalten perguntou a ela.

– Não é muito difícil duplicar rostos familiares – ela respondeu –, ou daqueles que estão presentes no momento, mas, se eu tiver de conferir a fisionomia de todos no castelo, isso poderá levar dias.

– Isso ajuda? – Talen perguntou, entregando a ela seu bloco de desenho. Ela folheou pelas páginas, seus olhos arregalando a cada virada.

– O garoto é um gênio! – ela exclamou. – Kurik, quando voltarmos a Cimmura, faça com que ele vire aprendiz de algum artista. Isso pode mantê-lo longe de problemas.

– É só um hobby, Sephrenia – Talen disse, corando com modéstia.

– Você sabe que ganharia muito mais como pintor do que como ladrão, não sabe? – ela disse com ênfase.

Ele piscou, e então seus olhos se estreitaram, especulativos.

– Muito bem. Agora é a sua vez, Tynian – Sephrenia falou para o deirano.

Depois que cada um criou uma imagem espelho de si mesmo, ela os conduziu até uma seteira que dava vista para o pátio.

– Vamos construir a grande ilusão ali embaixo – ela disse a eles. – Pode ficar apertado se tentarmos colocar todos aqui em cima.

Demorou uma hora até que conseguissem completar a ilusão de um grupo de homens armados e montados, no pátio logo abaixo. Então, Sephrenia folheou o bloco de desenhos de Talen mais uma vez e colocou rostos em cada uma das figuras. Em seguida, ela traçou um amplo arco com o braço, e as imagens dos Cavaleiros da Igreja se juntaram às ilusões no pátio.

– Eles não estão se movendo – Kurik falou.

– Flauta e eu vamos cuidar disso – Sephrenia informou. – O resto de vocês precisará se concentrar para manter as imagens e não deixá-las se esvair. Vocês terão de segurá-las com firmeza até que elas alcancem a floresta logo ali.

Sparhawk já estava suando. Formular um feitiço e lançá-lo era uma coisa. Mantê-lo no lugar era outra história. Ele subitamente se deu conta do esforço que Sephrenia deveria estar despendendo.

Já era o começo da tarde. Sephrenia olhou pela seteira para as tropas do conde Gerrich.

– Muito bem – ela disse. – Acho que estamos prontos. Sinalize às catapultas, milorde – ela falou a Alstrom.

O barão pegou um pedaço de pano vermelho de seu cinturão e o balançou para fora da seteira. Logo abaixo, as catapultas começaram a ser acionadas, atirando projéteis candentes sobre o muro e em meio ao exército sitiador enquanto outros engenhos fustigavam os navios no rio. Mesmo a distância, Sparhawk pôde ouvir os soldados tossindo e engasgando na densa nuvem de fumaça cor de lavanda que vinha das esferas ardentes de piche, nafta e o pó que Sephrenia havia preparado. A fumaça se espalhou pelo campo à frente do castelo, faiscando com aquele brilho semelhante a vaga-lumes, e então tomou o outeiro onde Gerrich, Adus e o Rastreador estavam. Sparhawk ouviu um guinchado animalesco, e em seguida o Rastreador de manto negro saiu da fumaça, fustigando inclementemente seu cavalo. Ele parecia vacilar em sua sela, e estava segurando a beirada de seu capuz rente à face com uma garra pálida. Os soldados que estavam bloqueando a estrada que levava ao portão do castelo fugiram da nuvem, tossindo e vomitando.

– Muito bem, milorde – Sephrenia disse a Alstrom –, baixe a ponte levadiça.

Alstrom sinalizou novamente, desta vez com um pano verde. Um momento depois, a ponte levadiça baixou com um estrondo.

– Agora, Flauta – Sephrenia disse, e começou a falar rapidamente em styrico ao mesmo tempo que a menininha levou seu instrumento aos lábios.

O grupo de homens ilusórios no pátio, que estavam até aquele momento rigidamente imóveis, pareceu ganhar vida, todos de uma só vez. Eles cavalgaram pelo portão a galope e mergulharam diretamente na fumaça. Sephrenia passou a mão por sobre a bacia com água que Berit havia trazido até a torre e a observou com atenção.

– Segurem-nos, cavalheiros – ela disse –, mantenham-nos firmes.

Cerca de meia dúzia de soldados de Gerrich que havia escapado da fumaça estava tossindo, vomitando e coçando os olhos com vigor no caminho que levava para longe do castelo. O exército ilusório prosseguiu diretamente por entre eles. Os soldados fugiram, gritando.

– Agora, esperamos – Sephrenia falou. – Vai levar alguns minutos para que Gerrich consiga recobrar seus sentidos e perceber o que parece que está acontecendo lá embaixo.

Sparhawk ouviu gritos sobressaltados vindos de longe e ordens sendo berradas.

– Um pouco mais rápido, Flauta – Sephrenia disse com bastante calma. – Não queremos que Gerrich alcance as ilusões. Ele pode suspeitar se sua espada atravessar o barão sem causar-lhe efeito algum.

Alstrom estava encarando Sephrenia com espanto.

– Eu não acreditava que algo assim fosse possível, milady – ele disse com a voz vacilante.

– Acabou funcionando muito bem, não é mesmo? – ela falou. – Eu não estava inteiramente certa de que daria certo.

– A senhora quer dizer...

– Eu nunca fiz isso antes, mas não aprendemos sem experimentar, não é?

No campo mais além, as tropas de Gerrich estavam subindo desajeitadamente em suas selas. A perseguição era desorganizada, um caos de cavalos galopando e armas sendo brandidas.

– Eles nem consideraram investir contra a ponte levadiça baixada – Ulath comentou criticamente. – Nada profissional.

– Eles não estão pensando com muita clareza neste exato momento – Sephrenia disse a ele. – A fumaça faz isso com as pessoas. Eles já deixaram a área livre?

– Ainda restam alguns perambulando por aí – Kalten informou. – Parece que eles estão tentando pegar seus cavalos.

– Vamos dar a eles algum tempo para saírem de nosso caminho. Continuem a manter as ilusões, cavalheiros – ela falou, olhando em sua bacia com água. – Ainda faltam cerca de três quilômetros até chegar à floresta.

Sparhawk cerrou os dentes

– Você pode apressar as coisas um pouco? – ele perguntou. – Isso não é fácil, sabia?

– Nada que valha a pena é fácil, Sparhawk – ela ponderou. – Se as imagens daqueles cavalos começarem a voar, Gerrich vai achar muito, muito suspeito... mesmo em sua atual condição.

– Berit – Kurik disse –, você e Talen, venham comigo. Vamos descer e aprontar os cavalos. Acho que vamos querer partir bem depressa.

– Irei com vocês – Alstrom falou. – Quero falar com meu irmão antes que ele se vá. Tenho certeza de que eu o ofendi, e prefiro que nos separemos como amigos.

Os quatro seguiram escada abaixo.

– Apenas mais alguns minutos – Sephrenia disse. – Estamos quase na orla da floresta.

– Parece que você acabou de cair em um rio – Kalten falou, olhando para o rosto suado de Sparhawk.

– Ora, cale a boca – Sparhawk retrucou, irritado.

– Pronto – Sephrenia finalmente exclamou. – Podem soltar.

Sparhawk exalou com força, aliviado, e deixou o feitiço se dissipar. Flauta baixou seu instrumento e deu uma piscadinha para ele.

Sephrenia continuou a perscrutar sua bacia.

– Gerrich está a cerca de um quilômetro e meio da orla da floresta – ela informou. – Acho que deveríamos deixá-lo se embrenhar por entre as árvores antes de partirmos.

– Como você quiser – Sparhawk respondeu, encostando-se na parede com cansaço.

Depois de quinze minutos, Sephrenia colocou a bacia no chão e se endireitou.

– Acho que podemos descer agora – ela disse.

Prosseguiram escada abaixo até o pátio central, onde Kurik, Talen e Berit estavam com os cavalos. O patriarca Ortzel, com os lábios contraídos e pálido de raiva, estava com eles, e seu irmão ao seu lado.

– Não me esquecerei disso, Alstrom – ele falou, fechando seu manto eclesiástico junto de si.

– Talvez mude de opinião quando tiver tempo para pensar a respeito. Vá com Deus, Ortzel.

– Fique com Deus, Alstrom – Ortzel respondeu, mais por hábito, pensou Sparhawk, do que por algum sentimento genuíno.

Eles montaram e cavalgaram pelo portão e por sobre a ponte levadiça.

– Para qual direção? – Kalten perguntou a Sparhawk.

– Norte – Sparhawk respondeu. – Vamos nos afastar deste lugar antes que Gerrich volte.

– Em teoria, isso só deverá acontecer daqui a alguns dias.

– É melhor não arriscar.

Seguiram para o norte a galope. Era o final da tarde quando alcançaram o vau raso onde haviam encontrado Sir Enmann pela primeira vez. Sparhawk puxou as rédeas e desmontou.

– Vamos considerar nossas opções – ele disse.

– O que a senhora fez, precisamente, lá atrás, madame? – Ortzel se dirigia a Sephrenia. – Eu estava na capela, portanto não vi o que aconteceu.

– Apenas um pouco de dissimulação, Vossa Graça – ela respondeu. – O conde Gerrich pensou ter visto seu irmão e o resto de nós fugindo, e saiu em perseguição.

– Só isso? – Ele pareceu surpreso. – A senhora não... – ele não completou a frase.

– Matei alguém? Não. Desaprovo assassinatos com veemência.

– Então, temos algo em comum. A senhora é uma mulher muito estranha, madame. Sua moralidade aparenta coincidir muito com o que é estatuído pela verdadeira fé. Eu não esperava isso de uma pagã. A senhora já considerou se converter?

Ela riu.

– O senhor também, Vossa Graça? Dolmant tem tentado me converter há anos. Não, Ortzel. Permanecerei fiel à minha Deusa. Sou velha demais para mudar de religião a esta altura da vida.

– Velha, madame? A senhora?

– O senhor não acreditaria, Vossa Graça – Sparhawk falou.

– Vocês me deram muito o que considerar – Ortzel disse. – Tenho seguido o que acreditei ser os fundamentos da doutrina da Igreja. Talvez eu deva olhar além dessa percepção e pedir orientação a Deus. – Ele caminhou um pouco correnteza acima, seu rosto perdido em pensamentos.

– É um primeiro passo – Kalten murmurou para Sparhawk.

O CAVALEIRO DE RUBI

– E eu diria que é um passo consideravelmente largo.

Tynian estava de pé na beirada do vau estreito, olhando para o oeste, pensativo.

– Acho que tenho uma ideia, Sparhawk – ele disse.

– Estou disposto a ouvi-la.

– Gerrich e seus soldados estão vasculhando aquela floresta e, se Sephre-nia estiver certa, o Rastreador não será capaz de nos perseguir por, no mínimo, uma semana. Não haverá inimigo algum do outro lado deste rio.

– Isso é verdade, creio eu. Mas acho que seria melhor fazer um reconhe-cimento do outro lado antes de nos sentirmos confiantes demais.

– Muito bem. É o mais seguro a fazer, eu acho. O que quero dizer é que, se não houver nenhuma tropa por lá, não seria preciso mais que dois de nós para escoltar Sua Graça em segurança até Chyrellos, liberando o resto de nós para seguir rumo ao lago Randera. Se as coisas estiverem calmas, não precisamos todos cavalgar até a cidade sagrada.

– Ele tem um bom argumento, Sparhawk – Kalten concordou.

– Vou pensar no assunto – Sparhawk disse. – Vamos atravessar e dar uma olhada antes de tomarmos qualquer decisão.

Eles remontaram e chapinharam através do vau raso. Havia um bosque do outro lado.

– Vai anoitecer logo, Sparhawk – Kurik falou –, e vamos ter de acampar. Por que não adentramos aquele bosque para passar a noite? Quando escurecer completamente, podemos sair e procurar por fogueiras. Nenhum grupo de soldados irá acampar para passar a noite sem acender fogueiras, e seremos capazes de vê-las. Isso seria mais fácil e mais rápido do que cavalgar para cima e para baixo amanhã, tentando encontrá-los.

– Boa ideia. Faremos desse jeito, então.

Acamparam para passar a noite no centro do bosque, e só acenderam um pequeno fogo para cozinhar. Quando terminaram de comer, a noite já havia caído em Lamorkand. Sparhawk se pôs de pé.

– Muito bem – ele disse –, vamos dar uma olhada. Sephrenia, você, as crianças e Sua Graça ficam aqui, escondidas. – Ele conduziu os outros para fora do bosque. Depois de se afastarem das árvores, ele e seus companheiros se espalharam, todos perscrutando as trevas com atenção. As nuvens obscure-ciam a lua e as estrelas, fazendo a escuridão ser quase total.

Sparhawk circundou o bosque. Do lado oposto, ele trombou com Kalten.

– Está mais escuro aqui do que dentro das minhas botas – Kalten resmungou.

– Você viu alguma coisa?

– Nem uma luzinha. Mas tem uma colina logo atrás dessas árvores. Kurik foi até o topo para olhar ao redor.

– Bom. Sempre confio nos olhos de Kurik.

– Eu também. Por que você não o torna cavaleiro, Sparhawk? Se pensar bem, ele é melhor do que qualquer um de nós.

– Aslade me mataria. Ela não nasceu para ser esposa de um cavaleiro.

Kalten riu conforme eles continuaram, forçando os olhos na escuridão.

– Sparhawk. – A voz de Kurik veio de não muito longe.

– Aqui.

– Aquela é uma colina consideravelmente alta – o escudeiro ofegou quando se juntou a eles. – A única luz que vi era de uma vila a cerca de um quilômetro e meio ao sul.

– Tem certeza de que não era uma fogueira? – Kalten perguntou a ele.

– Fogueiras produzem um tipo de luz diferente do de dezenas de lampiões brilhando pelas janelas, Kalten.

– Isso é verdade.

– Então acho que é isso – Sparhawk disse. Levou os dedos aos lábios e assoviou, sinal para que os outros retornassem ao acampamento.

– O que você acha? – Kalten perguntou enquanto eles abriam caminho por entre os arbustos barulhentos e duros em direção ao centro do bosque, onde a luz difusa do fogo que usaram para cozinhar não passava de um fraco brilho avermelhado nas trevas.

– Vamos perguntar a Sua Graça – Sparhawk respondeu. – É o pescoço dele que estaremos arriscando. – Entraram no acampamento cercado por arbustos e Sparhawk tirou o capuz. – Temos de tomar uma decisão, Vossa Graça – ele falou ao patriarca. – A região aparenta estar abandonada. Sir Tynian sugeriu que dois de nós escoltássemos o senhor até Chyrellos, provendo tanta segurança como o grupo inteiro faria. Se quisermos manter Annias longe do trono do arquiprelado, nossa busca pela Bhelliom não deve ser atrasada. Mas a escolha é sua.

– Posso ir a Chyrellos sozinho, Sir Sparhawk. Meu irmão se preocupa demais com meu bem-estar. Minha batina, por si só, me protegerá.

– Prefiro não apostar nisso, Vossa Graça. O senhor se recorda de que mencionei que algo está nos seguindo.

– Sim. Creio que você o chamou de Rastreador.

– Exatamente. Agora, a criatura está doente por conta da fumaça que Sephrenia criou, mas não há como ter certeza de quanto tempo essa doença irá durar. Mas ele não deve encarar o senhor como um inimigo. Caso ataque, corra. É improvável que ele o persiga. Ainda assim, dadas as circunstâncias, creio que Tynian está certo. Dois de nós serão suficientes para garantir sua segurança.

O CAVALEIRO DE RUBI

– Como você achar melhor, meu filho.

Os outros entraram no acampamento durante a conversa, e Tynian se candidatou de imediato.

– Não – Sephrenia rejeitou a ideia. – Você é o mais proficiente em necromancia. Precisaremos de você assim que chegarmos ao lago Randera.

– Eu irei – Bevier disse. – Tenho um cavalo lépido e posso encontrá-los no lago.

– Eu vou com ele – Kurik se ofereceu. – Se ocorrerem mais problemas, Sparhawk, vai precisar de cavaleiros com você.

– Não há muita diferença entre um cavaleiro e você, Kurik.

– Eu não uso armadura, Sparhawk – o escudeiro argumentou. – A imagem dos Cavaleiros da Igreja investindo com suas lanças faz com que as pessoas comecem a pensar em sua própria mortalidade. É uma boa forma de evitar lutas mais sérias.

– Ele tem razão, Sparhawk – Kalten falou –, e, se encontrarmos mais zemochs e soldados da Igreja, você vai precisar de homens vestindo aço à sua volta.

– Está certo – Sparhawk concordou. Ele se virou para Ortzel e disse: – Quero pedir desculpas por tê-lo ofendido, Vossa Graça. Mas não havia opção. Se tivéssemos sido forçados a ficar presos no castelo de seu irmão, ambas as missões teriam falhado, e a Igreja não pode pagar esse preço.

– Ainda não concordo inteiramente, Sir Sparhawk, mas seu argumento é irrefutável. Não há a necessidade de desculpas.

– Obrigado, Vossa Graça – Sparhawk falou. – Tente dormir um pouco. Creio que amanhã o senhor ficará um bom tempo na sela. – Ele se afastou do fogo e revirou um dos fardos até encontrar seu mapa. Então acenou para Bevier e Kurik. – Cavalguem diretamente para o oeste amanhã – ele os instruiu. – Tentem atravessar a fronteira para Pelosia antes que escureça. Depois tomem a direção sul, para Chyrellos, do outro lado da divisa. Não acho que mesmo o soldado lamork mais fanático violaria a fronteira e se arriscaria em um confronto com as patrulhas pelosianas.

– É um bom raciocínio – Bevier aprovou.

– Quando vocês chegarem a Chyrellos, deixem Ortzel na basílica e em seguida procurem Dolmant; contem o que está acontecendo aqui e peçam a ele que transmita as notícias para Vanion e para os outros preceptores. Insistam com veemência para que eles resistam à ideia de enviar os Cavaleiros da Igreja aqui para o interior a fim de abafar as fogueiras que Martel está acendendo. Digam que vamos precisar das quatro ordens em Chyrellos se o arquiprelado Cluvonus morrer, e que obrigar os cavaleiros a deixar a cidade sagrada é o verdadeiro motivo por trás dos esquemas de Martel.

– Nós faremos isso, Sparhawk – Bevier prometeu.

– Façam a viagem o mais rápido que puderem. Sua Graça parece relativamente robusto; portanto, uma cavalgada dura não fará mal a ele. Quanto mais rápido vocês atravessarem a fronteira para Pelosia, melhor. Não percam tempo, mas sejam cautelosos.

– Você pode contar com isso, Sparhawk – Kurik assegurou.

– Nós os encontraremos no lago Randera assim que possível – Bevier declarou.

– Você tem dinheiro suficiente? – Sparhawk perguntou a seu escudeiro.

– Posso me virar. – Então, Kurik escancarou um sorriso, seus dentes brancos reluzindo na luz difusa. – Além disso, Dolmant e eu somos velhos amigos. Ele nunca nega um empréstimo.

– Vão para a cama, os dois – Sparhawk disse, rindo. – Quero que vocês e Ortzel estejam a caminho de Pelosia logo que a manhã raiar.

Acordaram antes da aurora e enviaram Bevier e Kurik para o oeste com o patriarca de Kadach galopando entre os dois. Sparhawk consultou seu mapa outra vez à luz do fogo que usaram para cozinhar.

– Vamos voltar pelo vau novamente – ele contou aos outros. – Há um canal mais largo a leste daqui; portanto, é provável que precisemos encontrar uma ponte. Vamos para o norte. Eu preferiria não topar com as patrulhas do conde Gerrich.

Chapinharam pelo vau depois do café da manhã e seguiram perpendicularmente a ele conforme a luz rubra no leste indicava que, em algum lugar atrás da capa de nuvens ominosas, o sol estava nascendo.

Tynian se colocou ao lado de Sparhawk.

– Não quero soar desrespeitoso – ele falou –, mas torço para que a eleição não penda para Ortzel. Acho que a Igreja, e as quatro ordens, iriam passar por um mau bocado se ele ascendesse ao trono.

– Ele é um bom homem.

– Fato, mas ele é muito rígido. Um arquiprelado deve ser flexível. Os tempos estão mudando, Sparhawk, e a Igreja precisa mudar com eles. Não acho que a ideia de mudança teria muito apelo para Ortzel.

– Mas isso está nas mãos da hierocracia, e eu, definitivamente, prefiro Ortzel a Annias.

– Essa é a mais pura verdade.

No meio da manhã, alcançaram uma carroça barulhenta de um funileiro itinerante, de aspecto maltrapilho, que também rumava para o norte.

– Tudo bom, vizinho? – Sparhawk perguntou ao homem.

– Nada bom, Sir Cavaleiro – o funileiro respondeu, taciturno. – Essas guerras são péssimas para os negócios. Ninguém se preocupa com uma panela furada quando sua casa está sitiada.

– Isso deve ser verdade. Diga-me, você conhece alguma ponte ou vau nas redondezas, por onde possamos atravessar aquele rio adiante?

– Há uma ponte com pedágio a uns dez quilômetros ao norte – o funileiro avisou. – Para onde o senhor vai, Sir Cavaleiro?

– Lago Randera.

Os olhos do funileiro brilharam.

– Vão em busca do tesouro? – ele perguntou.

– Qual tesouro?

– Todo mundo em Lamorkand sabe que tem um grande tesouro enterrado em algum lugar daquele velho campo de batalha no lago. Pessoas vêm escavando por lá há cinco séculos. Mas, até agora, tudo o que conseguiram achar foram espadas enferrujadas e esqueletos.

– Como as pessoas ficaram sabendo disso? – Sparhawk perguntou, soando casual.

– Foi a coisa mais estranha. Pelo que consegui entender, não muito depois da batalha, as pessoas começaram a ver styricos cavando por lá. Agora, isso não faz muito sentido, não é mesmo? O que quero dizer é que todos sabem que os styricos não se importam muito com dinheiro, e que os homens dessa raça são muito relutantes quanto a pegar em pás. Por algum motivo, esse tipo de ferramenta não parece se encaixar muito bem nas mãos deles. De qualquer forma, pelo menos é assim que a história conta, as pessoas passaram a se perguntar o que exatamente os styricos estavam buscando. Foi assim que os boatos começaram sobre o tesouro. Aquele terreno foi arado e peneirado mais de cem vezes. Ninguém tem certeza sobre o que está realmente procurando, mas todo mundo em Lamorkand vai até lá uma ou duas vezes durante a vida.

– Talvez os styricos saibam o que está enterrado lá.

– Pode ser, mas ninguém consegue perguntar. Eles fogem toda vez que alguém chega perto deles.

– Que peculiar. Bem, obrigado pelas informações, vizinho. Tenha um bom dia.

Eles cavalgaram adiante, deixando a carroça barulhenta do funileiro para trás.

– Isso é deprimente – Kalten falou. – Alguém chegou por lá com uma pá antes de nós.

– Muitas pás – Tynian corrigiu.

– Mas ele está certo sobre uma coisa – Sparhawk disse. – Eu nunca conheci um styrico que fosse tão interessado em dinheiro a ponto de transgredir seus costumes para consegui-lo. Acho melhor encontrarmos uma vila styrica e fazer algumas perguntas. Alguma coisa está acontecendo no lago Randera que nós não sabemos, e eu não gosto de surpresas.

Capítulo 7

A PONTE COM O PEDÁGIO era estreita e estava um bocado malcuidada. Uma cabana rústica ficava próxima a ela, onde várias crianças, sujas e aparentemente famintas, estavam sentadas à porta. O zelador da ponte vestia um casaco esfarrapado e seu rosto barbado era sombrio e desesperançado. Seus olhos se anuviaram de desapontamento quando ele viu as armaduras dos cavaleiros.

– É de graça – ele suspirou.

– Você nunca conseguirá tirar seu sustento assim, amigo – Kalten falou a ele.

– É um regulamento local, milorde – o zelador da ponte disse, infeliz. – Não se pode cobrar de membros da Igreja.

– Muitas pessoas cruzam por aqui? – Tynian perguntou.

– Apenas um punhado por semana – o homem respondeu. – Mal consigo tirar o suficiente para pagar meus impostos. Minhas crianças não tiveram uma única refeição decente nos últimos meses.

– Há alguma vila styrica nas proximidades? – Sparhawk questionou.

– Acho que tem uma do outro lado do rio, Sir Cavaleiro... naquela floresta de cedros logo ali.

– Obrigado, vizinho – Sparhawk disse, despejando algumas moedas na mão do homem sobressaltado.

– Não posso cobrá-lo pela passagem, milorde – o homem objetou.

– O dinheiro não é pela travessia, vizinho. É pelas informações. – Sparhawk esporeou Faran e começou a cruzar a ponte.

Quando Talen passou pelo zelador da ponte, ele se curvou e entregou alguma coisa ao homem.

– Arranje algo para suas crianças comerem – ele falou.

– Obrigado, jovem mestre – o zelador disse, com lágrimas de gratidão nos olhos.

– O que você deu a ele? – Sparhawk perguntou.

– O dinheiro que roubei daquele camarada de olhos astutos lá atrás, no vau – Talen respondeu.

– Isso foi muito generoso de sua parte.

Talen deu de ombros.

– Sempre posso roubar mais. Além disso, ele e as crianças precisam mais do que eu. Eu mesmo já passei fome algumas vezes, e sei o que eles estão sentindo.

Kalten se inclinou para a frente em sua sela.

– Sabe de uma coisa? No final, acho que ainda há alguma esperança para esse garoto, Sparhawk – ele falou em voz baixa.

– Talvez seja um pouco cedo para ter certeza.

– Pelo menos é um começo.

A floresta úmida do outro lado do rio era composta por cedros velhos e embolorados, com galhos baixos e esverdeados, e a trilha que a cruzava era mal delimitada.

– E então? – Sparhawk questionou Sephrenia.

– Eles estão aqui – ela respondeu. – Estão nos observando.

– Eles irão se esconder quando nos aproximarmos da vila, não é?

– Provavelmente. Os styricos têm poucos motivos para confiar em elenos armados. Mas creio que serei capaz de persuadir pelo menos alguns a saírem.

Como todas as vilas styricas, o lugar era rústico. As cabanas de telhados de sapé ficavam espalhadas de maneira desordenada em uma clareira, e não existia nenhum tipo de rua. Como Sephrenia havia previsto, não havia ninguém por lá. A pequena mulher curvou-se e falou brevemente com Flauta naquele dialeto styrico que Sparhawk não compreendia. A menininha anuiu com a cabeça, ergueu seu instrumento musical e começou a tocar.

No começo, nada aconteceu.

– Acho que vi um deles ali entre as árvores – Kalten disse depois de alguns instantes.

– Tímidos, não é mesmo? – Talen disse.

– Eles têm motivos para serem assim – Sparhawk explicou. – Os elenos não tratam os styricos muito bem.

Flauta continuou a tocar. Depois de algum tempo, um homem de barba branca em um casaco feito com tecido caseiro e cru surgiu da floresta, hesitante. Ele juntou as mãos na frente do peito e fez uma mesura respeitosa para Sephrenia, falando com ela em styrico. Então ele olhou para Flauta, e seus olhos se arregalaram. Ele fez outra reverência, e a menina devolveu-lhe um sorrisinho maroto.

– Venerável – Sephrenia perguntou ao homem –, o senhor por acaso sabe falar a língua dos elenos?

– Tenho alguma familiaridade com esse idioma, minha irmã – ele respondeu.

– Bom. Estes cavaleiros têm algumas perguntas, e então deixaremos sua vila e não os perturbaremos mais.

– Responderei o melhor que puder.

– Há algumas horas – Sparhawk começou – encontramos por acaso um funileiro que nos contou algo perturbador. Ele disse que styricos têm escavado o campo de batalha no lago Randera há séculos, procurando por um tesouro. Isso não parece ser o tipo de coisa que os styricos fariam.

– Não é mesmo, milorde – o idoso declarou com veemência. – Não precisamos de tesouros, e nós certamente não violaríamos os túmulos daqueles que lá dormem.

– Pensei que seria esse o caso. O senhor tem ideia de quem poderiam ser aqueles styricos?

– Eles não são de nossa linhagem, Sir Cavaleiro, e servem a um Deus o qual detestamos.

– Azash – Sparhawk adivinhou.

O idoso empalideceu um pouco.

– Não direi o nome dele em voz alta, Sir Cavaleiro, mas o senhor compreendeu o que eu quis dizer.

– Então, os homens que estão escavando o lago são zemochs?

O idoso assentiu com a cabeça.

– Temos conhecimento de sua presença por lá há séculos. Não nos aproximamos deles, pois são impuros.

– Acho que todos nós concordamos com isso – Tynian falou. – O senhor sabe o que eles estão procurando?

– Algum antigo talismã que Otha deseja encontrar para seu Deus.

– O funileiro falou que a maioria das pessoas daqui acredita que há um grande tesouro enterrado em algum lugar por lá.

– Os elenos tendem a exagerar as coisas – o idoso disse, sorrindo. – Não conseguem acreditar que os zemochs devotariam tantos esforços para encontrar uma única coisa... ainda que aquilo que eles procuram seja de valor maior do que todos os tesouros neste mundo.

– Isso responde àquela pergunta, não é mesmo? – Kalten observou.

– Os elenos possuem um desejo luxurioso e indiscriminado por ouro e pedras preciosas – o styrico idoso continuou –, então é possível que nem saibam o que estão procurando. Eles esperam encontrar grandes arcas de tesouro, mas não existem tais arcas para serem encontradas naqueles campos. Não seria absurdo dizer que algum deles já tenha encontrado o objeto e o tenha posto de lado, ignorando seu valor.

– Não, venerável mestre – Sephrenia discordou. – O talismã sobre o qual o senhor fala ainda não foi encontrado. Sua descoberta teria reverberado por todo o mundo como um sino gigante.

– Pode ser como afirma, minha irmã. Você e seus companheiros também rumam para o lago em busca do talismã?

– Este é nosso intento – ela respondeu –, e nossa busca é de alguma urgência. Ainda que não fosse por isso, devemos impedir que o Deus de Otha possua o talismã.

– Sendo assim, rezarei para o *meu* Deus por seu sucesso. – O styrico idoso virou-se para Sparhawk. – Como está o líder da Igreja elena? – ele perguntou com cautela.

– O arquiprelado está muito velho – Sparhawk respondeu com sinceridade –, e sua saúde está declinando.

O idoso styrico suspirou.

– É como eu temia – ele disse. – Embora tenha certeza de que ele não aceitaria os bons votos de um styrico, ainda assim rezo a meu Deus para que ele viva por muitos anos mais.

– Amém – Ulath falou.

O styrico de barba branca hesitou.

– Boatos dizem que o primado de um local chamado Cimmura é o candidato mais provável a se tornar o novo líder de sua Igreja – ele disse com cuidado.

– Isso pode ser um pouco exagerado – Sparhawk contrapôs. – Há muitos na Igreja que se opõem às ambições do primado Annias. Uma parte de *nosso* propósito também é frustrar seus planos.

– Então rezarei duplamente pelo senhor, Sir Cavaleiro. Se Annias chegar ao trono em Chyrellos, será um desastre para Styricum.

– Assim como para quase todos nós – Ulath resmungou.

– Será muito mais mortal para os styricos, Sir Cavaleiro. Os sentimentos de Annias de Cimmura em relação à nossa raça são amplamente conhecidos. A autoridade da Igreja elena tem mantido o ódio dos elenos comuns sob controle, mas caso Annias seja o sucessor, é provável que ele remova tais restrições, e temo que Styricum estará condenada.

– Faremos tudo o que nos for possível para impedir que ele chegue ao trono – Sparhawk prometeu.

O styrico idoso fez uma mesura.

– Que as mãos dos Deuses Jovens de Styricum os protejam, meus amigos. – Ele se curvou novamente para Sephrenia, e então para Flauta.

– Vamos prosseguir – Sephrenia disse. – Estamos mantendo os outros habitantes da vila longe de suas casas.

Cavalgaram para fora da vila e de volta para a floresta.

– Então as pessoas que têm escavado o campo de batalha são zemochs – Tynian considerou. – Eles estão infestando toda a Eosia ocidental, não é mesmo?

– Sabemos que tudo isso é parte do plano de Otha há gerações – Sephrenia falou. – A maioria dos elenos não sabe diferenciar styricos ocidentais e zemochs. Otha não quer qualquer tipo de aliança ou reconciliação entre os styricos ocidentais e os elenos. Um punhado de atrocidades bem colocadas tem mantido acesos os preconceitos do povo simples de Elenia, e as histórias de tais incidentes sempre aumentam um ponto toda vez que são recontadas. Esta tem sido a fonte de séculos de opressão generalizada e massacres aleatórios.

– Por que a possibilidade de uma aliança preocupa tanto Otha? – Kalten pareceu intrigado. – Não existem tantos styricos assim no Oeste para ameaçá-lo, e, uma vez que eles não encostam em armas de aço, não seriam muito úteis se a guerra eclodisse mais uma vez, não é?

– Os styricos lutariam com magia, não aço, Kalten – Sparhawk disse a ele –, e os magos styricos sabem muito mais do que os Cavaleiros da Igreja.

– Ainda assim, o fato de os zemochs estarem no lago Randera é promissor – Tynian falou.

– Como assim? – Kalten perguntou.

– Se eles continuam escavando, significa que ainda não encontraram a Bhelliom. Isso também pode indicar que estamos indo na direção correta.

– Não tenho tanta certeza – Ulath discordou. – Se eles têm procurado pela Bhelliom pelos últimos quinhentos anos e ainda não a encontraram, talvez o lago Randera *não seja* o lugar correto.

– Por que os zemochs não tentaram usar necromancia, como nós vamos fazer? – Kalten questionou.

– Os espíritos thalesianos não responderiam a um necromante zemoch – Ulath explicou. – Eles provavelmente se comunicarão comigo, mas não falarão com nenhuma outra pessoa.

– Então é uma boa coisa termos você conosco, Ulath – Tynian falou. – Odiaria ter todo o trabalho de invocar fantasmas e descobrir que eles não vão conversar comigo.

– Se você os invocar, eu falarei com eles.

– Você não perguntou ao ancião sobre o Rastreador – Sparhawk disse a Sephrenia.

– Não havia a necessidade. Isso só o teria assustado. Além do mais, se os moradores daquela vila soubessem que o Rastreador está nesta parte do mundo, eles a abandonariam.

– Talvez tivesse sido melhor tê-lo avisado.

– Não, Sparhawk. A vida já é suficientemente difícil para aquelas pessoas sem que sejam transformadas em andarilhas. O Rastreador está procurando por *nós*. Os habitantes daquela vila não estão em perigo.

Era final da tarde quando chegaram à orla da floresta. Fizeram uma parada e observaram os campos aparentemente desertos.

– Vamos acampar aqui, em meio às árvores – Sparhawk disse. – Adiante é um campo horrivelmente aberto. Se pudermos evitar, prefiro que ninguém veja nossos fogos.

Voltaram um pouco para dentro da floresta e armaram o acampamento para passar a noite. Kalten caminhou até a orla para ficar de guarda. Pouco depois de escurecer, ele retornou.

– É melhor você ocultar esse fogo um pouco melhor – ele disse a Berit. – Dá para vê-lo de lá, onde as árvores terminam.

– Imediatamente, Sir Kalten – o jovem noviço respondeu. Ele pegou uma pequena pá e circundou com mais terra a pequena fogueira que usavam para cozinhar.

– Não somos os únicos por aqui, Sparhawk – o pandion loiro e robusto disse com seriedade. – Há duas outras fogueiras a cerca de um quilômetro e meio daqui, lá nos campos.

– Vamos dar uma olhada – Sparhawk disse a Tynian e Ulath. – Precisamos identificar esses locais para que possamos contorná-los pela manhã. Mesmo se o Rastreador não for um problema por mais alguns dias, ainda há outras pessoas tentando nos manter afastados do lago. Você vem, Kalten?

– Vá em frente – o amigo de Sparhawk disse. – Eu ainda não comi.

– Talvez precisemos que você indique o local das fogueiras para nós.

– Não tem como vocês errarem – Kalten falou, enchendo sua tigela de madeira. – Quem quer que as tenha acendido, queria muita luz.

– Ele é muito atento ao próprio estômago, não é mesmo? – Tynian disse conforme os três cavaleiros andavam em direção à orla da floresta.

– Ele come muito – Sparhawk admitiu –, mas, sendo um homem grande, precisa de muita comida para manter-se de pé.

As fogueiras ao longe, no campo, eram claramente visíveis. Sparhawk observou com cautela suas localizações.

– Vamos virar ao norte, eu acho – ele disse em voz baixa aos outros. – Provavelmente, nos manteremos entre as árvores até estarmos bem longe daqueles acampamentos lá fora.

– Estranho – Ulath falou.

– O quê? – Tynian perguntou.

– Aqueles acampamentos não estão tão distantes uns dos outros. Se aqueles homens se conhecem, por que não montaram um único acampamento?

– Talvez eles não gostem uns dos outros.

– Então por que eles acamparam tão próximos?

Tynian deu de ombros.

– Quem entende o porquê de os lamorks fazerem as coisas do jeito que fazem?

– Não há nada que possamos fazer a respeito deles esta noite – Sparhawk disse. – Vamos voltar.

Sparhawk se levantou pouco antes da aurora. Quando foi acordar os outros, descobriu que Tynian, Berit e Talen não estavam no acampamento. A ausência de Tynian era facilmente explicada. Ele estava de guarda na orla da floresta. O noviço e o garoto, entretanto, não tinham motivo para estar longe de suas respectivas camas. Sparhawk soltou um palavrão e foi acordar Sephrenia.

– Berit e Talen foram a algum lugar – ele disse.

Ela olhou ao redor, vasculhando a escuridão que oprimia o acampamento bem escondido.

– Temos de esperar que o dia amanheça – ela disse. – Se eles não voltarem até então, devemos procurá-los. Reavive o fogo, Sparhawk, e coloque minha chaleira perto das chamas.

O céu a leste estava clareando quando Berit e Talen retornaram ao acampamento. Ambos pareciam empolgados, e seus olhos estavam brilhantes.

– Onde vocês dois estiveram? – Sparhawk perguntou, irritado.

– Satisfazendo uma curiosidade – Talen respondeu. – Fomos visitar nossos vizinhos.

– Você poderia traduzir isso para mim, Berit?

– Nós nos esgueiramos pelos campos para dar uma olhada nas pessoas ao redor daquelas fogueiras ao longe, Sir Sparhawk.

– Sem me perguntar antes?

– Você estava dormindo, Sparhawk – Talen explicou depressa. – Não queríamos acordá-lo.

– Eles são styricos, Sir Sparhawk – Berit disse com seriedade –, pelo menos alguns deles são. Mas também há camponeses lamorks entre eles. Os homens ao redor da outra fogueira são todos soldados da Igreja.

– Você conseguiu identificar se são styricos ocidentais ou zemochs?

– Não sei diferenciá-los, mas aqueles adiante têm espadas e lanças. – Berit franziu a testa. – Pode ser coisa da minha imaginação, mas todos os homens lá na frente possuem um olhar meio entorpecido. O senhor se lembra de como os rostos daquele grupo que nos emboscou lá em Elenia eram inexpressivos?

– Sim.

– As pessoas ali têm mais ou menos a mesma fisionomia, não estão conversando umas com as outras nem estão dormindo, e não colocaram ninguém de vigia.

– E então, Sephrenia? – Sparhawk disse. – O Rastreador pode ter se recuperado mais rápido do que você imaginava?

– Não – ela respondeu, franzindo o cenho. – Mas ele poderia ter colocado esses homens em nosso caminho antes de ir a Cimmura. Eles seguiriam quaisquer instruções que ele possa ter dado, mas não responderiam a novas situações sem sua presença.

– Eles seriam capazes de nos reconhecer, não é?

– Sim. O Rastreador deve ter implantado isso na mente deles.

– E eles nos atacariam se nos vissem?

– Inevitavelmente.

– Então acho melhor seguirmos em frente – ele concluiu. – Essas pessoas estão perto demais para que eu me sinta confortável. Não gosto de cavalgar em um terreno que não conheço antes de o dia estar claro, mas nestas circunstâncias... – Então ele se virou com seriedade para Berit. – Agradeço pela informação que nos trouxe, Berit, mas você não deveria ter ido sem antes me avisar, e, definitivamente, não deveria ter levado Talen. Nós dois somos pagos para nos meter em certas situações arriscadas, mas você não tinha direito algum de colocar o menino em perigo.

– Ele não sabia que eu o estava seguindo, Sparhawk – Talen disse rapidamente. – Eu o vi se levantar e queria saber aonde ele estava indo, então me esgueirei atrás dele. Ele não percebeu nada até estarmos perto das fogueiras.

– Isso não é precisamente a verdade, Sir Sparhawk – Berit discordou com uma expressão aflita. – Talen me acordou e sugeriu que nós fôssemos dar uma olhada nos homens lá longe. Naquele momento, pareceu-me uma boa ideia. Sinto muito. Nem passou pela minha cabeça o fato de que eu poderia estar colocando-o em perigo.

Talen olhou para o noviço com um pouco de desgosto.

– Por que você fez isso? – ele perguntou. – Eu estava contando uma mentira muito boa. Poderia ter te livrado dessa confusão.

– Eu fiz um juramento de contar apenas a verdade, Talen.

– Pois bem, mas eu não. Tudo o que você tinha a fazer era ter ficado de boca fechada. Sparhawk não vai bater em *mim* porque sou muito pequeno. Mas ele pode decidir te dar uma surra.

– Adoro essas pequenas discussões sobre moralidade comparada antes do café da manhã – Kalten disse. – Falando nisso... – Ele olhou de maneira significativa para o fogo.

– É sua vez – Ulath disse a ele.

– O quê?

– É sua vez de cozinhar.

– Não pode ser minha vez de novo.

Ulath assentiu com a cabeça.

– Estou contando.

Kalten assumiu uma expressão virtuosa, e falou:

– Sparhawk provavelmente está certo. Devemos seguir em frente. Podemos comer algo mais tarde.

Levantaram acampamento em silêncio e selaram seus cavalos. Tynian retornou da orla da floresta, onde estivera vigiando.

– Eles se separaram em pequenos grupos – informou o alcione. – Acho que vão vasculhar todo o interior.

– Então é melhor nos mantermos entre as árvores – Sparhawk disse. – Vamos cavalgar.

Moveram-se com cautela, ficando bem longe da beira da floresta. Tynian seguia até a orla de tempos em tempos para observar a movimentação dos homens inexpressivos nos campos abertos.

– Aqueles homens parecem ignorar completamente esta floresta – ele observou depois de uma dessas inspeções.

– Eles não são capazes de pensar com independência – Sephrenia explicou.

– Não importa – Kalten disse. – Eles estão entre nós e o lago, e, enquanto estiverem patrulhando aqueles campos lá fora, não conseguiremos passar. Cedo ou tarde teremos de sair da área coberta pelas árvores, e então estaremos num impasse.

– Exatamente quem está patrulhando esse setor? – Sparhawk perguntou a Tynian.

– Soldados da Igreja. Eles estão cavalgando em grupos.

– Quantos em cada grupo?

– Cerca de uma dúzia.

– Os grupos mantêm contato visual uns com os outros?

– Eles estão se espalhando cada vez mais.

– Bom. – O rosto de Sparhawk estava impassível. – Vá ficar de olho neles e me avise quando estiverem longe o suficiente para que não possam mais ver uns aos outros.

– Certo.

Sparhawk desmontou e amarrou as rédeas de Faran em uma árvore jovem.

– O que está se passando em sua cabeça, Sparhawk? – Sephrenia perguntou, desconfiada, enquanto Berit ajudava a ela e a Flauta a descerem do palafrém branco.

– Sabemos que o Rastreador foi provavelmente enviado por Otha... o que significa Azash.

– Sim.

– Azash sabe que a Bhelliom está prestes a emergir novamente, certo?

– Sim.

– A tarefa principal do Rastreador é nos matar, mas, caso falhe em conseguir isso, ele se contentaria em nos impedir de chegar ao lago Randera?

– Lógica elena novamente – ela disse, desgostosa. – Você é transparente, Sparhawk. Posso ver aonde você está indo com isso.

– Embora a mente deles esteja embotada, os soldados da Igreja ainda seriam capazes de passar informações uns para os outros, não seriam?

– Sim – ela concedeu a contragosto.

– Então não temos escolha nessa questão. Se algum deles nos vir, todos os outros estarão atrás de nós em uma hora.

– Eu não entendi aonde você quer chegar – Talen disse, parecendo intrigado.

– O Rastreador vai matar todos os homens de uma daquelas patrulhas – Sephrenia explicou.

– Até o último homem – Sparhawk falou sombriamente –, assim que eles estiverem fora do campo de visão dos outros.

– Você sabe que eles sequer terão a chance de fugir.

– Bom. Assim não teremos de persegui-los.

– Você está planejando assassinatos deliberados, Sparhawk.

– Não é exatamente isso, Sephrenia. Eles nos atacarão assim que nos virem. Tudo o que faremos é nos defender.

– Sofisma – ela redarguiu e saiu batendo os pés, resmungando para si mesma.

– Eu não pensava que ela sabia o significado dessa palavra – Kalten disse.

– Você sabe como manejar uma lança? – Sparhawk questionou Ulath.

– Recebi treinamento – o thalesiano respondeu. – Ainda assim, prefiro meu machado.

– Com uma lança você não tem que chegar tão perto. Não vamos correr riscos desnecessários. Temos de conseguir derrubar um bom número deles com nossas lanças, e então poderemos finalizá-los com nossas espadas e machados.

– Você sabe que somos apenas cinco – Kalten disse –, contando com Berit.

– E?

– Só pensei que deveria mencionar.

Sephrenia retornou, seu rosto pálido.

– Então você está absolutamente certo sobre isso? – ela indagou a Sparhawk.

– Temos de chegar ao lago. Você consegue pensar em alguma alternativa?

– Na verdade, não. – Seu tom de voz era sarcástico. – Sua impecável lógica elena me desarmou por completo.

– Faz algum tempo que quero lhe fazer uma pergunta, mãezinha – Kalten falou, obviamente tentando evitar uma discussão, trocando de assunto. – Como é esse tal Rastreador, exatamente? Ele parece se esforçar bastante para se manter escondido.

– Ele é horrendo. – Ela estremeceu. – Nunca vi um, mas o mago styrico que me ensinou a neutralizá-lo o descreveu para mim. Seu corpo é segmentado, muito pálido e muito delgado. No estágio em que se encontra, seu exoesqueleto ainda não endureceu por completo, e ele secreta um tipo de serosidade dos segmentos para proteger a pele do contato com o ar. Ele possui garras como as de um caranguejo e seu rosto é horrível além de qualquer descrição.

– Serosidade? O que é isso?

– Muco – ela simplesmente respondeu. – Ele está no estágio larval... uma espécie de lagarta ou verme, embora não exatamente. Quando chega à fase adulta, seu corpo solidifica e escurece, e suas asas emergem. Nem Azash pode controlá-lo quando adulto. Nessa etapa, sua única preocupação é se reproduzir. Solte um par de adultos e eles transformarão todo o mundo em uma colmeia e matarão todos os seres vivos na terra para dar de comer a seus filhotes. Azash mantém um casal para fins de procriação em um local de onde não podem escapar. Quando uma das larvas utilizadas como Rastreador se aproxima da fase adulta, ele faz com que seja morta.

– Trabalhar para Azash tem seus riscos, não é mesmo? Mas eu nunca vi nenhum tipo de inseto como esse.

– Regras normais não se aplicam às criaturas que servem a Azash. – Ela olhou para Sparhawk, sua expressão era de agonia. – Você realmente tem que fazer isso? – ela questionou.

– Temo que sim – ele respondeu. – Não há outra maneira.

Eles se sentaram no solo úmido da floresta, esperando o retorno de Tynian. Kalten foi até uma das selas com fardos e cortou generosas fatias de queijo e um filão de pão com sua adaga.

– Isso resolve o meu turno de cozinhar, certo? – ele falou para Ulath.

Ulath grunhiu.

– Vou pensar no caso.

O céu ainda estava nublado e os pássaros cochilavam entre as copas verde-escuras que enchiam a floresta com sua fragrância. Certa vez, um cervo se aproximou deles, pisando com delicadeza pela trilha entre as árvores. Um dos cavalos resfolegou e o cervo foi embora, seu rabo branco reluzindo e os chifres aveludados fulgurando em sua cabeça. Era um lugar tranquilo, mas Sparhawk afastou a tranquilidade de sua mente, preparando-se para a tarefa em mãos.

Tynian retornou.

– Há um grupo de soldados que está relativamente parado, posicionado a pouco menos de cem metros ao norte de onde estamos – ele informou em voz baixa. – Todos os outros estão fora do campo de visão.

– Bom – disse Sparhawk, colocando-se em pé. – É melhor começarmos. Sephrenia, fique aqui com Talen e Flauta.

– Qual o plano? – Tynian perguntou.

– Não há plano – Sparhawk respondeu. – Vamos simplesmente cavalgar de encontro a eles e eliminar aquela patrulha. Então prosseguiremos até o lago Randera.

– Há um certo charme na abordagem direta – Tynian concordou.

– Lembrem-se, todos vocês – Sparhawk prosseguiu –, eles não reagirão a ferimentos como as pessoas normais reagiriam. Certifiquem-se de que eles não vão voltar a atacá-los por trás quando vocês passarem para o próximo alvo. Vamos lá.

A luta foi curta e brutal. Assim que Sparhawk e os outros surgiram da mata em uma investida estrondosa, os soldados da Igreja de rostos inexpressivos conduziram seus cavalos pelos campos gramados em direção a eles, com as espadas em mãos. Quando os dois grupos estavam a talvez vinte metros de distância um do outro, Sparhawk, Kalten, Tynian e Ulath baixaram suas lanças e se prepararam. O choque do impacto foi extraordinário. O soldado que Sparhawk acertou foi retirado de sua sela, com a lança atravessando-lhe o peito e saindo por suas costas. Sparhawk puxou as rédeas de Faran bruscamente para evitar que sua lança se quebrasse. Livrou a arma do corpo do soldado e continuou em sua investida. A lança se quebrou no corpo de outro soldado. Ele a descartou e sacou sua espada. Decepou um braço do terceiro soldado e, em seguida, mergulhou a ponta da espada na garganta de seu oponente. Ulath quebrara sua lança no primeiro soldado que havia atacado, mas enterrara a haste partida no corpo de outro adversário. Então, o imenso genidiano voltou ao seu machado e facilmente rachou o crânio de ainda outro soldado. Tynian havia trespassado sua lança pela barriga de um agressor e o finalizou com sua espada, seguindo para o próximo. A lança de Kalten havia se despedaçado contra o escudo de um soldado e ele estava sendo bem pressionado por dois outros até que Berit cavalgou em sua direção e arrancou o topo da cabeça de um deles com seu machado. Kalten finalizou o outro com um golpe amplo de sua espada. Os soldados restantes perambulavam a esmo em confusão, suas mentes entorpecidas pelo veneno e incapazes de reagir rapidamente ao assalto dos Cavaleiros da Igreja. Sparhawk e seus companheiros os arrebanharam em um único grupo e metodicamente os massacraram.

Kalten desceu de sua sela e caminhou por entre os soldados caídos em pilhas desordenadas na grama sangrenta. Sparhawk virou o rosto conforme seu amigo sistematicamente atravessava sua espada em cada um dos corpos.

– Só para ter certeza – Kalten falou, embainhando sua arma e remontando. – Nenhum deles vai falar nada, agora.

– Berit – Sparhawk disse –, vá buscar Sephrenia e as crianças. Vamos ficar de guarda aqui. Ah, outra coisa. É melhor você também cortar novas lanças para todos nós. As que tínhamos parecem que ficaram gastas.

– Sim, Sir Sparhawk – o noviço anuiu e cavalgou de volta em direção à floresta.

Sparhawk olhou ao redor e vislumbrou uma vala por entre algumas moitas, não muito distante.

– Vamos escondê-los – ele falou, olhando para os corpos. – Não queremos deixar óbvio que passamos por aqui.

– Os cavalos deles fugiram? – Kalten perguntou, olhando em volta.

– Sim – Ulath respondeu. – Os cavalos costumam fazer isso quando há combate.

Eles arrastaram os corpos mutilados para a vala e os jogaram por sobre as moitas. Quando terminaram, Berit reapareceu com Sephrenia, Talen e Flauta. Ele carregava novas lanças em sua sela. Sephrenia manteve os olhos desviados das manchas de sangue na grama onde a luta havia acontecido.

Levaram poucos minutos para afixar novas pontas de aço nas lanças, e então todos remontaram.

– Agora eu estou *realmente* faminto – Kalten falou quando partiram a galope.

– *Como* você consegue? – Sephrenia perguntou com um tom de repulsa.

– O que foi que eu disse? – Kalten perguntou a Sparhawk.

– Esqueça.

Vários dias se seguiram sem incidentes, apesar de Sparhawk e os outros manterem olhos alertas à retaguarda conforme galopavam adiante. Procuravam abrigo todas as noites, escondendo bem suas pequenas fogueiras. E então o céu nublado finalmente cumpriu sua promessa. Uma garoa constante começou a cair conforme eles rumavam na direção nordeste.

– Maravilha – Kalten falou, sardônico, levantando os olhos para o céu.

– Apenas reze para que chova mais forte – Sephrenia disse a ele. – O Rastreador já deve ter se recuperado a esta altura, mas ele não será capaz de nos seguir se nosso rastro for lavado pela chuva.

– Eu não tinha pensado nisso – ele admitiu.

Com alguma periodicidade, Sparhawk desmontava para quebrar um graveto de um tipo específico de arbusto baixo e o colocava com cuidado no chão, apontando para a direção que estavam seguindo.

– Por que você vive fazendo isso? – Tynian finalmente perguntou, puxando sua capa azul ensopada para mais próximo de si.

– Para que Kurik saiba para onde estamos indo – Sparhawk respondeu, remontando.

– Muito esperto, mas como ele vai saber para qual arbusto deve olhar?

– É sempre a mesma espécie de arbusto. Kurik e eu inventamos isso há muito tempo.

O céu continuava a chorar. Era um tipo depressivo de chuva que penetrava em tudo. Fogueiras eram difíceis de acender e tendiam a se apagar sem aviso prévio. Em algumas ocasiões, eles passaram por vilas lamorks e, vez por outra, por uma quinta isolada. A maioria das pessoas se mantinha longe da chuva, e o gado que pastava nos campos estava molhado e com aspecto abatido.

Eles não estavam muito longe do lago quando Bevier e Kurik finalmente os alcançaram em uma tarde ruidosa, quando a chuva constante estava caindo quase horizontalmente em relação ao solo.

– Deixamos Ortzel na basílica – Bevier informou, enxugando o rosto ensopado. – Em seguida, fomos à casa de Dolmant e contamos a ele o que está acontecendo aqui em Lamorkand. Ele concorda que os levantes são provavelmente arranjados para tirar os Cavaleiros da Igreja de Chyrellos, e fará o que estiver ao seu alcance para evitar que isso ocorra.

– Bom – Sparhawk disse. – Gosto de pensar que todos os esforços de Martel serão em vão. Vocês tiveram algum problema no caminho?

– Nada sério – Bevier respondeu. – Mas todas as estradas estão sendo patrulhadas, e Chyrellos está repleta de soldados.

– E todos leais a Annias, suspeito – Kalten falou com acidez.

– Há outros candidatos à arquiprelazia, Kalten – Tynian comentou. – Se Annias está levando suas tropas para Chyrellos, é razoável acreditar que os demais fariam o mesmo.

– Certamente não queremos brigas generalizadas nas ruas da cidade sagrada – Sparhawk disse. – Como está o arquiprelado Cluvonus? – ele perguntou a Bevier.

– Temo que ele esteja declinando rapidamente. A hierocracia nem consegue mais esconder sua condição da população.

– Isso faz com que nossa busca se torne ainda mais urgente – Kalten observou. – Se Cluvonus morrer, Annias vai começar a agir, e, a esta altura, ele não *precisará* mais do tesouro de Elenia.

– Então vamos nos apressar – Sparhawk falou. – Ainda estamos a cerca de um dia de distância do lago.

– Sparhawk – Kurik comentou criticamente –, você deixou sua armadura enferrujar.

– Verdade? – Sparhawk puxou sua capa negra e ensopada e olhou para as ombreiras manchadas de vermelho com alguma surpresa.

– O senhor não foi capaz de encontrar a garrafa de óleo, milorde?

– Minha mente estava focada em outras coisas.

– Obviamente.

– Me desculpe. Vou cuidar disso.

– Você não saberia como. Não brinque com a armadura, Sparhawk. Eu cuido dela.

Sparhawk olhou ao redor para seus companheiros.

– Se alguém fizer troça disso, teremos uma briga – ele disse em tom ameaçador.

– Eu preferiria morrer a ofendê-lo, milorde Sparhawk – Bevier prometeu com o rosto totalmente sério.

– Muito obrigado – Sparhawk disse a ele, e então cavalgou, resoluto, com sua armadura enferrujada rangendo sob a chuva que caía.

Capítulo 8

O ANTIGO CAMPO DE BATALHA no lago Randera, ao norte da região central de Lamorkand, era ainda mais desolado do que eles haviam sido levados a acreditar. Era uma vasta extensão estéril de terra revirada, com montes de detritos empilhados por toda parte. Havia grandes buracos e trincheiras no chão, repletos de água lamacenta, e a chuva constante havia transformado aquele campo imenso em um charco.

Kalten posicionou seu cavalo ao lado do de Sparhawk, olhando de maneira desolada para o terreno lamacento que parecia se estender até o horizonte.

– Por onde começamos? – ele perguntou, soando aturdido pela enormidade da tarefa em mãos.

Sparhawk se lembrou de algo.

– Bevier – ele chamou.

– Sim, Sparhawk – o arciano respondeu, cavalgando para a frente.

– Você disse que havia estudado história militar.

– Sim.

– Uma vez que esta foi a maior batalha já travada, você provavelmente dedicou algum tempo a ela, não é mesmo?

– É claro.

– Você acha que conseguiria localizar, em termos gerais, a área onde os thalesianos lutaram?

– Dê-me alguns instantes para que eu possa me orientar. – Bevier cavalgou lentamente pelo campo molhado, olhando atentamente ao redor em busca de algum ponto de referência. – Ali – ele disse finalmente, apontando uma colina próxima semiobscurecida pela garoa nevoenta. – Foi ali que as tropas do rei de Arcium defenderam seu terreno contra as hordas de Otha e seus aliados sobrenaturais. Elas estavam sendo acossadas duramente, mas conseguiram se manter até os Cavaleiros da Igreja alcançarem este campo. – Ele estreitou os olhos de maneira pensativa enquanto a chuva caía. – Se não me falha a memória, o exército do rei Sarak de Thalesia varreu o lado leste do lago, investindo pelos flancos. Eles devem ter lutado muito mais para o leste.

– Pelo menos isso restringe um pouco o terreno – Kalten falou. – Os cavaleiros genidianos teriam tido contato com o exército de Sarak?

Bevier balançou a cabeça de um lado para o outro.

– Todos os Cavaleiros da Igreja estavam engajados na campanha em Rendor. Quando as notícias sobre a invasão de Otha chegaram a eles, todos navegaram pelo Mar Interior até Cammoria e então fizeram uma marcha forçada até aqui. Eles chegaram ao campo pelo sul.

– Sparhawk – Talen disse em voz baixa –, olha ali. Algumas pessoas estão tentando se esconder atrás daquele grande monte de detritos... aquele que tem um tronco de árvore à meia altura na lateral.

Sparhawk evitou com cautela se virar.

– Você conseguiu dar uma boa olhada neles?

– Não consegui distinguir que tipo de gente eles são – o garoto respondeu. – Estão cobertos de lama.

– Eles carregavam algum tipo de arma?

– Pás, na maioria dos casos. Acho que vi umas duas balestras.

– Então são lamorks – Kalten falou. – Mais ninguém usa esse tipo de arma.

– Kurik, qual o alcance efetivo de uma balestra? – Sparhawk perguntou a seu escudeiro.

– Pouco menos de trezentos metros, mantendo alguma margem de precisão. Depois disso, você precisa confiar na sorte.

Sparhawk olhou ao redor, tentando fazer com que o movimento parecesse despropositado. A pilha de detritos estava a cerca de 45 metros de distância.

– Vamos naquela direção – ele falou em voz alta, o suficiente para ser ouvido pelos caçadores de tesouros escondidos. Ele ergueu sua manopla de aço e apontou para o leste. – Eles são quantos, Talen? – perguntou discretamente.

– Eu vi oito ou dez. Pode ser que tenha mais.

– Mantenha os olhos neles, mas não seja óbvio demais. Se algum deles erguer uma das balestras, nos avise.

– Certo.

Sparhawk começou a conduzi-los em um trote firme. Os cascos de Faran espirravam lama semilíquida.

– Não olhem para trás – ele avisou os outros.

– Um galope não seria mais apropriado, a esta altura? – Kalten perguntou com uma voz contida.

– É melhor não deixá-los perceber que nós os vimos.

– Isso exige demais dos meus nervos, Sparhawk – Kalten resmungou, mudando a posição de seu escudo. – Sinto uma sensação muito incômoda bem no meio das costas.

– Eu também – Sparhawk admitiu. – Talen, eles estão fazendo alguma coisa?

– Só nos observando – o garoto respondeu. – Consigo ver uma cabeça surgir do monte de vez em quando.

Seguiram trotando, chapinhando na lama.

– Estamos quase fora do alcance – Tynian disse com ansiedade.

– A chuva está diminuindo ao redor daquela colina – Talen informou. – Acho que eles não conseguem nos ver mais.

– Bom – Sparhawk falou, deixando o ar sair de seus pulmões bruscamente, com alívio. – Vamos diminuir o passo. É óbvio que não estamos sozinhos aqui, e não queremos dar de cara com alguma coisa.

– Tenso – Ulath comentou.

– Não foi? – Tynian concordou.

– Não sei por que *você* estava preocupado – Ulath disse, olhando para a armadura deirana maciça de Tynian –, considerando todo esse aço que te cerca.

– A curta distância, uma seta de balestra pode penetrar até mesmo isso – Tynian bateu o punho contra a fronte de sua armadura. Ele produziu um toque ressoante, quase como um sino. – Sparhawk, da próxima vez que você falar com a hierocracia, por que não sugere que eles declarem proibido o uso de balestras? Eu me senti absolutamente nu ali atrás.

– Como você consegue suportar toda essa armadura? – Kalten questionou.

– Dolorosamente, meu amigo, bem dolorosamente. Na primeira vez que eles a colocaram em mim, eu caí. Demorei uma hora para me pôr de pé.

– Fiquem de olhos bem abertos – Sparhawk acautelou. – Um punhado de caçadores de tesouros lamorks é uma coisa, mas homens dominados pelo Rastreador são outra; se a criatura mantinha alguns homens sob controle lá perto da floresta, certamente deve manter outros tantos por aqui também.

Eles continuaram a chapinhar pela lama, observando cuidadosamente os arredores. Sparhawk consultou seu mapa outra vez, protegendo-o da chuva com sua capa.

– A cidade de Randera fica na margem leste do lago – ele disse. – Bevier, algum de seus livros diz se os thalesianos chegaram a ocupá-la?

– Essa passagem da batalha é um pouco obscura nas crônicas que li – o cavaleiro de capa branca respondeu. – Os únicos registros dessa parte do conflito apenas dizem que os zemochs invadiram Randera bem no começo de sua campanha. Se os thalesianos fizeram alguma coisa ou não, eu simplesmente não sei dizer.

– Eles não fariam nada – Ulath declarou. – Os thalesianos nunca foram bons sitiadores. Não temos a paciência necessária. O exército do rei Sarak provavelmente a contornou.

– Isso talvez seja mais fácil do que eu pensava – Kalten falou. – A única área que teremos de procurar é a faixa que fica entre Randera e a porção sul do lago.

– Não fique muito esperançoso, Kalten – Sparhawk disse. – Ainda é um terreno considerável. – Ele olhou através da garoa, em direção ao lago. – A margem do lago parece ser de areia, e areia molhada é mais fácil de cavalgar do que lama. – Ele virou Faran e conduziu os outros na direção do lago.

A praia de areia que se estendia por toda a margem sul do rio não parecia ter sido escavada como o resto do campo. Kalten olhou em volta conforme cavalgavam pela areia molhada.

– Eu me pergunto por que eles não cavaram aqui – ele falou.

– Cheias – Ulath retrucou de modo enigmático.

– Como é?

– O nível da água se eleva no inverno e carrega a areia de volta para quaisquer buracos que eles tenham cavado.

– Ah. Acho que isso faz sentido.

Eles cavalgaram com cuidado pela beira da água por cerca de meia hora.

– Quanto falta até chegar lá? – Kalten perguntou a Sparhawk. – É você quem está com o mapa.

– Algo em torno de 55 quilômetros – ele respondeu. – Esta praia parece ser aberta o suficiente para arriscarmos um galope. – Ele esporeou Faran com os calcanhares e seguiu na frente.

A chuva continuava moderada, e a face salpicada do lago era da cor do chumbo. Eles haviam cavalgado por alguns quilômetros pela margem quando viram outro grupo de pessoas cavando de maneira relativamente furtiva nos campos encharcados.

– Pelosianos – Ulath os identificou com desdém.

– Como você sabe? – Kalten perguntou.

– Aqueles chapéus pontudos estúpidos.

– Ah.

– Acho que se adaptam ao formato da cabeça deles. Eles provavelmente ouviram os boatos sobre o tesouro e vieram para cá a partir do norte. Você quer que nós os dispersemos, Sparhawk?

– Deixe-os cavar. Eles não estão nos incomodando... pelo menos não enquanto ficarem onde estão. Os homens do Rastreador não devem se interessar por tesouros.

Seguiram pela praia até o fim da tarde.

– O que você acha de montarmos acampamento logo ali? – Kurik sugeriu, apontando para uma grande pilha de madeira destroçada bem adiante deles.

– Tenho um pouco de lenha seca em um dos fardos, e é provável que encontremos mais no fundo daquele amontoado.

Sparhawk olhou para as nuvens gotejantes, estimando que horas eram.

– Está na hora de parar, mesmo – ele concordou.

Eles puxaram as rédeas de suas montarias ao lado da pilha de madeira, e Kurik acendeu sua fogueira. Berit e Talen começaram a reunir pedaços de troncos relativamente secos de debaixo do amontoado, mas, após algum tempo, Berit voltou para seu cavalo e pegou seu machado de guerra.

– O que você vai fazer com isso? – Ulath perguntou a ele.

– Vou cortar algumas das tábuas maiores, Sir Ulath.

– Não vai, não.

Berit pareceu um pouco espantado.

– Não foi para isso que ele foi feito. Você vai deixar a lâmina cega, e poderá precisar de gume antes do que imagina.

– Meu machado está naquele fardo bem ali, Berit – Kurik falou ao noviço envergonhado. – Pode usá-lo. Não planejo acertar ninguém com ele.

– Kurik – Sephrenia disse de dentro da tenda que Sparhawk e Kalten haviam montado para ela e Flauta –, coloque uma coberta próxima ao fogo e passe uma corda por debaixo dela. – A mulher apareceu de dentro da tenda trajando um casaco styrico, carregando seu manto branco encharcado em uma mão e os trajes de Flauta na outra. – Está na hora de secar algumas de nossas roupas.

Depois que o sol se pôs, a brisa noturna começou a soprar vinda do lago, fazendo com que as tendas oscilassem e as chamas da fogueira tremeluzissem. Comeram um parco jantar e foram para suas camas.

Por volta da meia-noite, Kalten retornou do local onde estava de guarda. Ele balançou Sparhawk para que acordasse.

– É seu turno – ele disse em voz baixa para evitar que os outros acordassem.

– Certo. – Sparhawk se sentou, bocejando. – Você encontrou um bom lugar?

– Aquela colina logo depois da praia. Mas preste atenção onde pisa durante a subida. Andaram cavando nas laterais.

Sparhawk começou a colocar sua armadura.

– Não estamos sozinhos aqui, Sparhawk – Kalten falou, removendo seu elmo e sua capa negra e ensopada. – Vi cerca de meia dúzia de fogueiras a alguma distância naquele campo.

– Mais pelosianos e lamorks?

– É difícil ter certeza. Uma fogueira geralmente não tem marcas que as identifiquem.

– Não diga nada a Talen e Berit. Não quero que eles saiam outra vez se esgueirando no escuro. Vá dormir, Kalten. Amanhã deverá ser um dia cheio.

Sparhawk subiu com cuidado a encosta escavada da colina e se posicionou no topo. Ele viu de imediato as fogueiras que Kalten havia mencionado, mas também reparou que estavam bem distantes e não constituíam uma ameaça.

Eles já haviam percorrido um longo caminho até ali, e uma sensação de urgência impaciente remoía Sparhawk. Ehlana estava sentada, sozinha, no silencioso salão do trono lá em Cimmura, com sua vida se esvaindo a cada segundo. Mais alguns meses e os batimentos de seu coração vacilariam, e então parariam. Sparhawk afastou esse pensamento de sua mente. Como normalmente fazia quando essa apreensão se abatia sobre ele, forçou-se deliberadamente a pensar em outros assuntos e em outras memórias.

A chuva estava gelada, desoladora e desagradável, portanto ele voltou seus pensamentos para Rendor, onde o sol escaldante evaporava todos os vestígios de umidade do ar. Ele se recordou das mulheres vestidas de preto seguindo graciosamente em fila até o poço à aurora, antes que o sol tornasse as ruas de Jiroch insuportáveis. Lembrou-se de Lillias com um sorriso oblíquo, e imaginou se a cena melodramática na rua próxima ao cais havia lhe rendido o tipo de respeito de que ela precisava de forma tão desesperada.

E então ele se recordou de Martel. Aquela noite na tenda de Arasham, em Dabour, havia sido muito boa. Ver seu odioso inimigo tomado de decepção e frustração tinha sido quase tão satisfatório quanto se ele o tivesse matado.

– Mas algum dia, Martel – ele resmungou. – Você tem muito o que pagar, e acho que a hora da cobrança está chegando. – Era um bom pensamento, e Sparhawk concentrou-se nele enquanto ficava na chuva. Pensou nisso com detalhes até chegar a hora de acordar Ulath para que ele fizesse seu turno de vigia.

Levantaram acampamento assim que raiou o dia, e cavalgaram pela praia fustigada pela chuva.

Por volta do meio da manhã, Sephrenia puxou as rédeas de seu palafrém branco com um chiado de advertência.

– Zemochs – ela falou bruscamente.

– Onde? – Sparhawk perguntou.

– Não posso dizer com certeza. Mas sei que estão por perto, e suas intenções não são amigáveis.

– Quantos?

– É difícil dizer, Sparhawk. Pelo menos uma dúzia, mas provavelmente menos de vinte.

– Pegue as crianças e cavalgue de volta para a margem. – Ele olhou para seus companheiros, dizendo: – Vejamos se somos capazes de atraí-los. Não quero que eles nos sigam.

Os cavaleiros avançaram pelo campo lamacento vagarosamente, com as lanças abaixadas. Berit e Kurik os flanqueavam, um de cada lado.

Os zemochs estavam se escondendo em uma trincheira rasa a menos de cem metros da praia. Quando viram os sete elenos seguindo com determinação na direção deles, levantaram-se com armas em punho. Havia cerca de quinze deles, mas o fato de estarem a pé os colocava em séria desvantagem. Eles não emitiam sons, não berravam gritos de guerra e seus olhos pareciam vazios.

– O Rastreador os mandou – Sparhawk rosnou. – Cuidado.

Conforme os cavaleiros se aproximavam, os zemochs cambaleavam para a frente e vários deles se jogaram cegamente contra as pontas das lanças.

– Descartem as lanças! – Sparhawk comandou. – Eles estão perto demais! – Ele soltou a haste e sacou sua espada. Mais uma vez, os homens controlados pelo Rastreador investiram em um silêncio assustador, não prestando atenção em seus companheiros caídos. Apesar de terem a vantagem numérica, eles não eram páreo para os cavaleiros montados, e seu destino foi selado quando Kurik e Berit os flanquearam e atacaram a retaguarda.

A luta durou por volta de dez minutos e, então, estava acabada.

– Alguém está ferido? – Sparhawk perguntou, olhando ao redor rapidamente.

– Vários, eu diria – Kalten respondeu, mirando os corpos que jaziam na lama. – Isso está ficando fácil demais, Sparhawk. Eles investem contra nós quase pedindo para ser mortos.

– Fico feliz em ajudá-los – Tynian falou, limpando sua espada em um casaco zemoch.

– Vamos arrastá-los de volta para aquela trincheira onde eles estavam se escondendo – Sparhawk disse. – Kurik, volte e pegue sua pá. Vamos enterrá-los aqui.

– Escondendo as evidências, hein? – Kalten falou alegremente.

– Pode haver outros por perto – Sparhawk explicou. – Melhor não deixar óbvio que estivemos aqui.

– Certo, mas quero me assegurar de que todos estão mortos antes de começar a arrastá-los. Prefiro que nenhum deles acorde enquanto minhas mãos estiverem ocupadas com seus tornozelos.

Kalten desmontou e pôs-se a executar a macabra tarefa de conferir se os zemochs estavam mortos. Então, todos começaram a trabalhar. A lama escorregadia fazia com que fosse fácil arrastar os corpos inertes. Kurik estava na beira da trincheira, jogando lama sobre os cadáveres com sua pá.

– Bevier – Tynian falou –, você é realmente tão apegado àquele lochaber?

– É minha arma predileta – Bevier respondeu. – Por que você pergunta?

– É um pouco inconveniente quando chega a hora de arrumar a bagunça. Quando você arranca as cabeças desse jeito, significa que teremos de fazer duas viagens para cada morto. – Tynian se abaixou e pegou duas cabeças decepadas pelos cabelos, para enfatizar seu argumento.

– Que brincalhão – Bevier disse secamente.

Depois de despejarem todas as partes dos corpos dos zemochs na trincheira e de Kurik cobri-los com lama, eles cavalgaram de volta para a praia, onde Sephrenia estava sentada em seu cavalo, cuidadosamente mantendo o rosto de Flauta coberto com a barra de sua capa e tentando conservar seus próprios olhos afastados.

– Terminaram? – ela perguntou conforme Sparhawk e os outros se aproximavam.

– Acabou – ele assegurou. – Você já pode olhar. – Ele franziu o cenho. – Kalten acaba de levantar uma questão. Ele disse que isso está ficando fácil demais. Essas pessoas simplesmente investem contra nós sem pensar. É quase como se elas quisessem ser mortas.

– Não é bem assim, Sparhawk – ela respondeu. – O Rastreador possui homens de sobra. Ele desperdiçará centenas deles apenas para matar um de nós... e outras centenas para matar o próximo.

– Isso é deprimente. Se ele dispõe de tantos homens, por que os envia em pequenos grupos?

– Eles são batedores. Formigas e abelhas fazem exatamente a mesma coisa. Enviam pequenos grupos para achar o que a colônia está procurando. Afinal, o Rastreador é um inseto e, apesar de Azash, ele ainda pensa como um.

– Em todo caso, eles não estão voltando para avisá-lo – Kalten disse. – Não os que encontramos até agora, pelo menos.

– Eles já o alertaram – ela discordou. – O Rastreador sabe quando suas forças foram abatidas. Ele pode não saber com precisão onde nós estamos, mas ele sabe que matamos seus soldados. Acho que é melhor partirmos. Se havia um grupo por aqui, é provável que haja outros. Não queremos que eles convirjam sobre nós.

Ulath começou a falar seriamente com Berit enquanto eles trotavam.

– Mantenha seu machado sob controle em todos os momentos – ele aconselhou. – Nunca desfira um golpe tão amplo que você não consiga se recuperar instantaneamente.

– Creio que compreendi – Berit respondeu com seriedade.

– Um machado pode ser uma arma tão delicada quanto uma espada... se você souber o que está fazendo. – Ulath disse. – Preste atenção, garoto. Sua vida pode depender disso.

– Pensei que tudo o que precisava fazer era golpear alguém com toda a força que tivesse.

– Não há a necessidade de fazer isso – Ulath respondeu. – Não se você o mantiver afiado. Para abrir uma noz com um martelo, só se bate forte o suficiente para quebrar a casca, não é mesmo? Não queremos esmagá-la em pedacinhos. É a mesma coisa com um machado. Se você usá-lo com muita força para golpear uma pessoa, há uma grande chance de a lâmina ficar presa em algum lugar do corpo, e isso te deixa com uma nítida desvantagem quando tiver que enfrentar o próximo oponente.

– Eu não sabia que um machado era uma arma tão complicada – Kalten disse em voz baixa para Sparhawk.

– Acho que faz parte da religião dos thalesianos – Sparhawk retrucou. Ele olhou para Berit, que estava com uma expressão compenetrada enquanto ouvia a lição de Ulath. – Odeio dizer isso, mas acho que perdemos um bom espadachim. Berit é muito apegado àquele machado, e Ulath o está encorajando.

Mais tarde, naquele mesmo dia, a margem do lago começou a curvar para nordeste. Bevier olhou ao redor, tentando se localizar.

– Acho melhor pararmos aqui, Sparhawk – ele aconselhou. – Até onde sei, foi neste lugar, aproximadamente, que os thalesianos enfrentaram os zemochs.

– Muito bem – Sparhawk concordou. – Acho que o resto é com você, Tynian.

– Assim que amanhecer – o cavaleiro alcione respondeu.

– Por que não agora? – Kalten questionou.

– Vai escurecer daqui a pouco – Tynian disse, com uma expressão funesta. – Não gosto de invocar fantasmas à noite.

– Ah, é?

– Só porque eu sei fazer isso não significa que eu goste de fazê-lo. Quero muita luz do dia ao meu redor quando eles começarem a aparecer. Esses homens foram mortos em batalha, e não vai ser uma cena bonita de se ver. Prefiro que eles não apareçam na minha frente no escuro.

Sparhawk e os outros cavaleiros esquadrinharam a região enquanto Kurik, Berit e Talen armaram o acampamento. A chuva estava cedendo um pouco quando eles retornaram.

– Alguma coisa? – Kurik perguntou, olhando de onde estava, embaixo de algumas cobertas de lona que ele havia colocado por sobre a fogueira, um pouco inclinadas.

– Há um pouco de fumaça a alguns quilômetros ao sul – Kalten respondeu, descendo de seu cavalo. – Mas não vimos ninguém.

– Ainda temos de colocar alguém de guarda – Sparhawk disse. – Se Bevier sabe que esta é a região em que os thalesianos lutaram, podemos ter alguma certeza de que os zemochs também saberão, e o Rastreador provavelmente sabe o que estamos procurando, portanto ele deve ter colocado alguém nesta área.

Todos estavam incomumente quietos naquela noite quando se sentaram sob a proteção das lonas que Kurik havia improvisado e que evitavam que a chuva apagasse a fogueira. Este era o lugar que havia sido o objetivo deles por semanas, desde que deixaram Cimmura, e em breve descobririam se sua viagem havia servido a algum propósito real. Sparhawk, em particular, estava ansioso e preocupado. Ele definitivamente queria prosseguir logo, mas respeitava os sentimentos de Tynian sobre a questão.

– O processo é muito complicado? – ele perguntou ao deirano de ombros largos. – A necromancia, quero dizer.

– Não é um feitiço comum, se é isso o que você quer saber – Tynian respondeu. – O encantamento é relativamente longo e você tem que desenhar diagramas no chão para se proteger. Às vezes, os mortos não querem ser acordados, e eles podem fazer coisas bem feias se estiverem muito chateados.

– Quantos deles você pretende invocar de cada vez? – Kalten questionou.

– Um – Tynian disse com firmeza. – Não quero uma brigada inteira vindo pra cima de mim de uma só vez. Pode demorar um pouco mais, mas será bem mais seguro.

– O especialista aqui é você.

A manhã raiou úmida e desoladora. A chuva tinha voltado durante a noite. A terra encharcada já recebera mais água do que era capaz de absorver, e havia poças salpicadas de chuva por toda parte.

– Um dia perfeito para invocar os mortos – Kalten observou com acidez. – Não pareceria certo se fosse feito à luz do sol.

– Bom – Tynian disse, colocando-se de pé –, acho que é melhor começarmos.

– Não vamos tomar o café da manhã primeiro? – Kalten objetou.

– Você não vai querer ter nada no seu estômago, Kalten – Tynian respondeu. – Acredite em mim, você não vai querer.

Eles caminharam pelo campo.

– Este lugar não parece ter sido muito escavado – Berit falou, olhando ao redor. – Talvez os zemochs não saibam onde os thalesianos foram enterrados, afinal.

– Assim esperamos – Tynian disse. – Acho que este é um bom lugar para começar, assim como qualquer outro. – Ele pegou um graveto e preparou-se para desenhar um diagrama no chão molhado.

– Use isto – Sephrenia aconselhou, entregando a ele um rolo de corda. – Um diagrama traçado no chão seco funciona, mas há poças aqui, e os fantasmas podem não vê-lo todo.

– Não queremos que isso aconteça – Tynian concordou. Ele começou a posicionar a corda no chão. O padrão era estranhamente atrativo, com curvas obscuras, círculos e estrelas de formato irregular. – Está mais ou menos certo? – Ele perguntou para Sephrenia.

– Mova aquele pedaço ali um pouco mais para a esquerda – ela falou, apontando.

Ele fez isso.

– Muito melhor – ela disse. – Repita o feitiço em voz alta. Quero corrigi-lo se você disser algo errado.

– Só por curiosidade, por que *você* não faz isso, Sephrenia? – Kalten perguntou a ela. – Parece que você sabe mais sobre isso do que qualquer outra pessoa.

– Eu não sou forte o suficiente – ela admitiu. – O que você realmente faz neste ritual é lutar com o morto para compeli-lo a ser invocado. Sou um tanto pequena para esse tipo de coisa.

Tynian começou a falar em styrico, entoando as palavras com sonoridade. Havia uma cadência peculiar em sua fala, e os gestos que ele fazia vagarosamente tinham uma qualidade formal. Sua voz se tornou mais alta e mais imperiosa. Então ele ergueu ambas as mãos e as uniu com brusquidão.

A princípio, nada pareceu acontecer. Então o solo no interior do diagrama pareceu oscilar e convulsionar. Devagar, de modo quase excruciante, algo se ergueu da terra.

– Deus! – Kalten ofegou com horror enquanto observava a coisa grotescamente mutilada.

– Fale com ele, Ulath – Tynian disse por entre os dentes cerrados. – Não posso mantê-lo aqui por muito tempo.

Ulath deu um passo adiante e começou a falar em um idioma gutural e ríspido.

– Thalesiano antigo – Sephrenia identificou o dialeto. – É o idioma que os soldados rasos deviam falar na época do rei Sarak.

A aparição medonha respondeu de maneira vacilante com uma voz terrível, e então apontou com um movimento abrupto de sua mão esquelética.

– Deixe-o voltar, Tynian – Ulath disse. – Consegui o que precisamos.

O rosto de Tynian estava acinzentado e suas mãos tremiam. Ele falou duas palavras em styrico e a aparição afundou de volta na terra.

– Esse não sabia de nada – Ulath disse aos outros –, mas nos apontou o local onde um conde está enterrado. O conde pertencia à casa do rei Sarak, e, se há alguém por aqui que sabe onde o rei está enterrado, é ele. É logo ali.

– Deixe-me recuperar o fôlego – Tynian falou.

– É tão difícil assim?

– Você não faz ideia, meu amigo.

Eles aguardaram enquanto Tynian ofegava dolorosamente. Momentos depois, o cavaleiro alcione enrolou a corda e se endireitou.

– Muito bem. Vamos acordar o conde.

Ulath os conduziu até um pequeno outeiro que ficava ali perto.

– É um monte sepulcral – ele explicou. – Costuma-se erguer um montículo dessa espécie quando se enterra alguém de certa importância.

Tynian posicionou a corda sobre o monte, então se afastou e começou o ritual outra vez. Quando ele terminou, espalmou as mãos uma na outra novamente.

A aparição que surgiu não estava tão horrivelmente desfigurada como a primeira; trajava uma tradicional armadura de malha thalesiana e, na cabeça, usava um elmo com chifres.

– Quem és tu, que perturba meu sono? – ele exigiu saber de Tynian na fala arcaica de cinco séculos atrás.

– Ele vos trouxe de volta à luz a meu pedido, milorde – Ulath respondeu. – Sou de vossa raça e preciso falar convosco.

– Seja breve, então. Estou descontente por teres feito isto.

– Buscamos o descanso final de Sua Majestade, o rei Sarak – Ulath falou. – Sabeis onde podemos procurar?

– Sua Majestade não jaz neste campo de batalha – o fantasma respondeu.

O coração de Sparhawk esmoreceu.

– Sabeis o que sucedeu com ele? – Ulath pressionou.

– Sua Majestade partiu de sua capital em Emsat quando as notícias da invasão das hordas de Otha chegaram – o fantasma declarou. – Levou consigo alguns homens de confiança da casa real. O restante de nós permaneceu para agrupar a força principal. Deveríamos seguir assim que o exército estivesse reunido. Quando chegamos a este lago, Sua Majestade não estava em lugar algum. Ninguém aqui sabe o que ocorreu com o rei. Procure, portanto, em outro local.

– Uma última pergunta, milorde – Ulath disse. – Sabeis, por sorte, qual rota Sua Majestade pretendia seguir para chegar a este campo?

– O rei navegou para a costa norte, Sir Cavaleiro. Nenhum homem, vivo ou morto, sabe onde ele fundeou e desembarcou. Busque, portanto, em Pelosia ou Deira, e deixe-me retornar ao meu descanso.

– Nossos agradecimentos, milorde – Ulath falou com uma reverência formal.

– Teus agradecimentos não possuem significado para mim – o fantasma disse com indiferença.

– Deixe-o voltar, Tynian – Ulath disse com tristeza.

Mais uma vez, Tynian libertou o espírito enquanto Sparhawk e o resto do grupo olhavam uns para os outros, a decepção estampada em seus rostos.

Capítulo 9

Ulath caminhou até onde Tynian estava sentado no chão molhado, com a cabeça entre as mãos.

– Você está bem? – ele perguntou. Sparhawk notou que o enorme e selvagem thalesiano estava estranhamente gentil e solícito com seus companheiros.

– Só estou um pouco cansado – Tynian respondeu com fraqueza.

– Você sabe que não pode continuar fazendo isso – Ulath falou.

– Posso continuar mais um pouco.

– Ensine o feitiço para mim – Ulath insistiu. – Posso lutar com os melhores... vivos ou mortos.

Tynian esboçou um sorriso abatido.

– Aposto que pode, meu amigo. Alguma vez você já foi vencido?

– Não desde que eu tinha sete anos de idade – Ulath disse com modéstia. – Isso foi quando enfiei a cabeça de meu irmão mais velho no balde de madeira do poço. Meu pai levou duas horas tentando tirá-lo de lá. As orelhas do meu irmão ficaram presas. Ele sempre teve aquelas orelhas grandes. Eu sinto saudades dele. Ele ficou em segundo lugar numa luta com um ogro. – O homem gigante olhou para Sparhawk, perguntando: – Muito bem, e agora?

– Não podemos procurar por toda a região norte de Pelosia ou de Deira – Kalten falou.

– Isso é bem óbvio – Sparhawk falou. – Não temos tempo. Temos de conseguir informações mais precisas de alguma forma. Bevier, você consegue pensar em algo que nos dê uma pista de onde procurar?

– As narrativas desta parte da batalha são muito incompletas, Sparhawk – o cavaleiro de capa branca respondeu, incerto. Ele sorriu para Ulath. – Nossos irmãos genidianos são um bocado relapsos quanto a manter registros.

– Escrever em runas é tedioso – Ulath confessou. – Particularmente sobre pedras. Às vezes nos esquecemos dessas coisas por uma ou duas gerações.

– Acho que precisamos encontrar algum tipo de vila ou cidade, Sparhawk – Kurik falou.

– Por quê?

– Temos muitas perguntas, e não vamos conseguir respostas se não falarmos com alguém.

– Kurik, a batalha foi há quinhentos anos – Sparhawk o lembrou. – Não vamos encontrar nenhuma testemunha do que aconteceu.

– É claro que não, mas às vezes o povo local, em particular as pessoas mais simples, mantém vivas as tradições da região, e os pontos de referência têm nomes. O nome de uma montanha ou de um riacho pode nos dar a dica de que precisamos.

– Vale a pena tentar, Sparhawk – Sephrenia disse com seriedade. – Não estamos chegando a lugar algum aqui.

– É muito vago, Sephrenia.

– Que outra opção nós temos?

– Vamos continuar rumando para o norte, creio eu.

– E passando por escavações, provavelmente – ela acrescentou. – Se o chão já foi revirado, é um sinal quase certo de que a Bhelliom não está ali.

– Acho que isso é verdade. Muito bem, vamos para o norte, e, se nada promissor aparecer, Tynian pode invocar outro fantasma.

Ulath pareceu um pouco reticente quanto a isso.

– Acho que teremos de tomar cuidado – ele falou. – Só o esforço de invocar dois deles quase o deixou no chão.

– Ficarei bem – Tynian protestou debilmente.

– Claro que você ficará... pelo menos ficaria se tivéssemos tempo para deixá-lo de cama por vários dias.

Eles ajudaram Tynian a subir em sua sela, prenderam a capa azul em volta dele e cavalgaram para o norte na garoa persistente.

A cidade de Randera ficava na margem leste do lago. Era cercada por altas muralhas e possuía torres de vigia austeras em cada um de seus cantos.

– E agora? – Kalten disse, olhando de modo especulativo para a lúgubre cidade lamork.

– Uma perda de tempo – Kurik grunhiu. Ele apontou para grandes montes de detritos derretendo lentamente na chuva. – Ainda estamos encontrando escavações. Precisamos ir mais para o norte.

Sparhawk olhou criticamente para Tynian. Um pouco de cor havia voltado ao rosto do cavaleiro alcione, e ele parecia estar se recuperando com lentidão. Sparhawk esporeou Faran a um trote largo e conduziu seus amigos pela paisagem desoladora.

Era o fim da tarde quando passaram pelos últimos vestígios de escavações.

– Há algum tipo de vila ali perto do lago, Sir Sparhawk – Berit disse, apontando.

– Talvez não seja um mau lugar para se começar – Sparhawk concordou.
– Vamos ver se encontramos alguma estalagem por lá. Acho que já está na hora
de termos uma refeição quente, sairmos da chuva e nos secarmos um pouco.

– E quem sabe não haja até uma taverna – Kalten acrescentou. – Pessoas
em tavernas geralmente gostam de conversar, e sempre tem alguns velhos nesses lugares que se orgulham de seu conhecimento sobre a história local.

Cavalgaram até a margem do lago e entraram na vila. As casas eram uniformemente dilapidadas e as ruas de paralelepípedos estavam descuidadas.
Na parte mais baixa da cidade, uma série de docas se projetava no lago, e havia redes presas em longas varas espalhadas nas margens. O cheiro de peixe
morto impregnava o ar nas ruas estreitas. Um aldeão de olhar suspeito apontou para eles a única estalagem da vila, uma antiquíssima construção de pedra
coberta por telhas.

Sparhawk desmontou no pátio interno e entrou no estabelecimento. Um
homem rotundo, com um brilhante rosto vermelho e cabelos cortados com
desmazelo, estava rolando um barril de cerveja pelo chão em direção a uma
ampla porta nos fundos.

– Você tem quartos vazios, vizinho? – Sparhawk perguntou a ele.

– Todo o loft está vazio, milorde – o homem gordo respondeu respeitosamente –, mas o senhor tem certeza de que quer parar aqui? Minhas acomodações são satisfatórias para viajantes comuns, mas não creio que elas sejam
apropriadas para membros da nobreza.

– Tenho certeza de que é melhor do que dormir embaixo de um arbusto
numa noite chuvosa.

– Isso certamente é verdade, milorde, e ficarei muito feliz de ter hóspedes.
Não recebo muitos visitantes nesta época do ano. Aquele bar ali atrás é a única coisa que mantém meus negócios.

– Há alguém por lá neste momento?

– Cerca de meia dúzia de pessoas, milorde. O negócio aumenta quando
os pescadores voltam do lago.

– Somos em dez – Sparhawk falou para o estalajadeiro –, portanto, precisaremos de alguns quartos. Você tem alguém para cuidar de nossos cavalos?

– Meu filho cuida dos estábulos, Sir Cavaleiro.

– Diga a ele para tomar cuidado com o grande corcel ruano. O cavalo é
brincalhão e descomedido no uso de seus dentes.

– Mencionarei isso para meu filho.

– Então vou buscar meus amigos e subirei para dar uma olhada em seu
loft. Ah, outra coisa, por acaso você tem uma banheira? Meus amigos e eu
viajamos sob chuva, e estamos cheirando a ferrugem.

– Há uma casa de banho lá fora, atrás da estalagem, milorde. Ainda assim, poucas pessoas a frequentam.

– Tudo bem. Peça para o seu pessoal começar a esquentar a água e eu já volto. – Ele se virou e retornou para a chuva lá fora.

Os quartos, apesar de um pouco poeirentos pela falta de uso, pareciam surpreendentemente confortáveis. As camas eram limpas e pareciam livres de insetos, e havia um espaçoso salão comunal no final do corredor do loft.

– Na verdade, é muito bom – Sephrenia disse, olhando ao redor.

– Também tem uma casa de banho – Sparhawk falou.

– Ah, isso é simplesmente adorável. – Ela suspirou de alegria.

– Deixaremos você usá-la primeiro.

– Não, meu querido. Não gosto de ser apressada quando me banho. Vocês, cavalheiros, vão na frente. – Ela os cheirou criticamente. – Não tenham medo de usar o sabão – ela acrescentou. – Muito, muito sabão... e lavem os cabelos também.

– Depois que nos banharmos, acho melhor colocarmos roupas simples – Sparhawk aconselhou os outros. – Queremos fazer perguntas a essas pessoas, e as armaduras são um pouco intimidadoras.

Os cinco cavaleiros tiraram suas armaduras, pegaram suas túnicas e marcharam com Kurik, Berit e Talen escada abaixo vestindo as roupas acolchoadas e manchadas de ferrugem que usavam por debaixo de seus trajes de aço. Lavaram-se em banheiras largas, que se assemelhavam a barris, e emergiram de lá sentindo-se refrescados e limpos.

– Esta é a primeira vez que me sinto quente em quase uma semana – Kalten disse. – Acho que agora estou pronto para visitar aquele bar.

Talen foi encarregado de levar as roupas de baixo acolchoadas de volta para os quartos, e estava um pouco emburrado por conta disso.

– Não faça caretas – Kurik disse a ele. – Eu não ia deixar que você fosse àquele bar de jeito nenhum. Devo pelo menos isso à sua mãe. Diga a Sephrenia que ela e Flauta já podem ir à casa de banho. Desça com elas e vigie a porta para ter certeza de que não serão incomodadas.

– Mas eu estou com fome.

Kurik colocou a mão de maneira ameaçadora em seu cinto.

– Tá bom, tá bom, não precisa se exaltar. – O garoto correu escada acima.

O bar estava cheio de fumaça, e o chão estava coberto com serragem e escamas de peixe prateadas. Os cinco cavaleiros trajando roupas comuns, com Kurik e Berit, entraram discretamente e se sentaram em uma mesa vaga no canto.

– Vamos querer cerveja – Kalten falou para a jovem serviçal –, muita cerveja.

– Não exagere – Sparhawk resmungou. – Você é pesado e não queremos ter de carregá-lo escada acima.

– Não tema, meu amigo – Kalten respondeu de maneira expansiva. – Gastei dez anos inteiros de minha vida aqui em Lamorkand e nem uma vez fiquei embriagado. A cerveja daqui é fraca e aguada.

A garota que servia era uma típica mulher lamork: quadris largos, loira, bustos generosos e não muito esperta. Ela vestia uma blusa rústica, bem decotada, e uma pesada camisa vermelha. Seus tamancos de madeira ressoavam pelo chão, e ela tinha uma risadinha tola. Trouxe para eles canecas de madeira engastadas com cobre cheias de cerveja espumosa.

– Não se vá ainda, querida – Kalten disse a ela. Ele ergueu a caneca e bebeu tudo de uma só vez. – Esta aqui parece ter se esvaziado. Seja uma boa garota e a encha de novo. – Ele deu um tapinha em seu traseiro com familiaridade. Ela soltou uma risadinha e foi embora com a caneca.

– Ele é sempre assim? – Tynian perguntou a Sparhawk.

– Sempre que tem oportunidade.

– Como eu estava dizendo antes de entrarmos – Kalten disse em voz alta o suficiente para ser ouvido na maior parte do salão –, aposto meia coroa de prata que a batalha nunca chegou tão longe, aqui no norte.

– E eu aposto duas que chegou – Tynian respondeu, entendendo o ardil de imediato.

Bevier pareceu intrigado por um instante, então seus olhos acusaram que ele também havia entendido.

– Não deve ser muito difícil descobrir – ele disse, olhando ao redor. – Tenho certeza de que alguém aqui saberia.

Ulath afastou seu banco e se levantou. Bateu seu imenso punho na mesa para chamar a atenção.

– Cavalheiros – ele falou bem alto para os outros homens no bar. – Meus dois amigos estão discutindo há quatro horas, e eles finalmente chegaram a ponto de envolver dinheiro na questão. Para ser franco, estou ficando cansado de ouvi-los. Talvez algum de vocês possa decidir essa discussão e dar um descanso aos meus ouvidos. Houve uma batalha aqui há quinhentos anos ou algo assim. – Ele apontou para Kalten, dizendo: – Esse aqui, com espuma de cerveja no queixo, acha que a luta não chegou tão longe, aqui no norte. O outro, com a cara redonda, insiste que chegou. Qual dos dois está certo?

Houve um longo silêncio, e então um homem idoso com bochechas rosadas e ralos cabelos brancos caminhou sem firmeza pelo salão até a mesa deles. Ele estava vestido com desmazelo e sua cabeça oscilava sobre o pescoço.

– Acho qui posso resorvê sua disputa, bons mestres – ele falou com uma voz esganiçada. – Meu véio pai, ele costumava contá histórias pra mim sobre essa bataia que ocês tão falando.

– Traga uma caneca para esse bom camarada, queridinha – Kalten falou com familiaridade para a servente.

– Kalten – Kurik disse, revoltado –, tire suas mãos do traseiro dela.

– Só estou sendo amigável.

– É assim que você chama a isso?

O rosto da servente ficou rosado e ela voltou para buscar outra cerveja, rolando os olhos convidativamente para Kalten.

– Acho que você acaba de fazer uma amiga – Ulath disse secamente para o pandion loiro –, mas não tente tirar vantagem disso aqui em público. – Ele olhou para o idoso com o pescoço vacilante. – Sente-se, meu velho – ele convidou.

– Ora, gradecido, bom mestre. Posso vê pela sua aparência qui ocê é lá do norte, de Thalesia. – Ele se sentou, tremendo, no banco.

– Você vê bem, meu velho – Ulath disse. – O que seu pai te contou sobre aquela antiga batalha?

– Bom – o camarada vacilante falou, coçando a barba por fazer em sua bochecha –, pelo qui lembro, ele dizia assim pra mim, dizia que... – Ele fez uma pausa assim que a servente de seios fartos deslizou uma caneca de cerveja em sua direção. – Ora, gradecido, Nima – ele agradeceu.

A garota sorriu, indo em direção a Kalten.

– E a sua? – ela perguntou, recostando-se nele.

– Ah... está tudo bem, queridinha – ele vacilou, corando de leve. De um modo estranho, a abordagem direta da servente pareceu ter pegado Kalten desprevenido.

– Você *vai* me dizer se eu puder fazer qualquer coisa, não é? – ela o encorajou. – *Qualquer coisa* mesmo. Você sabe que estou aqui para lhe agradar.

– No momento... não – Kalten disse a ela. – Talvez mais tarde.

Tynian e Ulath trocaram um longo olhar, e ambos escancararam um sorriso.

– Vocês, cavaleiros do norte, encaram o mundo de um modo diferente de nós – Bevier falou, parecendo um pouco acanhado.

– Quer algumas lições? – Ulath perguntou a ele.

Bevier corou subitamente.

– Ele é um bom garoto. – Ulath esboçou um sorriso largo para os outros e deu um tapinha no ombro de Bevier. – Só temos que mantê-lo um pouco longe de Arcium até termos tempo de corrompê-lo. Bevier, você é meu irmão querido, mas é travado e formal demais. Tente relaxar um pouco.

– Sou tão rígido assim? – Bevier perguntou, aparentando estar um pouco envergonhado.

– Vamos consertar isso para você – Ulath assegurou.

Sparhawk olhou para o outro lado da mesa, para o velho lamork que exibia um sorriso sem dentes.

– O senhor pode resolver essa discussão estúpida para nós, meu velho? A batalha chegou até aqui no norte?

– Ora, sim, chegô sim, jovem mestre – o velho balbuciou –, e ainda mais longe, pra dizê a verdade. Meu velho pai, ele me contô que teve luta e teve morte até o norte, até lá em Pelosia. Ocê vê, a maior parte do exército dos thalesiano deu a vorta pela parte de cima do lago e caiu sobre os zemoch por trás deles. A única coisa é que tinha muito mais dos zemoch do que tinha dos thalesiano. Bem, senhô, o que eu entendi foi que os zemoch, depois de tê tomado um susto daqueles, se viraram e vinheram correndo pra estas banda, matando quase tudo o que tinha na frente deles. O povo dessas parte de cá se esconderam nos porão enquanto tudo isso tava acontecendo, é o que digo procês. – Ele fez uma pausa para tomar um longo gole de sua caneca. – Bem, senhô – ele continuou –, a peleja *paricia* ter mais ou menos acabado, com os zemoch ganhando e tudo isso, mas então uma porção dos garoto dos thalesianos, que é provável que ficaram esperando os barco lá no norte, vinheram investindo e fazendo umas coisa muito feia pros zemoch. – Ele olhou na direção de Ulath. – Seu povo tem meio que um temperamento bem ruim, se ocê não tomá ofensa em eu dizê isso, amigo.

– Acho que tem a ver com o clima – Ulath concordou.

O velho olhou com tristeza para a sua caneca.

– Ocê não podia vê se dava pra eu tê mais uma dessas? – ele perguntou, esperançoso.

– Claro, vovô – Sparhawk disse. – Providencie, Kalten.

– Por que eu?

– Porque você está em melhores termos com a moça do bar do que eu. Continue com sua história, vovô.

– Bem, senhô, disseram pra mim que teve essa peleja terrível que foi a uns dez quilômetro ao norte daqui. Os camaradas thalesiano estavam *muito* chateados com o que aconteceu com os colegas deles e com os parentes deles lá no lado sul do lago, e eles foram atrás dos zemoch com machados e coisas assim. Os túmulos têm uns mil deles ou mais... e nem todos lá são humano, foi o que me contaram. Os zemoch não eram muito detalhista sobre com quem eles andava, ou pelo menos é isso o que diz a história. Ocês pode ver os túmulos lá nos campos... uns montes grandes de entulho, todos coberto de grama e de arbusto e de coisas assim. Pelos últimos quinhentos ano os fazendeiro da região têm escavado ossos e espadas velhas, e lanças e lâminas de machado com seu arado.

– Por acaso seu pai contou quem liderava os thalesianos? – Ulath perguntou com cuidado. – Eu tinha alguns parentes naquela batalha e nunca conseguimos descobrir o que aconteceu com eles. Você saberia dizer se era possível que o líder fosse o rei de Thalesia?

– Num ouvi nem que sim nem que não – o velho lamork admitiu. – Claro que o povo das banda de cá não tava muito ansioso para se metê no meio da matança e de tudo aquilo. O povo comum não tem nada que ficá se misturando nesse tipo de coisa.

– Não teria sido muito difícil reconhecê-lo – Ulath comentou. – As antigas lendas em Thalesia dizem que ele tinha quase 2,15 metros de altura, e que sua coroa tinha uma grande joia azul no topo.

– Nunca ouvi de ninguém que combine com essa descrição... mas, como eu disse, o povo comum tava se mantendo *bem* longe da luta.

– O senhor acha que mais alguém por aqui possa ter ouvido outras histórias sobre a batalha? – Bevier perguntou em um tom de voz neutro.

– Acho que é possível – o velhote disse, incerto –, mas meu velho pai, ele era um dos melhor contador de histórias destas parte. Ele foi atropelado por uma carroça quando tinha uns cinquenta anos, e quebrou as costas bem feio. Ele costumava sentá lá fora, no banco da varanda desta mesma estalage, ele e seus camarada. Eles trocava histórias antigas até altas hora, e ele realmente gostava disso... não tendo mais nada quê fazer, por tê ficado aleijado e tudo o mais, sabe. E ele passô todo esses conto antigo pra mim... eu sendo o filho predileto e tudo o mais, já que eu levava pra ele uma canecona de cerveja deste mesmo bar. – Ele olhou para Ulath. – Não, senhô – ele falou. – Nenhuma das antiga história que eu ouvi falava de nenhum rei como esse que o senhô descreveu, mas, como eu disse, foi uma peleja bem grande, e o povo local ficou bem afastado dela. Pode sê que esse seu rei tivesse por lá, mas ninguém que eu conheço falô dele.

– E você diz que essa batalha aconteceu a mais ou menos dez quilômetros ao norte daqui? – Sparhawk indagou.

– Acho que, no máximo, uns onze quilômetro – o idoso respondeu, tomando um longo gole da caneca que a jovem serviçal de quadris largos acabara de lhe trazer. – Vô sê bem honesto com ocê, jovem mestre, tô meio enferrujado esses dia, e não ando mais como antes. – Ele estreitou os olhos para seus interlocutores, avaliando-os. – Se ocês não se importá com minha intromissão, jovens mestres, ocês parece curioso demais sobre esse seu rei de Thalesia do passado e coisa assim.

– É muito simples, vovô – Ulath disse com facilidade. – O rei Sarak de Thalesia era um de nossos heróis nacionais. Se eu puder descobrir o que realmente aconteceu com ele, conseguirei um bom dinheiro com isso. O rei Wargun pode até me recompensar com um condado... isso se ele um dia ficar sóbrio o suficiente.

O velho gargalhou.

– Já ouvi falá nele – ele disse. – Ele bebe que nem o povo diz?

– Provavelmente mais.

– Veja só... um condado, ocê diz? Ora, essa é uma coisa que vale a pena corrê atrás. O que ocê pode tentá fazê, seu conde, é ir até o campo da peleja e fuçar um pouco. Talvez pode ser que ocê encontre seu parente pra te dar uma dica. Um homem de 2,15 metro, e rei além disso, ele devia tê uma armadura bem impressionante e coisas assim. Conheço um fazendeiro por aquelas banda... o nome dele é Wat. Ele gosta de contos antigo assim que nem eu, e esse campo da peleja é no quintal dele, modo de dizê. Se alguém encontrô algo que possa levar perto do que ocê quer descobrir, ele vai sabê.

– O nome desse homem é Wat, você disse? – Sparhawk perguntou, tentando soar casual.

– Não dá pra se enganá, jovem mestre. Ele é um camarada dos zoio torto. Se coça bastante. Ele já tem essa coceira faz mais de trinta anos. – Ele balançou a caneca, esperançoso.

– Ei, minha garota – Ulath chamou, pescando uma série de moedas da bolsa em seu cinto. – Por que você não mantém a caneca do nosso velho amigo aqui cheia até ele cair debaixo da mesa?

– Ora, gradecido, seu conde. – O velho escancarou um sorriso.

– Afinal de contas, meu velho – Ulath riu –, um condado não pode ser desprezado, não é verdade?

– Eu não podia dizê isso melhor, meu senhô.

Eles deixaram o bar e subiram as escadas.

– Isso funcionou relativamente bem, não foi? – Kurik disse.

– Tivemos sorte – Kalten falou. – E se o velhote não estivesse no bar esta noite?

– Então alguém nos teria falado sobre ele. O pessoal mais simples gosta de ser prestativo para com aqueles que pagam sua cerveja.

– Acho que é melhor nos lembrarmos da história que Ulath contou para o velhote – Tynian disse. – Se contarmos às pessoas que queremos levar os ossos do rei de volta a Thalesia, ninguém vai começar a especular sobre o real motivo de estarmos curiosos sobre o local em que ele está enterrado.

– Isso não é o mesmo que mentir? – Berit perguntou.

— Na verdade, não — Ulath respondeu. — Nós *pretendemos* reenterrá-lo depois de conseguirmos sua coroa, não é mesmo?

— É claro.

— Então, aí está.

Berit pareceu um pouco incerto a esse respeito.

— Vou providenciar o jantar — ele disse —, mas acho que há uma falha em sua lógica, Sir Ulath.

— Sério? — Ulath falou, parecendo surpreso.

Ainda estava chovendo na manhã seguinte. Em algum momento durante a noite, Kalten havia se esgueirado para fora do quarto que dividia com Sparhawk. Este tinha certas suspeitas a respeito da ausência do amigo, dentre as quais se sobressaía Nima, a servente bem amigável e de quadris largos que os havia atendido. Entretanto, ele não insistiu no assunto. Sparhawk era, afinal de contas, um cavaleiro e um cavalheiro.

Eles cavalgaram para o norte por quase duas horas até que depararam com uma campina larga, salpicada de montes sepulcrais cobertos de grama.

— Fico imaginando qual eu deveria tentar primeiro — Tynian disse enquanto todos desmontavam.

— Escolha um — Sparhawk respondeu. — Pode ser que esse Wat de quem ouvimos falar seja capaz de nos dar uma informação mais precisa, mas primeiro vamos tentar desta forma. Talvez nos poupe algum tempo, e isso é algo de que estamos começando a não dispor.

— Você se preocupa com sua rainha a toda hora, não é, Sparhawk? — Bevier perguntou com perspicácia.

— Claro. É o que supostamente eu devo fazer.

— Acho, meu amigo, que isso vai um pouco mais além. Sua afeição pela rainha é algo maior do que o dever.

— Você está sendo absurdamente romântico, Bevier. Ela é apenas uma criança. — De repente, Sparhawk se sentiu ofendido e, ao mesmo tempo, na defensiva. — Antes que comecemos, cavalheiros — ele disse com brusquidão —, vamos dar uma olhada nas redondezas. Não quero nenhum zemoch desgarrado nos observando e, definitivamente, não quero nenhum dos soldados cabeças-ocas do Rastreador nos surpreendendo enquanto estamos ocupados.

— Podemos lidar com eles — Kalten falou com confiança.

— É provável que sim, mas isso não vem ao caso. Toda vez que matamos um deles, anunciamos nossa localização aproximada para o Rastreador.

– Esse inseto do Otha está começando a me irritar – Kalten disse. – Toda essa coisa de se esquivar e se esconder não é natural.

– Talvez não seja, mas acho melhor você se acostumar com isso por enquanto.

Deixaram Sephrenia e as crianças em um abrigo montado com uma lona e foram vasculhar os arredores. Não encontraram sinais da presença de mais ninguém. Então, cavalgaram de volta para o monte sepulcral.

– Que tal aquele ali? – Ulath sugeriu para Tynian, apontando um montículo baixo de terra. – Ele meio que parece thalesiano.

– É tão bom quanto qualquer outro. – Tynian deu de ombros.

Desmontaram novamente.

– Não exagere – Sparhawk disse ao cavaleiro alcione. – Se você começar a ficar muito cansado, deixe para lá.

– Precisamos de informações, Sparhawk. Vou ficar bem. – Tynian removeu seu elmo pesado, pegou o rolo de corda e começou a colocá-lo no topo do monte seguindo o mesmo padrão que ele utilizara no dia anterior. Então ele se endireitou, fazendo uma careta discreta. – Bem – ele disse –, lá vamos nós. – Ele jogou para trás sua capa azul e começou a falar sonoramente em styrico, tecendo os gestos intrincados do feitiço com as mãos conforme o entoava. Finalmente, ele juntou as palmas das mãos com brusquidão.

O monte chacoalhou com violência como se tivesse sido afetado por um terremoto, e o que emergiu dessa vez não se ergueu devagar; explodiu do chão, rugindo... e não era humano.

– Tynian! – Sephrenia gritou. – Mande-o de volta!

Tynian, entretanto, estava de pé, paralisado, com os olhos esbugalhados de horror.

A criatura horrenda investiu contra eles, atropelando o imóvel Tynian e caindo sobre Bevier, arranhando com as garras e mordendo a armadura do cirínico.

– Sparhawk! – Sephrenia gritou conforme o robusto pandion sacava sua espada. – Isso não! Não vai lhe causar o menor dano! Use a lança de Aldreas!

Sparhawk girou e sacou a lança de haste curta de sua sela.

A coisa monstruosa que estava atacando Bevier ergueu o corpo do cavaleiro de capa branca com a mesma facilidade com que um homem teria levantado uma criança, arremessando-o contra o chão com uma força terrível; então saltou na direção de Kalten e começou a atacar o elmo do pandion. Ulath, Kurik e Berit correram para ajudar o amigo, golpeando o monstro com suas armas. Surpreendentemente, seus machados pesados e o mangual de Kurik não penetravam o corpo da coisa, mas rebatiam, produzindo uma grande cascata de faíscas brilhantes. Sparhawk correu, segurando a lança para baixo. Kalten estava sendo chacoalhado como uma boneca de pano, e seu elmo negro estava dentado e arranhado.

Deliberadamente, Sparhawk enfiou sua lança no flanco do monstro com toda a força. A coisa guinchou e se virou em sua direção. Repetidas vezes Sparhawk golpeou, e a cada golpe ele sentia uma tremenda onda de poder fluindo pela lança. Por fim ele viu uma abertura, fintou uma vez e então afundou a lança diretamente no tórax da criatura. A boca horrenda se escancarou, mas o que saía dela não era sangue, e sim uma espécie de gosma negra. Inflexível, Sparhawk girou a lança dentro do corpo da criatura, deixando o ferimento cada vez maior. Ela guinchou novamente e recuou. Sparhawk puxou a lança para fora do corpo da besta e a criatura fugiu, uivando e segurando o grande buraco em seu tórax. Ela subiu vacilante pela lateral do monte sepulcral em direção ao local de onde havia emergido e mergulhou de volta para as profundezas.

Tynian estava ajoelhado na lama, segurando a cabeça e soluçando. Bevier jazia imóvel no chão e Kalten estava sentado, gemendo.

Sephrenia foi rapidamente até Tynian e, após uma breve olhada em seu rosto, começou a falar com ligeireza em styrico, tecendo um feitiço com seus dedos. Os soluços de Tynian diminuíram e, depois de alguns instantes, ele caiu de lado.

– Terei de mantê-lo dormindo até que ele se recupere – ela disse. – *Se* ele se recuperar. Sparhawk, ajude Kalten. Verei como Bevier está.

Sparhawk foi até seu amigo.

– Onde você foi ferido? – ele perguntou.

– Acho que fraturei algumas costelas – Kalten ofegou. – O que era aquela coisa? Minha espada só rebatia nela.

– Podemos nos preocupar com isso mais tarde – Sparhawk falou. – Vamos tirar sua armadura e enfaixar essas costelas. Não queremos que alguma delas perfure seu pulmão.

– Concordo plenamente com isso. – Kalten estremeceu. – Meu corpo todo dói. Não preciso de mais problemas. Como Bevier está?

– Ainda não sabemos. Sephrenia está cuidando dele.

Os ferimentos de Bevier pareciam ser mais sérios que os de Kalten. Após ter atado com firmeza um largo pedaço de linho ao redor do peito de seu amigo e ter checado se havia outros machucados, Sparhawk apertou sua capa ao redor do corpo de Kalten e foi até o arciano.

– Como ele está? – ele perguntou a Sephrenia.

– O caso dele é bem sério, Sparhawk – ela respondeu. – Não há nenhum corte ou laceração, mas creio que ele possa ter uma hemorragia interna.

– Kurik, Berit – Sparhawk chamou. – Armem as tendas. Precisamos tirá--los da chuva. – Ele olhou ao redor e viu Talen cavalgando para longe, a galope. – Aonde *ele* está indo agora? – o cavaleiro perguntou, exasperado.

– Eu o mandei ir procurar uma carroça – Kurik explicou. – Esses homens precisam de um médico urgentemente, e não estão em condições de se sentar em suas selas.

Ulath estava franzindo a testa.

– Como você conseguiu enfiar sua lança naquela coisa, Sparhawk? – ele perguntou. – Meu machado só rebatia nela.

– Não sei dizer – ele admitiu.

– Foram os anéis – Sephrenia disse, sem tirar os olhos da forma inconsciente de Bevier.

– Eu *achei* que estava sentindo algo acontecer enquanto golpeava aquele monstro – Sparhawk falou. – Por que eles pareciam não ter esse tipo de poder antes?

– Porque estavam separados – ela respondeu. – Mas, desta vez, você estava com um anel no dedo e o outro no encaixe da lâmina da lança. Quando as duas joias se juntam dessa maneira, elas têm um grande poder. São parte da própria Bhelliom.

– Muito bem – Ulath disse. – O que deu errado? Tynian estava tentando invocar fantasmas thalesianos. Como ele acabou acordando aquela monstruosidade?

– Aparentemente, ele abriu o túmulo errado – ela falou. – Temo que a necromancia não seja uma das artes mais precisas. Quando os zemochs invadiram o Oeste, Azash enviou com eles certas criaturas suas. Tynian invocou uma delas por acidente.

– E o que há de errado com ele?

– O contato com aquele ser quase destruiu sua mente.

– Ele vai ficar bem?

– Eu não sei, Ulath. Eu realmente não sei.

Berit e Kurik haviam acabado de erguer as tendas e Sparhawk e Ulath levaram seus amigos feridos para dentro de uma delas.

– Vamos precisar de fogo – Kurik falou –, e temo que isso não vai ser fácil hoje. Eu tenho um pouco de lenha seca, mas não o suficiente para que dure por muito tempo. Esses homens estão molhados e com frio, e é absolutamente necessário que os sequemos e os mantenhamos quentes.

– Alguma sugestão? – Sparhawk perguntou.

– Vou pensar em algo.

Já era de tarde quando Talen retornou, conduzindo uma carroça instável que mais parecia uma carreta.

– Isso foi o melhor que pude encontrar – ele se desculpou.

– Você teve de roubá-la? – Kurik perguntou.

– Não. Eu não queria o fazendeiro correndo atrás de mim. Eu a comprei.

– Com o quê?

Talen olhou com malícia para a bolsa de couro que pendia no cinto de seu pai.

– Você não está se sentindo um pouco mais leve daquele lado, Kurik?

O escudeiro soltou um palavrão e examinou a bolsa. O fundo havia sido rasgado com destreza.

– Mas aqui está o que eu não precisei – Talen disse, entregando um punhado de moedas.

– Você teve a coragem de *me* roubar?

– Seja razoável, Kurik. Sparhawk e os outros estão usando armadura, e suas bolsas ficam do lado de dentro. A sua era a única que eu podia alcançar.

– O que tem debaixo da lona? – Sparhawk perguntou, olhando para a parte de trás da carroça.

– Lenha seca – o garoto respondeu. – O fazendeiro tinha pilhas disso no celeiro. Também peguei algumas galinhas. Não roubei a carroça – ele comentou com objetividade –, mas *roubei* a lenha e as galinhas... apenas para manter a prática. Ah, a propósito, o nome do fazendeiro é Wat. Ele é um sujeito estrábico que se coça muito. Quando eu estava do lado de fora do bar da estalagem, ontem à noite, tive a impressão de que alguém estava falando que ele poderia ter alguma importância para nós, por algum motivo.

Parte 2
Ghasek

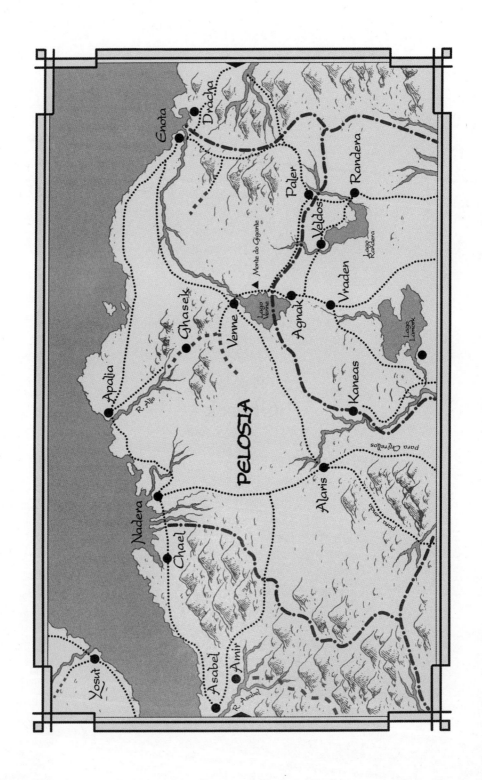

Capítulo 10

A CHUVA ESTAVA DIMINUINDO, E uma brisa espasmódica vinha do lago. Ela afastava a chuva em rajadas sobre as superfícies das poças que jaziam no campo lamacento. Kurik e Berit haviam acendido uma fogueira no centro do círculo de tendas e afixado um pedaço de lona em traves no lado de onde ventava, em parte para evitar que as chamas se apagassem, em parte para irradiar o calor para as tendas onde estavam os cavaleiros feridos.

Ulath saiu de uma das outras tendas, envolvendo uma capa seca sobre seus poderosos ombros protegidos por malha. Ele ergueu suas espessas sobrancelhas em direção ao céu.

– Parece que está parando – ele disse a Sparhawk.

– Assim esperamos – Sparhawk falou. – Acho que colocar Tynian e os outros naquela carroça, em meio a uma tempestade, não faria muito bem a eles.

Ulath concordou com um resmungo.

– Isso realmente não deu certo, não é Sparhawk? – ele disse morosamente. – Temos três homens feridos e ainda não estamos nada perto de encontrar a Bhelliom.

Sparhawk não tinha muito a dizer a esse respeito.

– Vamos ver como Sephrenia está se saindo – ele sugeriu.

Os dois cavaleiros deram a volta na fogueira e entraram na tenda onde a pequena styrica cuidava dos pacientes.

– Como eles estão? – Sparhawk perguntou a ela.

– Kalten vai ficar bem – Sephrenia respondeu, puxando um cobertor de lã vermelha até o queixo do pandion loiro. – Ele já quebrou ossos antes, e eles se recuperam com rapidez. Dei algo a Bevier que talvez seja capaz de parar o sangramento. Mas quem mais me preocupa é Tynian. Se eu não puder fazer algo, e muito em breve, a mente dele irá se esvair.

Sparhawk estremeceu ao pensar nisso.

– Você não pode fazer nada mesmo?

Ela franziu os lábios.

– Estive pensando nisso o tempo todo. É muito mais difícil trabalhar com a mente do que com o corpo. Deve-se ter todo o cuidado.

– O que de fato aconteceu com ele? – Ulath questionou. – Eu não consegui compreender o que você disse antes.

– Ao final do encantamento, Tynian ficou totalmente aberto à criatura do monte sepulcral. Os mortos costumam acordar devagar, portanto você tem algum tempo para preparar suas defesas. Aquela fera não estava realmente morta, então atacou antes que ele tivesse tempo de se proteger. – Ela olhou para o rosto pálido de Tynian. – Há uma coisa que pode funcionar – ela cogitou de maneira duvidosa. – Acho que vale a pena tentar. Creio que mais nada será capaz de salvar sua sanidade. Flauta, venha aqui.

A garotinha se levantou da lona no chão em que estava sentada de pernas cruzadas. Seus pés descalços continuavam manchados de grama, Sparhawk notou distraidamente. Apesar de toda a lama e da água, os pés de Flauta sempre pareciam ter aquelas manchas esverdeadas. Ela atravessou a tenda com suavidade até onde Sephrenia estava. Seus olhos escuros eram questionadores.

Sephrenia falou com ela naquele dialeto styrico peculiar.

Flauta concordou com a cabeça.

– Muito bem, cavalheiros – Sephrenia disse para Sparhawk e Ulath –, não há nada que possam fazer aqui e, no momento, os senhores estão no meu caminho.

– Vamos esperar do lado de fora – Sparhawk falou, sentindo-se um pouco envergonhado pelo modo ríspido com que eles tinham sido dispensados.

– Eu ficaria grata.

Os dois cavaleiros deixaram a tenda.

– Ela pode ser um tanto abrupta, não é? – Ulath notou.

– Quando ela tem algo sério em mente.

– Ela sempre tratou vocês, pandions, dessa forma?

– Sim.

Então eles ouviram o som do instrumento de Flauta vindo de dentro da tenda. A melodia parecia muito com aquela peculiarmente sonolenta que ela havia tocado para embotar a atenção dos espiões do lado de fora da casa capitular e dos soldados no cais de Vardenais. Havia sutis diferenças, entretanto, e Sephrenia estava falando sonoramente em styrico como uma espécie de contraponto. De súbito, a tenda começou a brilhar com uma singular luz dourada.

– Não creio que eu já tenha ouvido esse feitiço antes – Ulath admitiu.

– Nossa instrução cobre apenas as coisas de que, provavelmente, precisaremos – Sparhawk respondeu. – Existem inúmeras esferas da magia styrica que nem sabemos que existem. Alguns feitiços são muito difíceis, outros são muito perigosos. – Em seguida, ele ergueu a voz e chamou: – Talen.

O jovem ladrão colocou a cabeça para fora de uma das outras tendas.

– O quê? – ele disse monotonamente.

– Venha aqui. Quero falar com você.

– Você não pode vir até aqui dentro? Aí fora está úmido.

Sparhawk suspirou.

– Apenas venha até aqui, Talen – ele falou. – Por favor, não discuta comigo toda vez que eu te pedir para fazer algo.

Resmungando, o garoto saiu da tenda. Ele se aproximou de Sparhawk com cautela.

– E então? Estou encrencado outra vez?

– Não que eu saiba. Você disse que o nome do fazendeiro que te vendeu a carroça é Wat?

– Sim.

– Quão longe fica a fazenda dele?

– Uns três quilômetros.

– Como ele é?

– Os olhos dele seguem em direções opostas, e ele se coça muito. Não é o sujeito sobre o qual aquele velho lá no bar estava falando?

– Como você sabe disso?

– Eu estava ouvindo do outro lado da porta. – Talen deu de ombros.

– Bisbilhotando?

– Não sei se eu colocaria nesses termos. Sou uma criança, Sparhawk... ou pelo menos é isso o que as pessoas pensam que sou. Os adultos acham que não devem dizer as coisas para as crianças. Percebi que, se eu realmente preciso saber algo, tenho que descobrir por mim mesmo.

– De certo modo, ele tem razão, Sparhawk – Ulath disse.

– Melhor você pegar sua capa – o pandion disse ao garoto. – Daqui a pouco, nós dois iremos fazer uma visita a esse fazendeiro comichoso.

Talen olhou para o campo chuvoso e suspirou.

De dentro da tenda, a música da flauta de tubos da menininha styrica se encerrara, e Sephrenia concluiu seu encantamento.

– Fico me perguntando se isso é um bom ou um mau sinal – Ulath falou.

Eles aguardaram, tensos. Então, após alguns instantes, Sephrenia olhou para fora.

– Acho que agora ele vai ficar bem. Entrem e conversem com seu colega. Saberei com alguma certeza depois de ouvir como ele responde.

Tynian estava recostado em um travesseiro. Seu rosto ainda estava palidamente cinzento e suas mãos tremiam. Seus olhos, entretanto, apesar de continuarem assombrados, aparentavam racionalidade.

– Como você está se sentindo? – Sparhawk perguntou, tentando soar casual.

Tynian deu uma risada fraca.

– Se você realmente quer saber a verdade, eu me sinto como se tivesse sido virado do avesso e depois revirado novamente. Você conseguiu matar aquela monstruosidade?

– Sparhawk a afugentou com aquela lança dele – Ulath contou.

Uma expressão de medo assombrado passou pelos olhos de Tynian.

– Então ela pode voltar? – ele indagou.

– Não é muito provável – Ulath respondeu. – Ela saltou de volta no monte sepulcral e o chão se fechou atrás dela.

– Graças a Deus – Tynian disse com alívio.

– Acho melhor você dormir agora – Sephrenia falou a ele. – Podemos conversar mais tarde.

Tynian concordou com um aceno de cabeça e se deitou novamente.

Sephrenia o cobriu com um cobertor e acenou para Sparhawk e Ulath, conduzindo-os para fora.

– Acho que ele vai ficar bem – ela disse. – Me senti muito melhor quando o ouvi rindo. Vai levar algum tempo, mas, pelo menos, ele irá se recuperar.

– Vou pegar Talen e ir falar com aquele fazendeiro – Sparhawk anunciou a eles. – Parece que ele é a pessoa de quem o velho na estalagem nos falou a respeito. Talvez ele possa nos dar alguma ideia de para onde devemos seguir.

– Vale a pena tentar, eu acho – Ulath falou com um pouco de dúvida. – Kurik e eu ficaremos de olho nas coisas por aqui.

Sparhawk anuiu com a cabeça e entrou na tenda que ele normalmente dividia com Kalten. Removeu sua armadura e, em seu lugar, colocou uma cota de malha simples e robustas calças de lã. Prendeu o cinturão com a espada e jogou sua capa de viagem cinzenta por cima dos ombros. Voltou para a fogueira e chamou:

– Venha comigo, Talen.

O garoto saiu de sua tenda com um olhar de resignação estampado no rosto. Sua capa ainda úmida estava bem presa ao corpo.

– Não acho que conseguiria te convencer a desistir disso – ele disse.

– Não.

– Espero que o fazendeiro ainda não tenha olhado em seu celeiro. Ele pode ficar um pouco ressentido sobre a lenha que está faltando.

– Vou pagar por ela, se for necessário.

Talen estremeceu.

– Depois de todo o trabalho que tive para roubá-la? Sparhawk, isso é degradante. Pode até ser imoral.

Sparhawk olhou para ele sarcasticamente.

– Um dia desses você terá de me explicar a moralidade de um ladrão.

– Na verdade, é bem simples, Sparhawk. A primeira regra é não pagar por nada.

– Achei que seria algo do gênero. Vamos lá.

O céu a oeste estava definitivamente ficando mais claro à medida que Sparhawk e Talen cavalgavam em direção ao lago, e a chuva se convertera em nada mais que rajadas esporádicas. Por si só, isso melhorou o humor de Sparhawk. Eram tempos severos. A incerteza que o havia seguido desde o momento que deixaram Cimmura havia se provado totalmente justificada, mas mesmo agora a certeza de que haviam tomado um caminho errado lhe dava um chão firme para um novo começo. Sparhawk aceitou suas derrotas estoicamente e seguiu em direção ao céu que clareava.

A casa e construções adjacentes do fazendeiro Wat ficavam em um pequeno vale. Era um lugar de aspecto sujo, cercado por uma paliçada de toras de madeira que se inclinava de modo precário por conta do vento. A casa, metade de madeira e metade de alvenaria, tinha um telhado parcamente coberto por sapé e parecia decididamente dilapidada. O celeiro se apresentava ainda pior, aparentando estar de pé mais pela força do hábito do que por qualquer integridade estrutural. Uma carreta quebrada estava no pátio lamacento e ferramentas enferrujadas jaziam onde seu dono as haviam largado. Galinhas molhadas e desgrenhadas ciscavam a lama sem muita esperança, e uma raquítica porca preta e branca fuçava perto da porta da casa.

– Ele não é muito asseado, não é mesmo? – Talen observou conforme adentrava a propriedade na companhia de Sparhawk.

– Eu vi o porão em que você vivia lá em Cimmura – Sparhawk retrucou. – Não era o que se pode chamar de organizado.

– Mas ficava longe das vistas, pelo menos. Esse camarada é bagunceiro em público.

Um homem estrábico e com o cabelo todo sujo e desalinhado saiu da casa. Sua roupa parecia ser costurada com pedaços de cordel, e ele estava coçando a barriga distraidamente.

– O que ocê qué aqui? – ele perguntou em um tom nada amistoso. Ele desferiu um chute na porca. – Cai fora daqui, Sophie – ele disse.

– Estávamos conversando com um velho na vila lá atrás – Sparhawk respondeu, indicando com o polegar por sobre os ombros. – Um camarada de cabelos brancos e um pescoço vacilante que parecia conhecer muitas histórias antigas.

– Ocê deve tá falando do velho Farsh – disse o fazendeiro.

– Não perguntei o nome dele – Sparhawk falou com descontração. – Nós o encontramos no bar da estalagem.

– É o Farsh, sim, senhor. Ele gosta de ficá perto da cerveja. O que isso tem a vê comigo?

– Ele disse que você também gosta de histórias antigas... aquelas que contam sobre a batalha que aconteceu aqui há mais ou menos quinhentos anos.

O rosto do homem estrábico se suavizou.

– Ah, então é isso – ele disse. – Eu e o Farsh costumava trocá esses conto antigo. Por que ocê e seu garoto não entra aqui, Excelência? Faz um tempão que eu não tenho a chance de falá sobre os bons e velhos dia.

– Ora, isso é muito gentil de sua parte, vizinho – Sparhawk falou, descendo das costas de Faran. – Venha comigo, Talen.

– Dexa eu pôr suas montaria no celeiro – o camarada comichoso ofereceu.

Faran olhou para a estrutura instável e estremeceu.

– Agradeço, vizinho – Sparhawk disse –, mas a chuva já está parando, e a brisa deve secar o pelo deles. Se não tiver problema, nós os deixaremos em sua campina.

– Alguém pode aparecê e tentá roubá eles.

– Este aqui, não – Sparhawk falou. – Este não é o tipo de cavalo que as pessoas vão querer roubar.

– É ocê que vai ter que andá a pé se tiver errado. – O estrábico deu de ombros, virando-se para abrir a porta de sua residência.

O interior da casa era ainda mais bagunçado do que o pátio. Restos de várias refeições estavam sobre a mesa e roupas sujas jaziam em pilhas nos cantos.

– Meu nome é Wat – o estrábico se identificou. Ele se jogou em uma cadeira. – Sentem-se – ele convidou. Em seguida, estreitou os olhos na direção de Talen. – Diz, ocê não é o rapaizinho que comprô minha velha carroça?

– Sim – Talen respondeu, um pouco apreensivo.

– Ela foi bem? Quero dizê, nenhuma roda caiu no caminho ou coisa assim?

– Está tudo certo – Talen respondeu com um pouco de alívio.

– Fico feliz em sabê. Agora, que história em particular que ocês tão interessado?

– O que realmente estamos buscando, Wat – Sparhawk começou –, é qualquer informação que você possa nos dar sobre o que aconteceu com o velho rei de Thalesia durante a batalha. Um amigo nosso é parente distante dele, e a família quer que levemos os ossos de volta a Thalesia para um enterro mais apropriado.

– Nunca ouvi nada de nenhum rei thalesiano – Wat admitiu –, mas isso não quer dizê muita coisa. Essa peleja foi grande, e tinha thalesianos lutando com os zemoch da margem sul do lago até lá em cima, em Pelosia. Agora ocê veja bem, o que aconteceu é que quando os thalesiano começaram a atracá na costa norte lá em cima, as patrulha zemoch viram eles tudo, e Otha, ele começou a mandá um bom número de tropa pra lá pra tentá evitá que os thalesiano chegasse no campo de batalha principal. No começo, os thalesiano vieram em pequenos grupo, e os zemoch, eles fazia como bem queria. Tinha um bom número de lutas rápida por lá quando esse ou aquele grupo de thalesiano era detido. Mas então o grosso do exército thalesiano atracou, e eles viraram as coisa. Diga, eu tenho um pouco de cerveja caseira lá atrás. Posso oferecê um pouco pra ocês?

– Eu não me importaria – Sparhawk disse –, mas o garoto é jovem demais.

– Tenho um pôco de leite, se for de seu agrado, rapaizinho – Wat ofereceu. Talen suspirou.

– Por que não? – ele falou.

Sparhawk meditou sobre o assunto.

– O rei thalesiano teria sido um dos primeiros a atracar – ele disse. – Ele deixou sua capital antes de seu exército, mas nunca chegou ao campo de batalha.

– Então ele deve tá enterrado em algum lugar lá em Pelosia, ou até em um canto em Deira – Wat retrucou. Ele se levantou para buscar a cerveja e o leite.

– É um terreno bem grande. – Sparhawk estremeceu.

– E é mesmo, amigo, é mesmo, mas ocê tá seguindo a trilha certa. Lá em Pelosia e Deira tem um povo que também gosta dos conto antigo como eu e o velho Farsh, e, quanto mais perto ocê chegar de onde quer que esse rei que ocê tá procurando estiver enterrado, melhor as chance de encontrar alguém que vai dizê o que ocê quer saber.

– Acho que isso é verdade. – Sparhawk tomou um gole de cerveja. Era um pouco turva, mas uma das melhores que ele já havia provado.

Wat recostou-se em sua cadeira, coçando o peito.

– O xis da questão, amigo, é que a peleja foi muito grande pra um homem só ter visto ela toda. Eu sei quase tudo o que aconteceu aqui nas redondeza, e Farsh, ele sabe o que aconteceu na vila lá ao sul. Sabemo mais ou menos um rumo geral que as coisa aconteceram no todo, mas quando ocê quer sabê algo específico, tem que falá com alguém que viva bem perto de onde a coisa aconteceu.

Sparhawk suspirou.

– Então é uma questão de pura sorte – ele disse, abatido. – Poderíamos passar bem ao lado do homem que conhece a história e sequer pensar em perguntar a ele.

– Agora, isso não é de todo verdade, amigo – Wat discordou. – Nós, os camarada que gosta de trocar história, conhecemo uns aos outro. O velho

Farsh mandou ocê até aqui, e eu posso mandá ocê pra outro camarada que eu conheço em Paler, lá em cima em Pelosia. Ele vai sabê bem mais coisa que aconteceu lá do que eu, e ele vai conhecê outros que vão sabê de mais ainda sobre o que aconteceu na região onde *eles* vive. Foi isso que eu quis dizê quando falei que ocê tava seguindo a trilha certa. Tudo o que ocê tem que fazê é ir de camarada em camarada até achá a história que ocê quer. É bem mais rápido do que ir cavando toda Pelosia e Deira.

– Você pode estar certo sobre isso.

O estrábico escancarou um sorriso torto.

– Não querendo ofendê, Excelência, mas ocês da nobreza acha que nós do povo não sabemo de nada, mas, se juntá todos nós, tem muito pouco que nós *não* sabemo.

– Vou me lembrar disso – Sparhawk falou. – Quem é esse homem em Paler?

– Ele é um curtumêro, o nome é Berd... nome bobo, mas os pelosiano são assim. Seu curtume fica logo do lado de fora da cidade, perto do portão norte. Eles não deixaram ele se estabelecê dentro da cidade por conta do cheiro, ocê sabe como é. Ocê vai ver o Berd, e, se ele não conhecê a história que ocê quer ouvi, ele provavelmente vai conhecê alguém que sabe... ou pelo menos alguém que pode dizer com quem ocê tem que falá.

Sparhawk se pôs de pé.

– Wat – ele disse –, você foi de grande ajuda. – Entregou algumas moedas ao homem. – Da próxima vez que for à vila, tome algumas cervejas por minha conta, e, se encontrar Farsh por lá, pague uma para ele também.

– Ora, agradecido, Excelência – Wat agradeceu. – É certeza que eu vou. E boa sorte na sua busca.

– Obrigado. – Então Sparhawk se lembrou de uma coisa. – Eu gostaria de comprar um pouco de lenha de você, se puder nos vender. – Ele entregou mais algumas moedas a Wat.

– Ora, com certeza, Excelência. Vem comigo até o celeiro, e eu mostro pra ocê onde tem empilhado.

– Pode deixar, Wat – Sparhawk sorriu. – Já cuidamos disso. Vamos embora, Talen.

A chuva havia parado completamente quando Sparhawk e Talen saíram da casa, e eles puderam ver o céu azul a oeste do lago.

– Você tinha que fazer aquilo, não é? – Talen perguntou em um tom de voz indignado.

– Ele *foi* muito prestativo, Talen – Sparhawk falou defensivamente.

– Isso não tinha nada a ver. Você realmente acha que iremos a algum lugar com isso?

– Foi um começo – Sparhawk respondeu. – Wat pode não parecer muito esperto, mas ele é bem astuto. O plano de ir de um contador de história para outro é o melhor que conseguimos até agora.

– Vai levar um bom tempo, você sabe.

– Não mais que algumas das outras ideias que tivemos.

– Então a viagem não foi uma perda de tempo.

– Saberemos melhor depois de falarmos com esse curtumeiro em Paler.

Ulath e Berit haviam amarrado uma corda perto da fogueira e estavam pendurando roupas molhadas quando Sparhawk e o garoto voltaram ao acampamento.

– Tiveram sorte? – Ulath perguntou.

– Alguma, espero – Sparhawk respondeu. – É quase certo que o rei Sarak não chegou tão ao sul. Parece que houve muito mais lutas lá em Pelosia e em Deira do que Berit leu em seus livros.

– Então, o que faremos agora?

– Iremos à cidade de Paler, em Pelosia, e falaremos com um curtumeiro chamado Berd. Se ele não ouviu histórias sobre Sarak, provavelmente pode nos indicar alguém que tenha ouvido. Como Tynian está?

– Ainda dormindo. Mas Bevier acordou, e Sephrenia o está fazendo tomar sopa.

– Isso é um bom sinal. Vamos entrar e falar com ela. Agora que o tempo está clareando, acho que é mais seguro continuarmos.

Eles marcharam para dentro da tenda e Sparhawk repetiu a suma da conversa com Wat.

– O plano tem méritos, Sparhawk – Sephrenia aprovou. – Quão longe fica Paler?

– Talen, você poderia ir buscar meu mapa?

– Por que eu?

– Porque eu pedi a você.

– Ah. Está bem.

– Apenas o mapa, Talen – Sparhawk acrescentou. – Não pegue mais nada do fardo.

O garoto retornou alguns instantes depois, e Sparhawk desdobrou o mapa.

– Muito bem – ele disse. – Paler fica aqui em cima, ao norte do lago... pouco depois da fronteira pelosiana. Creio que devem ser cerca de cinquenta quilômetros.

– A carroça não irá muito depressa – Kurik falou –, e não queremos que ela sacuda esses homens. É provável que levemos no mínimo dois dias.

– Pelo menos, chegando a Paler, talvez consigamos encontrar um médico para eles – Sephrenia disse.

– Não há a necessidade de usar a carroça – Bevier objetou. Seu rosto estava pálido e ele suava em profusão. – Tynian está muito melhor, e Kalten e eu não estamos tão feridos. Podemos cavalgar.

– Enquanto eu estiver dando as ordens, não podem, não – Sparhawk falou. – Não vou arriscar suas vidas apenas para ganhar algumas horas. – Ele foi até a entrada da tenda e olhou para fora. – Já está anoitecendo – ele reparou. – Vamos todos ter uma boa noite de sono e começaremos logo de manhã.

Kalten grunhiu e se sentou, sentindo dor.

– Bom – ele disse. – Agora que isso já está decidido, o que tem para o jantar?

Após a refeição, Sparhawk saiu e se sentou perto da fogueira. Ele estava observando morosamente as chamas quando Sephrenia se juntou a ele.

– O que foi, meu querido? – ela perguntou.

– Agora que tive tempo para pensar a respeito, de fato isso é uma ideia bem descabida, não é? Poderíamos perambular por Pelosia e Deira pelos próximos vinte anos ouvindo velhos contarem histórias.

– Eu realmente acho que não, Sparhawk – ela discordou. – Às vezes tenho pressentimentos... pequenos lampejos do futuro. De alguma forma, sinto que estamos no caminho certo.

– Pressentimentos, Sephrenia? – ele indagou com um pouco de diversão.

– Talvez seja um pouco mais forte do que isso, mas é uma palavra que os elenos não entenderiam.

– Você está querendo dizer que, de fato, consegue ver o futuro?

Ela riu e respondeu:

– Ah, não. Apenas os Deuses conseguem fazer isso, e mesmo eles o fazem de maneira imperfeita. Tudo o que realmente consigo perceber é quando algo está certo ou não. De alguma forma, isso *parece* certo. Também há outra coisa – ela acrescentou. – O fantasma de Aldreas disse a você que chegou a hora da Bhelliom emergir novamente. Sei do que a Bhelliom é capaz. Ela pode controlar coisas de formas que não podemos nem imaginar. Se ela quiser que sejamos *nós* a encontrá-la, nada no mundo irá nos deter. Acho que você descobrirá que os contadores de histórias de Pelosia e de Deira nos dirão coisas que eles próprios pensaram ter esquecido, e até mesmo coisas que eles nunca souberam.

– Isso não é um pouco místico?

– Styricos *são* místicos, Sparhawk. Pensei que soubesse disso.

Capítulo 11

ELES DORMIRAM ATÉ TARDE DA manhã seguinte. Sparhawk acordou antes de o dia raiar, mas decidiu deixar seus companheiros descansarem. Eles estavam na estrada há muito tempo, e o horror do dia anterior havia sido muito pesado. Ele se afastou um pouco das tendas para assistir ao nascer do sol. O céu acima de sua cabeça estava limpo, e ainda podia ver as estrelas. Apesar da confiança de Sephrenia na noite anterior, o humor de Sparhawk ainda estava sombrio. No início da jornada, um senso de que sua causa era justa e nobre o havia feito acreditar que, de alguma forma, eles prevaleceriam contra quase qualquer coisa. Os eventos do dia anterior, entretanto, haviam provado quão errado ele estava sobre isso. Sparhawk arriscaria qualquer coisa para trazer a saúde de sua jovem e pálida rainha de volta, até mesmo se sacrificaria por essa tarefa, mas teria ele que arriscar a vida de seus amigos?

– Qual o problema? – Ele reconheceu a voz de Kurik sem ter de olhar para trás.

– Não sei, Kurik – ele admitiu. – Tudo isso faz parecer como se eu estivesse tentando segurar um punhado de areia entre meus dedos, e esse nosso plano nem faz muito sentido, não é mesmo? Perseguir histórias de quinhentos anos atrás é realmente algo absurdo, você não acha?

– Não, Sparhawk – Kurik disse –, na verdade, não acho. Você poderia percorrer a região norte de Pelosia ou de Deira com uma pá pelos próximos duzentos anos e nem chegar perto da Bhelliom. Aquele fazendeiro tinha razão, sabe? Confie no povo, milorde. De várias maneiras, o povo é muito mais sábio do que a nobreza... ou até mesmo do que a Igreja, para falar a verdade. – Kurik tossiu, incomodado. – Você não precisa, necessariamente, contar ao patriarca Dolmant que eu disse isso – ele emendou.

– Seu segredo está seguro comigo, meu amigo – Sparhawk sorriu. – Tem uma coisa sobre a qual precisamos conversar.

– Ah, é?

– Kalten, Bevier e Tynian estão mais ou menos fora de ação.

– Sabe de uma coisa? Acho que você tem razão.

– Esse é um péssimo hábito, Kurik.

– Aslade diz a mesma coisa.

– Sua esposa é uma mulher sábia. Muito bem. Parte de nosso sucesso em viajar sem dificuldades deve-se à presença de homens em armadura. A maioria das pessoas não se intromete com Cavaleiros da Igreja. O problema é que agora só teremos Ulath e eu.

– Eu sei contar, Sparhawk. Aonde você quer chegar?

– Você conseguiria usar a armadura de Bevier?

– Provavelmente. Não seria muito confortável, mas eu poderia ajustar as cintas um pouco. Mas a questão é que eu não vou fazer isso.

– Qual o problema? Você já usou armadura no campo de treinamento.

– Isso foi no campo. Todos sabiam quem eu era, e sabiam por que eu estava usando. Aqui fora, é outra história.

– Eu realmente não consigo ver a diferença, Kurik.

– Existem leis sobre esse tipo de coisa, Sparhawk. Apenas cavaleiros têm permissão para trajar armadura, e eu não sou um cavaleiro.

– A distinção é muito tênue.

– Mas ainda é uma distinção.

– Você vai me obrigar a ordenar que faça isso, não vai?

– Eu gostaria que você não o fizesse.

– E eu gostaria de não ter que fazê-lo. Não estou tentando ofender seus sentimentos, Kurik, mas esta é uma situação incomum. Ela envolve nossa segurança. Você irá trajar a armadura de Bevier, e acho que podemos colocar Berit na de Kalten. Ele já usou a minha antes, e Kalten e eu somos mais ou menos do mesmo tamanho.

– Então você vai insistir nisso?

– Temo que eu não tenha escolha. Precisamos chegar a Paler sem incidentes pelo caminho. Temos homens feridos conosco, e não quero que eles corram riscos.

– Entendo seus motivos, Sparhawk. Afinal de contas, não sou idiota. Não gosto disso, mas você provavelmente está certo.

– Fico feliz que concordemos.

– Não fique tão eufórico. Quero que você compreenda com clareza que estou fazendo isso sob protesto.

– Se tivermos algum problema, irei jurar que você disse isso.

– Assumindo que você ainda estará vivo – Kurik retrucou acidamente. – Quer que eu acorde os outros?

– Não. Deixe-os dormir. Você estava certo, ontem à noite. Vamos levar dois dias para chegar até Paler. Isso nos deixa com uma pequena margem de tempo.

– Você está muito preocupado com o tempo, não é, Sparhawk?

– Temos muito pouco à nossa disposição – o pandion respondeu, sombriamente. – Esse negócio de correr por aí ouvindo velhos contando histórias com certeza vai consumir o pouco tempo que temos. Está chegando a hora em que outro dos doze cavaleiros vai morrer, e ele dará sua espada para Sephrenia. Você sabe o quanto isso a enfraquece.

– Ela é muito mais forte do que aparenta ser. É provável que possa suportar tanto quanto eu e você juntos. – Kurik relanceou em direção às tendas. – Vou reavivar a fogueira e colocar a chaleira dela para ferver. Ela costuma acordar cedo. – E ele voltou para o acampamento.

Ulath, que estivera de guarda nas proximidades, saiu das sombras.

– Essa foi uma conversa muito interessante – ele ribombou.

– Quer dizer que você estava ouvindo?

– É óbvio. Por algum motivo, as vozes percorrem um longo caminho à noite.

– Você não aprova... sobre as armaduras, quero dizer?

– Não me incomoda, Sparhawk. Somos bem menos formais em Thalesia do que vocês aqui ao sul. Um bom número de cavaleiros genidianos não é, estritamente falando, de berço nobre. – Ele escancarou um sorriso, mostrando os dentes. – Normalmente, esperamos até que o rei Wargun esteja caindo de bêbado e os enfileiramos para que Sua Majestade possa conceder títulos a eles. Vários de meus amigos são barões de lugares que nem existem. – Ele esfregou a nuca. – Às vezes, acho que essa história toda de nobreza é uma farsa. Homens são homens... com ou sem títulos. Não acho que Deus se importe; então, por que nós deveríamos nos importar?

– Você pode começar uma revolução falando desse jeito, Ulath.

– Talvez seja a hora de termos uma. Está começando a clarear ali – Ulath apontou em direção ao horizonte oriental.

– Certo. Parece que hoje teremos um clima agradável.

– Venha falar comigo hoje à noite e eu te digo com certeza.

– Vocês em Thalesia não tentam prever o clima?

– Pra quê? Não se pode fazer nada a respeito. Por que não vamos dar uma olhada no seu mapa? Sei um pouco a respeito de navios, correntezas, ventos favoráveis e coisas assim. Talvez eu possa arriscar alguns palpites sobre onde o rei Sarak atracou. Talvez consigamos descobrir que rota ele tomou. Isso poderia restringir um pouco as buscas.

– Não é má ideia – Sparhawk concordou. – Se conseguirmos fazer isso, teremos alguma noção de onde começar a fazer perguntas. – O pandion hesitou e então disse com seriedade: – Ulath, a Bhelliom é realmente tão perigosa quanto dizem?

– É provável que seja ainda mais perigosa. Ghwerig a fez, e ele não é muito agradável... mesmo para um troll.

– Você disse "é". Você não quis dizer "era"? Ele já deve estar morto a esta altura, não?

– Não até onde eu saiba, e duvido que ele esteja morto. Você tem que saber algo sobre os trolls, Sparhawk. Eles não morrem de velhice como as outras criaturas. Você tem que matá-los. Se alguém conseguiu matar Ghwerig, essa pessoa já teria se vangloriado e eu saberia da história. Não há muito que fazer em Thalesia no inverno senão ouvir histórias. A neve pode chegar a mais de trinta centímetros de altura por lá, então normalmente ficamos entre quatro paredes. Vamos dar uma olhada naquele mapa.

Conforme eles caminhavam de volta para as tendas, Sparhawk decidiu que gostava de Ulath. O imenso cavaleiro genidiano era bem calado, normalmente, mas, uma vez que se conseguia conquistar sua amizade, ele falava com uma espécie de leviandade bem-humorada que, com frequência, era mais engraçada do que o humor exagerado de Kalten. Os companheiros de Sparhawk eram bons homens... na verdade, os melhores. Eram todos diferentes, é claro, mas isso era de se esperar. Fosse qual fosse o resultado de sua busca, ele estava feliz de ter tido a oportunidade de conhecê-los.

Sephrenia estava perto da fogueira, bebendo chá.

– Você acordou cedo – ela observou enquanto os dois se aproximavam do círculo de luz. – Os planos mudaram? Temos de partir depressa?

– Na verdade, não – Sparhawk disse a ela beijando-lhe as palmas das mãos em saudação.

– Por favor, não derrube meu chá – ela acautelou.

– Não, senhora – ele aquiesceu. – Não conseguiremos cobrir mais do que 25 quilômetros hoje; portanto, deixe que os outros descansem um pouco mais. Aquela carroça não vai ser muito rápida e, além disso, depois do que tem acontecido, acho que não será uma boa ideia andarmos por aí no escuro. Berit já acordou?

– Creio que o ouvi se mexendo.

– Vou colocá-lo na armadura de Kalten e fazer com que Kurik use a de Bevier. Talvez consigamos intimidar qualquer um que se aproxime com intenções pouco amigáveis.

– Isso é tudo em que vocês, elenos, pensam?

– Às vezes, um bom blefe é melhor do que uma boa briga – Ulath rosnou. – Eu gosto de enganar as pessoas.

– Você é tão mau quanto Talen.

– Na verdade, não. Meus dedos não são tão habilidosos para cortar bolsas. Se eu decidir que quero o que tem dentro da bolsa de um homem, bato na cabeça dele e pego.

– Estou cercada de patifes – ela riu.

O dia raiou, brilhante e ensolarado. O céu estava muito azul e a grama molhada que cobria as colinas que os cercavam reluzia um verde brilhante.

– De quem é a vez de cozinhar o desjejum? – Sparhawk perguntou a Ulath.

– Sua.

– Tem certeza?

– Sim.

Eles acordaram os outros e Sparhawk pegou os utensílios para cozinhar de um dos fardos.

Depois de terem comido, Kurik e Berit cortaram lanças adicionais de uma mata próxima enquanto Sparhawk e Ulath ajudaram seus amigos feridos a subir na carroça instável de Talen.

– O que há de errado com as que já temos? – Ulath perguntou quando Kurik voltou com as lanças.

– Elas tendem a quebrar – Kurik disse, atando as hastes na lateral da carroça –, particularmente se notarmos o modo como os cavalheiros as utilizam. Nunca é demais ter algumas sobressalentes.

– Sparhawk – Talen disse em voz baixa –, tem mais algumas daquelas pessoas de camisões brancos ao longe. Elas estão se escondendo naquelas moitas na beirada do campo.

– Você conseguiu identificar quem são?

– Elas tinham espadas – o garoto respondeu.

– Então são zemochs. Quantos deles estão lá?

– Eu vi quatro.

Sparhawk foi até Sephrenia.

– Há um pequeno grupo de zemochs se escondendo na beirada do campo. Os homens do Rastreador tentariam se esconder?

– Não. Eles atacariam de imediato.

– Foi o que pensei.

– O que você vai fazer? – Kalten perguntou.

– Botá-los para correr. Não quero nenhum dos homens de Otha nos seguindo. Ulath, vamos montar e persegui-los por algum tempo.

Ulath escancarou um sorriso e se ergueu até sua sela.

– Vocês querem suas lanças? – Kurik perguntou.

Ulath grunhiu, sacando seu machado.

– Não para um trabalho tão pequeno.

Sparhawk montou em Faran, ajustou a cinta de seu escudo e sacou sua espada. Ele e Ulath avançaram em um passo ameaçador. Após alguns ins-

O CAVALEIRO DE RUBI

tantes, os zemochs escondidos saíram de seu esconderijo e correram, gritando de medo.

– Vamos fazê-los correr um pouco – Sparhawk sugeriu. – Quero que estejam sem ar para se virar e nos seguir.

– Certo – Ulath concordou, forçando seu cavalo a seguir em um trote largo.

Os dois cavaleiros montados atravessaram os arbustos com um estrondo na beirada do campo e perseguiram os zemochs fugitivos pela ampla extensão de terra lavrada.

– Por que não os matamos de uma vez? – Ulath gritou para Sparhawk.

– Talvez isso não seja realmente necessário – Sparhawk berrou de volta. – Eles são apenas quatro, e não representam uma grande ameaça.

– Você está ficando mole, Sparhawk.

– Não necessariamente.

Perseguiram os zemochs por cerca de vinte minutos, e então puxaram as rédeas.

– Eles correm muito bem, não é verdade? – Ulath riu. – Por que não voltamos agora? Estou ficando cansado de olhar para este lugar.

Os dois cavaleiros se juntaram outra vez aos demais e partiram, seguindo para o norte ladeando o lago. Viram camponeses nos campos, mas nenhum sinal de outros zemochs. Eles cavalgavam em um passo curto, com Ulath e Kurik à frente.

– Você arrisca um palpite acerca do que aquelas pessoas estavam aprontando? – Kalten perguntou a Sparhawk. O cavaleiro loiro estava conduzindo a carroça, segurando as rédeas de modo negligente em uma das mãos enquanto a outra pressionava suas costelas feridas.

– Penso que Otha quer que seus homens fiquem de olho em todos que escavem o campo de batalha – Sparhawk respondeu. – Se alguém encontrar a Bhelliom por acaso, ele definitivamente vai querer saber.

– Então, talvez haja mais por aí. Não é uma má ideia manter os olhos abertos.

O sol esquentava à medida que o dia progredia, e Sparhawk quase começou a desejar o retorno das nuvens e da chuva das últimas semanas. Com austeridade, ele continuou a cavalgar, suando sob a armadura negra esmaltada.

Acamparam naquela noite em uma clareira de carvalhos imponentes, não muito longe da fronteira pelosiana, e acordaram cedo na manhã seguinte. Os guardas posicionados na fronteira abriram caminho para eles de forma respeitosa, e no meio da tarde eles chegaram ao topo de uma colina e olharam para baixo, em direção à cidade pelosiana de Paler.

– Fizemos a viagem em melhor tempo do que imaginei que faríamos – Kurik observou conforme eles desciam a longa escarpa em direção à cidade. – Você tem certeza de que esse seu mapa é preciso, Sparhawk?

– Nenhum mapa é completamente preciso. Tudo o que podemos esperar é uma noção aproximada.

– Certa vez, conheci um cartógrafo em Thalesia – Ulath falou. – Ele partiu para mapear o terreno entre Emsat e Husdal. No começo, mediu cada passo com muito cuidado, mas depois de um ou dois dias o homem comprou um bom cavalo e começou a estimar. O mapa dele nem chega perto da verdade, mas todos o usam porque ninguém quer ter o trabalho de desenhar um novo.

Os guardas no portão sul da cidade permitiram a entrada deles após um breve interrogatório, e Sparhawk perguntou a um deles o nome e a localização de uma estalagem respeitável.

– Talen – ele disse –, você acha que consegue encontrar o caminho para a estalagem sozinho?

– Claro. Posso encontrar qualquer lugar em qualquer cidade.

– Bom. Sendo assim, fique aqui, de olho naquela estrada que vem do sul. Vejamos se aqueles zemochs ainda estão curiosos a nosso respeito.

– Sem problemas, Sparhawk. – Talen desmontou e prendeu seu cavalo ao lado do portão. Em seguida, o menino foi se sentar na grama ao lado da estrada.

Sparhawk e os outros cavalgaram pela cidade com a carroça estrepitando logo atrás deles. As ruas de paralelepípedo de Paler eram movimentadas, mas as pessoas abriam caminho para os Cavaleiros da Igreja, e eles chegaram à estalagem em cerca de meia hora. Sparhawk desmontou e entrou.

O estalajadeiro usava um chapéu alto e pontudo, comum em Pelosia, e tinha uma expressão arrogante.

– Você tem quartos? – Sparhawk perguntou.

– É claro. Esta é uma estalagem.

Sparhawk aguardou, com um olhar frio.

– Qual o seu problema? – o estalajadeiro perguntou.

– Só estou esperando que você termine a frase. Acho que se esqueceu de algo.

O estalajadeiro corou.

– Perdão, milorde – ele balbuciou.

– Muito melhor – Sparhawk o parabenizou. – Agora, tenho três amigos feridos. Há algum médico por aqui?

– No final desta rua, milorde. Há uma placa na frente.

– Ele é bom?

– Não sei dizer. Não estive doente nestes últimos tempos.

– Teremos de arriscar, creio eu. Vou trazer meus amigos aqui para dentro e depois vou buscá-lo.

– Não acho que ele virá, milorde. O homem tem a si mesmo em alta conta, e acha que deixar seu consultório é pouco digno. Ele faz os doentes e feridos irem até lá.

– Vou persuadi-lo – Sparhawk disse com severidade.

O estalajadeiro riu com um pouco de nervosismo depois desse comentário.

– Quantos em seu grupo, milorde?

– Somos em dez. Vamos ajudar os feridos a entrar e, em seguida, vou ter uma conversa com esse médico convencido.

Auxiliaram Kalten, Tynian e Bevier a entrar na estalagem e a subir as escadas até seus quartos. Então Sparhawk desceu e foi com determinação até o final da rua, sua capa negra ondulando atrás de si.

O médico mantinha seu consultório na sobreloja de um verdureiro, e podia-se entrar utilizando uma escada externa. Sparhawk subiu retinindo pelas escadas e entrou sem bater. O médico era um homenzinho que lembrava uma fuinha, vestido em um elegante manto azul. Seus olhos se arregalaram um pouco quando os ergueu de um livro para ver adentrar o homem de feições austeras e armadura negra sem ser admitido.

– Com sua *licença* – ele objetou.

Sparhawk ignorou esse comentário. Decidiu que a melhor opção seria passar por cima de quaisquer discussões possíveis.

– Você é o médico? – ele perguntou em um tom de voz frio.

– Sou – o homem respondeu.

– Você virá comigo. – Não era um pedido.

– Mas...

– Sem "mas". Tenho três amigos feridos que requerem sua atenção.

– O senhor não pode trazê-los aqui? Não costumo deixar meu consultório.

– Costumes mudam. Pegue o que você precisará e venha comigo. Eles estão na estalagem desta rua, mais acima.

– Isso é ultrajante, Sir Cavaleiro.

– Não vamos discutir sobre isso, vamos, vizinho? – A voz de Sparhawk estava mortalmente baixa.

O médico se retraiu.

– Ah... não. Creio que não. Vou abrir uma exceção neste caso.

– Eu torcia para que você pensasse assim.

O médico colocou-se de pé rapidamente.

– Vou buscar meus instrumentos e alguns medicamentos. De que tipo de lesões estamos falando?

– Um deles tem algumas costelas quebradas. Outro parece estar com hemorragia interna. O terceiro sofre mais por exaustão.

– Exaustão é facilmente curada. Basta fazer com que seu amigo fique sete dias na cama.

– Ele não tem esse tempo. Apenas dê a ele algo que o coloque de pé outra vez.

– Como eles sofreram esses ferimentos?

– Assunto da Igreja – Sparhawk respondeu de maneira ríspida.

– Sempre estou ávido em ajudar a Igreja.

– Você não faz ideia de como fico feliz em ouvir isso.

Sparhawk conduziu o médico relutante pela rua até a estalagem e escada acima até o segundo andar. Ele puxou Sephrenia de lado enquanto o homem começava os exames.

– Está um pouco tarde – ele falou à styrica. – Por que não deixamos nossa visita ao curtumeiro para amanhã de manhã? Não acho que queremos apressá-lo. Ele pode se esquecer de coisas que precisamos saber.

– De fato – ela concordou. – Além disso, quero ter certeza de que esse médico sabe o que está fazendo. Ele me parece pouco confiável.

– É melhor que seja confiável. Ele já tem uma boa ideia do que vai lhe acontecer caso não seja.

– Oh, Sparhawk – ela disse, repreendendo-o.

– É uma combinação bem simples, mãezinha. Ele compreende muito bem que ou eles melhoram ou ele piora. Isso o encoraja a fazer o seu melhor.

A culinária pelosiana, Sparhawk já havia notado, tendia demais para repolho cozido, beterrabas e nabos, com pequenas guarnições de carne de porco salgada. Este último item, claro, era totalmente inaceitável para Sephrenia e Flauta; portanto, as duas fizeram uma refeição que consistia de vegetais crus e ovos cozidos. Kalten, em contrapartida, comeu tudo o que havia à sua frente.

Já havia escurecido quando Talen chegou à estalagem.

– Eles ainda estão nos seguindo, Sparhawk – o garoto informou –, mas agora tem bem mais deles. Eu vi uns quarenta homens no alto daquela colina ao sul da cidade, e agora eles estão a cavalo; pararam no topo da colina para dar uma olhada nas coisas e depois voltaram para a mata.

– Isso é um pouco mais sério do que apenas quatro, não é? – disse Kalten.

– Realmente – Sparhawk concordou. – Alguma ideia, Sephrenia?

Ela franziu o cenho.

– Não nos movemos com muita rapidez – ela falou. – Se estão a cavalo, eles conseguiriam nos alcançar sem muita dificuldade. Creio que estão apenas nos seguindo. Azash sabe de algo que não sabemos. Ele esteve tentando te matar há meses, mas agora envia seu povo com ordens de apenas nos seguir a distância.

– Você consegue pensar em algum motivo para a mudança de tática?
– Vários, mas todos não passam de mera especulação.
– Teremos de ficar alertas quando deixarmos a cidade – disse Kalten.
– Talvez duplamente alertas – Tynian acrescentou. – Eles podem estar esperando até que cheguemos a um trecho deserto da estrada onde possam nos emboscar.
– Esse é um pensamento bem animador – Kalten falou, sarcástico. – Bem, não sei quanto a vocês, mas eu estou indo para a cama.

O sol estava outra vez muito brilhante na manhã seguinte, e uma brisa refrescante soprava do lago. Sparhawk vestiu sua cota de malha, uma túnica simples e calças de lã. Em seguida, ele e Sephrenia cavalgaram a partir da estalagem em direção ao portão norte de Paler e ao curtume do homem chamado Berd. As pessoas na rua aparentavam, em sua maioria, ser trabalhadores comuns, carregando uma variedade de ferramentas. Vestiam sóbrios camisões azuis e chapéus altos e pontudos.
– Fico me perguntando se eles imaginam quão ridículas essas coisas são – Sparhawk murmurou.
– Que coisas? – Sephrenia perguntou.
– Esses chapéus. Eles parecem chapéus de burro.
– São tão ridículos quanto aqueles chapéus emplumados que os cortesãos em Cimmura usam.
– Acho que você tem razão.
O curtume ficava a alguma distância além do portão norte, e cheirava muito mal. Sephrenia torceu o nariz conforme eles se aproximavam.
– Esta não será uma manhã agradável – ela previu.
– Tentarei ser o mais conciso possível – Sparhawk prometeu.
O curtumeiro era um homem careca e de ombros largos que vestia um avental de lona manchado com escuros borrões amarronzados. Ele estava mexendo um grande tonel com uma longa pá quando Sparhawk e Sephrenia chegaram cavalgando no pátio.
– Já vou até aí – ele disse. A voz do homem soava como cascalho caindo em uma lajota. Ele remexeu por mais alguns instantes, olhando criticamente para o tonel. Então, colocou sua pá de lado e foi na direção dos recém-chegados, limpando as mãos no avental. – Em que posso ajudar? – ele perguntou.
Sparhawk desmontou e ajudou Sephrenia a descer de seu palafrém branco.

– Estivemos falando com um fazendeiro chamado Wat, lá em Lamorkand – ele contou ao curtumeiro. – Ele disse que você poderia nos ajudar.

– O velho Wat? – O curtumeiro riu. – Ele ainda está vivo?

– Estava há três dias. Você é Berd, não é isso?

– Sou eu, milorde. Com o que o senhor precisa de ajuda?

– Procuramos pessoas que conheçam histórias sobre a grande batalha que aconteceu aqui, vários anos atrás. Há algumas pessoas em Thalesia que são parentes distantes de um homem que era rei na época daquela batalha. Elas querem que encontremos o lugar onde ele foi enterrado para que possamos levar seus ossos de volta para casa.

– Nunca ouvi falar de reis envolvidos nas lutas aqui na região – Berd admitiu. – Claro que isso não significa que não tivesse alguns. Não acho que reis fiquem se apresentando para o povo comum.

– Então *houve* batalhas por aqui? – Sparhawk perguntou.

– Não sei se eu as chamaria exatamente de batalhas... seriam mais aquilo que vocês chamariam de escaramuças ou coisa assim. Veja só, milorde, a batalha principal aconteceu lá no extremo sul do lago. Foi lá que os exércitos posicionaram as linhas de seus regimentos e batalhões e afins. O que tínhamos aqui em cima eram pequenos grupos de soldados... no começo, a maior parte era de pelosianos, e mais tarde os thalesianos começaram a se infiltrar. Os zemochs de Otha, eles faziam patrulhas, e havia todo tipo de pequenas lutas acirradas, mas nada que você poderia chamar de batalha. Tiveram algumas disputas não muito longe daqui, mas não sei se algum thalesiano estava envolvido. A maior parte das lutas *deles* aconteceu lá para cima, ao redor do lago Venne, e até mesmo mais para o norte, em Ghasek. – De súbito, o curtumeiro estalou os dedos. – Sim, *ele* é quem vocês deveriam procurar – Berd falou. – Não sei por que não me lembrei dele logo de início.

– Hein?

– É claro. Não faço ideia de onde eu estava com a cabeça. O conde de Ghasek, ele frequentou alguma universidade lá em Cammoria, e estudou história e coisas assim. De qualquer forma, todos os livros que ele leu lá sobre a batalha se concentravam no que aconteceu no lado sul do lago. Eles quase não falavam nada sobre o que aconteceu aqui em cima. De qualquer maneira, quando terminou seus estudos, o conde voltou para casa e começou a colecionar todas as histórias antigas que conseguia encontrar. Ele também escreveu todas elas. Há anos que ele tem feito isso. Acho que, a esta altura, o conde já deve ter juntado quase todas as histórias da região norte de Pelosia. Ele até veio aqui falar comigo, e é uma boa distância de Ghasek até aqui. Ele me disse que está tentando preencher uns buracos no que se ensina lá na universidade. Sim, senhor, vá falar com o conde de Ghasek. Se há alguém em toda a Pelosia que sabe alguma coisa sobre esse rei que o senhor está procurando, o conde deve ter encontrado e anotado nesse livro que ele está escrevendo.

– Meu amigo – Sparhawk disse afetuosamente –, acho que você acaba de resolver nosso problema. Como encontramos o conde?

– O melhor caminho é seguir a estrada para o lago Venne. A própria cidade de Venne fica no lado norte do lago. De lá o senhor segue para o norte. É uma estrada bem ruim, mas é passável... principalmente nesta época do ano. Ghasek não é uma cidade propriamente dita. Na verdade, é apenas a residência do conde. Há algumas vilas ao redor; a maioria pertence ao conde, mas qualquer um pode apontar a casa principal... está mais para um palácio, para falar a verdade, ou talvez um castelo. Já passei por lá algumas vezes. É um lugar de aparência sombria, mas eu nunca entrei. – Ele riu, um som áspero que se passava por uma risada. – Eu e o conde não frequentamos as mesmas rodas sociais, se é que o senhor me entende.

– Compreendo perfeitamente – Sparhawk disse. Ele pegou várias moedas. – Você parece sentir muito calor em seu trabalho aqui, Berd.

– É calor puro, milorde.

– Quando terminar por hoje, por que não vai beber algo para se refrescar? – Ele entregou as moedas para o curtumeiro.

– Ora, obrigado, milorde. É muito generoso de sua parte.

– Sou eu quem deveria lhe agradecer, Berd. Acho que você me poupou meses de viagem. – Sparhawk ajudou Sephrenia a subir outra vez em seu cavalo e ele mesmo remontou Faran. – Estou mais grato do que você poderia imaginar, Berd – ele falou ao curtumeiro como uma despedida.

– Isso acabou funcionando muito bem, não foi? – Sparhawk exultou enquanto ele e Sephrenia cavalgavam de volta para a cidade.

– Eu disse a você que iria funcionar – ela o lembrou.

– Sim, para dizer a verdade, você disse. Eu nunca deveria ter duvidado de você, mãezinha, nem por um segundo.

– É natural ter dúvidas, Sparhawk. Iremos, então, para Ghasek?

– É claro.

– Mas acho melhor esperarmos até amanhã. Aquele médico disse que nenhum de nossos amigos está em perigo real, mas outro dia de descanso não fará mal algum.

– Eles serão capazes de cavalgar?

– Devagar, no começo, temo, mas vão melhorar conforme progredirmos.

– Muito bem. Então partiremos assim que o dia raiar.

O humor dos outros melhorou consideravelmente quando Sparhawk repetiu o que Berd havia lhe contado.

– De alguma forma, isso está começando a parecer fácil demais – Ulath resmungou –, e coisas fáceis me deixam nervoso.

– Não seja tão pessimista – Tynian falou. – Tente olhar o lado bom das coisas.

– Prefiro esperar pelo pior. Desse jeito, se as coisas acabarem bem, terei uma surpresa agradável.

– Imagino, então, que você quer que eu me livre da carroça – Talen disse a Sparhawk.

– Não. Vamos levá-la conosco, só para garantir. Se algum desses três piorar, sempre podemos colocá-los de volta.

– Vou conferir os suprimentos, Sparhawk – Kurik falou. – Pode levar algum tempo até que encontremos outra cidade com um mercado. Precisarei de dinheiro.

Nem isso foi capaz de diminuir o bom humor de Sparhawk.

Gastaram o resto do dia tranquilamente e se recolheram cedo naquela noite.

Sparhawk estava deitado em sua cama, olhando profundamente para a escuridão. Ia dar tudo certo; agora ele tinha certeza disso. Ghasek ficava a uma boa distância, mas, se Berd estivesse correto sobre a profundidade da pesquisa do conde, este teria a resposta de que eles precisavam. Então, tudo o que restaria a fazer seria ir ao lugar onde Sarak fora enterrado e recuperar sua coroa. E, com sorte, em seguida retornariam a Cimmura com a Bhelliom e...

Ouviu-se uma batida leve na porta. Ele se levantou e a abriu.

Era Sephrenia. Seu rosto estava muito pálido e lágrimas caíam-lhe pelas bochechas.

– Por favor, venha comigo, Sparhawk – ela pediu. – Não posso mais encará-los sozinha.

– Encarar quem?

– Apenas venha comigo. Eu esperava estar errada, mas temo que não. – Ela o conduziu pelo corredor e abriu a porta do quarto que dividia com Flauta, e mais uma vez Sparhawk sentiu o familiar odor sepulcral. Flauta estava sentada na cama com seu pequeno rosto sério, mas seus olhos não transmitiam medo. Ela estava mirando a figura sombria em armadura negra. Então a figura se virou e Sparhawk viu o rosto com cicatrizes.

– Olven – ele disse, com a voz embargada.

O fantasma de Sir Olven não respondeu, mas simplesmente estendeu as mãos com a espada que segurava entre elas.

Sephrenia estava chorando abertamente conforme andava adiante para receber a espada.

O fantasma olhou para Sparhawk e ergueu uma mão em uma espécie de meia saudação.

E então ele desapareceu.

Capítulo 12

O HUMOR DE TODOS ESTAVA sombrio na manhã seguinte à medida que selavam seus cavalos na escuridão que precedia a aurora.

– Ele era um bom amigo? – Ulath perguntou, levantando a sela de Kalten até o dorso do cavalo do pandion loiro.

– Um dos melhores – Sparhawk respondeu. – Não costumava falar muito, mas você sabia que podia contar com ele. Vou sentir sua falta.

– O que vamos fazer a respeito daqueles zemochs que estão nos seguindo? – Kalten questionou.

– Acho que não há muito a ser feito – Sparhawk respondeu. – Estamos com pouca força de combate até que você, Tynian e Bevier se recuperem. Enquanto eles se contentarem em nos seguir, não teremos muitos problemas.

– Acho que eu já te disse que não gosto de inimigos atrás de mim – Ulath falou.

– Prefiro que eles fiquem atrás de mim, onde eu possa ficar de olho neles, e não na minha frente, se escondendo e armando uma emboscada em algum lugar – Sparhawk retrucou.

Kalten se retraiu quando puxou a fivela da sela.

– Isso vai ser desagradável – ele comentou, colocando uma mão com suavidade sobre o próprio flanco.

– Você vai ficar bom – Sparhawk disse a ele. – Você sempre fica.

– O único problema é que demora mais para sarar a cada vez. Não estamos ficando mais jovens, Sparhawk. Bevier está bem para cavalgar?

– Desde que não o forcemos – Sparhawk respondeu. – Tynian está melhor, mas vamos devagar nos primeiros dias. Vou colocar Sephrenia na carroça. Ela fica um pouco mais fraca toda vez que recebe outra daquelas espadas. Ela está suportando uma carga maior do que quer nos fazer crer.

Kurik conduziu o restante dos cavalos para o pátio. Ele estava usando sua costumeira vestimenta de couro negro.

– Acho melhor devolver a armadura para Bevier – ele disse, esperançoso.

– Fique com ela por enquanto – Sparhawk discordou. – Não quero que ele já comece a se animar. Bevier é um tanto obstinado. Não vamos encorajá--lo até que tenhamos certeza de que está tudo bem.

– Isso é muito desconfortável, Sparhawk – Kurik falou.

– Expliquei os motivos para você outro dia.

– Eu não estou falando de motivos. Bevier e eu somos quase do mesmo tamanho, mas há diferenças. Estou todo escoriado.

– É provável que só precisemos de mais uns dois dias.

– Até lá já terei ficado aleijado.

Berit auxiliou Sephrenia a sair pela porta da estalagem. Ele a ajudou a subir na carroça e, em seguida, ergueu Flauta e a colocou ao seu lado. A pequena styrica parecia abatida e aninhava nos braços a espada de Olven com gentileza, quase como se estivesse carregando um bebê.

– Você vai ficar bem? – Sparhawk perguntou a ela.

– Só preciso de tempo para me acostumar – ela respondeu.

Talen conduziu o cavalo dela para fora do estábulo.

– Amarre-o atrás da carroça – Sparhawk falou para o garoto. – Você irá conduzir.

– Como você quiser, Sparhawk – Talen concordou.

– Sem discussões? – Sparhawk estava um pouco surpreso.

– Por que eu deveria discutir? Posso entender o motivo para fazer isso. Além do mais, o assento da carroça é mais confortável que minha sela... muito mais confortável, se você for ver.

Tynian e Bevier saíram da estalagem. Ambos vestiam cotas de malha e andavam um pouco devagar.

– Nada de armadura? – Ulath perguntou a Tynian de maneira jocosa.

– É pesada – Tynian respondeu. – Não estou certo se já consigo usá-la.

– Tem certeza de que não deixamos nada para trás? – Sparhawk questionou Kurik.

O escudeiro deu-lhe um olhar frio e inamistoso.

– Só queria ter certeza – Sparhawk perguntou com leveza. – Não se irrite tão cedo pela manhã. – Ele olhou para os outros. – Não vamos forçar hoje – ele falou. – Ficarei satisfeito se conseguirmos avançar uns 25 quilômetros.

– Você está atrelado a um grupo de aleijados, Sparhawk – Tynian falou. – Não seria melhor se você e Ulath fossem na frente? Nós os alcançamos mais tarde.

– Não – Sparhawk decidiu. – Há pessoas nada amigáveis por aí, e você e os outros ainda não estão em condições de se defender. – Ele esboçou um sorriso para Sephrenia, acrescentando: – Além disso, devemos ser um grupo de dez. Não gostaria de ofender os Deuses Jovens.

Eles ajudaram Kalten, Tynian e Bevier a montar e cavalgaram lentamente para fora do pátio da estalagem em direção às ruas ainda escuras e quase desertas de Paler. Prosseguiram em passos curtos até o portão norte, que os guardas se apressaram em abrir para eles.

– Que Deus os abençoe, minhas crianças – Kalten disse pomposamente aos homens conforme passava por eles.

– Você tinha que fazer aquilo? – Sparhawk perguntou.

– É mais barato do que dar dinheiro a eles. Além disso, quem pode saber? Minha bênção pode até valer alguma coisa.

– Acho que ele vai melhorar – Kurik disse.

– Não se ele continuar desse jeito – Sparhawk discordou.

O céu a leste estava ficando mais claro, e eles seguiram com um passo mais ágil pela estrada que rumava a noroeste, saindo de Paler em direção ao lago Venne. O terreno que se estendia entre os dois lagos era ondulado e amplamente utilizado para o cultivo de grãos. Propriedades grandiosas pontuavam o interior, e aqui e ali havia aldeias com cabanas de madeira para os servos. O regime de servidão havia sido abolido em Eosia ocidental há séculos, mas ainda persistia ali em Pelosia, já que, até onde Sparhawk podia determinar, a nobreza pelosiana não possuía qualificações administrativas para fazer com que qualquer outro sistema funcionasse. Eles viram alguns desses nobres, geralmente em gibão de cetim, supervisionando a cavalo o trabalho dos servos vestidos de linho. Apesar de tudo o que Sparhawk havia ouvido a respeito dos males da servidão, os trabalhadores nos campos pareciam bem alimentados e não mostravam sinais de que eram maltratados.

Berit cavalgava a algumas centenas de metros na retaguarda, e constantemente se virava em sua sela para olhar para trás.

– Ele vai entortar toda a minha armadura se ficar fazendo isso – Kalten disse criticamente.

– Sempre podemos achar um ferreiro para endireitá-la – Sparhawk falou. – Talvez também possamos afrouxar as emendas, uma vez que você está se dedicando a se encher de comida sempre que possível.

– Você está com o humor péssimo esta manhã, Sparhawk.

– Estou de cabeça cheia.

– Algumas pessoas simplesmente não são feitas para comandar – Kalten observou de maneira altiva para os outros. – Meu horrendo amigo, aqui, parece ser uma delas. Ele se preocupa demais.

– Você quer assumir o controle? – Sparhawk perguntou com secura.

– Eu? Fala sério, Sparhawk. Eu não seria capaz de conduzir um bando de gansos, muito menos um grupo de cavaleiros.

– Então pode se calar e deixar que eu faça o meu trabalho?

Berit se adiantou com os olhos semicerrados e, com a mão, balançava o machado para cima e para baixo, ainda preso na cinta ao lado de sua sela.

– Os zemochs estão lá atrás, Sir Sparhawk – ele disse. – Por vezes, consigo vê-los de relance.

– Quão longe eles estão?

– Cerca de oitocentos metros. A maioria está mais para trás, mas eles enviam batedores. Eles estão nos observando.

– Se atacarmos, eles só vão se espalhar – Bevier avaliou. – E em seguida voltarão a nos seguir.

– É bem provável – Sparhawk concordou, carrancudo. – Bom, não podemos pará-los. Não tenho homens o suficiente. Que eles nos sigam, se isso os deixa felizes. Nos livraremos deles quando estivermos nos sentindo um pouco melhor. Berit, mantenha-se na retaguarda e fique de olho neles... mas nada de heroísmos.

– Entendo completamente, Sir Sparhawk.

A manhã esquentou antes do meio-dia, e Sparhawk começou a suar dentro de sua armadura.

– Estou sendo punido por algo? – Kurik perguntou ao pandion, limpando o suor que escorria por seu rosto com um pedaço de pano.

– Você sabe que eu não faria isso.

– Então por que estou preso dentro deste forno?

– Desculpe-me. É necessário.

Por volta do meio da tarde, quando estavam passando por um longo e verdejante vale, um grupo de cerca de doze jovens trajando roupas vistosas galopou a partir de uma quinta próxima para barrar o caminho.

– Não deem mais um passo – ordenou um deles, um jovem pálido e cheio de espinhas que vestia gibão de veludo verde e tinha uma expressão arrogante e convencida, erguendo uma das mãos de maneira imperiosa.

– Perdão, o que disse? – Sparhawk indagou.

– Exijo saber por que vocês estão invadindo as terras de meu pai. – O jovem olhou com presunção para seus amigos de semblantes desrespeitosos.

– Acreditávamos que esta fosse uma estrada pública – Sparhawk respondeu.

– Apenas por tolerância de meu pai. – O camarada cheio de espinhas se endireitou, tentando parecer ameaçador.

– Ele está se exibindo para os amigos – Kurik sussurrou. – Vamos varrê-los do caminho e continuar. Aquelas rapieiras que eles estão carregando não representam perigo algum.

– Vamos tentar um pouco de diplomacia primeiro – Sparhawk retrucou. – Não queremos uma multidão de servos irritados em nossos calcanhares.

– Deixe comigo. Já lidei com esse tipo de gente antes. – Kurik se adiantou deliberadamente. A armadura de Bevier reluzia ao sol vespertino e sua capa e seu sobretudo brancos resplandeciam. – Meu jovem – ele disse com uma voz inflexível –, você parece desconhecer a cortesia costumeira. Será possível que não nos reconheça?

– Eu nunca os vi antes.

– Não falei sobre *quem* nós somos. Quis dizer *o que* nós somos. É compreensível, creio eu. Fica óbvio que você não é uma pessoa viajada.

Os olhos do jovem se arregalaram a esse ultraje.

– Não é verdade. Não é verdade – ele objetou com voz aguda. – Já estive na cidade de Venne ao menos duas vezes.

– Ah – Kurik disse. – E quando você esteve por lá, será que ouviu falar da Igreja?

– Temos nossa própria capela aqui em nossa quinta. Não necessito de instrução nesse tipo de tolice. – O jovem o olhou com desprezo. Essa parecia ser sua expressão normal.

Um homem mais velho, trajando gibão negro brocado, cavalgava furiosamente a partir da quinta.

– É sempre gratificante falar com um homem educado – Kurik dizia. – Talvez você tenha ouvido falar nos Cavaleiros da Igreja?

O jovem pareceu um pouco reticente a respeito desta última pergunta. O homem de gibão negro estava se aproximando com rapidez logo atrás do grupo de rapazes. Seu rosto aparentava estar lívido de fúria.

– Recomendo fortemente a vocês que abram caminho – Kurik continuou com suavidade. – O que estão fazendo coloca em perigo suas almas... sem mencionar suas vidas.

– Você não pode me ameaçar... não na quinta de meu pai.

– Jaken! – o homem em trajes pretos urrou. – Você perdeu o juízo?

– Pai – o jovem cheio de espinhas hesitou –, eu estava apenas inquirindo esses invasores.

– *Invasores*? – o homem mais velho vociferou. – Esta é a estrada do rei, seu asno!

– Mas...

O homem de gibão negro fez com que seu cavalo chegasse mais perto, levantou-se em seus estribos e derrubou seu filho da sela desferindo contra ele um poderoso soco. Em seguida, virou-se para Kurik.

O CAVALEIRO DE RUBI

– Minhas desculpas, Sir Cavaleiro – ele falou. – Meu filho ignóbil não sabia com quem estava falando. Reverencio a Igreja e honro seus cavaleiros. Espero e rogo que o senhor não tenha sido ofendido.

– De maneira alguma, milorde – Kurik disse brandamente. – Seu filho e eu estávamos quase resolvendo nossas diferenças.

O nobre estremeceu.

– Então agradeço a Deus que cheguei a tempo. Esse idiota não é um filho muito bom, mas a mãe dele ficaria devastada se o senhor fosse obrigado a lhe cortar a cabeça.

– Duvido que teríamos chegado a esse ponto, milorde.

– Pai! – o jovem no chão exclamou, chocado e horrorizado. – Você me *bateu*! – Sangue escorria de seu nariz. – Vou contar para a mamãe.

– Bom. Tenho certeza de que ela ficará muito impressionada. – O nobre mirou Kurik com um olhar que encerrava um pedido de desculpas. – Com sua licença, Sir Cavaleiro. Creio ter chegado a hora de uma lição que já demorou em ser aplicada. – Ele encarou o filho. – Volte para casa, Jaken – ele disse com frieza. – Quando chegar lá, junte esse bando de mandriões parasitas e os mande embora. Quero que eles estejam longe de minha quinta antes do pôr do sol.

– Mas eles são meus *amigos*! – o filho protestou.

– Pois bem, mas não são meus amigos. Livre-se deles. Você também vai fazer as malas. Não se incomode em levar boas roupas, pois está indo para um monastério. Os irmãos são bem severos, e eles irão providenciar sua educação... algo que parece que eu negligenciei.

– Mamãe não vai deixar que você faça isso! – o filho exclamou, empalidecendo.

– Ela não tem poder algum nessa questão. Sua mãe nunca foi mais do que um pequeno inconveniente para mim.

– Mas... – O rosto do fedelho parecia se desfazer.

– Você me enoja, Jaken. Você é o pior filho com que um homem poderia ser amaldiçoado a ter. Preste muita atenção nos monges, Jaken. Tenho sobrinhos muito mais dignos do que você. Sua herança não está tão segura assim, e você corre o risco de virar monge para o resto de sua vida.

– Você não pode fazer isso.

– Na verdade, posso sim.

– Mamãe irá puni-lo.

A risada do nobre veio gélida.

– Sua mãe começou a me cansar, Jaken – ele disse. – Ela é autocomplacente, rabugenta e muito estúpida; transformou você em algo que não suporto olhar. Além disso, ela não é mais tão atraente. Talvez eu a mande para um convento pelo resto da vida. As orações e os jejuns podem aproximá-la do céu, e a correção de seu espírito é um de meus deveres como cônjuge amoroso, você não acha?

A expressão de escárnio havia sumido do rosto de Jaken, e ele começou a tremer violentamente conforme o mundo caía por terra ao seu redor.

– Agora, meu filho – o nobre continuou, cheio de desdém –, você fará como lhe ordenei, ou prefere que eu permita que este Cavaleiro da Igreja administre a punição que você tão justamente merece?

Kurik aproveitou a deixa e sacou a espada de Bevier bem devagar. Ela produziu um som particularmente desagradável conforme a lâmina saía da bainha.

O jovem se arrastou para longe usando as mãos e os joelhos.

– Tenho uma dúzia de amigos comigo – ele ameaçou, esganiçado.

Kurik olhou para os garotos mimados de cima a baixo; em seguida, cuspiu com desprezo.

– E daí? – ele disse, ajustando seu escudo e flexionando o braço que empunhava a espada. – O senhor gostaria de ficar com a cabeça, milorde? – ele perguntou educadamente para o nobre. – Como uma lembrança, é claro.

– Você não faria isso! – Jaken já estava quase à beira de um colapso.

Kurik fez com que o cavalo avançasse, sua espada reluzindo de maneira ominosa na luz do sol.

– Quer tentar a sorte? – ele disse em um tom temível o suficiente para fazer com que até as pedras se encolhessem.

Os olhos do jovem se esbugalharam de terror, e ele subiu de volta para sua sela, seguido de perto por seus bajuladores em trajes de cetim.

– Era mais ou menos isso o que o senhor tinha em mente, milorde? – Kurik perguntou ao nobre.

– Foi perfeito, Sir Cavaleiro. Tenho a intenção de fazer isso há anos. – Então ele suspirou. – Meu casamento foi arranjado, Sir Cavaleiro – ele se explicou. – A família de minha esposa tinha um título de nobreza, mas estavam muito endividados. Minha família tinha dinheiro e terras, mas nosso título não era expressivo. Nossos pais acharam que a união era proveitosa, mas eu e ela mal nos falamos. Eu a evitei sempre que possível. Tenho vergonha de admitir, mas encontrei consolo nos braços de outras mulheres. Há muitas jovens disponíveis... para aqueles que têm dinheiro. Minha esposa encontra conforto naquela criatura abominável que os senhores acabam de ver. Ela também possui outros divertimentos... além de tornar minha vida a mais miserável possível. Temo que tenho negligenciado meus deveres.

– Eu mesmo tenho filhos, milorde – Kurik falou a ele conforme cavalgavam adiante. – Eles são bons garotos, em sua maioria, mas um deles tem sido uma grande decepção para mim.

Talen rolou os olhos em direção ao céu, mas não disse nada.

– O senhor viaja para longe, Sir Cavaleiro? – o nobre perguntou, obviamente tentando mudar de assunto.

– Vamos em direção ao lago Venne – Kurik respondeu.

– Uma jornada de alguma distância. Tenho uma casa de veraneio na extremidade oeste de minha quinta. Poderia oferecer-lhes esse conforto? Chegaríamos lá de noite, e os criados poderão providenciar o que lhes for necessário. – Ele fez uma careta. – Eu ofereceria a hospitalidade de minha residência, mas temo que esta noite possa ser um pouco barulhenta. Minha esposa tem uma voz penetrante, e ela não vai aceitar de bom grado certas decisões que tomei esta tarde.

– O senhor é muito gentil, milorde. Ficaremos felizes em aceitar sua hospitalidade.

– É o mínimo que posso fazer para compensar o comportamento de meu filho. Gostaria de contar com alguma forma apropriada de disciplina para salvá-lo.

– Eu sempre obtive bons resultados com um cinto de couro, milorde – Kurik sugeriu.

O nobre soltou uma risada amargurada.

– Isso pode não ser má ideia, Sir Cavaleiro – ele concordou.

Eles cavalgaram por uma tarde agradável e, quando o sol estava se pondo, chegaram à "casa de veraneio", que aparentava ser algo pouco menos opulento do que uma mansão. O nobre deu instruções a seus criados e remontou em seu cavalo.

– Eu ficaria de bom grado, Sir Cavaleiro – ele disse a Kurik –, mas penso que talvez seja melhor voltar antes que minha esposa quebre toda a louça da casa. Encontrarei uma clausura confortável para ela, e viverei o resto de minha vida em paz.

– Eu compreendo, milorde – Kurik respondeu. – Boa sorte.

– Vá com Deus, Sir Cavaleiro. – E o nobre se virou e voltou pelo caminho que haviam percorrido.

– Kurik – Bevier disse com seriedade quando entraram na antessala de piso de mármore da casa –, você honrou minha armadura agora há pouco. Eu teria atravessado minha espada naquele jovem depois de seu segundo comentário.

Kurik escancarou um sorriso para ele.

– Foi muito mais divertido desse jeito, Sir Bevier.

A casa de veraneio do nobre pelosiano era ainda mais esplêndida por dentro do que aparentava seu exterior. Madeiras raras, delicadamente entalhadas, adornavam as paredes. O chão e as lareiras eram de mármore, e toda a mobília era coberta com o mais fino brocado. Os criados eram eficientes e não ficavam pelo caminho, e providenciavam tudo o que era necessário.

Sparhawk e seus amigos jantaram esplendidamente bem em uma sala de jantar pouco menor que um grande salão de dança.

– É *isso* que eu chamo de vida – Kalten suspirou, satisfeito. – Sparhawk, por que *nós* não podemos ter um pouco mais de luxo em nossa vida?

– Somos Cavaleiros da Igreja – Sparhawk o lembrou. – A pobreza nos fortalece.

– Mas temos de ser tão pobres assim?

– Como você está se sentindo? – Sephrenia perguntou a Bevier.

– Muito melhor, obrigado – o arciano respondeu. – Não tossi sangue desde hoje de manhã. Creio que poderei seguir a um trote largo amanhã, Sparhawk. Este passo leve está nos custando tempo.

– Vamos prosseguir com calma por mais um dia – Sparhawk disse. – De acordo com meu mapa, as terras além da cidade de Venne são um pouco irregulares e pouco habitadas. É um terreno ideal para emboscadas, e estamos sendo seguidos. Quero que você, Kalten e Tynian estejam prontos para se defender.

– Berit – Kurik falou.

– Sim?

– Você pode me fazer um favor antes de deixarmos esta casa?

– É claro.

– Assim que raiar o dia, leve Talen até o pátio central e o reviste... minuciosamente. O proprietário deste lugar foi muito hospitaleiro, e não quero ofendê-lo.

– O que lhe faz pensar que eu roubaria algo? – Talen objetou.

– O que me faz pensar que você não roubaria? É só uma precaução. Há uma série de objetos pequenos e valiosos nesta casa. Alguns deles podem acidentalmente encontrar uma forma de cair em seus bolsos.

As camas da casa, estofadas com penas, eram fofas e confortáveis. Acordaram com a aurora e comeram um desjejum esplêndido. Então, agradeceram os criados, montaram seus cavalos que já aguardavam na entrada e partiram. O sol que acabara de nascer estava dourado, e as cotovias rodopiavam e cantavam logo acima deles. Flauta, sentada na carroça, acompanhava a melodia dos pássaros com seu instrumento. Sephrenia parecia mais forte, mas, por insistência de Sparhawk, ainda seguia na carroça.

Foi pouco depois do meio-dia que um grupo de talvez cinquenta homens de aparência feroz surgiu galopando a partir de uma colina próxima. Todos trajavam roupas e botas de couro, e suas cabeças estavam raspadas.

– São membros de uma tribo da fronteira oriental – Tynian, que já havia estado em Pelosia, avisou. – Tome muito cuidado, Sparhawk. É um povo muito temerário.

Os homens desceram pela colina manejando seus cavalos com esplêndida habilidade. Eles carregavam sabres de aspecto brutal em seus cinturões, portavam lanças curtas e levavam escudos redondos no braço esquerdo. Seguindo um breve sinal de seu líder, a maioria deles puxou as rédeas com tamanha brusquidão que as ancas de seus cavalos derraparam pela grama. O líder, um homem esguio com olhos estreitos e um escalpo repleto de cicatrizes, se adiantou com cinco companheiros. Com ostentação, os homens da tribo avançaram com seus cavalos pelo lado, os garanhões curveteando em completo uníssono. Então, fincando suas lanças no chão, os guerreiros sacaram seus sabres reluzentes com um grande floreio.

– Não! – Tynian disse com brusquidão quando Sparhawk e os outros levaram as mãos às armas instintivamente. – Isto é uma cerimônia. Fiquem parados.

Os homens de cabeça raspada adiantaram-se com passos formais, e então, após algum tipo de sinal oculto, os cavalos baixaram os joelhos das patas dianteiras em uma espécie de genuflexão enquanto seus cavaleiros ergueram os sabres até a altura de seus rostos em saudação.

– Deus! – Kalten murmurou. – Nunca vi um cavalo fazer isso antes!

As orelhas de Faran se agitaram e Sparhawk pôde sentir a irritação de seu cavalo pela contração de seus músculos.

– Salve, Cavaleiros da Igreja – o líder vestindo trajes de couro entoou com formalidade. – Nós os saudamos, e ficamos a seu serviço.

– Posso cuidar disso? – Tynian sugeriu a Sparhawk. – Já tenho alguma experiência.

– Sinta-se à vontade, Tynian – o pandion concordou, de olho no grupo de homens selvagens na colina.

Tynian adiantou-se, contendo seu cavalo negro com firmeza para que seu passo fosse calculado e vagaroso.

– Com satisfação cumprimentamos os peloi – o deirano declarou formalmente. – Também ficamos satisfeitos com este encontro, pois irmãos sempre devem saudar uns aos outros com respeito.

– O senhor conhece nossos modos, Sir Cavaleiro – o homem com cicatrizes na cabeça aprovou.

– Já estive, há algum tempo, nas fronteiras orientais, domi – Tynian admitiu.

– O que "domi" significa? – Kalten sussurrou.

– Uma antiga palavra pelosiana – Ulath informou. – Significa "chefe"... ou quase isso.

– Quase isso?

– A tradução levaria muito tempo.

– O senhor comerá sal comigo, Sir Cavaleiro? – o guerreiro perguntou.

– Com satisfação, domi – Tynian respondeu, descendo devagar de sua sela. – E poderíamos temperá-lo com um pedaço de carneiro bem assado? – ele sugeriu.

– Uma excelente sugestão, Sir Cavaleiro.

– Vá pegar – Sparhawk disse a Talen. – Está no fardo verde. E não discuta.

– Eu preferiria arrancar minha própria língua – Talen concordou com nervosismo, revirando o fardo.

– Dia quente, não é mesmo? – o domi observou, conversador, sentando-se de pernas cruzadas na relva viçosa.

– Estávamos dizendo o mesmo há poucos minutos – Tynian anuiu, também se sentando.

– Eu sou Kring – o homem com cicatrizes se apresentou –, domi deste grupo.

– Eu sou Tynian – o deirano respondeu –, um cavaleiro alcione.

– Foi o que eu supus.

Talen seguiu com um pouco de hesitação até o local onde os dois homens haviam se sentado, carregando uma perna de cordeiro assada.

– Carne bem preparada – Kring proclamou, desatando uma bolsa de couro cheia de sal de seu cinturão. – Os Cavaleiros da Igreja comem bem. – Ele cortou o cordeiro assado em dois com os dentes e as unhas e entregou uma das metades a Tynian. Em seguida, ele estendeu a bolsa de couro. – Sal, irmão? – ele ofereceu.

Tynian mergulhou seus dedos na bolsa, pegou uma pitada generosa e temperou seu pedaço de cordeiro. Depois, balançou os dedos na direção dos quatro ventos.

– Você é bem versado em nossos modos, amigo Tynian – o domi aprovou, imitando o gesto. – E talvez este excelente jovem seja seu filho?

– Ah, não, domi – Tynian suspirou. – Ele é um bom rapaz, mas é viciado em roubos.

– Ho-ho! – Kring riu, dando um tapa tão forte no ombro de Talen que o garoto saiu rolando. – Roubar é a segunda profissão mais honrada do mundo... depois de lutar. Você é bom, menino?

Talen esboçou um sorriso fino e seus olhos se estreitaram.

– O senhor gostaria de me testar, domi? – ele desafiou, colocando-se de pé. – Proteja o que puder, e roubarei o resto.

O guerreiro jogou a cabeça para trás, caindo na gargalhada. Talen, Sparhawk notou, já estava perto do peloi, suas mãos se movendo com rapidez.

– Muito bem, meu jovem ladrão – o domi riu, estendendo as mãos diante de si –, roube o que puder.

– Agradeço da mesma forma, domi – Talen falou, fazendo uma reverência educada –, mas acho que já o fiz. Creio que peguei tudo o que o senhor tem de valor.

Kring piscou e começou a se apalpar aqui e ali, seus olhos enchendo-se de consternação.

Kurik gemeu.

– Pode ser que, no final das contas, dê tudo certo – Sparhawk sussurrou para seu escudeiro.

– Dois broches – Talen catalogou, entregando os itens ao domi –, sete anéis... o que fica no seu dedão esquerdo está muito apertado, sabia? Um bracelete de ouro... mande avaliá-lo, acho que há latão misturado nele. Um pingente de rubi... espero que o senhor não tenha pagado muito por ele; sabia que é uma pedra de qualidade inferior? Agora temos esta adaga incrustrada com joias e a pedra do punho de sua espada. – Talen esfregou as mãos denotando profissionalismo.

O domi rugiu de tanto rir.

– Quero comprar este garoto, amigo Tynian – ele declarou. – Dou-lhe uma manada dos melhores cavalos por ele e o criarei como se fosse meu próprio filho. É um ladrão como eu nunca vi antes.

– Ah... perdão, amigo Kring – Tynian se desculpou –, mas ele não é meu.

Kring suspirou.

– Você acha que poderia roubar cavalos, garoto? – ele perguntou com avidez.

– Pode ser difícil meter um cavalo em meu bolso, domi – o garoto retrucou. – Mas acho que eu conseguiria pensar em algo.

– O garoto é um gênio – o guerreiro disse com reverência. – O pai dele deve ser um homem de grande fortuna.

– Jamais me dei conta disso – Kurik resmungou.

– Ah, jovem ladrão – Kring disse, quase com arrependimento –, parece que também está faltando uma bolsa... uma bem pesada.

– Ora, eu me esqueci dela? – Talen falou, dando um tapinha em sua própria testa. – Ela deve ter escapulido da minha mente. – O garoto pegou uma bolsa de couro estufada de debaixo de sua túnica e a entregou.

– Conte-a, amigo Kring – Tynian avisou.

– Uma vez que eu e o garoto agora somos amigos, vou confiar na integridade dele.

Talen suspirou e pegou um bom número de moedas de prata de vários esconderijos.

– Eu gostaria que as pessoas não fizessem isso – ele disse, devolvendo as moedas. – Acaba com a diversão das coisas.

– *Duas* manadas de cavalos? – o domi ofereceu.

– Desculpe-me, amigo – Tynian falou com remorso. – Vamos comer sal e falar de negócios.

Os dois comeram sentados seus pedaços de cordeiro salgado conforme Talen voltava para a carroça.

– Tynian deveria ter aceitado os cavalos – o garoto murmurou para Sparhawk. – Eu poderia ter fugido depois do anoitecer.

– Ele iria acorrentar você em uma árvore – Sparhawk retrucou.

– Sei me livrar de qualquer corrente em menos de um minuto. Você faz ideia de quanto valem cavalos como os que ele tem, Sparhawk?

– Treinar esse garoto pode levar mais tempo do que havíamos imaginado – Kalten observou.

– Você precisa de uma escolta, amigo Tynian? – Kring estava perguntando. – Estamos envolvidos em nada além de uma leve distração, e a colocaremos de lado com prazer para auxiliar nossa santa mãe Igreja e seus veneráveis cavaleiros.

– Agradeço, amigo Kring – Tynian declinou –, mas nossa missão não envolve nada com que não possamos lidar.

– De fato. As proezas dos Cavaleiros da Igreja são lendárias.

– Qual é essa distração que você mencionou, domi? – Tynian perguntou com curiosidade. – É raro encontrar os peloi tão a oeste.

– Normalmente vagamos pela região das fronteiras orientais – Kring admitiu, arrancando com os dentes um grande pedaço de carne de carneiro do osso –, mas de tempos em tempos, desde a geração passada, os zemochs têm atravessado a fronteira em direção a Pelosia. O rei nos paga meia coroa de ouro por suas orelhas. É um jeito fácil de fazer dinheiro.

– O rei pede as duas orelhas?

– Não, só a direita. Mas temos que tomar cuidado com nossos sabres. Pode-se perder uma recompensa inteira por causa de um golpe mal calculado. De qualquer maneira, meus amigos e eu havíamos encontrado um grupo relativamente grande de zemochs perto da fronteira. Abatemos um bom número deles, mas o resto fugiu. Eles estavam vindo nesta direção da última vez que os vimos, e alguns estavam feridos. Sangue deixa uma boa trilha. Vamos alcançá-los e coletar as orelhas... e o ouro. É só uma questão de tempo.

– Acho que posso poupar um pouco de seu tempo, meu amigo – Tynian disse escancarando um amplo sorriso. – Vez por outra, já faz um ou dois dias, temos visto um grupo bem grande de zemochs cavalgando em nossa retaguarda. Talvez sejam eles que você está procurando. De qualquer modo, uma orelha é uma orelha, e o ouro do rei é oferecido de bom grado, ainda que seja gasto nos zemochs errados.

Kring riu com satisfação.

– De fato, amigo Tynian – ele concordou. – E, quem sabe, haja *duas* bolsas de ouro disponíveis. Você saberia dizer em quantos eles são?

– Vimos cerca de quarenta. Eles estão chegando pela estrada que vem do sul.

– Não irão muito mais longe – Kring prometeu, esboçando um sorriso lupino. – Este foi, de fato, um encontro afortunado, Sir Tynian... pelo menos para mim e para meus camaradas. Mas por que você e seus companheiros não se voltaram e coletaram a recompensa?

– Não sabíamos sobre a recompensa, domi – Tynian confessou –, e estamos aqui a serviço da Igreja, com alguma urgência. – Ele fez uma careta. – Além disso, mesmo se ganhássemos essa recompensa, nosso juramento nos obrigaria a entregá-la para a Igreja. Algum abade gordo por aí tiraria proveito de nosso trabalho. Não quero suar tanto assim para enriquecer um homem que não trabalhou honestamente nem um dia de sua vida. Prefiro muito mais apontar o caminho de um ganho honesto a um amigo.

Impulsivamente, Kring o abraçou.

– Meu irmão – ele disse –, você é um amigo de verdade. É uma honra tê-lo encontrado.

– A honra é minha, domi – Tynian disse com seriedade.

O domi limpou os dedos gordurosos em suas calças de couro.

– Bem, acho que temos de seguir nossos caminhos, amigo Tynian – ele falou. – Cavalgar sem pressa não rende recompensas. – Ele fez uma pausa. – Tem certeza de que não quer vender aquele garoto?

– Ele é filho de um amigo meu – Tynian explicou. – Não me importaria em me desfazer do garoto, mas a amizade é valiosa para mim.

– Entendo perfeitamente, amigo Tynian. – Kring fez uma mesura. – Lembre-se de mim da próxima vez que falar com Deus. – Ele saltou para a sua sela e seu cavalo já estava a galope antes mesmo de ele se ajeitar.

Ulath foi até Tynian e tomou sua mão, cumprimentando-o com seriedade.

– Você pensa rápido – ele observou. – Aquilo foi totalmente brilhante.

– Foi uma troca justa – Tynian falou com modéstia. – Nos livramos dos zemochs em nossa retaguarda e Kring consegue as orelhas. Nenhuma barganha entre amigos é justa se os dois lados não obtiverem algo que desejem.

– Muito, muito verdadeiro – Ulath concordou. – Mas eu nunca tinha ouvido falar em vender orelhas. Geralmente são cabeças.

– Orelhas são mais leves – Tynian disse com profissionalismo –, e não ficam te encarando toda vez que você abre os alforjes.

– Os cavalheiros se *importam*? – Sephrenia falou asperamente. – Afinal de contas, temos crianças conosco.

– Perdão, mãezinha – Ulath se desculpou com suavidade. – Estávamos apenas falando de negócios.

Ela voltou para a carroça batendo os pés e resmungando. Sparhawk tinha quase certeza de que algumas das palavras em styrico que ela murmurava nunca seriam usadas em uma companhia educada.

– Quem são eles? – Bevier perguntou, olhando para os guerreiros que rapidamente desapareciam rumo ao sul.

– São do povo chamado peloi – Tynian respondeu –, nômades criadores de cavalos. Eles foram os primeiros elenos desta região. O reino de Pelosia recebeu esse nome por conta deles.

– E eles são tão ferozes quanto aparentam?

– Ainda mais ferozes. A presença deles na fronteira deve-se, provavelmente, ao fato de Otha ter invadido Lamorkand e não Pelosia. Ninguém em sã consciência atacaria os peloi.

Eles chegaram ao lago Venne no final do dia seguinte. Era uma acumulação de água larga e rasa em direção à qual os charcos de turfa eram drenados continuamente, deixando as águas turvas e amarronzadas. Flauta parecia estranhamente agitada quando acamparam a alguma distância das margens pantanosas do lago. Assim que a tenda de Sephrenia foi erigida, a menina correu para dentro e se recusou a sair.

– Qual o problema dela? – Sparhawk perguntou a Sephrenia, distraidamente esfregando o dedo anelar da mão esquerda. Por algum motivo, ele parecia formigar.

– Eu realmente não sei – Sephrenia respondeu, franzindo o cenho. – É quase como se ela estivesse com medo de algo.

Depois de jantarem e de Sephrenia levar a refeição para Flauta, Sparhawk questionou minuciosamente cada um de seus companheiros feridos. Todos alegavam estar em perfeitas condições, afirmações que ele sabia serem espúrias.

– Então, muito bem. – Ele finalmente desistiu. – Vamos voltar ao modo tradicional. Vocês, cavalheiros, podem ter suas armaduras de volta, e amanhã tentaremos nos mover a um trote largo. Nada de galopar; nada de correr; e, se encontrarmos algum problema, evitem se esforçar a não ser que as coisas fiquem feias.

– Ele é igualzinho a uma mamãe ganso, não é mesmo? – Kalten observou para Tynian.

– Se ele ciscar uma minhoca, você é quem vai comer – Tynian retrucou.

– Eu acabei de jantar – Kalten declinou –, mas, mesmo assim, obrigado. Sparhawk foi se deitar.

Era por volta da meia-noite e a lua estava muito brilhante do lado de fora da tenda. Sparhawk se sentou de supetão em suas cobertas, acordado bruscamente por um rugido horrendo e estrondoso.

– Sparhawk! – Ulath disse com aspereza do lado de fora. – Acorde os outros! Rápido!

Sparhawk despertou Kalten com uma sacodida e colocou sua cota de malha. Agarrou sua espada e saiu da tenda. Olhou ao redor rapidamente e viu que os outros não precisavam ser acordados. Eles já lutavam para entrar em suas cotas de malha e pegavam em armas. Ulath estava de pé na orla do acampamento, seu escudo redondo erguido e seu machado na mão. Ele olhava com atenção para a escuridão.

Sparhawk se juntou a ele.

– O que foi isso? – o pandion perguntou em voz baixa. – O que faz um barulho assim?

– Troll – Ulath respondeu laconicamente.

– Aqui? Em Pelosia? Ulath, isso é impossível. Não existem trolls em Pelosia.

– Por que você não vai até lá e explica isso a *ele*?

– Você tem certeza absoluta de que é um troll?

– Eu já ouvi esse som muitas vezes para me enganar. É um troll, sim, senhor, e ele está totalmente enraivecido por conta de alguma coisa.

– Talvez devêssemos acender uma fogueira – Sparhawk sugeriu conforme os outros se aproximavam.

– Não vai adiantar nada – Ulath rebateu. – Trolls não têm medo de fogo.

– Você sabe o idioma deles, não sabe?

Ulath grunhiu.

– Por que você não o chama e diz a ele que não queremos causar-lhe mal?

– Sparhawk – Ulath disse com uma expressão aflita –, neste tipo de situação, as coisas são o oposto. Se ele atacar, tentem atingir a perna dele – o genidiano avisou os outros. – Se vocês golpearem o corpo, ele irá arrancar as armas de suas mãos e enfiá-las de volta em vocês. Muito bem, vou tentar falar com ele. – Ulath ergueu a cabeça e berrou algo em um idioma horrível e gutural.

Algo lá na escuridão respondeu, rosnando e cuspindo.

– O que ele disse? – Sparhawk perguntou.

– Ele está xingando. Deve demorar uma hora ou mais até que acabe. Trolls têm muitos insultos em seu idioma. – Ulath franziu o cenho. – Ele não parece estar seguro de si – o genidiano disse, soando intrigado.

– Talvez por sermos muitos ele tenha ficado cauteloso – Bevier sugeriu.

– Eles nem sabem o que essa palavra significa – Ulath discordou. – Eu já vi um troll sozinho atacar uma cidade fortificada.

Ouviu-se outro rosnado vindo da escuridão, desta vez de um pouco mais perto.

– Agora, o que *isso* quer dizer? – Ulath disse, desconcertado.

– O quê? – Sparhawk perguntou.

– Ele está exigindo que lhe entreguemos o ladrão.

– Talen?

– Eu não sei. Como Talen poderia ter afanado os bolsos de um troll? Trolls não *têm* bolsos.

Então eles ouviram o som do instrumento musical de Flauta vindo de dentro da tenda de Sephrenia. A melodia era severa e vagamente ameaçadora. Depois de um momento, a fera uivou na escuridão... um grito que em parte transmitia dor, e em parte frustração. Em seguida, o uivo foi-se esvaindo na distância.

– Por que não vamos até a tenda de Sephrenia e beijamos aquela menininha da cabeça aos pés? – Ulath sugeriu.

– O que aconteceu? – Kalten indagou.

– De alguma forma, ela o afugentou. Eu nunca havia visto um troll fugir de coisa alguma. Certa vez, vi um tentando atacar uma avalanche. Acho melhor falarmos com Sephrenia. Tem algo acontecendo aqui que eu não consigo entender.

Sephrenia, entretanto, estava tão intrigada quanto os outros. Ela segurava Flauta em seus braços, e a garotinha estava chorando.

– Por favor, cavalheiros – a styrica pediu com suavidade –, deixem-na sozinha por enquanto. Ela está muito perturbada.

– Vou ficar de guarda com você, Ulath – Tynian falou quando eles saíram da tenda. – Aquele urro gelou meu sangue. Agora eu não vou conseguir voltar a dormir.

Eles chegaram à cidade de Venne dois dias depois. Uma vez que o troll havia sido afugentado, não viram nem ouviram mais nenhum sinal da fera. Venne não era uma cidade muito atrativa. Em virtude dos impostos locais, que eram baseados na metragem do terreno em que uma construção era edificada, vários cidadãos haviam contornado essa lei acrescentando um segundo piso mais avançado em relação ao térreo. Na maioria dos casos, esses andares eram tão proeminentes que as ruas pareciam túneis escuros e estreitos, mesmo ao meio-dia. O grupo se instalou na estalagem mais limpa que conseguiu encontrar, e Sparhawk levou Kurik para procurar informações.

Entretanto, por algum motivo, a palavra *Ghasek* fazia com que os cidadãos de Venne ficassem muito apreensivos. As respostas que Sparhawk e Kurik recebiam eram vagas e contraditórias, e as pessoas normalmente fugiam deles bem apressadas.

– Olhe ali – Kurik disse secamente, apontando para um homem que saía cambaleando da porta de uma taverna. – Ele está bêbado demais para correr.

Sparhawk analisou criticamente o homem trôpego.

– Ele pode estar bêbado demais para falar – o pandion acrescentou.

Os métodos de Kurik, todavia, eram brutalmente diretos. Ele atravessou a via, pegou o ébrio pela nuca, arrastou-o até o fim da rua e enfiou a cabeça do homem na fonte que ficava ali.

– E então – ele falou, divertido –, agora acho que nos entendemos. Vou fazer algumas perguntas e você vai respondê-las... a menos que consiga fazer guelras nascerem de sua cabeça.

O sujeito estava cuspindo e tossindo. Kurik bateu em suas costas até que o acesso parasse.

– Muito bem – Kurik falou –, minha primeira pergunta é: onde fica Ghasek?

O rosto do bêbado ficou pálido e seus olhos se arregalaram, cheios de horror. Kurik enfiou a cabeça do homem na água outra vez.

– Isso está começando a me cansar – ele disse de maneira casual para Sparhawk, olhando para as bolhas que subiam da fonte. O escudeiro puxou o sujeito pelos cabelos. – Isso não vai ser muito agradável, amigo – ele avisou. – Eu realmente acho que você deve começar a cooperar. Vamos tentar mais uma vez. Onde fica Ghasek?

– N-norte – o homem engasgou, cuspindo água pela rua. A essa altura, ele parecia quase sóbrio.

– Sabemos disso. Qual estrada devemos tomar?

– Saia pelo portão norte. Mais ou menos um quilômetro e meio depois de deixar a cidade, a estrada bifurca. Pegue a esquerda.

– Você está se saindo muito bem. Viu só? Já está até ficando seco. Quão longe fica Ghasek?

– Pouco mais de 190 quilômetros. – O homem se contorcia sob o punho de ferro de Kurik.

– Última pergunta – Kurik prometeu. – Por que todos aqui em Venne molham as calças sempre que ouvem o nome "Ghasek"?

– É-é um lugar horrendo. As coisas que acontecem lá são hediondas demais para se descrever.

– Tenho um estômago forte – Kurik assegurou. – Vá em frente. Choque-me.

– Eles bebem sangue por lá... e se banham com ele... e até comem carne humana. É o lugar mais terrível do mundo. Só de ser mencionado, seu nome traz uma maldição sobre sua cabeça. – O homem estremeceu e começou a chorar.

– Pronto, pronto – Kurik disse, soltando o homem e dando tapinhas gentis em seu ombro. O escudeiro deu a ele uma moeda. – Parece que você se molhou todo, amigo – ele acrescentou. – Por que não volta para a taverna e tenta se secar?

O sujeito saiu correndo.

– Não parece um lugar muito agradável, não é mesmo? – Kurik comentou.

– Não, de fato – Sparhawk admitiu –, mas é para lá que estamos indo, de qualquer maneira.

Capítulo 13

Justamente porque a estrada que deveriam seguir tinha a reputação de não ser muito boa, eles combinaram de deixar a carroça com o estalajadeiro e cavalgaram na manhã seguinte pelas ruas sombrias iluminadas por tochas. Sparhawk passara aos outros a informação que Kurik havia arrancado do homem bêbado no dia anterior, e todos olhavam ao redor com cautela conforme passavam pelo portão norte de Venne.

– Provavelmente, é apenas alguma superstição local – Kalten fez troça. – Já ouvi histórias horrendas a respeito de alguns lugares, e elas geralmente estavam relacionadas a coisas que aconteceram em gerações passadas.

– Na verdade, não faz muito sentido – Sparhawk concordou. – Aquele curtumeiro lá em Paler disse que o conde Ghasek é um estudioso. Por via de regra, homens como ele não se dão a entretenimentos exóticos. De qualquer forma, é melhor ficarmos alertas. Estamos bem longe de casa, e pode ser um pouco difícil conseguirmos ajuda.

– Vou ficar um pouco para trás – Berit se voluntariou. – Acho que todos nos sentiremos um pouco mais seguros se tivermos certeza de que aqueles zemochs não estão nos seguindo.

– Acho que podemos contar com a eficiência do domi – Tynian falou.

– Ainda assim... – Berit insistiu.

– Pode ir, Berit – Sparhawk concordou. – É melhor não corrermos riscos desnecessários.

Eles cavalgaram a um trote leve; chegaram à bifurcação quando o sol estava nascendo. A estrada da esquerda era sulcada, estreita e malcuidada. A chuva que havia passado pela região alguns dias antes a deixara lamacenta e desagradável, e arbustos espessos margeavam ambos os lados.

– Será uma lenta jornada – Ulath observou. – Já vi estradas melhores, e não vai ficar mais fácil conforme nos aproximarmos daquelas colinas. – Ele olhou para a frente, em direção a uma baixa cadeia de montanhas florestadas adiante.

– Faremos o melhor que conseguirmos – Sparhawk disse –, mas você está certo. Cento e noventa quilômetros é uma distância razoável, e uma estrada ruim não vai encurtar a viagem.

Começaram a seguir a trote pela estrada lamacenta. Como Ulath havia previsto, o caminho foi ficando progressivamente pior. Após cerca de uma hora, eles entraram na floresta. Era de sempre-vivas, e elas lançavam sombras funestas, mas o ar era fresco e úmido, uma alteração pela qual os cavaleiros ficaram gratos. Pararam por breves minutos para uma refeição de pão e queijo ao meio-dia e seguiram adiante, ascendendo cada vez mais nas montanhas.

A região era ominosamente deserta, e até a maioria dos pássaros parecia ter se calado, exceção feita aos corvos negros, que pareciam crocitar de todas as árvores. Quando começou a escurecer sobre a floresta sombria, Sparhawk conduziu os outros para um lugar um pouco afastado da estrada, e lá montaram acampamento para passar a noite.

A floresta lúgubre havia subjugado até mesmo o irreprimível Kalten, e todos estavam quietos enquanto faziam a refeição noturna. Depois de comer, eles foram para as suas camas.

Foi por volta da meia-noite que Ulath acordou Sparhawk para assumir seu turno de vigia.

– Parece que há vários lobos lá fora – o imenso genidiano falou em voz baixa. – Talvez não seja má ideia manter suas costas contra uma árvore.

– Nunca ouvi falar de lobos atacando homens – Sparhawk respondeu, também em voz baixa para não acordar os outros.

– Normalmente eles não atacam – Ulath concordou –, a não ser que estejam com raiva.

– Essa é uma hipótese animadora.

– Fico feliz que tenha gostado. Vou para a cama. Foi um dia longo.

Sparhawk se afastou do círculo de luz da fogueira e parou a cerca de cinquenta metros de distância para permitir que seus olhos se ajustassem à escuridão. Ele ouviu o uivo dos lobos entre as árvores e pensou que havia encontrado a fonte de tantas histórias que circulavam sobre Ghasek. Só a floresta fúnebre já seria suficiente para instilar o medo em pessoas supersticiosas. Adicione-se a ela revoadas de corvos, sempre associados a mau agouro, e alcateias de lobos com uivos de gelar os ossos, e era fácil entender como as histórias haviam começado. Com cautela, Sparhawk circundou o acampamento com olhos e ouvidos atentos.

Cento e noventa quilômetros. Dadas as condições cada vez piores da estrada, seria improvável que chegassem cobrir cinquenta quilômetros por dia. Sparhawk estava irritado com o progresso lento, mas não havia nada que pudesse fazer. Eles tinham de ir a Ghasek. Ocorreu-lhe que o conde poderia muito bem não ter encontrado ninguém que soubesse a localização do túmulo do rei Sarak, e que toda essa viagem tediosa e demorada seria para nada. Ele rapidamente afastou esse pensamento de sua cabeça.

Distraidamente, ainda vigiando a mata que o cercava, ele começou a imaginar como seria a sua vida se eles fossem bem-sucedidos em curar Ehlana. Ele a conhecera quando ela era apenas uma criança, mas ela não era mais uma menininha. Sparhawk havia recebido algumas pistas sobre a personalidade adulta da filha de Aldreas, mas nada que fosse suficientemente definitivo para fazê-lo sentir que realmente a conhecia. Ela daria uma boa rainha, disso ele tinha certeza, mas que tipo de mulher seria?

Ele viu um movimento nas sombras e parou, sua mão indo em direção à espada enquanto perscrutava a escuridão. Então ele viu um par de olhos brilhantes e esverdeados que refletiam a luz do fogo. Era um lobo. O animal olhou para as chamas por um longo período de tempo e, em seguida, voltou furtiva e silenciosamente para a floresta.

Sparhawk percebeu que estava segurando o fôlego, e deixou o ar sair de seus pulmões de modo explosivo. Ninguém está realmente preparado para um encontro com um lobo, e, mesmo que ele soubesse ser um sentimento irracional, o pandion ainda assim sentiu um calafrio instintivo.

A lua se ergueu lançando sua luz pálida sobre a floresta escura. Sparhawk olhou para o alto e viu nuvens a caminho. De modo gradual, elas obscureceram a lua e inexoravelmente começaram a se adensar.

– Ah, que maravilha – ele resmungou. – Isso era tudo de que nós precisávamos... mais chuva. – Ele meneou a cabeça e continuou a caminhar, seus olhos perscrutando as trevas ao redor.

Algum tempo mais tarde, Tynian tomou seu posto e ele retornou para sua tenda.

– Sparhawk. – Era Talen, e ele balançava os ombros do pandion com leveza para acordá-lo.

– Sim. – Sparhawk se sentou, reconhecendo o tom de urgência na voz do garoto.

– Há algo lá fora.

– Eu sei. Lobos.

– Isso não era um lobo... a não ser que eles tenham aprendido a andar só nas patas traseiras.

– O que você viu?

– Estava nas sombras sob aquelas árvores. Eu não pude ver direito, mas parecia vestir uma espécie de manto que não lhe servia muito bem.

– O Rastreador?

– Como eu poderia saber? Só o vi de relance. Ele veio até a orla da floresta e então voltou para as sombras. Eu provavelmente não o teria visto se não fosse pelo brilho vindo do rosto dele.

– Verde?

Talen anuiu com a cabeça.

Sparhawk começou a xingar.

– Quando você esgotar seu repertório, me avise – Talen se ofereceu. – Sou um ótimo xingador.

– Você avisou Tynian?

– Sim.

– O que você estava fazendo fora da cama?

Talen suspirou.

– Cresça, Sparhawk – ele disse em um tom muito mais maduro do que sua idade. – Nenhum ladrão dorme mais do que duas horas seguidas sem ter de se levantar para espreitar.

– Eu não sabia disso.

– Deveria. É uma vida tensa, mas é bem divertida.

Sparhawk colocou sua mão na nuca do jovenzinho.

– Eu ainda vou te transformar em um garoto normal – ele disse.

– Pra que se dar ao trabalho? Eu já passei disso há muito tempo. Teria sido bom correr e brincar, se as coisas tivessem sido diferentes... mas elas não foram, e isso é muito mais divertido. Volte a dormir, Sparhawk. Tynian e eu ficaremos de olho nas coisas. Ah, só para constar, vai chover amanhã.

Mas não estava chovendo na manhã seguinte, ainda que nuvens sombrias obscurecessem o céu. No meio da tarde, Sparhawk puxou as rédeas de Faran.

– Qual o problema? – Kurik perguntou.

– Há uma vila lá embaixo, naquele pequeno vale.

– O que eles poderiam fazer nessa mata? Não dá para cultivar nada com essas árvores no caminho.

– Acho que poderíamos perguntar a eles. De qualquer modo, quero falar com esse povo. Eles estão mais perto de Ghasek do que aquelas pessoas em Venne, e eu gostaria de uma informação mais acurada. Não temos por que entrar numa situação às cegas se não há a necessidade. Kalten – ele chamou.

– O que foi agora? – o pandion loiro indagou.

– Pegue os outros e continue pela estrada. Kurik e eu iremos até aquela vila para fazer algumas perguntas. Alcançaremos vocês.

– Certo. – O tom de voz de Kalten foi abrupto e um pouco emburrado.

– Qual o problema?

– Esta floresta me deprime.

– São apenas árvores, Kalten.

– Eu sei, mas tinha que ter tantas delas?

– Fique de olhos abertos. Aquele Rastreador está lá fora, em algum lugar. Os olhos de Kalten começaram a brilhar. Ele sacou sua espada e testou o gume com o polegar.

– Em que você está pensando? – Sparhawk questionou.

– Que pode ser a chance que estávamos esperando para tirar aquela coisa de nossos calcanhares de uma vez por todas. O inseto de Otha é bem magrinho. Um bom golpe deve cortá-lo ao meio. Acho que vou ficar um pouco para trás e armar minha própria emboscada.

Sparhawk pensou bem rápido.

– Bom plano – ele pareceu concordar –, mas alguém tem que liderar os outros em segurança.

– Tynian pode fazer isso.

– Talvez, mas como você se sente em confiar o bem-estar de Sephrenia a alguém que só conhece há seis meses e que ainda está se recuperando de um ferimento?

Kalten chamou seu amigo de uma série de nomes obscenos.

– Dever, meu amigo – Sparhawk disse com calma. – Dever. Cujo chamado severo nos desvia de vários entretenimentos. Apenas faça como eu te pedi, Kalten. Cuidaremos do Rastreador mais tarde.

Kalten continuou a xingar. Em seguida, virou seu cavalo e seguiu em direção aos outros.

– Você estava à beira de uma briga – Kurik comentou.

– Verdade?

– Kalten é um bom homem em uma luta, mas às vezes é cabeça quente.

Então os dois viraram seus cavalos e prosseguiram colina abaixo, em direção à vila.

As casas eram feitas de madeira e tinham telhados de grama. Os habitantes se esforçavam para cortar as árvores que cercavam sua comunidade, criando campos de tocos a cerca de 150 metros de suas casas.

– Eles limparam o terreno – Kurik observou –, mas tudo o que vejo são pequenas hortas. Eu ainda me pergunto o que eles estão fazendo aqui.

A pergunta foi respondida assim que eles entraram no vilarejo. Uma boa quantidade de aldeões estava trabalhando com vigor serrando toras apoiadas em cavaletes rústicos. Ao lado das casas, pilhas de tábuas de madeira verde vergadas explicavam o propósito da vila.

Um dos homens parou de serrar, limpando o suor da testa com um pedaço de pano sujo.

– Não tem estalagem aqui – ele disse a Sparhawk em tom pouco amistoso.

– Não estamos procurando uma estalagem, vizinho – Sparhawk falou –, apenas informação. Quão longe fica a casa do conde Ghasek?

O rosto do aldeão ficou levemente pálido.

– Não longe o suficiente para o meu gosto, milorde – o homem respondeu, examinando o cavaleiro de armadura negra com nervosismo.

– Qual o problema, amigo? – Kurik perguntou.

– Nenhum homem em sã consciência passa perto de Ghasek – explicou o aldeão. – A maioria das pessoas nem quer falar a respeito.

– Ouvimos o mesmo tipo de coisa em Venne – Sparhawk disse. – Afinal, o que está acontecendo na casa do conde?

– Eu realmente não sei dizer, milorde – o homem respondeu de maneira evasiva. – Eu nunca estive lá. Mas ouvi algumas histórias.

– Ah, é?

– Pessoas têm desaparecido por estas bandas. Elas nunca mais são vistas, então ninguém sabe com certeza o que acontece com elas. Os servos do conde andam fugindo, embora ele não tenha fama de ser um mestre severo. Algo ruim está acontecendo em sua casa, e todos que vivem por perto estão aterrorizados.

– Você acha que o conde é o responsável?

– É pouco provável. O conde esteve longe de casa no último ano. Ele viaja muito.

– Ouvimos isso a seu respeito. – Sparhawk pensou em algo. – Diga-me, vizinho, você tem visto styricos ultimamente?

– Styricos? Não, eles não vêm a esta floresta. O povo daqui não gosta deles, e deixamos isso bem claro.

– Entendo. Quão longe você acha que fica a casa do conde?

– Eu não acho. Fica a pouco mais de setenta quilômetros daqui.

– Uma pessoa em Venne disse que eram 190 quilômetros de lá até Ghasek.

O aldeão torceu o nariz, desdenhoso.

– O povo da cidade não sabe nem o que um quilômetro significa. Não pode ser muito mais que 140 quilômetros de Venne até Ghasek.

– Ontem à noite vimos, por acaso, alguém entre as árvores – Kurik disse em um calmo tom conversador. – Ele vestia um manto negro e estava encapuzado. Poderia ser algum de seus vizinhos?

O rosto do serrador ficou muito, muito pálido.

– Ninguém por estas bandas usa esse tipo de roupa – ele respondeu secamente.

– Tem certeza?

– Você me ouviu. Eu disse que ninguém neste distrito usa roupas assim.

– Então deve ter sido algum viajante.

– Deve ter sido isso. – O tom de voz do aldeão havia se tornado nada amigável outra vez, e seus olhos estavam um pouco arregalados.

– Obrigado pelo seu tempo, vizinho – Sparhawk agradeceu, virando Faran para deixar o vilarejo.

– Ele sabe mais do que disse – Kurik observou conforme os dois passavam pelas últimas casas.

– Eu sei – Sparhawk concordou. – Ele não está sob a influência do Rastreador, mas está com muito, muito medo. Vamos em frente, e depressa. Quero alcançar os outros antes que escureça.

Eles venceram a distância que os separava de seus amigos quando o céu a oeste adquiriu uma tonalidade avermelhada do pôr do sol; o grupo montou acampamento ao lado de um lago silencioso da montanha, não muito distante da estrada.

– Você acha que vai chover? – Kalten perguntou depois de comerem o jantar e se sentarem ao redor da fogueira.

– Não diga isso – Talen falou. – Acabei de me secar de toda aquela chuva de Lamorkand.

– É sempre uma possibilidade, é claro – Kurik respondeu à pergunta de Kalten. – É a época do ano para isso, mas não sinto muita umidade no ar.

Berit voltou de onde eles haviam prendido os cavalos.

– Sir Sparhawk – ele disse em voz baixa –, há alguém vindo.

O pandion se pôs de pé.

– Quantos?

– Só ouvi um cavalo. Quem quer que seja, está vindo pela estrada a partir da direção para a qual estamos seguindo. – O noviço fez uma pausa. – E está forçando muito seu cavalo – ele acrescentou.

– Isso não é muito prudente – Ulath resmungou –, considerando o escuro e as condições daquela estrada.

– Deveríamos apagar a fogueira? – Bevier perguntou.

– Acho que ele já a viu, Sir Bevier – Berit respondeu.

– Vejamos se ele decide parar – Sparhawk falou. – Um homem sozinho não representa uma grande ameaça.

– A não ser que seja o Rastreador – Kurik retrucou, soltando seu mangual. – Muito bem, cavalheiros – ele disse com sua voz rude de sargento de treinamento –, espalhem-se e fiquem a postos.

Os cavaleiros responderam de pronto àquela nota de comando. Todos reconheceram instintivamente ser provável que Kurik conhecesse muito mais sobre combate corpo a corpo do que qualquer homem nas quatro ordens. Sparhawk sacou sua espada, subitamente sentindo um enorme orgulho de seu amigo.

O viajante puxou as rédeas de seu cavalo na estrada, não muito longe do acampamento. Todos puderam ouvir a respiração ofegante do cavalo e sua luta por ar.

– Posso me aproximar? – pediu o homem na escuridão. Sua voz era estridente e parecia beirar os limites da histeria.

– Chegue mais perto, estranho – Kalten respondeu com tranquilidade depois de um rápido relance para Kurik.

O homem que surgiu cavalgando da escuridão estava vestido de maneira extravagante, até mesmo espalhafatosa. Ele usava um chapéu de abas largas e ornado com uma pluma, um gibão de cetim vermelho, calças azuis e botas de couro que iam até os joelhos. Tinha um alaúde pendurado em suas costas; exceto por uma pequena adaga à cintura, ele não carregava armas. Seu cavalo oscilava e cambaleava de exaustão, e o próprio cavaleiro aparentava estar nas mesmas condições.

– Graças a Deus – o homem disse quando viu os cavaleiros em armaduras de pé, ao redor do fogo. Ele vacilou perigosamente em sua sela e teria caído se Bevier não tivesse pulado para a frente e o segurado.

– O pobre sujeito parece estar esgotado – Kalten falou. – Eu me pergunto o que o estaria perseguindo.

– Lobos, talvez. – Tynian deu de ombros. – Creio que ele nos dirá assim que recuperar o fôlego.

– Talen, dê-lhe um pouco de água – Sephrenia o instruiu.

– Sim, senhora. – O garoto pegou um balde e foi até o lago.

– Recoste-se por apenas alguns instantes – Bevier disse ao estranho. – Você está seguro, agora.

– Não há tempo – o homem ofegou. – Há algo da mais vital urgência que devo lhes contar.

– Qual é seu nome, amigo? – Kalten perguntou a ele.

– Sou Arbele, menestrel por ofício – o estranho respondeu. – Escrevo poesias e componho canções que canto para o entretenimento de lordes e damas. Acabo de vir da casa daquele monstro, o conde Ghasek.

– Isso não soa muito promissor – Ulath resmungou.

Talen trouxe o balde com água e Arbele bebeu avidamente.

– Leve o cavalo dele para o lago – Sparhawk disse ao garoto. – Não deixe que ele beba muito a princípio.

– Certo – Talen concordou.

– Por que você chama o conde de monstro? – Sparhawk perguntou em seguida.

– De que outra forma o senhor chamaria alguém que prende uma bela donzela em uma torre?

– Quem é essa bela donzela? – Bevier indagou, sua voz estranhamente tensa.

– A própria irmã! – Arbele exclamou em tom ultrajado. – Uma dama incapaz de fazer o mal.

– Por acaso ele lhe explicou o motivo? – Tynian perguntou.

– Ele se alongou em algum absurdo, acusando-a de feitos horrendos. Neguei-me a prestar atenção ao que dizia.

– Você tem certeza disso? – O tom de voz de Kalten era cético. – Você chegou a ver a dama?

– Bem, não... na verdade, não, mas os servos do conde contaram-me tudo a respeito dela; disseram que é a maior das beldades deste distrito, e que o conde a selou naquela torre quando voltou de uma viagem. Ele me expulsou do castelo, bem como a todos os criados, e agora se propõe a manter a irmã naquela torre pelo resto da vida dela.

– Monstruoso! – Bevier exclamou, seus olhos inflamados com indignação.

Sephrenia estivera observando atentamente o menestrel.

– Sparhawk – ela chamou com urgência, indicando para que ele se afastasse da fogueira. Os dois se distanciaram, e Kurik os seguiu.

– O que foi? – Sparhawk perguntou quando estavam longe o bastante para não ser ouvidos.

– Não o toque – ela respondeu –, e avise aos outros para que o evitem também.

– Eu não compreendo.

– Há algo de errado com ele, Sparhawk – Kurik falou. – Parece que tem algo de errado com seus olhos, e ele está falando rápido demais.

– Ele está infectado com algo – Sephrenia disse.

– Uma doença? – Sparhawk estremeceu ao dizer essa palavra. Em um mundo em que pragas eram incontroláveis, aquele termo reverberava na imaginação humana como as trombetas do juízo final.

– Não no sentido que você está pensando – ela replicou. – Essa não é uma doença física. Algo contaminou sua mente... algo do mal.

– O Rastreador?

– Acho que não. Os sintomas não são os mesmos. Tenho um forte pressentimento de que ele pode nos contagiar, portanto mantenha todos afastados.

– Ele está falando – Kurik observou –, e não tem aquela expressão engessada. Acho que você está certa, Sephrenia. Não creio que seja o Rastreador. É algo diferente.

– Neste exato momento, ele é muito perigoso – ela falou.

– Não por muito tempo – Kurik disse de modo austero, estendendo a mão até seu mangual.

– Oh, Kurik – ela suspirou com um tom de voz resignado –, pare com isso. O que Aslade diria se descobrisse que você esteve atacando viajantes indefesos?

– Nós não temos que dizer a ela, Sephrenia.

– Quando vai chegar o dia em que os elenos vão parar de pensar com suas armas? – ela exclamou, exasperada. Então ela pronunciou algo em styrico que Sparhawk não reconheceu.

– Como é que é?

– Esqueça.

– Se é assim, temos um problema – Kurik disse com seriedade. – Se o menestrel realmente for contagioso, então Bevier também se infectou. Ele o tocou quando Arbele caiu do cavalo.

– Vou ficar de olho em Bevier – Sephrenia disse. – Talvez sua armadura o tenha protegido. Saberei melhor em breve.

– E Talen? – Sparhawk questionou. – Ele tocou o menestrel quando levou o balde com água?

– Acho que não – ela falou.

– Você pode curar Bevier se ele tiver sido infectado? – Kurik indagou.

– Eu ainda não faço ideia do que seja. Tudo o que sei é que algo está possuindo aquele menestrel. Vamos voltar e tentar manter os outros afastados.

– Eu os incumbo, Cavaleiros da Igreja – o menestrel seguia dizendo em tons estridentes –, cavalguem diretamente até a casa do conde perverso. Punam--no por sua crueldade e libertem sua bela irmã do castigo imerecido.

– Sim! – Bevier respondeu com fervor.

Sparhawk logo olhou para Sephrenia, e ela assentiu gravemente com a cabeça para avisá-lo de que Bevier havia sido infectado.

– Fique com ele, Bevier – o pandion disse ao arciano. – O resto de vocês, venha comigo.

Afastaram-se da fogueira e Sephrenia explicou a situação de modo resumido.

– E agora Bevier também contraiu? – Kalten perguntou a ela.

– Temo que sim. Ele já começou a demonstrar um comportamento irracional.

– Talen – Sparhawk falou com seriedade –, quando você entregou o balde com água ao menestrel, você o tocou?

– Acho que não – o garoto respondeu.

– Você está sentindo alguma ânsia de correr por aí salvando donzelas em perigo? – Kurik perguntou.

– Eu? Kurik, fala sério.

– Ele está bem – Sephrenia disse com um tom de alívio em sua voz.

– Muito bem – Sparhawk falou –, o que devemos fazer?

– Seguimos para Ghasek o mais rápido possível – ela respondeu. – Preciso descobrir o que está causando a infecção antes que eu possa curá-la. Nós *temos* de entrar no castelo... mesmo que à força.

– Podemos cuidar disso – Ulath disse –, mas o que vamos fazer com aquele menestrel? Se ele pode infectar outras pessoas apenas tocando-as, é provável que volte com um exército atrás dele.

– Há um modo simples de lidar com isso – Kalten sugeriu, colocando a mão no cabo de sua espada.

– Não – Sephrenia disse com rispidez. – Em vez disso, vou colocá-lo para dormir. De um jeito ou de outro, alguns dias de descanso farão bem a ele. – Ela olhou para Kalten com seriedade. – Por que sua primeira resposta para qualquer problema é sempre a espada?

– Excesso de treino, creio eu. – Ele deu de ombros.

Sephrenia começou a recitar o encantamento, tecendo o feitiço com os dedos e rapidamente o lançando.

– E o que faremos com Bevier? – Tynian questionou. – Não seria uma boa ideia colocá-lo para dormir também?

Ela negou com a cabeça.

– Ele tem de cavalgar. Não podemos deixá-lo para trás. Apenas não cheguem tão perto para que ele possa tocá-los. Eu já tenho problemas o suficiente.

Eles voltaram para a fogueira.

– O pobre homem caiu no sono – Bevier informou. – O que iremos fazer sobre isso?

– Amanhã de manhã, iremos cavalgar até Ghasek – Sparhawk respondeu. – Ah, uma coisa, Bevier – ele acrescentou. – Sei que você está ultrajado por conta disso, mas tente manter suas emoções sob controle quando chegarmos lá. Conserve sua mão longe da espada e controle sua língua. Vamos averiguar a situação antes de tomar qualquer atitude.

– Creio que esse seja o caminho da prudência – Bevier admitiu a contragosto. – Fingirei uma doença quando chegarmos lá. Não tenho certeza se posso reprimir minha ira se tiver de olhar o rosto desse conde monstruoso muitas vezes.

– Boa ideia – Sparhawk concordou. – Coloque uma coberta sobre o nosso amigo aqui e, então, vá para a cama. Amanhã será um dia difícil.

Depois que Bevier entrou em sua tenda, Sparhawk falou em voz baixa para seus colegas cavaleiros:

– Não acordem Bevier para ficar de guarda esta noite – ele acautelou. – Não quero que lhe venha a ideia de cavalgar sozinho no meio da madrugada.

Todos anuíram com a cabeça e foram para debaixo das cobertas.

Ainda estava nublado na manhã seguinte, uma capa densa e cinzenta que enchia a floresta lúgubre com uma espécie de lusco-fusco tétrico. Quando terminaram o desjejum, Kurik colocou uma lona sobre duas hastes de madeira, cobrindo o menestrel adormecido.

– Caso chova – ele disse.

– Ele está bem? – Bevier perguntou.

– Apenas exausto – Sephrenia respondeu, evasiva. – Deixe-o descansar.

Eles montaram e seguiram de volta pela trilha sulcada. Sparhawk os conduziu primeiramente a trote para aquecer os cavalos, e, depois de cerca de meia hora, forçou Faran a um galope.

– Mantenham os olhos na estrada – ele gritou para os outros. – Não deixem que os cavalos se machuquem.

Cavalgaram pela floresta sombria, reduzindo o passo de tempos em tempos para permitir que suas montarias descansassem. Conforme o dia progredia, eles começaram a ouvir os rumores de trovões a oeste, e a tempestade iminente aumentou o desejo de alcançarem a segurança questionável da casa em Ghasek.

À medida que se aproximavam do castelo do conde, eles passaram por vilarejos desertos que haviam caído em ruínas. As nuvens carregadas avançavam mais acima, e os trovões distantes marchavam inexoravelmente na direção deles.

No fim da tarde, eles ladearam uma curva e viram o grande castelo que ficava no topo de um rochedo no outro lado de um campo desolado, onde casas arruinadas estavam próximas umas das outras como se temessem a tenebrosa estrutura que as encarava lá do alto. Sparhawk puxou as rédeas de Faran.

– É melhor não marcharmos até lá – ele disse aos outros. – Não queremos que as pessoas no castelo interpretem erroneamente nossas intenções. – O pandion os conduziu a trote pelo campo. Passaram pela vila e se aproximaram da base da colina rochosa.

Havia uma trilha estreita que subia pela encosta do rochedo, e eles seguiram em uma fila única.

– Lugar de aparência deprimente – Ulath falou, estendendo o pescoço para olhar para cima em direção à estrutura que assomava no topo do penhasco.

– Realmente não ajuda a despertar entusiasmo para nossa visita – Kalten concordou.

A trilha que seguiram acabou por conduzi-los a um portão barrado. Sparhawk refreou sua montaria, inclinou-se em sua sela e bateu no portão com o punho envolto pela manopla de aço.

Eles aguardaram, mas nada aconteceu.

Sparhawk bateu outra vez.

Após algum tempo, um pequeno painel no centro do portão abriu-se, deslizando para um dos lados.

– O que é? – uma voz profunda questionou laconicamente.

– Somos viajantes – Sparhawk respondeu – e buscamos abrigo para a tormenta que se avizinha.

– A casa está fechada para estranhos.

– Abra o portão – Sparhawk declarou de modo ríspido. – Somos Cavaleiros da Igreja, e não atender ao nosso pedido razoável por abrigo é uma ofensa contra Deus.

A figura oculta do outro lado do portão hesitou.

– Tenho de pedir a permissão do conde – ele falou a contragosto com sua voz profunda e retumbante.

– Então faça isso logo.

– Não foi um começo muito promissor, não é mesmo? – Kalten comentou.

– Às vezes, porteiros levam sua tarefa a sério demais – Tynian falou. – Chaves e trancas fazem coisas estranhas ao senso de proporção de algumas pessoas.

Eles aguardaram enquanto relâmpagos riscavam o arroxeado céu a oeste.

Então, depois do que pareceu um longo intervalo de tempo, eles ouviram o estrépito de correntes seguido pelo som de uma pesada barra de ferro deslizando por anéis maciços. De má vontade, o portão se abriu com um gemido.

O homem do lado de dentro era imenso. Ele trajava uma armadura de couro de touro e seus olhos encovavam-se sob uma grande testa. Seu maxilar inferior projetava-se para a frente e seu rosto era severo.

Sparhawk o conhecia. Ele já havia visto aquele homem certa vez.

Capítulo 14

Os CORREDORES PELOS QUAIS o porteiro carrancudo os conduziu eram drapeados com teias de aranha e parcamente iluminados por tochas que tremeluziam em anéis de ferro, dispostas a intervalos muito espaçados. De maneira deliberada, Sparhawk foi ficando para trás até estar lado a lado com Sephrenia.

– Você também o reconheceu? – o pandion sussurrou para ela.

Ela anuiu com a cabeça.

– Há muito mais acontecendo por aqui do que havíamos imaginado – ela murmurou de volta. – Tome muito cuidado, Sparhawk. Isto é muito perigoso.

– Certo – ele resmungou.

No final do corredor repleto de teias de aranha ficava uma ampla e pesada porta. Quando o homem a abriu, as dobradiças enferrujadas rangeram em protesto. Eles depararam com uma escadaria curva que levava para baixo, a um espaçoso cômodo. Este era abobadado, suas paredes eram pintadas de branco e o chão de pedra polida era negro como a noite. O fogo queimava vacilante na lareira arqueada, e a única outra fonte de luz era de uma vela solitária colocada na mesa diante das chamas. Sentado à mesa estava um homem de cabelos grisalhos e rosto descorado, todo vestido de negro. Seu semblante era melancólico e sua pele tinha a palidez daqueles que raramente viam o sol. Ele aparentava estar doente, vítima de algum mal-estar obscuro. Lia um livro volumoso, encadernado em couro, sob a luz da vela.

– As pessoas sobre as quais lhe falei, mestre – o homem queixudo na armadura de couro de touro disse com deferência em sua voz profunda e sonora.

– Muito bem, Occuda – o homem à mesa respondeu com a voz cansada. – Prepare quartos para eles. Ficarão conosco até que a tempestade passe.

– Será como o senhor deseja, mestre. – O imenso criado se virou e voltou pelas escadas.

– Poucos viajam até esta parte do reino – o homem em roupas negras os informou. – A região é desolada e pouco povoada. Eu sou o conde Ghasek, e ofereço-lhes o parco abrigo de minha casa até que o clima melhore. Com o tempo, vão desejar nunca ter encontrado o meu portão.

O CAVALEIRO DE RUBI

– Meu nome é Sparhawk – o pandion corpulento disse e, em seguida, apresentou os outros.

Ghasek meneou a cabeça na direção de cada um deles.

– Sentem-se – ele convidou a todos. – Occuda retornará em breve e trará algo para que se refresquem.

– O senhor é muito gentil, milorde de Ghasek – Sparhawk falou, removendo o elmo e suas manoplas.

– O senhor não achará isso por muito tempo, Sir Sparhawk – Ghasek disse de modo ominoso.

– Esta é a segunda vez que o senhor deixa transparecer que há algum tipo de problema em sua propriedade, milorde – Tynian comentou.

– E talvez não seja a última, Sir Tynian. A palavra "problema", entretanto, é branda demais, temo eu. Para ser bem honesto com os senhores, se não fossem Cavaleiros da Igreja, meus portões teriam permanecido fechados. Esta é uma casa infeliz, e não é minha vontade infligir seus infortúnios a estranhos.

– Passamos por Venne há alguns dias, milorde – Sparhawk disse com cautela. – Circula por lá uma série de boatos a respeito de seu castelo.

– Não estou nem um pouco surpreso – o conde retrucou, passando uma mão trêmula pelo próprio rosto.

– O senhor não se sente bem, milorde? – Sephrenia perguntou.

– Talvez seja a idade avançada, e há apenas uma cura para isso.

– Não vimos outros criados em sua casa, milorde – Bevier falou, obviamente escolhendo as palavras com cuidado.

– Agora somos apenas Occuda e eu por aqui, Sir Bevier.

– Encontramos um menestrel na floresta, conde Ghasek – Bevier rebateu quase como uma acusação. – Ele mencionou o fato de que o senhor tem uma irmã.

– O senhor deve se referir ao tolo chamado Arbele – o conde respondeu. – Sim, de fato, tenho uma irmã.

– A dama irá se juntar a nós? – o tom de Bevier era ríspido.

– Não – o conde respondeu laconicamente. – Minha irmã está indisposta.

– Lady Sephrenia é muito competente nas artes da cura – Bevier pressionou.

– A doença de minha irmã não é suscetível a curas. – O tom na voz do conde insinuava um ponto final.

– Isso é o suficiente, Bevier – Sparhawk falou ao jovem cirínico, soando como uma ordem.

Bevier corou e levantou-se de sua cadeira, dirigindo-se para o canto oposto do cômodo.

– O jovem parece contrariado – o conde observou.

– O menestrel Arbele disse a ele algumas coisas acerca de sua casa – Tynian falou abertamente. – Bevier é arciano, e eles são um povo emotivo.

– Entendo – o nobre melancólico respondeu. – Posso imaginar o tipo de contos desvairados que Arbele está relatando. Com sorte, poucos acreditarão nele.

– Temo que o senhor esteja equivocado, milorde – Sephrenia discordou. – Os contos de Arbele são um sintoma de uma desordem que turva sua racionalidade, e essa desordem é infecciosa. Pelo menos por algum tempo, todos aqueles que Arbele encontrar irão aceitar o que ele diz como uma verdade absoluta.

– Vejo que os braços de minha irmã se alongaram.

De algum lugar no interior da casa ouviu-se um guinchado horrendo, seguido por risos e mais risos completamente insanos.

– Sua irmã? – Sephrenia perguntou com gentileza.

Ghasek anuiu com a cabeça, e Sparhawk pôde ver que os olhos do nobre estavam cheios de lágrimas.

– O mal dela não é físico?

– Não.

– Deixemos isso de lado, cavalheiros – Sephrenia falou aos cavaleiros. – O assunto é doloroso para o conde.

– A madame é muito gentil – Ghasek disse com gratidão. Ele suspirou, então emendou: – Diga-me, Sirs Cavaleiros, o que os traz até esta melancólica floresta?

– Viemos com o explícito propósito de vê-lo, milorde – Sparhawk informou.

– A mim? – O conde parecia surpreso.

– Estamos em uma busca, conde Ghasek. Procuramos o lugar do descanso final do rei Sarak de Thalesia, que caiu durante a invasão zemoch.

– O nome me é vagamente familiar.

– Pensei que este seria o caso. Um curtumeiro na cidade de Paler, um homem chamado Berd...

– Sim, eu o conheço.

– Bem, ele nos contou sobre a crônica que o senhor está compilando.

Os olhos do conde se iluminaram, trazendo vida a seu rosto pela primeira vez desde que eles haviam entrado no cômodo.

– O trabalho de toda uma vida, Sir Sparhawk.

– Foi o que entendi, milorde. Berd nos contou que sua pesquisa foi deveras exaustiva.

– Berd pode ter sido muito generoso nesse quesito. – O conde sorriu com modéstia. – Consegui, entretanto, reunir *grande parte* do folclore da região norte de Pelosia e até o de algumas partes de Deira. A invasão de Otha foi muito mais extensa do que se acredita normalmente.

– Sim, foi o que descobrimos. Com sua permissão, gostaríamos de examinar suas crônicas para descobrir pistas que nos levem ao lugar onde o rei Sarak foi enterrado.

– Com certeza, Sir Sparhawk, e irei ajudá-lo pessoalmente, mas já é tarde, e minhas crônicas são pesadas. – Ele sorriu, como que se censurando. – Quando começo, posso ficar acordado a noite toda. Perco a noção do tempo uma vez que mergulho naquelas páginas. Creio que seja melhor aguardarmos até a manhã antes de iniciarmos.

– Como o senhor quiser, milorde.

Então Occuda entrou trazendo uma grande caçarola cheia de um cozido de molho espesso e uma pilha de pratos.

– Eu a alimentei, mestre – ele disse em voz baixa.

– Houve alguma mudança? – o conde perguntou.

– Não, mestre. Temo que não.

O conde suspirou e seu rosto se tornou melancólico mais uma vez.

As habilidades culinárias de Occuda pareciam ser limitadas. O cozido que ele serviu era, no máximo, razoável, mas o conde estava tão imerso em seus estudos que aparentava ser indiferente ao que era colocado à sua frente.

Depois de comer, o conde deu boa-noite a todos e Occuda os conduziu escada acima e por um longo corredor em direção aos quartos que ele havia preparado. Conforme se aproximaram dos aposentos, eles ouviram os guinchos da mulher louca mais uma vez. Bevier suprimiu o choro.

– Ela está sofrendo – ele disse em voz angustiada.

– Não, Sir Cavaleiro – Occuda discordou. – Ela está completamente insana, e as pessoas nessa condição não conseguem compreender suas circunstâncias.

– Eu gostaria de saber como um criado se tornou especialista em doenças da mente.

– Já chega, Bevier – Sparhawk falou a ele.

– Não, Sir Cavaleiro – Occuda insistiu. – A pergunta de seu amigo é pertinente. – Ele se virou para Bevier. – Quando eu era jovem, fui monge. Minha ordem se devotava a cuidar dos enfermos. Uma de nossas abadias foi convertida em hospício para loucos, e era lá onde eu servia. Tive muita experiência com os insanos. Acredite em mim quando lhe digo que lady Bellina está louca além de qualquer esperança.

Bevier parecia menos seguro de si, mas então sua expressão endureceu novamente.

– Não acredito em você – ele redarguiu.

– Isso é seu direito, Sir Cavaleiro – Occuda disse. – Este será seu quarto. – Ele abriu a porta. – Durma bem.

Bevier entrou no cômodo e bateu a porta atrás de si.

– Você sabe que, assim que a casa ficar em silêncio, ele sairá em busca da irmã do conde, não sabe? – Sephrenia murmurou.

– Você provavelmente está certa – Sparhawk concordou. – Occuda, há alguma maneira de trancar aquela porta?

O imenso pelosiano anuiu com a cabeça.

– Posso passar uma corrente, milorde – ele falou.

– É melhor fazer isso. Não queremos que Bevier perambule pelos corredores no meio da noite. – Sparhawk pensou por alguns instantes. – Acho melhor também montarmos guarda na frente de seu quarto – ele disse aos outros. – Ele está com o machado lochaber, e, se ficar desesperado o suficiente, é capaz de tentar derrubar a porta.

– Essa situação pode ficar um pouco complicada, Sparhawk – Kalten comentou, cheio de dúvidas. – Não queremos machucá-lo, mas não queremos que ele venha contra nós com aquele machado horrível.

– Se ele tentar sair, teremos de dominá-lo – Sparhawk insistiu.

Occuda mostrou aos outros seus respectivos aposentos e Sparhawk foi o último.

– Isso é tudo, Sir Cavaleiro? – o servente perguntou educadamente, conforme eles entravam.

– Fique um pouco, Occuda – pediu Sparhawk.

– Sim, milorde.

– Sabia que eu já o vi antes?

– Eu, milorde?

– Estive em Chyrellos há algum tempo, e Sephrenia e eu estávamos observando uma casa que pertencia a alguns styricos. Nós o vimos entrar na casa acompanhando uma mulher. Era lady Bellina?

Occuda suspirou e concordou com a cabeça.

– Você sabe – Sparhawk disse –, foi o que aconteceu naquela casa que a deixou louca.

– Era o que eu suspeitava.

– Será que você poderia me contar toda a história? Não quero incomodar o conde com perguntas dolorosas, mas temos de nos livrar da obsessão de Sir Bevier.

– Entendo, milorde. Minha lealdade se deve primeiro ao conde, mas talvez o senhor *deva* saber os detalhes. Dessa forma, pelo menos, os senhores podem ser capazes de se defender daquela louca. – Occuda se sentou, seu rosto sulcado denotando tristeza. – O conde é um erudito, Sir Cavaleiro, e com frequência fica longe de casa por longos períodos, perseguindo as histórias que ele tem coletado por décadas. Sua irmã, lady Bellina, é... ou era... uma mulher simples e atarracada de meia-idade, com poucas chances de conseguir um marido. Esta casa é remota e isolada, e Bellina sofria com a solidão e com o tédio. No inverno passado, ela implorou a permissão do conde para visitar suas amigas em Chyrellos, e ele consentiu desde que eu a acompanhasse.

– Estive me perguntando como ela havia chegado lá – Sparhawk disse, sentando-se na beira da cama.

– De todo modo – Occuda continuou –, as amigas de Bellina em Chyrellos são damas frívolas e inconsequentes, e encheram os ouvidos de milady com histórias sobre uma casa styrica onde a juventude e a beleza de uma mulher podiam ser recobradas pela magia. Bellina se inflamou com um desejo selvagem de visitar tal casa. Às vezes, mulheres fazem coisas por motivos estranhos.

– Ela de fato ficou mais jovem?

– Não me permitiram acompanhá-la ao cômodo onde o mago styrico se encontrava, então não sei dizer o que aconteceu lá, mas, quando ela saiu, mal pude reconhecê-la. Ela tinha o corpo e o rosto de uma garota de dezesseis anos de idade, mas seus olhos eram temíveis. Como eu disse a seu amigo, já cuidei de pessoas insanas, portanto reconheci os sinais. Arrumei as coisas dela e a trouxe de volta para cá, com a esperança de poder tratá-la aqui. O conde estava ausente, em uma de suas jornadas, logo não havia como ele saber o que começou a suceder depois que chegamos aqui.

– E o que foi?

Occuda estremeceu.

– Foi horrível, Sir Cavaleiro – ele falou com a voz enojada. – De alguma forma ela era capaz de dominar completamente os outros criados. Era como se eles não fossem capazes de resistir a seus comandos.

– Todos, exceto você?

– Creio que talvez o fato de eu já ter sido monge tenha me protegido... ou isso ou ela não achava que eu valia a pena.

– O que exatamente ela fez? – Sparhawk perguntou.

– O que quer que ela tenha encontrado naquela casa em Chyrellos era totalmente do mal, Sir Cavaleiro, e a possuiu por completo. De noite, ela enviava os criados que eram seus escravos para as vilas nas adjacências, e eles sequestravam servos inocentes para ela. Descobri mais tarde que ela tinha montado uma câmara de tortura no porão dessa casa. Ela se refestelava em sangue e agonia. – O rosto de Occuda se transformou em um esgar de repulsa. – Sir Cavaleiro, ela comia carne humana e banhava seu corpo nu em sangue humano. Eu a vi com meus próprios olhos.

Ele fez uma pausa, então continuou:

– Foi há menos de uma semana que o conde retornou ao castelo. Era tarde da noite quando ele chegou, e ele havia me mandado ao porão para buscar uma garrafa de vinho, apesar de raramente beber algo além de água. Quando eu estava lá embaixo, ouvi o que parecia ser um grito. Fui investigar e abri a porta para a câmara secreta de Bellina. Deus, gostaria de nunca ter feito isso! – Ele cobriu o rosto com as mãos, e um soluço choroso lhe escapou. – Ela estava nua – Occuda prosseguiu, depois de recuperar sua compostura –, e havia acorrentado uma serva sobre uma mesa. Sir Cavaleiro, ela estava retalhando a pobre garota enquanto ainda estava viva e enfiava os pedaços de carne em sua própria boca! – Occuda fez um som de quem ia vomitar, então cerrou os dentes.

Sparhawk não soube dizer o que o impeliu a fazer a pergunta:

– Ela estava sozinha lá dentro?

– Não, milorde. Os criados que eram seus escravos também estavam lá, lambendo o sangue das pedras ensopadas. E... – o homem de maxilar protuberante hesitou.

– Continue.

– Não posso jurar a respeito disso, milorde. Minha mente estava vacilante, mas me pareceu que no fundo da câmara havia uma figura encapuzada toda vestida de negro, e sua presença gelou minha alma.

– Você poderia me dar algum detalhe sobre essa figura? – Sparhawk indagou.

– Alta, muito magra e totalmente envolta em um manto negro.

– E? – Sparhawk pressionou, sabendo com certeza gélida o que viria a seguir.

– O aposento estava escuro, milorde – Occuda se desculpou –, exceto pelas chamas com as quais Bellina esquentava seus instrumentos de tortura; mas, daquele canto nos fundos, pareceu-me vir um brilho esverdeado. Isso é de alguma forma significante?

– Pode ser – Sparhawk respondeu com austeridade. – Prossiga com sua história.

– Corri para informar o conde. De início, ele se recusou a acreditar em mim, mas o forcei a ir até o porão comigo. A princípio pensei que ele iria matá-la quando viu o que Bellina estava fazendo. Quisera Deus que tivesse feito isso. Ela começou a guinchar quando o viu no vão da porta e tentou atacá-lo com a faca que estivera usando para cortar a serva, mas lutei para tirar a arma dela.

– Foi então que ele a trancou na torre? – Sparhawk estava abalado pela terrível história.

– Na verdade, isso foi ideia minha – Occuda disse com gravidade. – No hospício onde servi, os mais violentos sempre eram confinados. Arrastamo-la até a torre e tranquei a porta com correntes. Ela ficará lá pelo resto da vida se eu puder garantir isso.

– O que aconteceu com os outros criados?

– No começo, tentaram libertá-la, e tive de matar vários deles. Então, ontem, o conde ouviu alguns deles contando uma história desvairada para aquele menestrel tolo, e me instruiu enxotar a todos do castelo. Eles caminharam a esmo do lado de fora do portão por algum tempo, e depois todos fugiram.

– Havia algo estranho neles?

– Todos estavam com o rosto inexpressivo – Occuda respondeu –, e os que matei não emitiram nem um som.

– Era o que eu temia. Já encontramos isso antes.

– O que aconteceu com ela naquela casa, Sir Cavaleiro? O que a deixou louca?

– Você recebeu treinamento como monge, Occuda – Sparhawk disse –, então é provável que tenha tido alguma instrução teológica. Você reconhece o nome Azash?

– O Deus dos zemochs?

– Esse mesmo. Os styricos naquela casa em Chyrellos eram zemochs, e agora Azash possui a alma de lady Bellina. Há alguma forma de ela escapar daquela torre?

– Absolutamente impossível, milorde.

– De algum jeito ela foi capaz de infectar aquele menestrel, e ele contaminou Bevier.

– Ela não poderia ter saído da torre, Sir Cavaleiro – Occuda assegurou com firmeza.

– Precisarei falar com Sephrenia – Sparhawk murmurou. – Obrigado por ser tão honesto, Occuda.

– Eu lhe contei tudo isso com a esperança de que o senhor possa ajudar o conde. – Occuda se pôs de pé.

– Faremos o possível.

– Obrigado. Vou fechar a porta do quarto de seu amigo com correntes. – Ele começou a seguir até a porta, então se virou. – Sir Cavaleiro – ele disse em tom sombrio –, o senhor acha que eu deveria matá-la? Não seria melhor?

– Talvez chegue a esse ponto, Occuda – Sparhawk falou com franqueza –, e, se você o fizer, terá de cortar a cabeça dela. Caso contrário, Bellina poderá se erguer novamente.

– Posso fazer isso se houver necessidade. Tenho um machado e farei qualquer coisa para poupar o conde de mais sofrimentos.

Sparhawk colocou uma mão no ombro do serviçal, reconfortando-o.

– Você é um homem bom e verdadeiro, Occuda – ele disse. – O conde tem sorte de tê-lo a seus serviços.

– Obrigado, milorde.

Sparhawk retirou a armadura e seguiu pelo corredor até a porta de Sephrenia.

– Sim? – ela indagou em resposta à batida.

– Sou eu, Sephrenia – o pandion disse.

– Entre, meu querido – ela falou.

Ele adentrou o cômodo.

– Tive uma conversa com Occuda – ele informou.

– E?

– Ele me explicou o que tem acontecido por aqui. Não tenho certeza de que você gostará de ouvir.

– Para ser capaz de curar Bevier, temo que precisarei ouvir.

– Estávamos certos – Sparhawk começou. – A pelosiana que vimos entrar naquela casa zemoch em Chyrellos era a irmã do conde.

– Eu tinha certeza disso. O que mais?

De modo sucinto, Sparhawk repetiu o que Occuda havia lhe contado, evitando ser fiel às partes mais explícitas.

– É consistente – ela falou de modo quase analítico. – Essa forma de sacrifício é uma parte da adoração a Azash.

– Tem mais – Sparhawk contou. – Quando entrou na câmara no porão, Occuda viu uma figura sombria em um dos cantos. Estava encapuzada, envolta em um manto e sua face emitia um brilho esverdeado.

Ela inspirou rispidamente.

– Será que Azash poderia ter mais de um Rastreador por aí? – Sparhawk questionou.

– Com um Deus Ancião, tudo é possível.

– Não poderia ser o mesmo – ele argumentou. – Nada pode estar em dois lugares ao mesmo tempo.

– Como eu disse, meu querido: com um Deus Ancião, tudo é possível.

– Sephrenia – ele falou com a voz tensa –, odeio admitir, mas tudo isso está começando a me assustar um pouco.

– E a mim também, querido Sparhawk. Mantenha a lança de Aldreas perto de si. O poder da Bhelliom pode ser capaz de te proteger. Agora vá para a cama. Preciso pensar.

– Você me abençoaria antes de eu dormir, mãezinha? – ele pediu, caindo de joelhos. De repente, ele se sentiu uma pequena criança impotente. Beijou as palmas das mãos da styrica.

O CAVALEIRO DE RUBI

– Com todo o meu coração, meu querido – ela respondeu, envolvendo a cabeça do cavaleiro em seus braços e o puxando para perto de si. – Você é o melhor de todos, Sparhawk – ela falou –, e, se for forte, nem mesmo os portões do Inferno poderão prevalecer contra ti.

Ao mesmo tempo que ele se levantou, Flauta deslizou de sua cama e foi até ele com seriedade. De súbito, Sparhawk sentiu que era incapaz de se mover. A garotinha tomou seus pulsos com um toque suave, ao qual ele era incapaz de resistir. Ela virou as mãos do pandion e, com gentileza, levou os lábios a cada uma das palmas, e seus beijos queimavam o sangue do cavaleiro como fogo sagrado. Abalado, Sparhawk deixou o quarto sem dizer mais palavras.

Ele teve um sono inquieto, acordando com frequência e se mexendo incomodamente em sua cama. A noite parecia interminável, e o ribombar dos trovões sacudia as fundações do castelo. A chuva que a tempestade trouxera atacava a janela do quarto no qual Sparhawk tentava dormir, e a água corria em torrentes a partir das telhas para martelar as pedras do pátio central. Era bem depois da meia-noite quando ele finalmente desistiu. O pandion afastou as cobertas e se sentou taciturno na beirada da cama. O que eles iriam fazer com Bevier? Ele sabia que a fé do arciano era forte, mas o cavaleiro cirínico não possuía a vontade de ferro de Occuda. Ele era jovem e ingênuo, e tinha aquela paixão natural a todos os arcianos. Bellina poderia usar isso em vantagem própria. Mesmo que Sephrenia livrasse Bevier de sua compulsão obsessiva, que garantias eles tinham de que Bellina não seria capaz de restabelecê-la quando bem entendesse? Apesar de estremecer diante de tal ideia, Sparhawk foi forçado a admitir que a opção que Occuda havia sugerido poderia ser a única disponível a eles.

Então, de súbito, ele foi quase tomado por uma sensação de pavor. Algo demasiadamente malévolo estava por perto. Ele se levantou da cama, procurando sua espada na escuridão. Em seguida foi até a porta e a abriu.

O corredor do lado de fora de seu quarto estava mal iluminado por uma única tocha. Kurik estava sentado, cochilando à porta do aposento de Bevier, mas, além dele, a passagem estava vazia. Então a porta de Sephrenia se abriu e ela saiu apressada, com Flauta logo atrás de si.

– Você também sentiu? – a styrica indagou.

– Sim. Você pode localizar sua fonte?

A styrica apontou para a porta de Bevier.

– Está ali dentro.

– Kurik – Sparhawk disse, tocando o ombro de seu escudeiro.

Os olhos de Kurik se abriram de imediato.

– Qual o problema? – ele perguntou.

– Tem algo lá dentro, com Bevier. Tome cuidado. – Sparhawk soltou a corrente de Occuda, puxou o trinco e vagarosamente empurrou a porta.

O cômodo estava repleto de uma luz nefasta. Bevier jazia em sua cama, se revirando, e sobre ele pairava a forma enevoada e brilhante de uma mulher nua. Sephrenia inspirou bruscamente.

– Súcubo – ela sussurrou e, de imediato, começou a entoar um encantamento, gesticulando rapidamente para Flauta. A garotinha ergueu seu instrumento musical até os lábios e começou a tocar uma melodia tão complexa que Sparhawk não conseguiu nem começar a acompanhá-la.

A mulher à beira da cama brilhava e era indescritivelmente bela, mas, quando se virou para a porta, encolheu os lábios revelando presas gotejantes. Ela sibilou para eles com desdém e o som parecia sobreposto a um estridular de um inseto, mas a figura brilhante parecia incapaz de se mexer. O feitiço continuava e o súcubo começou a guinchar, segurando a própria cabeça. A música de Flauta ficou mais inflexível, e a encantação de Sephrenia aumentou em volume. O súcubo passou a se contorcer, berrando imprecações tão vis que Sparhawk se retraiu. Então Sephrenia ergueu uma mão e falou, surpreendentemente em elênico, não em styrico.

– Retorne ao local de onde vieste – ela ordenou –, e não apareças novamente esta noite!

O súcubo desapareceu com um uivo desarticulado de frustração, deixando do para trás o terrível odor de decomposição e de perversidade.

Capítulo 15

– Como ela conseguiu sair daquela torre? – Sparhawk perguntou em voz baixa. – Há apenas uma porta, e Occuda a fechou com uma corrente.

– Ela não saiu – Sephrenia respondeu distraidamente, com o cenho franzido. – Eu só vi isso acontecendo uma vez – ela acrescentou. Então esboçou um sorriso oblíquo. – Tivemos sorte de eu me lembrar do feitiço.

– Isso não faz sentido algum, Sephrenia – Kurik falou. – Ela estava bem ali.

– Na verdade, ela não estava. O súcubo não é de carne e osso. É o espírito de quem o envia. O corpo de Bellina ainda está confinado naquela torre, mas seu espírito ronda os corredores desta casa melancólica, infectando a todos que ele toca.

– Então Bevier está perdido, não está? – Sparhawk perguntou com austeridade.

– Não. Consegui até mesmo libertá-lo parcialmente da influência de Bellina. Se eu agir rápido, posso limpar sua mente por completo. Kurik, vá achar Occuda. Preciso fazer algumas perguntas a ele.

– Imediatamente – o escudeiro respondeu, saindo pela porta.

– Ela não vai voltar amanhã de noite e infectar Bevier outra vez? – Sparhawk perguntou.

– Acho que há uma forma de prevenir isso, mas tenho de questionar Occuda para ter certeza. Não fale tanto, Sparhawk. Tenho que pensar. – Ela se sentou na cama, colocando distraidamente a mão na testa de Bevier. Ele se contorceu, irrequieto. – Ora, pare com isso – Sephrenia brigou com o cirínico adormecido. Ela murmurou algumas palavras em styrico e o jovem arciano caiu em seu travesseiro de súbito.

Sparhawk aguardou com nervosismo enquanto a pequena styrica ponderava a situação. Vários minutos depois, Kurik retornou com Occuda. Sephrenia se pôs de pé.

– Occuda – ela começou, mas pareceu mudar de ideia. – Não – ela disse quase como se para si mesma. – Há uma maneira mais rápida. Preste atenção no que quero que você faça. Quero que pense novamente no momento em que abriu a porta no porão... apenas no momento em que você a abriu. Não se fixe na lembrança do que Bellina estava fazendo.

– Não compreendo a senhora, milady – Occuda falou.

– Você não precisa entender. Apenas faça isso. Não temos muito tempo. – Ela sussurrou por alguns instantes em styrico para si mesma e então tocou a testa desgrenhada do criado. Ela teve de ficar na ponta dos pés. – Por que vocês são tão altos? – ela reclamou. Manteve os dedos levemente pressionados contra a testa de Occuda por um momento e então exalou explosivamente. – Bem como eu pensava – ela disse, exultante. – *Tinha* de estar lá. Occuda, onde o conde se encontra neste exato instante?

– Creio que ele ainda esteja no cômodo central, senhora. Ele normalmente lê durante boa parte da noite.

– Bom. – Ela olhou para a cama e estalou os dedos. – Bevier, levante-se.

O arciano se pôs de pé de modo rígido, com os olhos baços.

– Kurik – ela falou –, você e Occuda o ajudem. Não o deixem cair. Flauta, volte para a cama. Não quero que você veja isso.

A menininha anuiu com a cabeça.

– Acompanhem-me, cavalheiros – Sephrenia disse incisivamente. – Não temos muito tempo à nossa disposição.

– O que exatamente estamos fazendo? – Sparhawk indagou conforme a seguia pelo corredor. Para uma pessoa pequena, ela se movia bem rápido.

– Não temos tempo para explicações – ela falou. – Precisamos da permissão do conde para ir até o porão... e de sua presença, temo.

– O porão? – Sparhawk estava perplexo.

– Não faça perguntas tolas, Sparhawk. – A mulher parou e olhou de modo crítico para o pandion. – Eu disse para você manter suas mãos naquela lança – ela ralhou. – Agora volte até seu quarto e pegue-a.

Ele jogou as mãos para o alto, desconsolado, e deu meia-volta.

– Corra, Sparhawk – ela gritou enquanto o cavaleiro se afastava.

O pandion os alcançou conforme eles entravam pela porta que levava às escadas que conduziam ao profundo cômodo central do castelo. O conde Ghasek ainda estava sentado, inclinado sobre seu livro sob a luz vacilante da vela. As chamas na lareira haviam se tornado meras brasas, e o vento da tempestade do lado de fora uivava de tempos em tempos pela chaminé.

– O senhor vai prejudicar seus olhos, milorde – Sephrenia disse a ele. – Coloque seu livro de lado. Temos coisas a fazer.

Ele a encarou com surpresa.

– Tenho de lhe pedir um favor, milorde.

– Um favor? É claro, madame.

– Não concorde com tanta rapidez, conde Ghasek... pelo menos não até saber o que irei lhe pedir. Há um aposento no porão de sua casa. Tenho de visitá-lo com Sir Bevier, e é preciso que o senhor nos acompanhe. Se formos ágeis o suficiente, poderei curar Bevier e livrar esta casa de sua maldição.

Ghasek olhou para Sparhawk, completamente perplexo.

– Ela é assim sempre? – o conde perguntou, colocando-se de pé.

– Com frequência.

– O tempo está passando, cavalheiros – Sephrenia disse, batendo com impaciência o pé no chão.

– Acompanhem-me, então – o conde falou, desistindo. Ele os conduziu escada acima e pelo corredor drapeado de teias de aranha. – A entrada para o porão é por aqui. – Ele apontou para um corredor lateral estreito e logo tomou a dianteira outra vez. Pegou uma grande chave de ferro de debaixo do seu gibão e destrancou a porta estreita. – Precisaremos de luz – ele disse.

Kurik tomou uma tocha de seu anel na parede e a entregou ao nobre.

O conde ergueu a tocha e prosseguiu por uma longa sucessão de estreitos degraus de pedra. Occuda e Kurik davam apoio para o sonolento Bevier a fim de evitar que ele caísse conforme desciam. No pé da escada, o conde virou para a esquerda.

– Um de meus ancestrais se considerava um *connaisseur* de bons vinhos – ele explicou, apontando para barris empoeirados e garrafas que descansavam em prateleiras de madeira a alguma distância na escuridão, à medida que eles andavam. – Eu mesmo não tenho um bom paladar para vinhos, portanto raramente venho a este lugar. Foi por acaso que decidi enviar Occuda até aqui embaixo certa noite, e ele deparou com aquele cômodo terrível.

– Isso não será muito agradável para o senhor, milorde – Sephrenia o avisou. – Talvez queira aguardar do lado de fora.

– Não, madame – ele falou. – Se a senhora pode enfrentar, eu também posso. Agora é apenas um aposento. O que aconteceu lá dentro está no passado.

– É o passado que pretendo ressuscitar, milorde.

O conde virou-se bruscamente para olhar na direção da styrica.

– Sephrenia é adepta dos segredos – Sparhawk explicou. – Ela pode fazer várias coisas.

– Eu já tinha ouvido falar em pessoas assim – o conde admitiu –, mas há poucos styricos em Pelosia; portanto, nunca vi tais artes sendo executadas.

– O senhor pode desejar não ver, milorde – ela o avisou com um tom de voz ominoso. – É necessário que Bevier testemunhe todas as perversões de sua irmã para que ele seja curado da obsessão. Sua presença é necessária por ser o proprietário da casa, mas, se o senhor ficar do lado de fora, já será o bastante.

– Não, madame, testemunhar o que aconteceu aqui pode fortalecer minhas decisões. Se minha irmã não puder ser contida pelo confinamento, é provável que medidas mais extremas sejam necessárias.

– Vamos torcer para que não chegue a tanto.

– Esta é a porta para o cômodo – disse o conde, apanhando outra chave. Ele a destrancou e a escancarou. O odor enjoativo de sangue e carne em estado de putrefação varreu-os como uma onda.

Sob a luz vacilante da tocha, Sparhawk percebeu de imediato o porquê desta câmara ter inspirado tanto horror. Uma roda de tortura ficava bem no centro do cômodo, cujo chão estava manchado de sangue, e das paredes pendiam ganchos brutais. O cavaleiro estremeceu quando viu que muitos ainda tinham pedaços enegrecidos de carne presos a eles. Em uma das paredes estavam pendurados os repulsivos instrumentos dos torturadores: facas, tenazes, ferretes e ganchos com pontas afiadas. Também havia torniquetes e uma bota de ferro, bem como uma variedade de chicotes.

– Isso pode levar algum tempo – Sephrenia disse –, e temos de completar esta tarefa antes do amanhecer. Kurik, pegue a tocha e sustente-a o mais alto que puder sobre sua cabeça. Sparhawk, segure a lança com firmeza e fique preparado. Algo pode tentar interferir. – Ela tomou o braço de Bevier e o conduziu até a roda. – Muito bem, Bevier – ela falou –, acorde.

Bevier piscou e olhou ao redor, confuso.

– Que lugar é este? – ele perguntou.

– Você está aqui para observar, não para falar, Bevier – ela disse de modo ríspido. Ela começou recitar em styrico, seus dedos se movendo rapidamente no ar à sua frente. Então ela apontou para a tocha e lançou o feitiço.

De início, nada aconteceu, mas então Sparhawk viu um movimento indistinto perto da roda cruel. A princípio a figura era difusa e indistinta, mas em seguida a chama da tocha se ergueu e ele pôde ver com mais clareza. Era a forma de uma mulher, e ele reconheceu seu rosto. Era a pelosiana que ele vira emergindo da casa styrica em Chyrellos. Seu semblante também era o do súcubo que havia pairado sobre a cama de Bevier pouco antes, naquela mesma noite. Ela estava nua, e sua face, exultante. Em uma mão ela segurava uma faca longa e brutal; na outra, um gancho. Gradualmente, outra figura começou a aparecer, amarrada na roda de tortura. A segunda figura aparentava ser uma serva, a julgar por seus trajes. O rosto da menina estava contorcido em uma expressão de terror inimaginável, e ela lutava em vão contra suas amarras.

A mulher com a faca se aproximou da figura atada à roda e com lentidão deliberada começou a cortar as roupas de sua vítima. Após a serva ter sido despida, a irmã do conde passou, metodicamente, a lhe dilacerar a carne enquanto murmurava em um estranho dialeto styrico. A garota gritava, e a expressão de exultação cruel no rosto de lady Bellina estava fixa como uma máscara hedionda. Sparhawk viu com repulsa que seus dentes haviam sido lixados até ficarem pontiagudos. Ele se virou, incapaz de assistir a mais um segundo sequer, e então viu o rosto de Bevier. O arciano observava com horror descrente enquanto Bellina devorava a carne da garota.

Quando o suplício acabou, sangue escorria pelos cantos da boca de Bellina, e seu corpo estava todo salpicado de vermelho.

Então as imagens mudaram. Desta vez, a vítima era um homem, e ele se debatia em um dos ganchos que se projetavam da parede enquanto Bellina lhe retalhava o corpo em pequenos pedaços, vagarosamente, e os comia com deleite.

Uma após outra, a procissão de vítimas continuou. Bevier soluçava de tanto chorar e tentava cobrir os olhos com as mãos.

– Não! – Sephrenia disse severamente, puxando as mãos do cavaleiro para baixo. – Você deve assistir a tudo.

Sem parar, o horror prosseguiu conforme as vítimas sucumbiam à faca de Bellina. O pior eram as crianças. Sparhawk não era capaz de suportar.

E então, passada uma eternidade de sangue e de agonia, tudo acabou. Sephrenia olhou atentamente para o rosto de Bevier.

– O senhor sabe quem eu sou, Sir Cavaleiro? – ela perguntou ao cirínico.

– Claro – ele soluçou. – Por favor, lady Sephrenia, basta, eu lhe imploro.

– E quem é este homem? – Ela apontou para Sparhawk.

– Sir Sparhawk da Ordem Pandion, meu irmão cavaleiro.

– E este cavalheiro?

– Conde Ghasek, proprietário desta casa infeliz.

– E ele? – A styrica apontou para Occuda.

– É o serviçal do conde, um homem bom e honesto.

– E ainda é sua intenção libertar a irmã do conde?

– Libertá-la? Você está louca? Aquele demônio pertence às sendas mais profundas do inferno.

– Funcionou – Sephrenia disse a Sparhawk. – Já não teremos de matá-lo. – Havia um grande alívio na voz dela.

Sparhawk se retraiu por conta das implicações daquele comentário feito em um tom casual.

– Por favor, milady – Occuda disse com a voz trêmula –, já podemos sair deste local horrendo?

– Ainda não terminamos. Agora chegamos à parte perigosa. Kurik, leve a tocha até o fundo do cômodo. Vá com ele, Sparhawk, e esteja pronto para qualquer coisa.

O CAVALEIRO DE RUBI

Ombro a ombro, os dois andaram vagarosamente até o fundo da câmara. E então, sob a luz vacilante da tocha, eles viram um pequeno ídolo de pedra colocado em um nicho na parede. Era deformado de maneira grotesca e tinha uma face apavorante.

– O que é isso? – Sparhawk ofegou.

– Esse é Azash – Sephrenia respondeu.

– Ele realmente se parece com *isso*?

– Aproximadamente. Alguns aspectos dele são horríveis demais para qualquer escultor capturar.

O ar diante do ídolo pareceu oscilar, e uma figura alta e esquelética, vestindo um manto negro, apareceu subitamente entre a imagem de Azash e Sparhawk. O brilho verde que emanava de debaixo do capuz se intensificava cada vez mais.

– Não olhem para o rosto dele! – Sephrenia os avisou impetuosamente. – Sparhawk, deslize sua mão esquerda pela haste da lança até segurar a lâmina.

Ele compreendeu vagamente, e, quando sua mão alcançou o encaixe da lâmina, ele sentiu uma enorme onda de poder.

O Rastreador guinchou e se afastou do cavaleiro, e o brilho de sua face tremeluziu e começou a esmaecer. Impassível, pé ante pé, Sparhawk avançou em direção à criatura encapuzada segurando a lâmina da lança à sua frente, como uma faca. O Rastreador guinchou novamente e então desapareceu.

– Destrua o ídolo, Sparhawk – Sephrenia ordenou.

Ainda segurando a lança, ele estendeu a mão para a frente e pegou a estátua do nicho. Parecia ser terrivelmente pesada e era quente ao toque. Ele a ergueu sobre a cabeça e a arremessou no chão, estilhaçando-a em centenas de fragmentos.

De um local alto da casa veio um urro de desespero indescritível.

– Feito! – disse Sephrenia. – Agora sua irmã está impotente, conde Ghasek. A destruição da imagem do Deus dela a ceifou de todas as habilidades sobrenaturais, e creio que, quando o senhor olhar para ela, verá que Bellina recuperou a aparência que tinha antes de entrar na casa styrica em Chyrellos.

– Nunca serei capaz de agradecê-la o suficiente, lady Sephrenia – ele falou com gratidão.

– Aquilo era a mesma coisa que tem nos seguido? – Kurik questionou.

– Sua imagem – Sephrenia respondeu. – Azash a invocou quando percebeu que o ídolo estava em perigo.

– Mas, se era apenas uma imagem, ela não era realmente perigosa, era?

– Nunca cometa esse erro, Kurik. As imagens que Azash invoca são, por vezes, ainda mais perigosas do que as coisas reais. – Ela olhou ao redor com aversão. – Deixemos este lugar repulsivo – ela sugeriu. – Tranque a porta novamente, conde Ghasek... por ora. Mais tarde, talvez seja sábio erguer um muro para selar a entrada.

– Providenciarei isso – ele prometeu.

Voltaram pelos degraus estreitos e seguiram até o cômodo abobadado onde haviam encontrado o conde horas antes. Os outros já haviam se reunido ali.

– O que foi toda aquela gritaria terrível? – Talen perguntou. O rosto do garoto estava pálido.

– Temo que tenha sido minha irmã – o conde Ghasek respondeu com tristeza. Kalten pareceu hesitar, olhando para Bevier.

– É seguro falar sobre ela na frente dele? – o pandion loiro perguntou em voz baixa a Sparhawk.

– Ele está bem, agora – Sparhawk respondeu –, e lady Bellina perdeu seus poderes.

– Isso é um alívio. Eu não estava dormindo muito bem sob o mesmo telhado que ela. – Kalten olhou para Sephrenia e perguntou: – Como você conseguiu? Curar Bevier, quero dizer.

– Descobrimos como Bellina estava influenciando as pessoas – ela falou. – Há um feitiço que neutraliza temporariamente esse tipo de coisa. Em seguida, fomos até um cômodo no porão e completamos a cura. – Ela franziu o cenho. – Mas ainda há um problema – a styrica disse ao conde. – Aquele menestrel ainda está à solta. Ele está infectado, e é provável que os criados que o senhor expulsou daqui também estejam. Eles são capazes de infectar outros e podem retornar com um grande número de pessoas. Não posso ficar aqui para curar a todos. Nossa busca é importante demais para que nos atrasemos dessa forma.

– Contratarei homens armados – o conde declarou. – Tenho recursos suficientes para tanto, e fecharei os portões deste castelo. Caso seja necessário, matarei minha irmã para prevenir sua fuga.

– Talvez o senhor não tenha de chegar a esse ponto, milorde – Sparhawk falou, lembrando-se de algo que Sephrenia havia dito no porão. – Vamos examinar essa torre.

– O senhor tem um plano, Sir Sparhawk?

– Não criemos falsas esperanças até que eu veja a torre.

O conde os levou para fora, até o pátio central. O pior da tempestade havia passado. Àquela altura, os relâmpagos faiscavam pelo céu oriental, e a chuva impiedosa havia diminuído para pancadas intermitentes que fustigavam as pedras do pátio.

– É aquela ali, Sir Sparhawk – o conde indicou, apontando para a porção sudeste do castelo.

Sparhawk tomou uma tocha da lateral da entrada, cruzou o pátio chuvoso e começou a examinar a torre. Era uma estrutura atarracada e arredondada, com cerca de 6 metros de altura e talvez 4,5 metros de diâmetro. Uma escadaria de pedra descrevia um meio círculo pela lateral que levava a uma porta sólida no topo, trancada com correntes. As janelas não passavam de fendas estreitas. Havia uma segunda porta na base da torre, que estava destrancada. Sparhawk a abriu e entrou. Aparentava ser uma despensa. Caixas e sacolas estavam empilhadas pelas paredes, e o cômodo parecia empoeirado e pouco usado. Ao contrário da torre, entretanto, o aposento não era redondo, mas semicircular. Botaréus se projetavam das paredes para sustentar o chão de pedra da câmara acima. Sparhawk anuiu com a cabeça, satisfeito, e voltou para o lado de fora.

– O que há atrás da parede desta despensa, milorde? – ele perguntou ao conde.

– Uma escada de madeira que vai até o topo, a partir da cozinha, Sir Sparhawk. Quando a torre precisava ser defendida, os cozinheiros podiam levar comida e bebida para os homens posicionados lá no topo. Occuda a usa para alimentar minha irmã.

– Os criados que o senhor expulsou sabiam desta escada?

– Apenas os cozinheiros sabiam, mas eles estavam entre aqueles que Occuda matou.

– Está ficando cada vez melhor. Há uma porta no topo dessa escada?

– Não. Apenas uma abertura estreita para empurrar a comida.

– Bom. A dama não se portou muito bem, mas não creio que qualquer um de nós queira matá-la de fome. – Ele olhou ao redor para os outros. – Cavalheiros – o pandion disse –, vamos aprender uma nova profissão.

– Não entendi, Sparhawk – Tynian admitiu.

– Agora nós vamos nos tornar pedreiros. Kurik, você sabe como assentar tijolos e pedras?

– Claro que sei, Sparhawk – Kurik falou, indignado. – Você deveria saber disso.

– Bom. Então você será o nosso mestre de obras. Cavalheiros, o que vou sugerir poderá chocá-los, mas não creio que tenhamos outra escolha. – Ele olhou para Sephrenia. – Se Bellina tiver a chance de sair dessa torre, ela provavelmente irá procurar zemochs ou o Rastreador. Eles seriam capazes de lhe devolver os poderes?

– Sim, tenho certeza de que conseguiriam.

– Não podemos permitir isso. Não quero que aquele porão seja usado daquela forma novamente.

– O que o senhor está propondo, Sir Sparhawk? – o conde perguntou.

– Vamos erguer um muro diante da porta no alto daquela escadaria – Sparhawk respondeu. – Então iremos destruir os degraus e usar as pedras para barrar a entrada na base da torre também. Em seguida, esconderemos a porta que liga a cozinha até a escadaria dentro da torre. Occuda ainda poderá alimentá-la, mas, se o menestrel e os criados conseguirem entrar no castelo, eles nunca descobrirão como chegar àquele quarto. Lady Bellina irá viver o resto de seus dias no lugar em que ela se encontra neste exato momento.

– Isso é uma coisa horrível de se sugerir, Sparhawk – Tynian disse.

– Você prefere matá-la? – Sparhawk perguntou sem rodeios.

O rosto de Tynian empalideceu.

– Então, estamos decididos. Vamos selá-la ali dentro.

O sorriso de Bevier era gélido.

– Perfeito, Sparhawk – ele falou. Então o arciano olhou para o conde. – Diga-me, milorde, de quais estruturas do interior de suas muralhas o senhor pode abrir mão?

O nobre lhe devolveu um olhar intrigado.

– Precisaremos de pedras de construção – Bevier explicou. – Muitas delas, creio eu. Quero que o muro diante daquela porta seja bem alto e espesso.

Capítulo 16

Eles tiraram suas armaduras e colocaram os trajes de trabalhadores comuns que Occuda providenciou, e foram ao trabalho. Colocaram abaixo uma porção da parede traseira dos estábulos, seguindo as orientações de Kurik. Occuda fez uma mistura de argamassa em um tonel largo, e eles começaram a carregar os blocos de pedra pela escadaria curva até a porta no topo da torre.

– Antes que os senhores comecem, cavalheiros – Sephrenia disse –, precisarei vê-la.

– Tem certeza? – Kalten perguntou. – Ela ainda pode ser perigosa, você sabe disso.

– É o que quero descobrir. Tenho quase certeza de que ela está impotente, mas é melhor me assegurar, e não posso fazer isso sem que a veja.

– E eu também gostaria de olhar para seu rosto uma última vez – o conde Ghasek acrescentou. – Não suporto o que ela se tornou, mas, antes, eu a amava.

Eles seguiram escada acima, e Kurik soltou a pesada corrente que prendia a porta com uma barra de aço. Então o conde tirou outra chave e destrancou a porta.

Bevier sacou sua espada.

– Isso é realmente necessário? – Tynian perguntou a ele.

– Pode ser – Bevier respondeu de modo austero.

– Muito bem, milorde – Sephrenia falou ao conde –, abra a porta.

Lady Bellina jazia logo à entrada. Seu rosto selvagemente contorcido estava repleto de papadas, e seu pescoço, enrugado. O cabelo emaranhado estava com mechas grisalhas e seu corpo nu arqueava-se em pregas repulsivas. Seus olhos estavam totalmente insanos, e ela afastou os lábios de seus dentes pontudos em um rosnado de ódio.

– Bellina – o conde começou com pesar, mas ela sibilou contra o nobre e avançou com os dedos flexionados como garras.

Sephrenia pronunciou uma única palavra, apontando um dedo em direção à mulher, e Bellina se afastou para trás como se tivesse sido atingida por um violento golpe. Ela uivou de frustração e tentou investir contra eles novamente, mas parou de súbito, arranhando o ar à sua frente como se atacasse algum muro que ninguém podia ver.

– Feche-a novamente, milorde – Sephrenia instruiu com tristeza. – Já vi o suficiente.

– Assim como eu – o conde respondeu com a voz embargada e os olhos cheios de lágrimas conforme fechava a porta. – Ela está irremediavelmente louca agora, não é?

– Por completo. Claro que já estava insana desde que deixou aquela casa em Chyrellos, mas agora ela está absolutamente perdida. – A voz de Sephrenia era cheia de piedade. – Não há nenhum espelho naquele aposento, há?

– Não. Isso seria alguma ameaça?

– Na verdade, não, mas pelo menos dessa forma ela não poderá ver a própria imagem. Isso seria cruel demais. – Ela fez uma pausa, pensativa. – Notei que há algumas ervas comuns por aqui. Há uma maneira de extrair seu sumo, e ele tem um efeito calmante. Falarei com Occuda e o instruirei para colocar na comida de Bellina. Não existe cura para ela, mas a mistura fará com que seja menos provável que sua irmã machuque a si mesma. Tranque a porta, milorde. Voltarei para o interior da casa enquanto os cavalheiros fazem o que é necessário. Avisem-me quando terminarem. – Flauta e Talen a seguiram conforme ela andava de volta para o castelo.

– Espere só um instante, mocinho – Kurik falou a seu filho.

– E agora, o que foi? – Talen disse.

– Você fica aqui.

– Kurik, eu não sei nada sobre assentar tijolos.

– Não precisa saber nada a esse respeito para carregar as pedras até lá em cima.

– Você não está falando sério!

Kurik levou a mão até seu cinto e Talen correu para a pilha de pedras cinzeladas na parte de trás do estábulo.

– Esse é um bom garoto – Ulath comentou. – Ele capta as coisas com facilidade.

Bevier insistiu em estar à frente do trabalho. O jovem cirínico assentava as pedras quase como em um frenesi.

– Mantenha-as niveladas – Kurik urrou para ele. – Essa estrutura será permanente, portanto faça um trabalho decente.

Apesar da situação, Sparhawk riu.

– Algo divertido, milorde? – Kurik perguntou com frieza.

– Não. Lembrei-me de algo, só isso.

– Você terá de compartilhar conosco mais tarde. Não fique aí parado, Sparhawk. Ajude Talen a carregar as pedras.

O rodapé sob o qual a porta estava instalada era bem espesso, uma vez que a torre fazia parte das fortificações do castelo. Eles construíram um muro emparelhado com a porta enquanto a irmã do conde gritava insanamente no interior e batia com selvageria contra a porta que eles estavam selando. Então eles começaram a erguer um segundo muro colado ao primeiro. Foi por volta do meio da manhã que Sparhawk entrou no castelo para avisar Sephrenia de que eles haviam acabado.

– Bom – ela disse. Os dois voltaram até o pátio. A chuva havia cessado àquela altura, e o céu estava começando a clarear. Sparhawk considerou isso um bom presságio. Ele conduziu Sephrenia pela escada que circundava a torre.

– Belo trabalho, cavalheiros – Sephrenia elogiou os outros, que estavam concluindo os arremates finais no muro que haviam erigido. – Agora, desçam daí. Tenho uma última coisa a fazer.

Eles marcharam para baixo e a pequena mulher terminou de subir. Ela começou a entoar em styrico. Quando lançou o feitiço, o muro recém-construído pareceu brilhar por um instante. Então o efeito desapareceu. Ela voltou a descer.

– Muito bem – ela falou –, vocês já podem derrubar a escadaria.

– O que você fez? – Kalten perguntou com curiosidade.

Ela sorriu.

– Seu trabalho saiu muito melhor do que você poderia imaginar, meu querido – Sephrenia respondeu. – O muro que vocês construíram está completamente inexpugnável agora. Aquele menestrel ou aqueles criados podem marretá-lo até ficarem velhos e grisalhos e sequer o arranharão.

Kurik, que havia subido outra vez os degraus, se inclinou para baixo na direção dos outros.

– O cimento está completamente seco – ele informou. – Em geral leva dias.

Sephrenia apontou para a porta na base da torre.

– Avisem-me quando terminarem esta aqui. Está um pouco úmido e frio aqui fora. Creio que voltarei para o castelo, onde está quente.

O conde, que havia ficado mais abatido pelo sepultamento necessário de sua irmã do que estava pronto a admitir, acompanhou a styrica de volta ao interior de seu castelo enquanto Kurik instruía seus trabalhadores improvisados em como deveriam proceder.

Custou a eles o resto do dia para derrubar a escadaria de pedra que levava à agora emparedada porta superior, bem como para selar a entrada na base da torre. Então Sephrenia apareceu, repetiu o processo e voltou para o castelo.

Sparhawk e os outros se dirigiram até a cozinha localizada em uma ala adjacente à torre.

Kurik considerou a pequena porta que levava à escadaria interna.

– E então? – Sparhawk perguntou ao escudeiro.

– Não me apresse, Sparhawk.

– Está ficando tarde, Kurik.

– Você quer fazer isso?

Sparhawk fechou a boca e observou Talen escapulir sem dizer nada. O garoto aparentava estar exausto, e Kurik era um superior impiedoso. Sparhawk, às vezes, era assim.

Kurik consultou Occuda por alguns instantes, então olhou para seus trabalhadores sujos de argamassa.

– Hora de aprender outra ocupação, cavalheiros – ele declarou. – Agora os senhores se tornarão carpinteiros. Vamos construir uma cristaleira a partir daquela porta. As dobradiças ainda funcionarão e posso confeccionar um ferrolho oculto. A porta ficará completamente escondida. – Ele pensou um pouco, inclinando a cabeça para ouvir os berros abafados que vinham lá de cima. – Acho que precisarei de alguns acolchoados, Occuda – ele falou, pensativo. – Vamos pregá-los do outro lado da porta para evitar que o barulho seja perceptível aqui.

– Boa ideia – Occuda concordou. – Sem os outros serviçais, gastarei um bom tempo neste lugar, e os gritos podem me dar nos nervos.

– Esse não é o único motivo, mas deixe para lá. Muito bem, cavalheiros, vamos ao trabalho. – Kurik escancarou um sorriso. – Ainda farei de vocês pessoas úteis.

Quando eles terminaram, a cristaleira era uma peça sólida. Kurik, de maneira deliberada, deixou uma mancha escura nela, então deu um passo para trás e examinou de maneira minuciosa seu trabalho em madeira.

– Encere esse móvel algumas vezes depois que essa mancha secar – ele falou para Occuda –, e, em seguida, desgaste-o um pouco. Talvez seja bom você arranhá-lo em alguns lugares e soprar um pouco de poeira nos cantos. Então, encha-o de porcelanas. Ninguém saberá que ele não estava aqui há um século ou mais.

– Esse é um bom homem que você tem contigo, Sparhawk – Ulath comentou. – Você não consideraria vendê-lo?

– A esposa dele me mataria – Sparhawk respondeu. – Além disso, não vendemos pessoas em Elenia.

– Não estamos *em* Elenia.

– Por que não voltamos àquele cômodo central?

– Ainda não, Sirs Cavaleiros – Kurik disse com firmeza. – Primeiro os senhores irão varrer a serragem do chão e guardar as ferramentas.

Sparhawk suspirou e foi procurar uma vassoura.

Depois de limpar a cozinha, eles se banharam para tirar a argamassa e a serragem do corpo, vestindo túnicas e calças, e voltaram ao amplo cômodo com o teto abobadado, onde encontraram o conde e Sephrenia conversando enquanto Talen e Flauta estavam sentados por perto. O garoto parecia estar ensinando a menininha a jogar damas.

– A aparência de vocês melhorou bastante, agora. – Sephrenia olhou para eles com aprovação. – Todos estavam bem sujos lá no pátio.

– Não dá para assentar pedras e tijolos sem se sujar da cabeça aos pés. – Kurik deu de ombros.

– Acho que fiquei com uma bolha – Kalten se queixou, olhando a palma de sua mão.

– É o primeiro trabalho honesto que ele faz desde que foi nomeado cavaleiro – Kurik disse ao conde. – Com um pouco de treino, daria um bom carpinteiro, mas temo que os outros ainda tenham um longo caminho pela frente.

– Como você escondeu a porta na cozinha? – o conde perguntou ao escudeiro.

– Construímos uma cristaleira diante dela, milorde. Occuda fará algumas modificações para que ela aparente ser velha e então a encherá de pratos. Nós a acolchoamos para abafar o som dos gritos de sua irmã.

– Ela ainda está gritando? – O conde suspirou.

– Isso não diminuirá com os anos, milorde – Sephrenia o informou. – Temo que Bellina gritará até o dia em que morrer. Quando ela se calar, o senhor saberá que tudo acabou.

– Occuda está preparando algo para comermos – Sparhawk falou ao conde. – Ele deve demorar algum tempo, portanto esta pode ser uma boa hora para vermos as crônicas que o senhor compilou.

– Excelente ideia, Sir Sparhawk – o conde concordou, levantando-se da cadeira. – A senhora nos dá licença, madame?

– É claro.

– Talvez a senhora queira nos acompanhar?

Ela riu.

– Ah, não, milorde. Eu não teria serventia alguma em uma biblioteca.

– Sephrenia não lê – Sparhawk explicou. – Creio que seja algo relacionado à sua religião.

– Não – ela discordou. – Tem a ver com linguagem, meu querido. Não quero me habituar a pensar em elênico. Pode interferir em alguma situação em que eu precise pensar, e falar, bem rápido em styrico.

– Bevier, Ulath, por que vocês não vêm comigo e com o conde? – Sparhawk sugeriu. – Com o seu conhecimento, creio que possam informar detalhes que ajudarão a localizar a história de que precisamos.

Eles voltaram pela escada e deixaram o salão. Os três cavaleiros seguiram o conde pelos corredores poeirentos do castelo até chegarem a uma porta na ala oeste. O nobre abriu a porta e os conduziu a um cômodo escuro. Ele vacilou ao redor de uma ampla mesa por um momento, pegou uma vela e voltou ao corredor para acendê-la em uma tocha que queimava do lado de fora.

O aposento não era espaçoso e estava abarrotado de livros guardados em prateleiras que iam do chão ao teto, ocupando as paredes.

– O senhor lê muito, milorde – Bevier disse.

– É o que os eruditos fazem, Sir Bevier. O solo desta região é pobre, exceto para fazer com que as árvores cresçam, e o cultivo de árvores não é uma atividade muito estimulante para um homem civilizado. – Ele olhou ao redor com afeição. – Estes são meus amigos – ele falou. – Temo que agora, mais que nunca, precisarei da companhia deles. Jamais poderei sair desta casa. Devo ficar aqui para guardar minha irmã.

– Os insanos não costumam viver por muito tempo, milorde – Ulath assegurou. – Depois de ficarem loucos, eles começam a negligenciar suas próprias necessidades. Tive uma prima que perdeu o juízo, certo inverno. Ela faleceu na primavera.

– É algo doloroso desejar a morte de um ente querido, Sir Ulath, mas, Deus me perdoe, é o que espero. – O conde afagou uma pilha de papéis soltos com cerca de trinta centímetros de altura, que jazia sobre a mesa. – O trabalho de minha vida, cavalheiros. – Ele se sentou. – Então, mãos à obra. O que estamos procurando, exatamente?

– O túmulo do rei Sarak de Thalesia – Ulath falou. – Ele não chegou ao campo de batalha em Lamorkand, portanto presumimos que tenha caído em alguma escaramuça aqui em Pelosia ou em Deira... a não ser que seu navio tenha se perdido no mar.

Sparhawk nunca havia pensado nisso. A possibilidade de a Bhelliom estar no fundo do Estreito de Thalesia ou do Mar de Pelos congelou seu sangue.

– O senhor poderia se estender um pouco mais? – o conde pediu. – Para qual margem do lago o rei se dirigia? Separei minhas crônicas por distritos para dar a elas alguma organização.

– É bem provável que o rei Sarak estivesse seguindo para o lado leste – Bevier respondeu. – Foi lá que o exército thalesiano confrontou os zemochs.

– E há alguma pista sobre onde o navio atracou?

– Nenhuma que tenhamos ouvido – Ulath admitiu. – Fiz algumas suposições, mas meus cálculos podem estar errados em cerca de 480 quilômetros. Sarak poderia ter navegado a algum porto na costa norte, mas navios thalesianos não costumam fazer isso. Em alguns locais, temos a fama de ser piratas, e Sarak poderia ter querido evitar perguntas tediosas e simplesmente conduzido sua proa até alguma praia deserta.

– Isso dificulta um pouco – murmurou o conde Ghasek. – Se soubéssemos onde ele atracou, eu poderia dizer os distritos pelos quais passou. A tradição thalesiana oferece alguma descrição do rei?

– Não em muitos detalhes – Ulath explicou –, apenas que ele tinha cerca de 2,15 metros de altura.

– Isso ajuda um pouco. A população comum provavelmente não sabia seu nome, mas um homem desse tamanho seria lembrado. – O conde começou a folhear seu manuscrito. – Ele poderia ter atracado na costa norte de Deira? – o nobre perguntou.

– É possível, mas pouco provável – Ulath disse. – As relações entre Deira e Thalesia estavam um pouco abaladas naquela época. Sarak não iria se colocar em uma posição na qual pudesse ser capturado.

– Comecemos, então, pelas cercanias do porto de Apalia. A rota mais curta para a margem leste do lago Randera seria passando pelo sul daquele local. – Ele começou a folhear as páginas na frente deles. O conde franziu a testa. – Não parece haver nada de útil por aqui – ele falou. – Qual o tamanho da comitiva do rei?

– Não eram muitos – Ulath ribombou. – Sarak deixou Emsat às pressas, levando apenas alguns guerreiros fiéis consigo.

– Todos os registros que recolhi em Apalia mencionam grandes destacamentos de tropas thalesianas. É claro, poderia ser como o senhor sugeriu, Sir Ulath. O rei Sarak pode ter atracado em alguma praia deserta e passado ao largo de Apalia. Tentemos o porto de Nadera antes de buscar as praias e as vilas de pescadores isoladas. – Ele consultou um mapa e então voltou sua atenção para um ponto no meio do manuscrito, e começou a ler por alto. – Acho que encontramos algo! – ele exclamou com o entusiasmo de um erudito. – Um camponês nas cercanias de Nadera me contou sobre um navio thalesiano que havia passado pela cidade durante uma das noites que antecedeu a campanha e navegou vários quilômetros rio acima antes de atracar. Uma boa quantidade de guerreiros desembarcou, e um deles era mais alto do que os outros pelo tamanho de uma cabeça. Havia algo de incomum na coroa de Sarak?

– Ela tinha uma grande joia azul no topo – Ulath disse, sua face atenta.

– Então era ele – o conde falou, exultante. – A história faz uma menção específica a essa joia; diz que a gema era do tamanho do punho cerrado de um homem.

Sparhawk expirou de modo explosivo.

– Pelo menos o navio de Sarak não afundou no mar – ele disse com alívio.

O conde apanhou um pedaço de barbante e o esticou diagonalmente pelo mapa. Ele mergulhou sua pena no tinteiro e fez uma série de anotações.

– Pois bem, então – ele prosseguiu, resoluto. – Presumindo que o rei Sarak tomou o curso mais curto entre Nadera e o campo de batalha, ele teria de ter passado pelos distritos desta lista. Eu fiz pesquisas em todos eles. Estamos chegando perto, Sirs Cavaleiros. Ainda vamos localizar esse rei dos senhores. – Ele começou a folhear rapidamente. – Nenhuma menção dele aqui – o nobre murmurou, mais para si mesmo –, mas não houve nenhum embate neste distrito. – Ele continuou a ler, com os lábios franzidos. – Aqui! – ele falou, seu rosto exibindo um sorriso de triunfo. – Um grupo de thalesianos cavalgou por uma vila a pouco menos de 95 quilômetros ao norte do lago Venne. Seu líder era um homem muito alto com uma coroa. Estamos estreitando a pesquisa.

Sparhawk percebeu que estava até prendendo a respiração. Ele já estivera em diversas missões e buscas em sua vida, mas esta procura por uma trilha em meio a papéis produzia um tipo estranho de empolgação. O pandion começou a entender como um homem poderia dedicar sua vida aos estudos com satisfação absoluta.

– E aqui está! – o conde disse com animação. – Nós o encontramos.

– Onde? – Sparhawk indagou com avidez.

– Lerei a passagem inteira – o conde respondeu. – O senhor compreende, é claro, que redigi o relato em um vernáculo mais cavalheiresco do que o utilizado pelo homem que me contou. – Ele sorriu. – A linguagem dos camponeses e dos servos é pitoresca, mas dificilmente é apropriada para um trabalho erudito. – O nobre estreitou os olhos em direção à página. – Ah, sim. Agora eu me lembro. Esse camarada era um servo. Seu mestre me disse que o sujeito gostava de contar histórias. Encontrei-o quebrando torrões de terra com um enxadão em um campo perto da margem leste do lago Venne. Foi isto o que ele me contou...

... Foi no começo da campanha, e os zemochs comandados por Otha haviam penetrado a fronteira oriental de Lamorkand, devastando o interior conforme marchavam. Os reis do Ocidente estavam se apressando para encontrá-los com todas as forças que eram capazes de arregimentar, e consideráveis destacamentos de tropas estavam cruzando em direção a Lamorkand vindos do oeste, mas eles provinham, em sua grande maioria, das terras mais ao sul, e não das proximidades do lago Venne. As tropas que chegavam a partir do norte eram, em grande parte, thalesianas. Ainda assim, mesmo antes de o exército thalesiano atracar, um grupo avançado deles cavalgou em direção ao sul, passando pelo lago Venne...

... Otha, todos sabemos, havia enviado escaramuçadores e patrulhas à frente do corpo de seu exército. Foi uma dessas patrulhas que interceptou o grupo de thalesianos já mencionados no local conhecido como Monte do Gigante.

– Esse lugar foi nomeado assim antes ou depois da batalha? – Ulath questionou.

– Deve ter sido depois – o conde respondeu. – Os pelosianos não costumam erigir montes sepulcrais. Esse é um costume thalesiano, não é?

– Certo, e a palavra *gigante* descreve Sarak muito bem, o senhor não diria?

– Foi exatamente o que pensei. Ainda tem mais, entretanto. – O conde prosseguiu com sua leitura. – O embate entre thalesianos e zemochs foi curto e brutal. Os zemochs eram em número muito superior ao do pequeno grupo de guerreiros do norte, e logo o sobrepujaram. Entre os últimos thalesianos a cair estava o comandante, um homem de enormes proporções. Um de seus guerreiros, apesar de gravemente ferido, tomou algo do corpo de seu líder caído e fugiu para oeste, em direção ao lago. Não há declarações certas sobre o que ele pegou e o que fez com tal coisa. Os zemochs perseguiram o guerreiro de modo implacável, e ele morreu por conta de seus ferimentos às margens do lago. No entanto, uma coluna de cavaleiros alciones cruzava a região em direção ao lago Randera, homens que haviam sido enviados de volta à sua casa-mãe, em Deira, para se recuperar de ferimentos recebidos na campanha em Rendor, e eles exterminaram a patrulha zemoch até o último homem. Os cavaleiros enterraram o guerreiro fiel e seguiram seu caminho, perdendo por pouco o combate original...

... Acontece que um destacamento considerável de thalesianos estava seguindo o primeiro grupo a menos de um dia de diferença. Quando os camponeses locais os informaram sobre o que havia transcorrido, eles enterraram seus conterrâneos e ergueram o monte sobre seus túmulos. Essa segunda força thalesiana nunca chegou ao lago Randera, uma vez que os soldados foram emboscados dois dias depois, e todos foram mortos.

– E isso explica por que ninguém soube o que aconteceu com Sarak – Ulath falou. – Não havia ninguém vivo para contar a respeito.

– Esse guerreiro – Bevier especulou –, será que ele estava com a coroa do rei?

– É possível – Ulath concedeu. – Embora seja mais provável que tenha sido a espada. Thalesianos devotam grande importância às suas espadas reais.

– Não deve ser difícil de descobrir – Sparhawk falou. – Vamos até o Monte do Gigante e Tynian pode invocar o fantasma de Sarak. O rei será capaz de nos dizer o que aconteceu com sua espada... e com sua coroa.

– Eis aqui algo estranho – o conde comentou. – Lembro-me de que quase não anotei isso porque aconteceu *depois* da batalha. Diz-se que os servos têm visto uma figura monstruosamente deformada vagando pelos charcos ao redor do lago Venne há séculos.

– Alguma criatura dos pântanos? – Bevier sugeriu. – Talvez um urso.

– Creio que os servos reconheceriam um urso – o nobre retrucou.

– Talvez seja um alce – Ulath disse. – Da primeira vez que vi um alce, não pude acreditar que algo poderia ser tão grande, e eles não têm as caras mais bonitas do mundo.

– Eu me recordo de os servos dizerem que a criatura anda nas patas traseiras.

– Poderia ser um troll? – Sparhawk perguntou. – Aquele que ouvimos urrando perto de nosso acampamento lá no lago?

– Os servos o teriam descrito como muito alto e desgrenhado? – Ulath perguntou.

– Como desgrenhado, sim, senhor, mas eles disseram que é atarracado e que seus membros são deformados.

Ulath franziu o cenho.

– Isso não se parece com nenhum troll do qual já tenha ouvido falar... exceto, talvez... – Seus olhos se arregalaram de súbito. – Ghwerig! – ele exclamou, estalando os dedos. – *Tem* que ser Ghwerig. Isso explica tudo, Sparhawk. Ghwerig está procurando a Bhelliom, e ele sabe exatamente onde procurar.

– Acho melhor voltarmos ao lago Venne – Sparhawk falou –, e o mais rápido possível. Não quero que Ghwerig encontre a Bhelliom antes de nós. Eu definitivamente não quero ter que lutar com ele para recuperá-la.

Capítulo 17

— Fico com uma dívida eterna para com vocês, meus amigos — Ghasek disse a eles no pátio central de seu castelo, na manhã seguinte, conforme se preparavam para partir.

— E nós para com o senhor também, milorde — Sparhawk assegurou. — Sem sua ajuda, não teríamos chance de encontrar o que buscamos.

— Vá com Deus, então, Sir Sparhawk — Ghasek falou, apertando a mão do robusto pandion com afeição.

Sparhawk abriu o caminho para fora do pátio e desceu pela trilha estreita que levava ao sopé do rochedo.

— Fico me perguntando o que vai acontecer com ele — Talen comentou com um pouco de tristeza enquanto eles cavalgavam.

— Ele não tem escolha — Sephrenia disse. — Tem de ficar lá até que sua irmã morra. Ela já não representa uma ameaça, mas ainda deve ser vigiada e receber cuidados.

— Temo que o resto da vida dele será muito solitário — Kalten suspirou.

— Ele tem seus livros e suas crônicas — Sparhawk discordou. — Essa é toda a companhia de que um erudito realmente precisa.

Ulath estava resmungando em voz baixa.

— Qual o problema? — Tynian perguntou.

— Eu deveria ter desconfiado que o troll no lago Venne estava lá por algum motivo específico — Ulath respondeu. — Eu poderia ter nos poupado um bom tempo se tivesse investigado.

— Você reconheceria Ghwerig se o visse?

Ulath confirmou com um menear de cabeça.

— Ele sofre de nanismo, e não há muitos trolls anões por aí. As fêmeas dos trolls costumam devorar suas crias deformadas assim que elas nascem.

— Que prática brutal.

— Trolls não são famosos por seu temperamento gentil. Na maior parte do tempo, eles não se dão bem uns com os outros.

O sol estava muito brilhante naquela manhã, e os pássaros cantavam nos arbustos próximos a uma vila abandonada no centro do campo logo abaixo do castelo do conde Ghasek. Talen virou seu cavalo em direção ao vilarejo.

– Não vai ter nada para você roubar – Kurik disse em voz alta, na direção do menino.

– Só estou curioso – Talen berrou de volta. – Eu alcanço vocês daqui a alguns minutos.

– Quer que eu vá com ele? – Berit perguntou.

– Deixe-o dar uma olhada nos arredores – Sparhawk falou. – Ele vai reclamar o dia todo se não permitirmos.

Então Talen voltou galopando a partir da vila. Seu rosto estava mortalmente pálido, e seus olhos, desvairados. Quando o garoto os alcançou, ele tombou de seu cavalo e ficou caído no chão, vomitando e incapaz de falar.

– É melhor darmos uma olhada – Sparhawk disse a Kalten. – O resto de vocês, aguarde aqui.

Os dois cavaleiros conduziram suas montarias com cautela pelo vilarejo deserto, com suas lanças de prontidão.

– Ele foi por este caminho – Kalten falou em voz baixa, apontando com a extremidade da lança as marcas que o cavalo de Talen havia deixado na rua lamacenta.

Sparhawk anuiu com a cabeça e eles seguiram os vestígios até uma casa um pouco maior que as outras construções na vila. Os dois desmontaram, sacaram suas espadas e entraram.

Os cômodos que compunham o interior estavam empoeirados e desprovidos de mobília.

– Não tem absolutamente nada aqui – Kalten disse. – Fico me perguntando o que assustou o garoto tanto assim.

Sparhawk abriu a porta de um quarto no fundo da casa e olhou para seu interior.

– É melhor você ir buscar Sephrenia – ele falou com frieza.

– O que é?

– Uma criança. Não está viva, e faz um bom tempo que ela faleceu.

– Tem certeza?

– Veja você mesmo.

Kalten olhou para dentro do quarto e suprimiu uma onda de náusea.

– Você tem certeza de que gostaria que ela visse isso? – o pandion loiro questionou.

– Temos de saber o que aconteceu.

– Então vou buscá-la.

Os dois voltaram para a rua. Kalten remontou e cavalgou até onde os outros estavam aguardando, enquanto Sparhawk ficou parado próximo à porta da casa. Alguns minutos depois, o cavaleiro loiro retornou com Sephrenia.

– Pedi para que ela deixasse Flauta com Kurik – Kalten falou. – Não gostaríamos que a menininha visse o que há lá dentro.

– Não – Sparhawk concordou de modo sombrio. – Mãezinha – ele se desculpou com Sephrenia –, isso não será agradável.

– Poucas coisas são – ela retrucou, decidida.

Eles a levaram até o quarto dos fundos da casa.

Ela deu uma olhada rápida e se virou.

– Kalten – ela ordenou –, vá cavar uma sepultura.

– Eu não tenho uma pá – ele objetou.

– Então use suas mãos! – O tom de voz da styrica era intenso, quase selvagem.

– Sim, Sephrenia. – Ele parecia embasbacado pela veemência nada característica da mulher. Kalten deixou a casa com rapidez.

– Oh, pobrezinha – Sephrenia suspirou, olhando por cima do corpinho desidratado.

O corpo da criança estava murcho e ressequido. Sua pele tinha uma tonalidade cinzenta, e seus olhos afundados estavam abertos.

– Bellina, outra vez? – Sparhawk perguntou. Sua voz parecia alta, até para si mesmo.

– Não – ela respondeu. – Isto é obra do Rastreador. Esta é a maneira como ele se alimenta. Aqui – ela apontou marcas ressecadas de perfuração no corpo da criança –, e aqui, aqui e aqui. Estes são os locais por onde o Rastreador se alimentou. Ele suga os fluidos corporais e deixa apenas uma casca seca.

– Não mais – Sparhawk falou, seus punhos se cerrando ao redor da haste da lança de Aldreas. – Da próxima vez que nos encontrarmos, ele morrerá.

– Você será capaz de arcar com essa tarefa, meu querido?

– Não tenho como não arcar. Vingarei esta criança... seja contra o Rastreador, Azash ou mesmo contra os portões do Inferno.

– Você está nervoso, Sparhawk.

– Sim. Você poderia dizer isso. – Era estúpido e não servia a qualquer propósito, mas Sparhawk arrancou sua espada da bainha e destruiu uma parede inofensiva. Não conseguiu provar nada, mas a atitude fez com que ele se sentisse um pouco melhor.

Os outros chegaram à vila em silêncio e seguiram até a sepultura que Kalten abrira com as próprias mãos. Sephrenia saiu da casa com o corpo ressequido da criança em seus braços. Flauta se adiantou trazendo um leve tecido de linho, e nele as duas styricas envolveram a criança morta. Em seguida, elas a depositaram na sepultura rudimentar.

– Bevier – Sephrenia disse –, você poderia fazer as honras? Esta é uma criança elena, e você é o mais devoto dentre estes cavaleiros.

– Não sou digno. – Bevier estava chorando abertamente.

– *Quem* é digno, meu querido? – ela retrucou. – Você permitirá que esta criança desconhecida siga desamparada pelas trevas?

Bevier olhou para a styrica e então caiu de joelhos ao lado da sepultura, e começou a recitar uma antiga oração da Igreja elena em favor dos mortos.

De maneira peculiar, Flauta se colocou ao lado do arciano ajoelhado. Seus dedos penteavam com gentileza o ondulado cabelo negro do cavaleiro de uma forma estranhamente reconfortante. Por algum motivo, Sparhawk começou a achar que essa curiosa menininha poderia ser muito, muito mais velha do que qualquer um deles poderia imaginar. E então ela levou seu instrumento musical aos lábios. O hino era antigo, quase tocava a essência da fé elena, mas estava permeado por um pequeno contraponto styrico. Por um instante, nas notas da música da garotinha, Sparhawk começou a perceber algumas possibilidades inacreditáveis.

Quando o funeral acabou, eles montaram e seguiram viagem. Todos ficaram em silêncio pelo resto daquele dia, e acamparam para passar a noite no mesmo local à beira do pequeno lago onde haviam encontrado o menestrel errante. O homem já havia ido embora.

– Era o que eu temia – Sparhawk disse. – Seria demais esperar que ele ainda estivesse aqui.

– Talvez o encontremos mais ao sul – Kalten sugeriu. – Aquele cavalo não estava em boas condições.

– O que podemos fazer a respeito mesmo se o alcançarmos? – Tynian perguntou. – Vocês não estão planejando matá-lo, estão?

– Apenas como último recurso – Kalten respondeu. – Agora que Sephrenia sabe como Bellina o influenciou, ela provavelmente pode curá-lo.

– Sua confiança é muito simpática, Kalten – ela disse –, mas pode ser um pouco exagerada.

– O feitiço que a irmã do conde lançou sobre ele irá se dissipar algum dia? – Bevier perguntou.

– De certa forma. – Ele ficará cada vez menos desesperado conforme o tempo for passando, mas nunca estará inteiramente livre; talvez isso faça com que escreva poemas melhores. O mais importante é que o menestrel ficará cada vez menos contagioso. A não ser que ele encontre um bom número de pessoas na próxima semana, não oferecerá grande perigo ao conde, nem aos outros criados.

– É um começo – o jovem cirínico comentou. Ele franziu o cenho. – Uma vez que eu já estava infectado, por que aquela criatura veio até mim durante a noite? Não foi uma perda de tempo? – Bevier ainda parecia abalado pelo funeral da criança.

– Foi um reforço, Bevier – ela explicou. – Você estava agitado, mas não iria tão longe a ponto de atacar seus companheiros. Ela tinha de garantir que você faria qualquer coisa para libertá-la daquela torre.

Enquanto eles montavam o acampamento para passar a noite, algo ocorreu a Sparhawk. Ele foi até Sephrenia, que estava sentada à fogueira com sua xícara de chá nas mãos.

– Sephrenia, o que Azash está aprontando? – ele perguntou. – Por que ele de repente faz o impossível para converter elenos? Ele nunca fez isso antes, não é?

– Você se lembra do que o fantasma do rei Aldreas te disse naquela noite, na cripta? – ela retrucou. – Que chegou a hora de a Bhelliom ressurgir?

– Sim.

– Azash também sabe disso, e está ficando desesperado. Acho que ele descobriu que seus zemochs não são confiáveis. Eles seguem ordens, mas não são muito espertos; estão cavando aquele campo de batalha há séculos e simplesmente continuam rastelando o mesmo terreno. Descobrimos mais sobre a localização da Bhelliom nas últimas semanas do que eles conseguiram nos últimos quinhentos anos.

– Tivemos sorte.

– Isso não é bem verdade, Sparhawk. Sei que, às vezes, costumo provocá-lo a respeito da lógica elena, mas foi precisamente isso que nos trouxe tão perto da Bhelliom. Um zemoch é incapaz de raciocinar de maneira lógica. Essa é a fraqueza de Azash. Um zemoch não pensa porque não é necessário fazê-lo. Azash pensa por ele. É por isso que o Deus Ancião precisa tanto de elenos convertidos. Ele não demanda a adoração deles, mas sim suas mentes. Ele tem zemochs espalhados por todos os reinos ocidentais coletando velhas histórias... assim como nós fizemos. Imagino que Azash acredita que um deles deparará com a história certa, e então seus elenos convertidos serão capazes de juntar as peças do quebra-cabeça e dar sentido a ele.

– Esse é um longo caminho, não é?

– Azash tem tempo. Ele não é pressionado pelo mesmo senso de urgência que nós temos.

Mais tarde, naquela mesma noite, Sparhawk estava de guarda um pouco distante da fogueira, olhando por sobre o pequeno lago que reluzia à luz da lua. Outra vez, os uivos dos lobos ecoavam pelas árvores sombrias, mas agora, por algum motivo, o som não parecia tão ominoso. O espírito medonho que havia assombrado aquela floresta havia sido trancado para sempre, e os lobos voltaram a ser meros lobos, não arautos do mal. O Rastreador, é claro, era outro assunto. De maneira austera, Sparhawk prometeu a si mesmo que da próxima vez que o encontrasse, ele iria enterrar a lança de Aldreas na criatura horrenda.

– Sparhawk, onde você está? – Era Talen. Ele falava baixinho e estava perto da fogueira, espreitando a escuridão.

– Bem aqui.

O garoto foi na direção do pandion, colocando os pés no chão com cautela, evitando pisar em obstáculos escondidos no solo.

– Qual o problema? – Sparhawk perguntou.

– Não consigo dormir. Pensei que você gostaria de um pouco de companhia.

– Agradeço, Talen. Ficar de vigia é uma tarefa solitária.

– Fico feliz que estejamos longe daquele castelo – Talen disse. – Nunca tive tanto medo em toda a minha vida.

– Eu mesmo estava um pouco nervoso – Sparhawk admitiu.

– Sabe de uma coisa? Tinha uma série de coisas muito bonitas no castelo de Ghasek, e em nenhum momento pensei em roubá-las. Isso não é curioso?

– Talvez você esteja amadurecendo.

– Conheci alguns ladrões bem velhos – Talen discordou. Então ele suspirou, desconsolado.

– Por que você está tão triste, Talen?

– Eu não contaria isso a qualquer um, Sparhawk, mas já não é mais tão divertido como costumava ser. Agora que sei que posso roubar quase qualquer coisa de qualquer pessoa, a excitação meio que se perdeu.

– Talvez você devesse procurar outro ramo de atividade.

– E para o que mais sou talhado a fazer?

– Vou considerar as opções e, assim que pensar em algo, te aviso.

Talen riu de súbito.

– O que é tão engraçado? – Sparhawk perguntou ao garoto.

– Talvez eu tenha problemas em conseguir referências – o menino respondeu, ainda rindo. – Em geral, meus clientes não sabiam que estavam fazendo negócios comigo.

Sparhawk escancarou um sorriso.

– Isso poderia ser um problema – ele concordou. – Vamos pensar em algo.

O garoto suspirou novamente.

– Está quase no fim, não é, Sparhawk? Já sabemos onde o tal rei está enterrado. Tudo o que temos de fazer agora é desenterrar a coroa, e então vamos voltar para Cimmura. Você vai para o palácio e eu para as ruas.

– Acho que não – Sparhawk disse. – Talvez encontremos uma alternativa para as ruas.

– Pode ser, mas, assim que ficar entediante, vou fugir outra vez. Sentirei falta de tudo isso, sabia? Houve situações em que eu estava tão assustado que quase molhei as calças, mas também tivemos bons momentos. São deles que irei me lembrar.

– Pelo menos conseguimos dar algo a você. – Sparhawk colocou a mão no ombro do rapaz. – Volte para a cama, Talen. Vamos nos levantar cedo amanhã.

– Como quiser, Sparhawk.

Eles partiram assim que o dia raiou, cavalgando com cuidado pela estrada sulcada para evitar que suas montarias se ferissem. Passaram direto pelo vilarejo dos cortadores de lenha e prosseguiram.

– Quão longe você estima? – Kalten perguntou por volta do meio da manhã.

– Três, talvez mais quatro dias... cinco, no máximo – Sparhawk respondeu. – Assim que sairmos desta floresta, as estradas melhoram e iremos mais rápido.

– E então tudo o que temos de fazer é encontrar o Monte do Gigante.

– Isso não deve ser muito difícil. Pelo que Ghasek nos disse, os camponeses locais o usam como ponto de referência. Perguntaremos nas redondezas.

– E depois começaremos a cavar.

– Esse não é o tipo de coisa que queremos pedir a alguém para fazer em nosso lugar.

– Você se lembra do que disse Sephrenia no castelo de Alstrom, lá em Lamorkand? – Kalten falou com seriedade. – Aquela história de que, quando a Bhelliom ressurgisse, isso iria ressoar por todo o mundo?

– Vagamente – Sparhawk admitiu.

– Se for assim, quando nós a desenterrarmos Azash vai ficar sabendo, e a estrada para Cimmura pode ficar infestada de zemochs em ambos os lados. Seria uma viagem bem nervosa.

Ulath, que estava cavalgando logo atrás deles, discordou:

– Não necessariamente. Sparhawk já tem os anéis. Posso ensinar-lhe algumas palavras no idioma dos trolls. Quando ele puser as mãos na Bhelliom, haverá pouca coisa que não possa fazer. Ele poderá derrubar regimentos inteiros de zemochs.

– Ela é tão poderosa assim?

– Kalten, você não faz ideia. Se metade das histórias for verdadeira, a Bhelliom pode fazer qualquer coisa. Sparhawk, provavelmente, poderia parar o sol com ela, se quisesse.

Sparhawk olhou por cima do ombro, em direção a Ulath.

– É necessário saber o idioma dos trolls para usar a Bhelliom? – ele perguntou.

– Não tenho certeza – Ulath respondeu –, mas dizem que ela foi infundida com o poder dos Deuses Trolls. Eles podem não responder a palavras faladas em elênico ou styrico. Da próxima vez que eu falar com um Deus Troll, perguntarei a ele.

Naquela noite, acamparam mais uma vez na floresta. Depois do jantar, Sparhawk se afastou da fogueira para pensar. Bevier se juntou a ele em silêncio.

– Quando chegarmos a Venne, pararemos por lá? – o cirínico perguntou.

– É bem provável – Sparhawk respondeu. – Duvido que seremos capazes de avançar mais do que isso amanhã.

– Bom. Preciso encontrar uma igreja.

– Por quê?

– Fui contaminado pelo mal. Devo orar por algum tempo.

– Não foi sua culpa, Bevier. Poderia ter acontecido com qualquer um de nós.

– Mas foi comigo, Sparhawk – o jovem suspirou. – A bruxa provavelmente me procurou por saber que eu seria suscetível.

– Besteira, Bevier. Você é o homem mais devoto que já conheci.

– Não – o cirínico discordou com tristeza. – Conheço minhas fraquezas. Sou atraído de maneira poderosa pelos membros do sexo oposto.

– Você é jovem, meu amigo. O que sente é apenas natural. Isso passa com o tempo... pelo menos foi o que me disseram.

– Você ainda sente essas vontades? Eu esperava não mais ser perturbado por elas quando chegasse à sua idade.

– Não funciona exatamente assim, Bevier. Já conheci alguns senhores de idade que ficavam com a cabeça virada do avesso por um rostinho bonito. Acho que faz parte, por sermos humanos. Se Deus não quisesse que nos sentíssemos dessa forma, Ele não permitiria isso. Foi o que o patriarca Dolmant certa vez me explicou, quando eu estava tendo esse tipo de problema. Não sei se acredito inteiramente nele, mas me fez sentir um pouco menos culpado.

Bevier deu uma risada.

– Você, Sparhawk? Esta é uma faceta sua que eu não conhecia. Pensei que você fosse totalmente consumido por seu senso de dever.

– Não por completo, Bevier. Ainda tenho um pouco de tempo para outros pensamentos. É uma pena que você não teve a chance de conhecer Lillias.

– Lillias?

– Uma rendoreira. Vivi com ela enquanto estive em exílio.

– *Sparhawk*! – Bevier exclamou.

– Era parte de um disfarce necessário.

– Mas certamente você não... – Bevier deixou no ar. Sparhawk tinha certeza de que o jovem estava corado até as orelhas, mas a escuridão ocultou o fato.

– Ah, sim – ele assegurou. – Caso contrário, Lillias teria me abandonado. Ela é uma mulher de fortes apetites. Precisei dela para ocultar minha verdadeira identidade, então eu era obrigado a mantê-la feliz.

– Estou chocado com você, Sparhawk, verdadeiramente chocado.

– Os pandions são uma ordem mais pragmática do que os cirínicos, Bevier. Fazemos o que é necessário para concluir uma missão. Não se preocupe, meu amigo. Sua alma não foi prejudicada... pelo menos não muito.

– Eu ainda preciso passar algum tempo em uma igreja.

– Por quê? Deus está em todos os lugares, não é mesmo?

– É claro.

– Então fale com Ele aqui.

– Não seria a mesma coisa.

– Faça como achar melhor.

Eles partiram novamente assim que o céu clareou. A estrada tendia para baixo, uma vez que eles estavam descendo da baixa cordilheira de colinas arborizadas. Em certas ocasiões, quando estavam descrevendo uma curva ou passando pelo topo de uma colina, eles podiam ver o lago Venne refulgindo na distância sob o sol da primavera; no meio da tarde, chegaram à encruzilhada. A estrada principal estava muito melhor do que aquela que seguiram a partir de Ghasek, e eles alcançaram os portões de Venne pouco antes de o poente banhar o céu ocidental com suas chamas.

Mais uma vez eles cavalgaram pelas ruas estreitas com as casas de segundos pisos proeminentes que lançavam uma escuridão prematura, e chegaram novamente à estalagem onde haviam se instalado em sua estadia anterior. O estalajadeiro, um pelosiano jovial e rotundo, os saudou e os conduziu até o segundo andar, onde se localizavam os quartos.

— Bem, milordes — ele falou —, como foi sua passagem por aquela floresta amaldiçoada?

— Repleta de sucessos, vizinho — Sparhawk respondeu —, e creio que você pode dizer por aí que Ghasek não é mais um lugar para se temer. Descobrimos o que causava os problemas e tomamos providências.

— Deus seja louvado pela existência dos Cavaleiros da Igreja! — o estalajadeiro exclamou com entusiasmo. — As histórias que se espalhavam eram muito ruins para os negócios aqui em Venne. As pessoas escolhiam outras rotas porque não queriam passar por aquelas árvores.

— Agora, tudo está certo — Sparhawk assegurou.

— Era algum tipo de monstro?

— De certa forma — Kalten respondeu.

— Os senhores o mataram?

— Nós o sepultamos. — Kalten deu de ombros, começando a remover sua armadura.

— Muito bom, milorde.

— Ah, aproveitando — Sparhawk disse —, precisamos encontrar um local chamado Monte do Gigante. Você por acaso sabe por onde deveríamos começar a procurar?

— Acho que fica no lado leste do lago — o estalajadeiro informou. — Há algumas vilas por lá. Elas ficam um pouco afastadas das margens do lago por conta dos charcos de turfa. — Ele riu. — Não será difícil encontrar esses vilarejos. Os camponeses de lá queimam turfa em seus fornos. Faz um bocado de fumaça, então os senhores só terão que usar o nariz.

— O que você está planejando servir no jantar? — Kalten perguntou com avidez.

— É só nisso que você consegue pensar? — Sparhawk perguntou.

— Foi uma longa viagem, Sparhawk. Preciso de comida de verdade. Vocês, cavaleiros, são ótimos companheiros, mas sua habilidade gastronômica deixa a desejar.

— Estou com um lombo de boi girando no espeto desde a manhã, milorde — o estalajadeiro falou. — Deve estar muito bem-passado a esta altura.

Kalten sorriu beatificamente.

Como havia dito, Bevier passou a noite em uma igreja próxima e se juntou novamente a eles pela manhã. Sparhawk preferiu não questioná-lo acerca do estado de sua alma.

Saíram de Venne e tomaram a estrada sul, margeando o lago. Fizeram o trajeto em tempo muito melhor do que quando se dirigiram à cidade. Naquela ocasião, Kalten, Bevier e Tynian estavam se recuperando de seu encontro com a coisa monstruosa que havia emergido do monte sepulcral na região norte do lago Randera, mas agora eles estavam completamente recuperados e capazes de seguir a galope.

Foi no final da tarde que Kurik avançou até ficar ao lado de Sparhawk.

– Acabo de sentir o odor de fumaça de turfa no ar – ele informou. – Há algum tipo de vila aqui por perto.

– Kalten – Sparhawk chamou.

– Sim?

– Há uma vila nas proximidades. Kurik e eu vamos dar uma olhada. Monte o acampamento e acenda uma boa fogueira. Pode ser que só voltemos depois do anoitecer, e precisaremos de algo para nos guiar.

– Sei o que devo fazer, Sparhawk.

– Muito bem. Então faça. – Sparhawk e seu escudeiro se afastaram da estrada e galoparam pelo campo aberto em direção a um bosque de árvores baixas a pouco menos de dois quilômetros a leste.

O odor de turfa queimada ficou cada vez mais pronunciado; um cheiro estranhamente familiar. Sparhawk se reclinou em sua sela, sentindo-se curiosamente relaxado.

– Não fique tão seguro de si – Kurik avisou. – A fumaça faz coisas estranhas com a cabeça. Queimadores de turfa em geral não são muito confiáveis. De certa maneira, eles são piores que os lamorks.

– De onde você tira todas essas informações, Kurik?

– Há maneiras, Sparhawk. A igreja e os nobres obtêm suas informações de despachos e relatórios. O povo comum vai até o âmago das coisas.

– Vou me lembrar disso. Ali está a vila.

– É melhor você deixar que eu fale com eles quando chegarmos lá – Kurik aconselhou. – Não importa o quanto tente, você não soa muito como alguém do povo.

A vila era pobre. Casas amplas, mas sem profundidade, construídas de pedras cinzentas não talhadas e cobertas por sapé, ladeavam os dois lados da rua única. Um camponês corpulento estava sentado em um banquinho no interior de um galpão com a lateral aberta, tirando leite de uma vaca marrom.

– Olá, amigo – Kurik saudou o homem, descendo de seu cavalo.

O camponês se virou e o encarou boquiaberto, com um semblante de estupidez.

– Você conhece um lugar chamado Monte do Gigante? – Kurik perguntou a ele.

O sujeito continuou a olhá-lo boquiaberto, sem responder.

Então, um homem esguio com olhos estreitos surgiu de uma casa próxima e disse:

– Não adianta nada falar com ele; levou um coice de cavalo na cabeça quando era jovem e não se recuperou desde então.

– Ah – Kurik falou. – É uma pena. Talvez você possa ajudar. Estamos procurando um lugar chamado Monte do Gigante.

– Vocês não estão planejando ir lá de noite, estão?

– Não, estávamos pensando em esperar a luz do dia.

– Isso é um pouco melhor, mas não muito. Ele é assombrado, você sabe.

– Não, eu não sei. Onde fica?

– Tá vendo aquela alameda que corre pro sudeste? – O homem esguio apontou.

Kurik anuiu com a cabeça.

– Assim que o sol aparecer, segue nela. Passa bem ao lado do monte... uns seis ou oito quilômetros daqui.

– Você já viu alguém fuçando por lá? Talvez escavando?

– Nunca ouvi falar de nada assim. As pessoas que têm bom senso não saem fuçando lugares assombrados.

– Ouvimos dizer que existe um troll na região.

– O que é um troll?

– Um bicho feio todo coberto de pelos. Esse é bem deformado.

– Ah, essa coisa. Ele tem uma toca em algum lugar nos charcos. Só aparece de noite. Perambula pra cima e pra baixo na margem do lago. Faz uns barulhos horríveis por um tempo e então bate no chão com as patas da frente como se estivesse bem bravo com alguma coisa. Eu mesmo já o vi algumas vezes quando estava cortando turfa. Se eu fosse vocês, ficava bem longe. Parece que ele tem um temperamento bem ruim.

– Me parece um bom conselho. Viu algum styrico por aqui?

– Não. Eles não vêm pra cá. O povo deste distrito não gosta dos pagãos. Você tem um monte de perguntas, amigo.

Kurik deu de ombros.

– A melhor forma de aprender as coisas é perguntando – o escudeiro disse com suavidade.

– Bem, vá fazer perguntas pra outra pessoa. Tenho trabalho a fazer. – A expressão do sujeito havia se tornado inamistosa. Ele encarou o camarada estúpido na choupana. – Você já terminou de tirar o leite? – ele questionou.

O idiota de boca aberta meneou a cabeça com apreensão.

– Bom, vai logo. Você não janta se não terminar isso.

– Obrigado por seu tempo, amigo – Kurik falou, remontando.

O homem resmungou e entrou novamente na casa.

– Útil – Sparhawk comentou conforme se afastavam da vila na luz avermelhada do sol poente. – Pelo menos não há nenhum zemoch por perto.

– Eu não teria tanta certeza, Sparhawk – Kurik discordou. – Não acho que aquele sujeito era a melhor fonte de informação do mundo. Ele não parecia se interessar muito pelo que acontece ao seu redor. Além disso, zemochs não são os únicos com os quais temos de nos preocupar. Aquele tal Rastreador pode ter colocado qualquer um atrás de nós, e também temos de ficar de olho naquele troll. Se Sephrenia estiver certa quanto à joia fazer alarde sobre seu ressurgimento, o troll poderia ser um dos primeiros a saber, não poderia?

– Não faço ideia. Temos de perguntar a ela.

– Acho melhor presumirmos que ele saberia. Se desenterrarmos a coroa, deveremos estar mais ou menos prontos para receber uma visita dele.

– Esse é um pensamento animador. Pelo menos descobrimos onde fica o Monte do Gigante. Vamos ver se encontramos o acampamento de Kalten antes que escureça.

Kalten havia parado em um denso bosque de faias a pouco menos de dois quilômetros do lago, e havia acendido uma grande pira na orla da mata. Ele estava de pé ao lado do fogo quando Sparhawk e Kurik se aproximaram.

– E então? – ele perguntou.

– Sabemos onde o monte está localizado – Sparhawk respondeu, descendo de sua sela. – Não é muito longe. Vamos falar com Tynian.

O alcione de armadura maciça estava de pé ao lado da fogueira no acampamento, falando com Ulath.

Sparhawk retransmitiu a informação que Kurik havia obtido do aldeão e, em seguida, olhou para Tynian.

– Como você está se sentindo? – ele perguntou de maneira direta.

– Estou bem. Por quê? Pareço doente?

– Na verdade, não. Só me perguntava se você estaria disposto a praticar necromancia uma vez mais. A última tentativa acabou exigindo um bocado de você, pelo que me lembro.

– Estou disposto, Sparhawk – Tynian assegurou –, desde que você não queira que eu invoque regimentos inteiros.

– Não, apenas um. Precisamos falar com o rei Sarak antes de escavar seu túmulo. Ele provavelmente sabe o que aconteceu com sua coroa, e quero ter certeza de que não vai se opor em ser levado de volta a Thalesia. Não quero um fantasma irritado seguindo meus passos.

– De fato – Tynian concordou com fervor.

O CAVALEIRO DE RUBI

❧◇◆◇❧

Eles acordaram antes da aurora na manhã seguinte e aguardaram impacientemente que os primeiros sinais da luz do dia surgissem no horizonte a leste. Quando isso aconteceu, estavam prontos e partiram pelos campos ainda envoltos em sombras.

– Acho que deveríamos ter esperado por mais luz, Sparhawk – Kalten reclamou. – Provavelmente, vamos andar em círculos aqui.

– Estamos rumando para leste, Kalten. É lá que o sol nasce. Tudo o que temos a fazer é cavalgar em direção à parte mais clara do céu.

Kalten resmungou algo para si mesmo.

– Eu não entendi o que você disse – Sparhawk falou.

– Eu não estava falando com você.

– Ah. Desculpe.

A claridade que precedia a aurora foi gradualmente aumentando, e Sparhawk olhou ao redor para reconhecer onde estavam.

– Aquela é a vila, bem ali – ele disse, apontando. – A alameda que temos de seguir é do outro lado.

– Melhor não nos apressarmos demais – Sephrenia acauṭelou, fechando seu manto branco ao redor de Flauta. – Quero que o sol esteja bem alto quando chegarmos ao monte. Essa história de assombrações deve ser apenas superstição local, mas é melhor não correr riscos desnecessários.

Sparhawk controlou sua impaciência com alguma dificuldade.

Cavalgaram pelo vilarejo silencioso a um passo normal e entraram na alameda que o aldeão rabugento havia indicado. Sparhawk instigou Faran a seguir em um trote.

– Não é tão rápido assim, Sephrenia – ele argumentou, em resposta ao olhar desaprovador que ela lhe dirigiu. – O sol estará bem alto quando chegarmos lá.

A alameda era ladeada em ambos os lados por baixas muretas de pedras não talhadas e, como todas as estradas do interior, era sinuosa. Fazendeiros, como um todo, tinham pouco interesse em linhas retas, e normalmente seguiam o caminho que oferecia menor resistência. A impaciência de Sparhawk crescia a cada quilômetro que passava.

– Lá está ele – Ulath finalmente disse, apontando adiante. – Já vi centenas desses em Thalesia.

– Vamos esperar até que o sol esteja um pouco mais alto – Tynian falou, estreitando os olhos em direção ao astro. – Não quero sombra alguma ao meu redor quando tiver de começar. Em que posição é mais provável que o rei esteja enterrado?

– No centro – Ulath respondeu –, com os pés apontando para o oeste. Seus guerreiros devem estar enfileirados em ambos os lados.

– Saber desses detalhes ajuda.

– Vamos dar a volta – Sparhawk sugeriu. – Quero ver se alguém andou escavando, e quero ter certeza absoluta de que ninguém está por perto. Esse é o tipo de coisa para o qual queremos muita privacidade. – Seguiram a um trote largo ao redor do monte, que era bem alto. Suas laterais cobertas de grama eram suavemente simétricas. Não havia sinais de escavações.

– Vou até o topo – Kurik falou quando eles retornaram à estrada. – É o ponto mais alto da região. Se houver alguém por aqui, devo ser capaz de ver lá de cima.

– Você realmente pisaria sobre uma sepultura? – o tom de voz de Bevier era de quem estava chocado.

– Todos nós pisaremos nela daqui a alguns instantes, Bevier – Tynian argumentou. – Preciso estar relativamente perto de onde o rei Sarak está enterrado para invocar seu fantasma.

Kurik escalou pela lateral do monte e ficou no topo, perscrutando o entorno.

– Não vejo ninguém – ele falou para os outros logo abaixo –, mas há algumas árvores mais ao sul. Talvez não custasse nada dar uma olhada por lá antes de começarmos.

Sparhawk cerrou os dentes, mas tinha de admitir a si mesmo que seu escudeiro provavelmente estava certo.

– Sephrenia – o pandion disse –, por que você não fica aqui com as crianças?

– Não, Sparhawk – ela discordou. – Se houver pessoas se escondendo naquelas árvores, não queremos que elas saibam que temos um interesse particular neste monte.

– Bem pensado – ele concordou. – Vamos cavalgar até aquelas árvores como se nossa intenção fosse continuar para o sul.

Eles deixaram aquele local seguindo a alameda tortuosa pelos campos do interior.

– Sparhawk – Sephrenia disse em voz baixa quando se aproximaram da orla das árvores –, há pessoas neste bosque, e elas não são amigáveis.

– Quantas?

– Uma dúzia, no mínimo.

– Fique um pouco para trás com Talen e Flauta – ele ordenou. – Muito bem, cavalheiros – ele falou para os outros –, os senhores sabem o que fazer.

O CAVALEIRO DE RUBI

Mas antes que eles pudessem entrar na mata, um grupo de camponeses mal armados os atacou a partir das árvores. Eles tinham aquele olhar vazio que os denunciou imediatamente. Sparhawk baixou sua lança e atacou com seus companheiros, produzindo um estrondo de lado a lado à medida que avançavam.

A luta não durou muito tempo. Os camponeses eram ineptos com suas armas e estavam a pé. Tudo estava acabado em poucos minutos.

– Muito bem, Ssssirssss Cavaleirossss – uma voz gélida e metálica disse de modo sardônico a partir das sombras das árvores. Então o Rastreador, encapuzado e envolto em um manto, cavalgou até a luz do sol. – Massss não importa – ele continuou. – Agora ssssei onde vocêssss esssstão.

Sparhawk entregou sua lança de madeira a Kurik e sacou a de Aldreas de sua sela.

– E nós também sabemos onde você está, Rastreador – ele falou em uma voz ominosamente baixa.

– Não sssseja tolo, Ssssir Sssssparhawk – a criatura sibilou. – Tu não éssss páreo para mim.

– Por que não colocamos isso à prova?

O rosto oculto da figura encapuzada começou a emitir um brilho esverdeado. Então a luz vacilou e desvaneceu.

– Tu tenssss ossss anéissss! – o Rastreador guinchou, parecendo menos seguro de si.

– Pensei que você já soubesse disso.

Então Sephrenia se juntou a eles.

– Já fazzzz algum tempo, Ssssephrenia – a criatura disse em sua voz sibilante.

– Não há tempo suficiente para mim – ela respondeu de maneira fria.

– Pouparei tua vida sssse caíressss de joelhossss e me adorar.

– Não, Azash. Nunca. Permanecerei fiel à minha Deusa.

Sparhawk olhou para ela e depois para o Rastreador, perplexo.

– Achassss que Aphrael pode te proteger sssse eu decidir que tua vida não tem maissss ssssserventia?

– Você já decidiu isso há tempos, sem alcançar qualquer efeito perceptível. Continuarei a servir Aphrael.

– Como acharessss melhor, Ssssephrenia.

Sparhawk fez com que Faran se movesse a um passo lento, deslizando a mão com o anel pela haste da lança até que a pousasse sobre a parte metálica da arma. Outra vez, ele sentiu uma enorme onda de poder.

– O jogo essssstá quase no fim, e sssseu dessssfecho é inevitável. Nossss encontraremossss novamente, Ssssephrenia, e pela última vezzzz. – E então a criatura encapuzada virou sua montaria e fugiu da aproximação ameaçadora de Sparhawk.

Parte 3
A caverna do troll

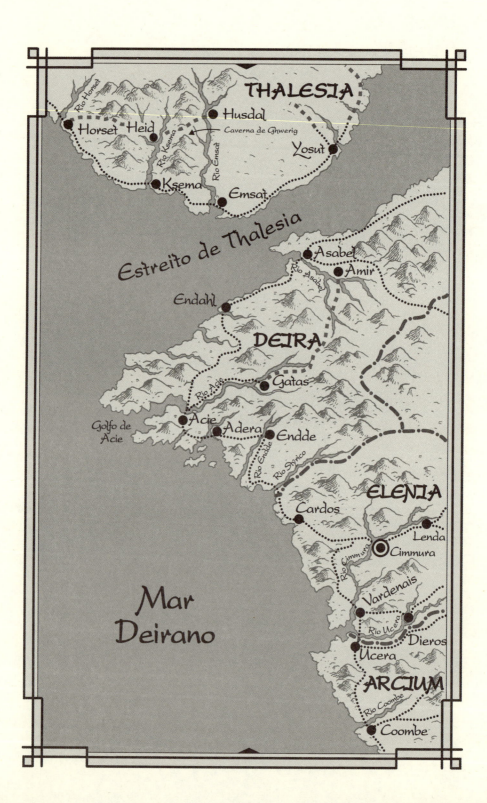

Capítulo 18

– Era mesmo Azash? – Kalten perguntou, aterrorizado.
– A voz dele – Sephrenia respondeu.
– Ele realmente fala daquela maneira? Com todo aquele sibilar?
– Na verdade, não. Certas particularidades da boca do Rastreador distorcem as coisas.
– Deu a entender que você já o encontrou antes – Tynian falou, ajeitando as ombreiras de sua pesada armadura.
– Uma vez – ela disse, lacônica –, há muito tempo. – Sparhawk teve a nítida impressão de que ela realmente não queria falar sobre o assunto. – Podemos voltar ao monte – ela acrescentou. – Vamos recuperar aquilo que viemos buscar e deixar este lugar antes que o Rastreador volte com reforços.

Eles viraram suas montarias e cavalgaram de volta pela alameda tortuosa. O sol havia nascido por completo àquela altura, mas ainda assim Sparhawk se sentia enregelado. O encontro com o Deus Ancião, ainda que por um intermediário, havia congelado seu sangue e até parecia ter embaçado o sol.

Quando chegaram ao monte, Tynian pegou seu rolo de corda e subiu, com esforço, a íngreme lateral. Outra vez, ele dispôs a corda no padrão peculiar.

– Você tem certeza de que não irá invocar um dos guerreiros do rei por engano? – Kalten questionou.

Tynian negou com a cabeça.

– Chamarei Sarak pelo nome. – O alcione iniciou o encantamento e o concluiu espalmando as mãos com brusquidão.

Inicialmente, nada pareceu acontecer, e então o fantasma do rei Sarak, morto há tanto tempo, começou a emergir do monte. Sua armadura de elos metálicos era arcaica e mostrava grandes talhos provocados por espadas e machados. Ele era enorme, mas não usava coroa.

– Quem sois vós? – o fantasma exigiu saber em uma voz profunda.
– Sou Tynian, Vossa Majestade, um cavaleiro alcione de Deira.

O rei Sarak mirou-o seriamente com olhos vazios.

– Isto não é apropriado, Sir Tynian. Devolvei-me de imediato ao local de meu descanso, para que eu não me encolerize.

– Peço perdão, Vossa Majestade – Tynian se desculpou. – Não teríamos perturbado vosso sono se não fosse uma questão da mais desesperada urgência.

– Nada é urgente o bastante para preocupar os mortos.

Sparhawk deu um passo adiante.

– Meu nome é Sparhawk, Vossa Majestade – ele se apresentou.

– Um pandion, a julgar por tua armadura.

– Sim, Vossa Majestade. A rainha de Elenia está gravemente doente, e apenas a Bhelliom pode curá-la. Viemos rogar vossa permissão para que usemos a joia a fim de devolver a saúde à soberana. Nós restituiremos a pedra à vossa sepultura tão logo completemos nossa tarefa.

– Devolvei-a ou guardai-a para vós, Sir Sparhawk – o fantasma disse com indiferença. – Ainda assim, não ides encontrá-la em minha sepultura.

Sparhawk sentiu como se tivesse sido golpeado na boca do estômago.

– Essa rainha de Elenia, que enfermidade tão grave a acomete, que apenas a Bhelliom pode curar? – Havia apenas um leve toque de curiosidade na voz do fantasma.

– Ela foi envenenada, Vossa Majestade, por aqueles que desejam tomar-lhe o trono.

O rosto de Sarak, que até então trazia uma indiferença inexpressiva, tornou-se inflamado de raiva.

– Um ato de traição, Sir Sparhawk – ele disse com fervor. – Conheceis os perpetradores?

– Conheço.

– E vós os punistes?

– Ainda não, Vossa Majestade.

– Eles ainda conservam as próprias cabeças? Os pandions se tornaram indolentes com o passar dos séculos?

– Pensamos que seria mais apropriado devolver a saúde à rainha, Vossa Majestade, para que *ela* tenha o prazer de pronunciar as sentenças perante os criminosos.

Sarak pareceu considerar a justificativa.

– É apropriado – ele por fim aprovou. – Muito bem, Sir Sparhawk, auxiliar-vos-ei. Não se desespere pelo fato de a Bhelliom não se encontrar no lugar onde estou, pois posso indicar-lhe o local onde ela jaz escondida. Quando caí neste campo, meu parente, o conde de Heid, tomou minha coroa e fugiu com ela para que não caísse nas mãos de nossos inimigos. Ele foi duramente perseguido e ferido com gravidade. Ele alcançou as margens daquele lago, adiante, antes de perecer, e Heid jurou para mim na Casa dos Mortos que, com suas últimas forças, ele arremessou a coroa nas águas turvas, e que nossos oponentes não a encontraram. Busqueis vós, portanto, naquele lago, pois indubitavelmente a Bhelliom ainda ali descansa.

– Obrigado, Vossa Majestade – Sparhawk respondeu com profunda gratidão. Então Ulath se adiantou.

– Sou Ulath, de Thalesia – ele declarou –, e reivindico parentesco distante com vós, meu rei. Não é apropriado que vosso descanso final seja em solo estrangeiro. Enquanto Deus me dê forças, presto-vos meu juramento de que, com vossa permissão, devolverei vossa ossada à nossa terra natal e a depositarei no sepulcro real em Emsat.

Sarak avaliou o genidiano de cabelo trançado com aprovação.

– Que assim seja, meu parente, pois, em verdade, meu sono tem sido inquieto neste local selvagem.

– Repousai aqui apenas mais um pouco, meu rei, pois, assim que nossa tarefa estiver concluída, retornarei e vos levarei de volta para casa. – Havia lágrimas nos olhos azuis-gelo de Ulath. – Deixe-o descansar, Tynian – ele falou. – A jornada final de Sua Majestade será longa.

Tynian anuiu com a cabeça e permitiu que o rei Sarak voltasse à terra.

– Então é isso? – Kalten falou com empolgação. – Vamos cavalgar até o lago Venne e então nadamos?

– É mais fácil do que cavar – Kurik disse a ele. – Tudo com o que temos de nos preocupar é o Rastreador e aquele troll. – Ele franziu o cenho levemente. – Sir Ulath, se Ghwerig sabe exatamente onde a Bhelliom está, por que não a recuperou em todos estes anos? – ele perguntou.

– Até onde sei, Ghwerig não consegue nadar – Ulath respondeu. – O corpo dele é muito deformado. Mas, provavelmente, teremos de lutar com ele. Assim que tirarmos a Bhelliom do lago, ele irá nos atacar.

Sparhawk olhou para o oeste, onde a luz do sol que acabara de nascer reluzia nas águas do lago. A grama alta, verde-viva, próxima ao monte, ondulava sob a brisa inconstante da manhã, e os campos ficavam separados do lago pela junça acinzentada e pelo capim que cobriam os charcos de turfa.

– Nos preocuparemos com Ghwerig quando o avistarmos – o pandion falou. – Vamos olhar esse lago mais de perto.

Eles deslizaram pela lateral gramada do monte e voltaram às selas.

– A Bhelliom não deve estar muito longe da margem – Ulath disse conforme cavalgavam em direção ao lago. – Coroas são feitas de ouro, e ouro é pesado. Um homem à beira da morte não poderia lançar uma coisa dessas muito longe. – Ele coçou o queixo. – Eu já procurei algumas coisas debaixo da água – ele falou.– Temos de ser muito metódicos. Ficar indo de um lado para o outro não adianta nada.

– Quando chegarmos lá, mostre-nos como deve ser feito – Sparhawk retrucou.

– Certo. Vamos cavalgar direto para o oeste até chegarmos ao lago. Se o conde de Heid estava morrendo, ele não deve ter feito nenhum desvio.

Eles prosseguiram. O júbilo de Sparhawk foi obscurecido por um pouco de ansiedade. Não havia como saber quanto tempo levaria para o Rastreador retornar com uma horda de homens de rostos inexpressivos, e o pandion sabia que ele e seus amigos não seriam capazes de usar armadura enquanto sondassem as profundezas do lago. Eles estariam indefesos. E não era só isso: assim que o espírito de Azash os visse no lago, o Deus Ancião saberia com exatidão o que os cavaleiros estariam fazendo, e Ghwerig também tomaria conhecimento.

A brisa leve ainda soprava conforme eles seguiam para oeste, e nuvens brancas e fofas marchavam a um ritmo formal pelo céu de um azul profundo.

– Há um bosque de cedros logo adiante – Kurik falou, apontando para um trecho de vegetação com uma tonalidade verde-escura a cerca de quatrocentos metros de distância. – Teremos de construir uma jangada quando chegarmos ao lago. Venha comigo, Berit. Vamos começar o corte. – Ele conduziu os animais de carga em direção às árvores com o noviço bem próximo, na retaguarda.

Sparhawk e seus amigos alcançaram o lago por volta do meio da manhã, e ficaram parados, olhando para a água ondulando sob a brisa.

– Isso faz com que procurar algo lá embaixo seja uma tarefa bem complicada – Kalten observou, apontando para o fundo cheio de turfa através das águas turvas.

– Você tem alguma noção do local que o conde de Heid possa ter alcançado à margem do lago? – Sparhawk perguntou a Ulath.

– A história do conde Ghasek diz que alguns cavaleiros alciones apareceram e o enterraram – o genidiano respondeu. – Eles estavam com pressa, então é provável que não tenham levado o corpo a um local muito distante daquele onde ele morreu. Vamos procurar uma sepultura.

– Depois de quinhentos anos? – Kalten disse com ceticismo. – Não haverá muitos indícios para apontá-la, Ulath.

– Acho que você está errado, Kalten – Tynian discordou. – Os deiranos marcam seus túmulos com uma pilha de pedras quando enterram alguém. A terra sobre uma sepultura pode ser nivelada, mas pedras são um pouco mais permanentes.

– Muito bem – Sparhawk falou –, vamos nos espalhar e procurar por uma pilha de pedras.

Foi Talen quem encontrou a sepultura, um montículo baixo de pedras manchadas de marrom, parcialmente coberto por um sedimento enlameado, acumulado por séculos de cheias. Tynian marcou o local afundando na lama, ao pé da sepultura, a empunhadura da lança que levava sua flâmula.

– Devemos começar já? – Kalten perguntou.

– Vamos esperar Kurik e Berit – Sparhawk aconselhou. – O fundo do lago é um pouco denso para vadear. Precisaremos daquela jangada.

Cerca de meia hora depois, o escudeiro e o noviço se juntaram a eles. Os cavalos de carga estavam puxando com dificuldade uma dúzia de toras de cedro.

Passava um pouco do meio-dia quando terminaram de atar as toras umas às outras com cordas para formar uma jangada rústica. Os cavaleiros haviam retirado suas armaduras e trabalhavam em roupas de baixo, suando sob o sol quente.

– Você está ficando vermelho – Kalten avisou o pálido Ulath.

– Eu sempre fico – Ulath respondeu. – Thalesianos não se bronzeiam muito bem. – Ele se endireitou depois de atar o último nó na corda que mantinha fixa uma das extremidades da jangada. – Bem, vamos colocá-la na água e ver se flutua – ele sugeriu.

Eles empurraram a embarcação pela escorregadia praia enlameada até a água. Ulath observou criticamente.

– Eu não faria nenhuma viagem marítima nessa coisa – ele disse –, mas acho que, para o nosso propósito, é boa o suficiente. Berit, vá até aqueles salgueiros e corte uns dois troncos.

O noviço anuiu com a cabeça e voltou alguns minutos mais tarde com duas varas longas e flexíveis.

Ulath foi até a sepultura e pegou duas pedras pouco maiores que seu punho fechado. Ele as sopesou algumas vezes, uma em cada mão, então jogou uma delas para Sparhawk.

– O que você acha? – ele questionou. – Parece ser mais ou menos do mesmo peso que uma coroa de ouro?

– Como eu vou saber? – Sparhawk retrucou. – Eu nunca usei uma coroa.

– Estime, Sparhawk. O dia está passando e os mosquitos vão aparecer em breve.

– Está bem, acho que esse é o peso provável de uma coroa, uns gramas a mais ou a menos.

– Foi o que pensei. Muito bem, Berit, você pega as varas e conduz a jangada lago adentro. Vamos marcar a área em que queremos procurar.

Berit pareceu intrigado, mas fez como lhe foi ordenado.

Ulath sopesou uma das pedras.

– Já está longe o bastante, Berit – o genediano gritou e arremessou a pedra de modo casual em direção à jangada vacilante. – Marque esse local!

Berit passou a mão no rosto para tirar o excesso de água que havia espirrado nele.

– Sim, Sir Ulath – o noviço falou, conduzindo a jangada em direção aos círculos concêntricos na superfície do lago. Então ele pegou uma das varas de salgueiro e fixou uma das extremidades no fundo enlameado.

– Agora leve a jangada mais à esquerda – Ulath urrou. – Vou jogar a próxima pedra um pouco mais longe.

– À sua esquerda ou à minha, Sir Ulath? – Berit perguntou educadamente.

– Escolha você. Só não quero esmagar a sua cabeça no processo. – Ulath estava jogando a pedra de uma mão para a outra e estreitando os olhos na direção das águas amarronzadas do lago.

Berit tirou a jangada do caminho e Ulath lançou a pedra com um arremesso poderoso.

– Deus! – Kalten exclamou. – Nenhum homem à beira da morte poderia jogar qualquer coisa tão longe.

– Essa era a ideia – Ulath disse com modéstia. – Aquele é o limite absoluto da área que iremos vasculhar. Berit! – ele bramiu com uma voz intensa –, marque aquele lugar e depois desça até o fundo. Preciso saber a profundidade com a qual lidaremos e de que é composto o solo que teremos de revirar.

Berit hesitou depois de marcar o lugar onde a segunda pedra havia atingido a água.

– O senhor poderia, por gentileza, pedir que lady Sephrenia se vire de costas? – ele suplicou, encabulado, seu rosto ficando subitamente vermelho-vivo.

– Se alguém rir, passará o resto da vida na forma de um sapo – Sephrenia ameaçou, virando as costas para o lago, resoluta, ao mesmo tempo que puxou a curiosa Flauta para ficar na mesma posição.

Berit se despiu e saltou da beirada da jangada como uma lontra. Ele reemergiu um minuto depois. Todos na praia, Sparhawk percebeu, haviam segurado o fôlego enquanto o ágil noviço estivera submerso. Berit exalou de modo explosivo, espirrando água.

– Tem cerca de 2,5 metros de profundidade, Sir Ulath – ele informou, segurando-se na beirada da jangada –, mas o fundo é enlameado... pelo menos uns sessenta centímetros, pegajoso e nada agradável. A água é marrom-escura. Não se vê um palmo diante do nariz.

– Era o que eu temia – Ulath murmurou.

– Como está a água? – Kalten berrou para o jovem no lago.
– Muito, muito fria – Berit bateu os dentes.
– Era o que eu também temia – Kalten falou, desanimado.

O resto da tarde foi marcadamente desagradável. Como Berit havia anunciado, a água estava fria e turva, enquanto o leito instável era denso por conta da lama amarronzada dos charcos de turfa próximos.
– Não tentem cavar com as mãos – Ulath instruiu. – Sondem com os pés.
Eles nada encontraram. Quando o sol se pôs, todos estavam exaustos e azuis de frio.
– Temos de tomar uma decisão – Sparhawk disse com gravidade depois que eles haviam se secado e colocado túnicas e cotas de malha. – Até quando será seguro ficarmos aqui? O Rastreador sabe quase com exatidão onde estamos, e nosso cheiro irá guiá-lo até aqui. Assim que a criatura nos vir no lago, Azash saberá onde a Bhelliom está, e isso é algo que não podemos permitir que ele descubra.
– Você está certo, Sparhawk – Sephrenia concordou. – Vai demorar um pouco para o Rastreador reunir suas forças, e um bocado mais até que ele as conduza até aqui, mas creio que precisamos estabelecer um limite de tempo para ficarmos neste local.
– Mas estamos tão perto – Kalten objetou.
– Não vai adiantar nada encontrar a Bhelliom apenas para entregá-la a Azash – ela argumentou. – Se partirmos, conduziremos o Rastreador para longe deste lugar. Já sabemos onde a Bhelliom está. Poderemos voltar mais tarde, quando for seguro.
– Meio-dia de amanhã? – Sparhawk sugeriu.
– Não creio que devamos ficar mais que isso – Sephrenia asseverou.
– Então estamos combinados – Sparhawk disse. – Ao meio-dia juntamos nossas coisas e voltamos para a cidade de Venne. Tenho a sensação de que o Rastreador não levará seus homens para a cidade. Eles chamariam muita atenção por causa da maneira como andam.
– Um barco – Ulath disse, seu rosto avermelhado na luz da fogueira.
– Onde? – Kalten perguntou, esquadrinhando o lago coberto pela noite.
– Não. O que quero dizer é: por que não cavalgamos até Venne e alugamos um barco? O Rastreador irá seguir nosso rastro até a cidade, mas não conseguirá sentir nosso cheiro sobre a água, não é mesmo? Ele irá acampar do lado de fora de Venne, esperando que saiamos, mas a essa altura já estaremos de volta aqui.

– É uma boa ideia, Sparhawk – Kalten falou.
– Ele está certo? – Sparhawk indagou a Sephrenia. – Viajar pela água iria tirar o Rastreador de nosso caminho?
– Acredito que sim – ela respondeu.
– Bom. Então vamos tentar dessa forma.
Eles comeram uma refeição frugal e foram para suas respectivas camas.

Levantaram-se na manhã seguinte assim que o sol raiou, fizeram um breve desjejum e conduziram a jangada de volta até os marcadores que indicavam onde eles haviam parado no dia anterior. Ancoraram a embarcação e mais uma vez mergulharam nas gélidas águas para sondar o leito enlameado com os pés.

Era quase meio-dia quando Berit emergiu não muito longe de onde Sparhawk perscrutava a água e recuperava o fôlego.

– Acho que encontrei algo – o noviço falou, ofegando em busca de ar. Então deu um impulso para cima e mergulhou de cabeça na água. Depois de um minuto dolorosamente longo ele surgiu novamente. Não era uma coroa que ele trazia na mão, mas um crânio humano manchado de marrom. Berit nadou até a jangada e colocou o crânio sobre as toras. Sparhawk estreitou os olhos em direção ao sol e soltou um palavrão. Então, seguiu Berit até a jangada.

– Já chega – ele disse a Kalten, cuja cabeça havia acabado de surgir de debaixo da água. – Não podemos ficar mais por aqui. Junte os outros e vamos voltar para a margem.

Quando eles estavam em terra firme, Ulath, todo queimado de sol, examinou o crânio com curiosidade.

– Por algum motivo, parece longo e estreito demais – ele comentou.
– Isso porque ele era um zemoch – Sephrenia explicou.
– Ele se afogou? – Berit perguntou.

Ulath tirou um pouco de lama do crânio e em seguida passou um dedo por uma abertura na têmpora esquerda.

– Não com esse buraco na lateral da cabeça. – O genidiano foi até a margem e sacudiu o crânio na água para tirar séculos de lama acumulada. Então ele o trouxe de volta e o chacoalhou. Algo fez barulho lá dentro. O imenso thalesiano colocou o crânio sobre o monte de pedras que marcava a sepultura do conde de Heid, pegou uma delas e quebrou-o com indiferença, como se estivesse abrindo uma noz. Em seguida, separou algo dos fragmentos. – Foi o que pensei – ele falou. – Alguém acertou uma flecha em sua cabeça, provavel-

mente da margem. – Entregando a cabeça da flecha para Tynian, perguntou:
– Você a reconhece?

– É de forjaria deirana – Tynian confirmou após examiná-la.

Sparhawk vasculhou sua memória por um instante.

– O relato de Ghasek diz que cavaleiros alciones de Deira passaram por aqui e exterminaram os zemochs que estavam perseguindo o conde de Heid. Podemos ter quase certeza de que os zemochs viram o conde jogando a coroa no lago. Eles iriam atrás dela, não é mesmo? E no lugar exato em que ela caiu na água. Agora encontramos esse crânio com uma flecha deirana. Não é difícil reconstruir o que aconteceu. Berit, você consegue apontar, com precisão, o local em que encontrou esse crânio?

– Num raio de alguns centímetros, Sir Sparhawk. Eu estava procurando pontos de referência na margem. Era bem em frente àquele tronco de árvore morta logo ali, pouco menos de dez metros lago adentro.

– Então, é isso – Sparhawk disse, exultante. – Os zemochs estavam nadando atrás da coroa e os alciones apareceram e os abateram com flechas a partir da margem. Aquele crânio provavelmente jazia a alguns metros da Bhelliom.

– Agora sabemos onde ela está – Sephrenia falou. – Voltamos para buscá--la mais tarde.

– Mas...

– Devemos partir imediatamente, Sparhawk, e seria muito perigoso ter a Bhelliom conosco com o Rastreador logo em nosso encalço.

Contrariado, Sparhawk teve de admitir que ela, provavelmente, estava certa.

– Então está bem – ele disse, desapontado –, vamos juntar as coisas e ir embora daqui. Vestiremos cotas de malha e não armaduras, para não chamar tanta atenção. Ulath, empurre essa jangada para o meio do lago. Vamos varrer todos os vestígios de que estivemos aqui e, em seguida, cavalgaremos até Venne.

Eles levaram cerca de meia hora; então partiram. Rumaram em direção ao norte margeando o lago, seguindo a galope. Como de costume, Berit ficou na retaguarda, atento a sinais de perseguição.

Sparhawk estava melancólico. De alguma forma, parecia que há semanas ele estava tentando correr em areia fofa. Não importava quão perto ele chegasse da única coisa que poderia salvar sua rainha, algo sempre parecia interferir, forçando-o a se afastar de seu objetivo. Ele começou a alimentar superstições sombrias. Sparhawk era eleno e Cavaleiro da Igreja. Ele era, pelo menos formalmente, comprometido com a fé elena e com a rígida rejeição a quaisquer coisas que ela considerasse "paganismo". Ainda assim, Sparhawk havia viajado o mundo por muito tempo e tinha visto coisas demais para aceitar os ditames da Igreja ao pé da letra. Ele percebera que, de várias maneiras, estava suspenso entre a fé absoluta e o total ceticismo. Algo, em algum lugar, estava tentando desesperadamente mantê-lo longe da Bhelliom, e ele tinha quase certeza de que sabia quem era... mas por que Azash alimentava tamanha animosidade para com a jovem rainha de Elenia? Sparhawk começou a pensar, de modo austero, em exércitos e invasões. Se Ehlana morresse, ele jurou a si mesmo que iria destruir Zemoch e deixar Azash chorando em meio às ruínas, sozinho e sem um único ser humano para idolatrá-lo.

Eles chegaram à cidade de Venne não muito depois do meio-dia do dia seguinte, e retornaram pelas ruas escuras até a já familiar estalagem.

– Por que não compramos logo este lugar? – Kalten sugeriu enquanto eles desmontavam no pátio central. – Estou começando a sentir que passei toda a minha vida aqui.

– Vá em frente e providencie tudo – Sparhawk falou. – Kurik, vamos até a beira do lago para ver se conseguimos encontrar um barco antes que o sol se ponha.

O cavaleiro e seu escudeiro caminharam para fora do pátio e pela rua de paralelepípedos que levava ao lago.

– Esta cidade não fica mais bonita conforme você se acostuma a ela – Kurik observou.

– Não estamos aqui pela paisagem – o pandion rosnou.

– Qual o problema, Sparhawk? – Kurik perguntou. – Você está com um péssimo humor há uma semana, ou até mais.

– Tempo, Kurik. – Sparhawk suspirou. – Tempo. Às vezes é quase como se eu pudesse senti-lo escorrendo pelos meus dedos. Estávamos a alguns metros da Bhelliom, e tivemos de juntar as coisas e partir. Minha rainha está morrendo pouco a pouco, e as coisas continuam a se colocar no meu caminho. Estou começando a sentir uma enorme vontade de machucar alguém.

– Não olhe para mim.

Sparhawk esboçou um sorriso fraco.

– Acho que você pode ficar tranquilo, meu amigo – ele falou, colocando sua mão de modo afetuoso no ombro de Kurik. – Além do mais, eu odiaria arriscar um palpite sobre qual seria o resultado se um dia eu e você nos desentendêssemos de verdade.

– Isso é verdade – Kurik concordou. Então ele apontou e disse: – Logo ali.

– Ali onde?

– Aquela taverna. Donos de barcos a frequentam.

– Como você sabe isso?

– Acabei de ver um sujeito entrando. Barcos tendem a vazar, e os proprietários tentam selar as tábuas com alcatrão. Sempre que você vir alguém com alcatrão na túnica, pode ter quase certeza de que tem algo a ver com barcos.

– Às vezes, você é um poço de informações, Kurik.

– Estou neste mundo há muito tempo, Sparhawk. Se um homem mantém seus olhos abertos, ele pode aprender um monte de coisas. Quando entrarmos, deixe que eu fale. Será bem mais rápido. – Kurik começou a andar com um gingado peculiar, e escancarou a porta da taverna com força desnecessária. – Olá a vocês, marujos – ele falou com voz áspera. – Tivemos a sorte de encontrar um lugar em que homens da água costumam se reunir?

– Encontraram o lugar certo, amigo – o taverneiro falou.

– Ainda bem – Kurik disse. – Odeio beber com o povo de terra firme. Tudo sobre o que eles sabem falar é do clima e de suas plantações, e, logo depois de dizerem que o céu está nublado e que os nabos estão crescendo, acabaram-se todas as possibilidades de conversa.

Os homens na taverna riram com apreço.

– Perdoe se pareço intrometido – o taverneiro se desculpou –, mas você dá a impressão de ser um homem de água salgada, pelo modo de falar.

– De fato – Kurik confirmou –, e como sinto falta da maresia e do gentil beijo dos respingos de água em meu rosto.

– Você está bem longe de qualquer água salgada, marujo – disse um homem sujo de alcatrão sentado a uma mesa no canto, com um curioso tom de respeito em sua voz.

Kurik suspirou profundamente.

– Perdi o barco, marujo – ele explicou. – Aportamos em Apalia, vindos de Yosut lá em Thalesia, aí fui até a cidade e acabei mal por conta do grogue. O capitão não era daqueles que esperam pelos desgarrados, então ele ergueu as velas, navegou com a maré da manhã e me deixou na praia. Por sorte, acabei encontrando este homem – ele deu um tapa amistoso no ombro de Sparhawk –, que me deu um emprego. Diz ele que necessita alugar um barco aqui em Venne e que precisa de alguém que saiba lidar com barcos para garantir que ele não acabe no fundo do lago.

– Olha só, marujo – o homem sujo de alcatrão disse estreitando os olhos –, quanto esse seu empregador está disposto a pagar pelo aluguel do barco?

– Seria só por uns dois dias – Kurik respondeu. Ele olhou para Sparhawk e perguntou: – Que tal, capitão? Meia coroa seria muito para sua bolsa?

– Posso sobreviver sem meia coroa – Sparhawk respondeu, tentando esconder sua estupefação com a súbita mudança de comportamento de Kurik.

O CAVALEIRO DE RUBI

– Dois dias, você diz? – O homem no canto perguntou.

– Depende do vento e do clima, marujo, mas é sempre assim com a água, não é?

– Verdade. Eu poderia aproveitar e fazer negócios aqui. Por acaso, tenho um barco de pesca de tamanho considerável, e ultimamente a pescaria não tem sido muito boa. Posso alugar o barco para vocês e gastar esses dois dias remendando minhas redes.

– Por que não damos um pulo até a beira da água para dar uma olhada na sua embarcação? – Kurik sugeriu. – Pode ser que você tenha acabado de fechar um negócio.

O homem sujo de alcatrão terminou de beber de sua caneca e se pôs de pé.

– Então é só me seguir – ele falou, indo em direção à porta.

– Kurik – Sparhawk disse em voz baixa, em um tom injuriado –, não me pegue de surpresa dessa forma. Meus nervos já não são tão bons como costumavam ser.

– Variedade mantém a vida interessante, capitão. – Kurik escancarou um sorriso conforme eles saíam da taverna, no encalço do pescador.

O barco tinha cerca de trinta pés de comprimento e estava bem baixo na água.

– Ele parece ter alguns vazamentos, marujo – Kurik notou, apontando para mais ou menos trinta centímetros de água no casco.

– Estávamos remendando ele – o pescador se desculpou. – Bati num tronco submerso e rachei uma tábua. Os homens que trabalham pra mim queriam se alimentar antes de terminar de baldear a água. – Ele deu um tapinha na amurada do barco com afeição. – É uma boa e velha banheira – o pescador falou com modéstia. – Responde bem ao leme e consegue enfrentar qualquer clima que esse lago resolva mandar na direção dela.

– E você vai conseguir arrumá-la até amanhã de manhã?

– Sem dificuldades, marujo.

– O que você acha, capitão? – Kurik perguntou para Sparhawk.

– Por mim, parece tudo certo – o pandion respondeu –, mas eu não sou o perito. Foi por isso que contratei você.

– Então está tudo certo, vamos ficar com ela, marujo – Kurik falou para o pescador. – Voltamos amanhã assim que o sol raiar e fechamos o negócio. – Ele cuspiu na própria palma e apertou a mão do pescador. – Vamos lá, capitão – o escudeiro disse a seu senhor. – Vamos encontrar um pouco de grogue, jantar e, em seguida, cama. Amanhã será um longo dia. – E então, com aquele gingado peculiar, Kurik abriu caminho para longe do lago.

– Você poderia explicar o que foi tudo isso? – Sparhawk perguntou quando eles já estavam a alguma distância do dono do barco.

– Não é muito difícil, Sparhawk – Kurik falou. – Homens que velejam em lagos sempre tratam com muito respeito marinheiros de água salgada, e eles fazem de tudo para ser prestativos.

– Foi o que percebi, mas como você aprendeu a falar dessa maneira?

– Eu viajei pelo mar certa vez, quando tinha por volta de dezesseis anos. Já te contei isso antes.

– Não que eu me lembre.

– Devo ter contado.

– Talvez tenha fugido da minha memória. O que deu em você para ir ao mar?

– Aslade. – Kurik soltou uma risada. – Ela tinha uns catorze anos de idade na época, e estava amadurecendo. Tinha aquele olhar de quem queria casar. Eu ainda não estava pronto, então fugi para o mar. A maior besteira que já fiz. Arranjei um emprego como moço de convés no balde mais furado da costa oeste de Eosia. Passei seis meses baldeando água do porão. Quando voltei para a praia, jurei que nunca mais colocaria meus pés em um navio outra vez. Aslade estava muito feliz em me ver novamente, mas ela sempre foi uma garota emotiva.

– Foi quando você decidiu se casar com ela?

– Pouco depois disso. Quando cheguei em casa, ela me levou até o celeiro do pai dela e passou um bom tempo me convencendo. Aslade pode ser muito, muito persuasiva quando ela quer.

– *Kurik*! – Sparhawk estava genuinamente chocado.

– Ora, cresça, Sparhawk. Aslade é uma garota do campo, e a maioria das camponesas já apresenta sinais de gravidez quando se casa. É uma forma relativamente direta de namoro, mas tem suas compensações.

– No *celeiro*?

Kurik sorriu.

– Às vezes temos de improvisar, Sparhawk.

Capítulo 19

SPARHAWK ESTAVA SENTADO NO QUARTO que dividia com Kalten, analisando seu mapa enquanto o amigo roncava em uma cama próxima. A ideia de Ulath de usar um barco era boa. A confirmação de Sephrenia de que isso iria, de fato, confundir o meio mais perigoso de perseguição do Rastreador era reconfortante. Eles poderiam retornar àquela deserta e enlameada praia onde o conde de Heid jazia e continuariam sua busca interrompida sem ter de monitorar a retaguarda, em busca de sinais de uma figura encapuzada farejando o chão atrás deles. O crânio zemoch que Berit havia encontrado no fundo turvo do lago havia quase indicado com precisão a localização da Bhelliom. Com um pouco de sorte, eles seriam capazes de encontrá-la em uma única tarde. Ainda assim, teriam de retornar a Venne por conta dos cavalos, e aí estava o problema. Se, como eles supunham, o bando de homens inexpressivos do Rastreador estivesse atocaiado nos campos e bosques ao redor da cidade, os cavaleiros teriam de abrir caminho por meio da força. Sob condições normais, lutar não teria preocupado Sparhawk; era para isso que ele havia passado toda a vida treinando. Se ele estivesse em posse da Bhellion, entretanto, não seria a própria vida que estaria arriscando, mas a de Ehlana também, e isso era inaceitável. Além do mais, assim que Azash sentisse o ressurgimento da Bhelliom, o Rastreador enviaria exércitos inteiros contra eles em uma tentativa desesperada de tomar a joia.

A solução era, obviamente, simples. Tudo o que eles tinham a fazer era descobrir uma maneira de levar os cavalos até a margem oeste do lago. Então o Rastreador poderia assombrar o entorno de Venne até que envelhecesse e morresse sem causar mais inconveniências a Sparhawk e a seus amigos. O problema era que o barco alugado por ele e por Kurik não podia carregar mais de dois cavalos por vez. A ideia de fazer oito ou nove viagens cruzando meio lago para deixar os cavalos em alguma praia deserta da margem oeste quase fez Sparhawk gritar de impaciência. Alugar vários barcos era uma alternativa, embora não muito boa. Um único barco, provavelmente, não atrairia muita atenção; mas uma frota, sim. Talvez eles conseguissem encontrar alguém confiável para conduzir os cavalos até a margem oeste. O único problema com isso era que Sparhawk não tinha certeza se o Rastreador conseguia identificar o odor de cavalos da mesma forma como fazia com o de seus cavaleiros. Ele coçou distraidamente o dedo em que estava seu anel. Por alguma razão, ele parecia formigar e pulsar.

Ouviu-se uma batida leve na porta.

– Estou ocupado – ele disse, irritado.

– Sparhawk. – A voz era suave e musical, e havia aquela cadência peculiar que identificava a pessoa como styrica. Sparhawk franziu o cenho. Ele não reconheceu a voz. – Sparhawk, preciso falar com você.

Ele se levantou e foi até a porta. Para sua surpresa, era Flauta. Ela entrou no quarto e fechou a porta atrás de si.

– Então você *consegue* falar? – ele perguntou, surpreso.

– Claro que consigo.

– Então por que não falava?

– Não era necessário até agora. Vocês, elenos, tagarelam demais. – Embora fosse a voz de uma menininha, as palavras e inflexões eram marcadamente adultas. – Escute-me, Sparhawk. Isso é muito importante. Temos de partir de imediato, todos nós.

– É tarde da noite, Flauta – ele objetou.

– Como você é terrivelmente perceptivo – ela disse, olhando para a janela escura. – Agora fique quieto e escute. *Ghwerig recuperou a Bhelliom!* Temos de interceptá-lo antes que ele chegue à costa norte e se esgueire a bordo de algum navio com destino a Thalesia. Se ele nos escapar, teremos de segui-lo até sua caverna, nas montanhas thalesianas, e isso iria nos consumir um bom tempo.

– De acordo com Ulath, ninguém sabe onde fica a caverna.

– Eu sei onde é. Já estive lá antes.

– Você *o quê*?

– Sparhawk, você está desperdiçando tempo. Tenho que sair desta cidade. Há muita distração aqui. Não consigo sentir o que está acontecendo. Coloque sua roupa de ferro e vamos logo. – Seu tom era abrupto, até mesmo imperioso. Ela olhou para ele; seus olhos grandes e escuros estavam sérios. – Será possível que você seja tão obtuso que não consegue sentir a Bhelliom se movendo pelo mundo? Esse seu anel não está lhe dizendo nada?

Ele a encarou por alguns instantes e voltou a atenção para o anel de rubi em sua mão esquerda. Seu dedo ainda parecia latejar. A menininha postada de pé, em sua frente, parecia saber coisas demais.

– Sephrenia sabe de tudo isso?

– É claro. Ela está arrumando nossas coisas.

– Vou falar com ela.

– Você está começando a me irritar, Sparhawk. – Seus olhos escuros faiscaram e os cantos de sua boquinha viraram-se para baixo, formando um arco rosado.

– Desculpe-me, Flauta, mas ainda assim tenho que falar com Sephrenia.

Os olhos dela rolaram em direção ao céu.

– Elenos – ela suspirou num tom tão parecido ao de Sephrenia que Sparhawk quase gargalhou. Ele pegou a mão da garotinha e a conduziu para fora do quarto e corredor abaixo.

Sephrenia estava ocupada guardando roupas em sacolas de lona, tanto as dela quanto as de Flauta, sentada na cama de seu quarto.

– Pode entrar, Sparhawk – ela falou para o cavaleiro quando ele parou à porta. – Estive esperando por você.

– O que está acontecendo, Sephrenia? – ele indagou, perplexo.

– Você não disse a ele? – ela perguntou a Flauta.

– Sim, mas parece que ele não acreditou em mim. Como você consegue tolerar esse povo teimoso?

– Eles têm certo charme. Acredite nela, Sparhawk – Sephrenia falou com gravidade. – Ela sabe o que está dizendo. A Bhelliom reemergiu do lago. Eu mesma a senti, e agora Ghwerig a possui. Temos que ir para um espaço aberto, a fim de que Flauta e eu consigamos sentir por qual caminho ele a está levando. Vá acordar os outros e peça que Berit sele nossos cavalos.

– Você tem certeza disso?

– Sim. Vá depressa, Sparhawk, ou Ghwerig fugirá.

Ele se virou rapidamente e voltou para o corredor. Tudo estava indo tão depressa que ele nem tinha tempo para pensar. Sparhawk seguiu de quarto em quarto acordando os outros e instruindo-os a se reunirem no quarto de Sephrenia. Ele mandou Berit até o estábulo para selar os cavalos e, por último, foi acordar Kalten.

– Qual o problema? – o pandion loiro perguntou, sentando-se e esfregando os olhos sonolentos.

– Algo aconteceu – Sparhawk respondeu. – Estamos partindo.

– No meio da noite?

– Sim. Vista-se, Kalten, vou guardar nossas coisas.

– O que está acontecendo, Sparhawk? – Kalten girou as pernas para fora da cama.

– Sephrenia explicará tudo. Apresse-se.

Resmungando, Kalten começou a se vestir enquanto Sparhawk amontoava suas trocas de roupas em um fardo que haviam trazido para o quarto. Então os dois voltaram pelo corredor, e Sparhawk bateu à porta do quarto de Sephrenia.

– Ora, *entre*, Sparhawk. Não temos tempo para cerimônias.

– Quem é essa? – Kalten indagou.

– Flauta – Sparhawk retrucou, abrindo a porta.

– Flauta? Ela sabe falar?

Os outros já estavam no quarto; todos olhavam para a garotinha, que até então acreditavam ser muda, com certo grau de perplexidade.

– Para economizar tempo, sim, eu *sei* falar, e não, eu não queria falar antes. Isso responde às suas perguntas cansativas? Agora ouçam com muita atenção. O troll-anão Ghwerig conseguiu colocar as mãos na Bhelliom outra vez, e está tentando levá-la até sua caverna, nas montanhas de Thalesia. A menos que nos apressemos, ele irá fugir de nós.

– Como ele a tirou do lago, uma vez que nunca foi capaz de fazê-lo? – Bevier perguntou.

– Ele teve ajuda. – Ela olhou ao redor para os rostos dos cavaleiros e soltou uma palavra feia em styrico. – É melhor você mostrar a eles, Sephrenia, senão vão ficar aqui a noite inteira fazendo perguntas tolas.

Havia um espelho largo em uma das paredes do quarto de Sephrenia; na verdade, uma lâmina de latão polido.

– Todos vocês poderiam vir até aqui, por favor? – Sephrenia pediu, indo até a parede.

Eles se juntaram ao redor do espelho e ela começou um encantamento que Sparhawk nunca havia ouvido antes. Então a styrica fez um gesto. O espelho ficou enevoado por alguns instantes; quando clareou, eles estavam olhando para o lago.

– Ali está a jangada – Kalten falou, maravilhado –, e ali está Sparhawk voltando para a superfície. Não entendo, Sephrenia.

– Estamos olhando para o que aconteceu pouco antes do meio-dia de ontem – ela falou.

– Já sabemos o que aconteceu.

– Sabemos o que *nós* estávamos fazendo – ela o corrigiu. – Entretanto havia outros por lá.

– Não vi ninguém.

– Eles não queriam que nós os víssemos. Apenas continue a assistir.

A perspectiva no espelho pareceu mudar, afastando-se do lago em direção às junças que cresciam densamente no charco de turfa. Uma figura envolta em um manto escuro estava agachada, escondida no capim.

– O Rastreador! – Bevier exclamou. – Ele estava nos observando!

– E ele não era o único – Sephrenia falou.

A perspectiva mudou outra vez, deslizando várias centenas de metros para o norte ao longo do lago até um aglomerado de árvores raquíticas. Uma forma desgrenhada e grotescamente deformada estava escondida no bosque.

– E esse é Ghwerig – Flauta disse.

– Isso é um *anão*? – Kalten explodiu. – É quase tão grande quanto Ulath. Qual o tamanho de um troll normal?

– Cerca de duas vezes mais altos que Ghwerig. – Ulath deu de ombros. – Ogros são ainda maiores.

O espelho anuviou outra vez quando Sephrenia falou rapidamente em styrico.

– Nada de importante aconteceu por um bom tempo, então vamos pular essa parte – ela explicou.

O espelho desanuviou mais uma vez.

– Lá vamos nós, cavalgando para longe do lago – Kalten disse.

Então o Rastreador se ergueu do capim e, com ele, cerca de dez homens de rostos inexpressivos, aparentemente servos pelosianos. Entorpecidos, os servos cambalearam até a beira do lago e vadearam pela água.

– Temíamos que isso acontecesse – Tynian comentou.

O espelho ficou turvo novamente.

– Eles continuaram a busca ontem o dia todo, a noite passada e hoje – Sephrenia contou a eles. – Então, pouco menos de uma hora atrás, um deles achou a Bhelliom. Esta parte pode ser um pouco difícil de ver porque estava escuro. Vou iluminar a imagem o quanto puder.

Ainda foi um pouco difícil de distinguir, mas parecia que um dos servos emergia do lago carregando um objeto cheio de lama em suas mãos.

– A coroa do rei Sarak – Sephrenia identificou.

O Rastreador de manto negro correu pela margem do lago com suas garras de escorpião estendidas diante de si clicando com ansiedade, mas Ghwerig alcançou o servo antes da criatura de Azash. Com um poderoso golpe de seu punho retorcido, o troll esmagou um lado da cabeça do servo e tomou a coroa. Então ele se virou e correu antes que o Rastreador pudesse invocar seus seguidores de dentro do lago. A corrida de Ghwerig era uma espécie peculiar de trote, envolvendo ambas as pernas e um braço extraordinariamente longo. Um homem poderia correr mais rápido, mas a diferença não seria muito grande.

A imagem se desvaneceu.

– O que aconteceu depois? – Kurik perguntou.

– Ghwerig parava de tempos em tempos quando um dos servos começava a alcançá-lo – Sephrenia respondeu. – Parecia que estava deliberadamente diminuindo o passo. Ele os matou, um a um.

– E onde Ghwerig está agora? – Tynian questionou.

O CAVALEIRO DE RUBI

– Não sabemos dizer – Flauta disse. – É muito difícil seguir um troll no escuro. É por isso que temos de ir para o espaço aberto. Sephrenia e eu podemos sentir a Bhelliom, mas apenas se conseguirmos nos livrar de todo esse povo da cidade.

Tynian considerou a situação.

– O Rastreador está mais ou menos fora de cena agora – ele falou. – Ele terá de sair por aí juntando mais pessoas antes de continuar a seguir Ghwerig.

– Esse é um pensamento reconfortante – Kalten resmungou. – Não gostaria de ter de lidar com os dois ao mesmo tempo.

– É melhor começarmos logo – Sparhawk disse a eles. – Coloquem suas armaduras, cavalheiros – ele sugeriu. – Quando alcançarmos Ghwerig, talvez precisemos delas.

Eles voltaram a seus respectivos quartos para reunir seus pertences e colocar seus trajes de aço. Sparhawk retiniu ao descer pelas escadas para acertar a conta com o rotundo estalajadeiro, que estava recostado contra o batente da porta da taverna vazia, bocejando e com os olhos sonolentos.

– Estamos indo embora agora – Sparhawk falou.

– Ainda está escuro lá fora, Sir Cavaleiro.

– Eu sei, mas algo aconteceu.

– Então você deve ter ouvido as notícias, presumo.

– Que notícias? – Sparhawk perguntou com curiosidade.

– Há problemas lá em Arcium. Não consegui entender direito, mas diz-se, inclusive, que pode eclodir algum tipo de guerra.

Sparhawk franziu o cenho.

– Isso não faz muito sentido, vizinho. Arcium não é como Lamorkand. Os nobres arcianos abandonaram seus embates sangrentos gerações atrás, por ordem do rei.

– Só posso repetir aquilo que ouço, Sir Cavaleiro. A informação que obtive é de que os reinos de Eosia ocidental estão todos se mobilizando. Mais cedo, esta noite, alguns camaradas passaram bem depressa por Venne... uns camaradas que não estavam muito interessados em lutar em uma guerra no estrangeiro... e eles disseram que tem um exército enorme se reunindo a oeste do lago, alistando todos os homens que encontra.

– Os exércitos ocidentais não se mobilizariam por conta de uma guerra civil em Arcium – Sparhawk disse ao estalajadeiro. – Esse tipo de coisa é uma questão interna.

– É isso o que também me intriga – o homem concordou –, mas o que me intriga ainda mais é que um daqueles camaradas medrosos disse que uma boa porção do exército é composta de thalesianos.

– Eles devem estar enganados – Sparhawk disse. – O rei Wargun bebe bastante, mas ainda assim não invadiria um reino aliado. Se esses homens que você mencionou estavam tentando evitar o alistamento, eles provavelmente não se detiveram para examinar aqueles que os estavam perseguindo, e homens em cotas de malhas parecem todos iguais.

– Isso é, provavelmente, a mais pura verdade, Sir Cavaleiro.

Sparhawk pagou pela estadia.

– Obrigado pela informação, vizinho – ele disse para o estalajadeiro conforme os outros começavam a descer pela escada. Ele se virou e saiu para o pátio.

– O que está acontecendo, Sir Sparhawk? – Berit perguntou, entregando as rédeas de Faran para o pandion.

– O Rastreador nos observava enquanto estávamos no lago – Sparhawk respondeu. – Um de seus homens encontrou a Bhelliom, mas o troll Ghwerig a tomou dele. Agora nós temos de encontrar Ghwerig.

– Isso pode ser um pouco difícil, Sir Sparhawk. Há uma neblina subindo do lago.

– Com sorte, ela irá se dissipar antes que Ghwerig avance muito para o norte.

Os outros saíram da estalagem.

– Vamos todos montar – Sparhawk disse a eles. – Para onde, Flauta?

– Norte, por enquanto – ela respondeu enquanto Kurik a erguia para Sephrenia.

Berit a encarou, piscando, e exclamou:

– Ela sabe falar!

– Por favor, Berit, não repita o óbvio – a menina falou ao noviço. – Vamos embora, Sparhawk. Não consigo determinar a localização da Bhelliom até que saiamos daqui.

Eles cavalgaram pátio afora em direção à rua nebulosa. O nevoeiro era denso, à beira de se tornar uma garoa, e trazia consigo o fedor ácido dos charcos de turfa que cercavam o lago.

– Esta não é uma boa noite para se enfrentar um troll – Ulath comentou, posicionando-se ao lado de Sparhawk.

– Duvido muito que alcancemos Ghwerig esta noite – Sparhawk disse. – Ele está a pé, e é um bom trecho daqui até o local onde ele encontrou a Bhelliom... presumindo que ele realmente virá por aqui.

– Ele é quase obrigado a vir por aqui, Sparhawk – o genidiano falou. – Ghwerig quer ir para Thalesia, e isso significa que ele tem de alcançar algum porto na costa norte.

– Saberemos mais sobre o caminho que ele está fazendo quando tirarmos Sephrenia e Flauta da cidade.

– Meu palpite seria Nadera – Ulath especulou. – É um porto maior do que Apalia, e tem mais navios por lá. Ghwerig terá de se esgueirar a bordo de um deles. É pouco provável que ele compre uma passagem. A maioria dos capitães é supersticiosa quanto a transportar trolls em seus navios.

– Ghwerig teria compreensão suficiente de nosso idioma para bisbilhotar quais navios estão indo para Thalesia?

Ulath confirmou com um aceno de cabeça, explicando:

– A maioria dos trolls sabe um pouco de eleno e até de styrico. Eles geralmente não conseguem falar qualquer língua além da sua própria, mas entendem algumas palavras nossas.

Eles passaram pelo portão da cidade e chegaram à bifurcação na estrada ao norte de Venne pouco antes de o dia raiar. Eles olharam com hesitação para a trilha sulcada que levava a Ghasek e, por fim, ao porto de Apalia.

– Espero que ele não decida ir por ali – Bevier disse, estremecendo sob sua capa branca. – Não quero voltar a Ghasek.

– Ele está se movendo? – Sparhawk perguntou a Flauta.

– Sim – ela respondeu. – Ele está vindo para o norte pela margem do lago.

– É isso o que eu não entendo – Talen falou para a menininha. – Se você consegue pressentir onde a Bhelliom está, por que não ficamos na estalagem até que ele se aproximasse com ela?

– Porque há pessoas demais em Venne – Sephrenia explicou. – Não conseguimos determinar com precisão a localização da Bhelliom no meio de toda aquela profusão de pensamentos e emoções.

– Ah, isso faz sentido... eu acho – o garoto disse.

– Podemos cavalgar até a margem do lago e ir de encontro a ele – Kalten sugeriu. – Isso pouparia um bom tempo a todos.

– Não com este nevoeiro – Ulath negou com firmeza. – Quero ser capaz de vê-lo quando ele estiver vindo. Não quero ser surpreendido por um troll.

– Ele terá de passar por aqui – Tynian argumentou –, ou, pelo menos, bem perto daqui, se estiver indo para a costa norte. Ele não consegue nadar pelo lago e não pode passar por Venne. Trolls são um tanto chamativos, ou pelo menos é isso que ouvi dizer. Quando ele chegar mais perto, podemos emboscá-lo.

– Esse plano nos dá algumas possibilidades, Sparhawk – Kalten falou. – Se conseguirmos saber a sua provável rota de viagem, poderemos apanhá-lo desprevenido por aqui. Poderemos matá-lo e estar na metade do caminho para Cimmura com a Bhelliom antes que alguém descubra o que aconteceu.

– Oh, Kalten – Sephrenia suspirou.

– Matar é o que sabemos fazer, mãezinha – ele disse. – Você não tem que olhar se não quiser. Um troll a mais ou a menos no mundo não fará tanta diferença assim.

– Mas pode haver um problema. – Tynian virou-se para Flauta. – O Rastreador estará nos calcanhares de Ghwerig assim que juntar homens o suficiente, e ele provavelmente consegue pressentir a Bhelliom da mesma forma que você e Sephrenia, não é?

– Sim – ela admitiu.

– Então você está se esquecendo de que talvez tenhamos de enfrentá-lo assim que nos livrarmos de Ghwerig, não está? – questionou o cavaleiro alcione.

– E você está se esquecendo de que, a essa altura, já teremos a Bhelliom, e que Sparhawk tem os anéis – Flauta redarguiu.

– A Bhelliom eliminaria o Rastreador?

– Facilmente.

– Vamos nos esconder naquelas árvores – Sparhawk sugeriu. – Não sei quanto tempo Ghwerig vai levar para chegar aqui, e não quero que ele nos pegue no meio da estrada discutindo sobre o clima e coisas assim.

Eles se recolheram para as sombras de um bosque e desmontaram.

– Sephrenia – Bevier falou em um tom de voz intrigado –, se a Bhelliom pode destruir o Rastreador com magia, você não poderia utilizar uma mágica styrica comum para fazer o mesmo?

– Bevier – ela respondeu com paciência –, se eu pudesse fazer isso, você não acha que eu já teria feito há muito tempo?

– Ah – ele disse, soando um pouco encabulado –, acho que eu não tinha pensado nisso.

O sol se ergueu embaçado naquela manhã. O penetrante nevoeiro vindo do lago e a névoa pesada que vinha da floresta ao norte obscureciam quase totalmente o ar no nível do chão, apesar de o céu logo acima estar limpo. Os viajantes designaram vigias e checaram as selas e os equipamentos. Depois disso, a maioria deles cochilou no calor úmido, trocando os vigias com frequência. Um homem com sono em atraso, especialmente em um clima abafado, nem sempre está alerta.

Não era muito depois do meio-dia quando Talen acordou Sparhawk.

– Flauta quer falar com você – ele disse.

– Pensei que ela estivesse dormindo.

– Acho que ela nunca dorme de verdade – o garoto falou. – Você nunca consegue chegar perto de Flauta sem que os olhos dela se abram de pronto.

– Talvez um dia desses possamos perguntar a ela sobre isso. – Sparhawk tirou o cobertor de cima de si, colocou-se de pé e jogou um pouco da água de uma nascente próxima em seu rosto. Então ele foi até onde Flauta estava confortavelmente aninhada ao lado de Sephrenia.

Os enormes olhos da garotinha se abriram de imediato.

– Onde você estava? – ela perguntou.

– Demorou um pouco para que eu acordasse totalmente.

– Fique alerta, Sparhawk – ela falou. – O Rastreador está vindo.

Ele soltou um palavrão e levou a mão à espada.

– Ora, não faça isso – ela disse, enojada. – Ele ainda está a cerca de dois quilômetros.

– Como ele chegou tão ao norte e de maneira tão rápida?

– Ele não se deteve para reunir mais pessoas pelo caminho, como pensávamos que faria. A criatura viaja sozinha e extenua o próprio cavalo. O pobre animal está morrendo neste exato momento.

– E Ghwerig ainda está a uma boa distância daqui?

– Sim, a Bhelliom ainda está ao sul da cidade de Venne. Posso captar fragmentos dos pensamentos do Rastreador. – Flauta estremeceu. – É horrendo, mas ele teve uma ideia semelhante à nossa; está tentando se afastar o máximo possível de Ghwerig para armar uma emboscada para o troll. Ele pode manipular o povo local para fazer o trabalho em seu lugar. Acho que teremos de enfrentá-lo.

– Sem a Bhelliom?

– Temo que sim, Sparhawk. O Rastreador não tem ninguém consigo para ajudá-lo, e talvez assim seja mais fácil lidar com ele.

– Podemos matá-lo com armas comuns?

– Creio que não. Mas há algo que talvez possa funcionar. Eu mesma nunca tentei, mas minha irmã mais velha me contou como fazer.

– Eu achava que você não tinha família.

– Oh, Sparhawk! – A menina gargalhou. – Minha família é muito, muito maior do que você poderia imaginar. Vá buscar os outros. O Rastreador virá por aquela estrada em alguns minutos. Confronte-o, e eu trarei Sephrenia. Isso fará com que ele pare para pensar... o que significa que Azash irá pensar, uma vez que é o Deus Ancião quem, na verdade, controla sua mente. Mas Azash é arrogante demais para desperdiçar uma chance de provocar Sephrenia, e será nessa hora que eu atacarei o Rastreador.

– Você vai matá-lo?

– Claro que não. Nós não matamos as coisas, Sparhawk. Nós deixamos que a natureza faça isso. Agora vá. Não temos muito tempo.

– Eu não compreendo.

– Não é necessário. Apenas vá buscar os outros.

Eles se espalharam pela estrada na bifurcação, com as lanças a postos.

– Ela sabe do que está falando? – Tynian questionou, incerto.

– Eu realmente espero que sim – Sparhawk murmurou.

E então eles ouviram a respiração penosa de um cavalo bem próximo da exaustão fatal, o trovejar instável de cascos, o assovio selvagem e o estalar de um chicote. O Rastreador, com seu manto negro e arqueado em sua sela, surgiu de uma curva na estrada, fustigando seu cavalo moribundo com inclemência.

– Pare, cão do Inferno! – Bevier proclamou em voz reverberante –, pois aqui termina seu avanço temerário!

– Teremos que falar a sério com esse garoto um dia desses – Ulath resmungou para Sparhawk.

O Rastreador, entretanto, puxou as rédeas com cautela.

Foi então que Sephrenia, com Flauta ao seu lado, saiu das árvores. O rosto da pequena styrica estava ainda mais pálido do que o normal. De um modo estranhamente curioso, Sparhawk nunca havia percebido por completo como sua instrutora de fato era pequena; pouco mais alta do que a própria Flauta. Sua presença sempre havia sido tão elevada que, de alguma forma, na mente do cavaleiro ela era ainda mais alta do que Ulath.

– E é este o encontro que prometeste, Azash? – ela indagou com desdém. – Caso seja, então estou pronta.

– Muito bem, Ssssephrenia – a voz odiosa falou –, nossss encontramossss novamente e de maneira inessssperada. Talvezzzz este sssseja sssseu último dia de vida.

– Ou o teu, Azash – ela respondeu com uma coragem repleta de calma.

– Tu não podessss dessssstruir a mim. – A risada era hedionda.

– A Bhelliom pode – ela disse à coisa –, e não só impediremos que te aposses dela como vamos utilizá-la para nossos próprios desígnios. Fuja, Azash, se quiseres manter tua vida. Cobre-te com todas as rochas deste mundo e treme de medo diante da ira dos Deuses Jovens.

– Ela não está forçando um pouquinho? – Talen falou com a voz reprimida.

– Elas estão aprontando algo – Sparhawk murmurou. – Sephrenia e Flauta estão incitando aquela coisa de maneira deliberada, levando-a a fazer algo precipitado.

– Não enquanto eu respirar! – Bevier declarou com fervor, aprontando sua lança.

– Mantenha sua posição, Bevier! – Kurik rosnou. – Elas sabem o que estão fazendo. E Deus sabe que nós não temos a menor ideia do que fazer.

– E tu ainda manténssss teussss flertessss com esssstas criançassss elenassss, Ssssephrenia? – a voz de Azash perguntou. – Sssse teu apetite é tão grande, venhassss até mim, e te ssssaciarei.

– Isso já não está entre tuas capacidades, Azash, ou esqueceste de tua emasculação? Tu és uma abominação perante todos os deuses, por isso eles o baniram, o emascularam e o confinaram no local de teu tormento e arrependimento eternos.

A coisa no cavalo exausto sibilou de fúria, e Sephrenia anuiu com a cabeça calmamente para Flauta. A garotinha levou seu instrumento aos lábios e começou a tocar. Sua melodia era rápida, uma série de notas saltitantes e discordantes, e o Rastreador aparentou se retrair.

– Isssto não terá sssserventia alguma, Ssssephrenia – Azash declarou com a voz estridente. – Ainda há tempo.

– Achas mesmo, poderoso Azash? – ela falou com escárnio. – Então os infindáveis séculos de confinamento o privaram não só de tua masculinidade, mas também de tuas capacidades mentais.

O guincho do Rastreador era de pura fúria.

– Deidade impotente – Sephrenia continuou sua provocação –, retorne para a imunda Zemoch e corroa tua alma em vão arrependimento pelos deleites que agora são eternamente negados a ti.

Azash uivou, e a música de Flauta ficou ainda mais célere.

Algo estava acontecendo com o Rastreador. Seu corpo parecia se contorcer sob o manto negro, e barulhos terríveis e inarticulados vinham de debaixo do capuz. Com um movimento horrivelmente espasmódico, ele desceu do cavalo moribundo e cambaleou para a frente, com suas garras semelhantes às de um escorpião estendidas.

Instintivamente, os Cavaleiros da Igreja se moveram para proteger Sephrenia e a menininha.

– Afastem-se! – Sephrenia berrou. – Ele não é capaz de parar o que está acontecendo.

O Rastreador caiu na estrada se retorcendo, rasgando o manto negro. Sparhawk suprimiu um violento desejo de vomitar. O Rastreador tinha um corpo alongado, dividido no meio por uma cintura que lembrava a de uma vespa, e reluzia com um muco acinzentado, similar a pus. Seus braços delgados eram seccionados em vários pontos, e ele não tinha o que se poderia chamar de um rosto, mas apenas dois olhos esbugalhados e uma mandíbula escancarada cercada por uma série de apêndices pontiagudos, que se assemelhavam a presas.

Azash gritou algo para Flauta. Sparhawk reconheceu a inflexão como sendo no idioma styrico, mas (e ele ficou eternamente grato por esse fato) não reconheceu nenhuma palavra.

E então o Rastreador começou a se abrir com um temível ruído de algo se rasgando. Havia alguma coisa dentro dele, que se contorcia e serpenteava, tentando se libertar. A abertura no corpo do Rastreador aumentou, e aquilo que estava em seu interior começou a emergir. Era de um preto brilhante e molhado. Asas translúcidas brotavam de seus ombros. Tinha dois olhos protuberantes, antenas delicadas e não possuía boca. A criatura estremeceu e lutou para se libertar da agora enrugada casca que fora o Rastreador. Em seguida, finalmente emergindo por completo, ela se agachou na poeira da estrada, rapidamente batendo suas asas insetoides para secá-las. Quando as asas estavam secas e coradas com algo que poderia ser sangue, elas começaram a zumbir, movendo-se tão rapidamente que pareciam borrões, e o ser disforme que havia nascido de maneira tão horrenda perante os olhos de todos ergueu-se no ar e voou em direção ao leste.

– Detenham-no! – Bevier gritou. – Não deixem que ele fuja!

– Agora ele é inofensivo – Flauta disse ao cirínico com calma, baixando seu instrumento musical.

– O que você fez a ele? – Bevier perguntou, embasbacado.

– O feitiço simplesmente acelerou sua maturação – ela respondeu. – Minha irmã estava certa quando me ensinou esse feitiço. Agora ele é um adulto, e todos os seus instintos estão focados em reproduzir-se. Nem mesmo Azash é capaz de sobrepujar sua busca desesperada por um parceiro.

– Qual foi o propósito daquela pequena troca de insultos? – Kalten perguntou a Sephrenia.

– Para que o feitiço de Flauta pudesse funcionar, Azash tinha de estar tão irado a ponto de começar a perder seu controle sobre o Rastreador – ela explicou. – Por isso tive de dizer algumas verdades desagradáveis na cara dele.

– Isso não foi um pouco perigoso?

– Muito – ela admitiu.

– O adulto encontrará um parceiro? – Tynian perguntou a Flauta, com perplexidade em sua voz. – Eu odiaria ver o mundo infestado de Rastreadores.

– Ele nunca encontrará um parceiro – ela explicou. – Ele é o único em nosso mundo. Como já não possui boca, não poderá se alimentar; voará por aí em sua busca desesperada por cerca de uma semana.

– E então?

– E então? E então ele morrerá. – Ela disse isso com a voz repleta de uma indiferença gélida.

Capítulo 20

Eles arrastaram a casca do Rastreador para longe da estrada e voltaram ao bosque, à espera de Ghwerig.

– Onde ele está agora? – Sparhawk perguntou a Flauta.

– Não muito distante da extremidade norte do lago – ela respondeu. – Ele não está se movendo neste exato momento. Acho que, agora que o nevoeiro se dissipou, os servos devem ter voltado aos campos. Provavelmente, há tantas pessoas por lá que ele teve de se esconder.

– Isso significa que é mais certo que ele passe por aqui depois do cair da noite, não é?

– Sim, é possível.

– Eu não me sinto muito empolgado com a ideia de enfrentar um troll no escuro.

– Posso criar luz, Sparhawk... pelo menos o suficiente para nossos propósitos.

– Eu agradeceria. – Ele franziu o cenho. – Se você era capaz de fazer aquilo com o Rastreador, por que não o fez antes?

– Não havia tempo. Ele sempre nos pegava de surpresa. Demora um pouco até que se esteja preparado para aquele feitiço em particular. Você tem que falar tanto, Sparhawk? Estou tentando me concentrar na Bhelliom.

– Desculpe. Vou falar com Ulath. Quero descobrir exatamente como atacar um troll.

Ele encontrou o enorme cavaleiro genidiano tirando um cochilo embaixo de uma árvore.

– O que está acontecendo? – Ulath perguntou, abrindo um de seus olhos azuis.

– Flauta diz que Ghwerig deve estar escondido neste momento. De todo modo, não está se movendo. É provável que ele passe por aqui em algum momento durante a noite.

Ulath concordou com um aceno de cabeça.

– Trolls gostam de se locomover no escuro – ele falou. – É o horário em que costumam caçar.

– Qual a melhor forma de lidar com ele?

– Lanças podem funcionar... se todos nós investirmos contra ele ao mesmo tempo. Um de nós pode desferir um golpe de sorte.

– Isso tudo é um pouco sério demais para confiar na sorte.

– Vale a pena tentar... pelo menos, para começar. É bem possível que tenhamos de apelar para espadas e machados. Mas precisaremos ser muito cautelosos. Você tem que prestar atenção nos braços de um troll. Eles são muito compridos, e os trolls são muito mais ágeis do que aparentam.

– Você parece saber muita coisa sobre eles. Já lutou contra um?

– Sim, algumas vezes. Não é o tipo de coisa que se deva tornar um hábito. Berit ainda tem aquele arco?

– Acho que sim.

– Bom. Geralmente essa é a melhor forma de começar a lutar com um troll: deixá-lo mais lento com algumas flechadas e, na sequência, se aproximar para acabar com ele.

– Ele usará alguma arma?

– Talvez um porrete. Os trolls não têm a aptidão necessária para trabalhar com ferro ou com aço.

– Como você aprendeu o idioma deles?

– Tínhamos um troll de estimação em nossa casa capitular em Heid. Nós o encontramos quando ele era um filhote, mas trolls nascem sabendo falar sua língua. Ele era um pequeno encrenqueiro afetuoso... pelo menos no começo. Acabou se rebelando mais tarde. Aprendi o idioma enquanto ele crescia.

– O que você quer dizer com "se rebelando"?

– Na verdade, não foi culpa dele, Sparhawk. Quando um troll cresce, começa a ter todos esses impulsos, e não tínhamos tempo para caçar uma fêmea para ele. Então o apetite dele começou a fugir de controle. Ele comia duas vacas ou um cavalo toda semana.

– O que aconteceu com ele, afinal?

– Um de nossos irmãos foi alimentá-lo e acabou sendo atacado. Os irmãos não toleraram isso, então foi decidido que teríamos de matá-lo. Foram necessários cinco de nós, e depois a maioria acabou de cama por mais ou menos uma semana.

– Ulath – Sparhawk falou com suspeita –, você está me tapeando?

– Eu faria isso? Na verdade, trolls não são tão ruins... desde que você tenha vários homens armados à sua volta. Uma flecha na barriga normalmente faz com que eles fiquem meio cautelosos. É contra os ogros que você deve se acautelar. Eles não têm cérebro suficiente para ser prudentes. – Ele coçou a bochecha. – Certa vez, uma ogra nutriu uma paixão irracional por um dos irmãos em Heid – Ulath contou. – Ela não era tão feia... para uma ogra. Ela mantinha a pelagem relativamente limpa e os chifres lustrosos; até polia as presas. Eles roem granito para fazer isso, sabe. De todo modo, como eu ia dizendo, ela estava loucamente apaixonada por esse cavaleiro em Heid, e costumava rondar as florestas e cantar para ele... a coisa mais horrenda que já se ouviu. Ela era capaz de cantar até que todas as pinhas caíssem de um pinheiro a cem metros de distância. O cavaleiro finalmente não conseguiu suportar mais e entrou para o mosteiro. Só assim ela desistiu.

– Ulath, agora eu *sei* que você está me tapeando.

– Ora, Sparhawk – Ulath protestou brandamente.

– Então a melhor forma de tirar Ghwerig de nosso caminho é nos afastarmos e enchê-lo de flechas?

– Para começar. Mas teremos de nos aproximar. Trolls têm um couro muito duro e uma pelagem espessa. Flechas normalmente não penetram muito fundo, e tentar fazer isso no escuro vai complicar ainda mais.

– Flauta diz que consegue iluminar o suficiente.

– Ela é uma pessoa bem estranha, não é? Mesmo para uma styrica.

– Isso ela é, meu amigo.

– Quantos anos você acha que ela tem de verdade?

– Não faço ideia. Sephrenia não me dá nem uma dica. Sei que ela é muito, muito mais velha do que aparenta ser, e muito mais sábia do que qualquer um de nós suspeita.

– Depois que ela tirou aquele Rastreador de nosso encalço, acho que não nos faria mal algum fazer o que ela diz por mais algum tempo.

– Concordo plenamente – Sparhawk falou.

– Sparhawk – a garotinha chamou bruscamente –, venha aqui.

– Eu só queria que ela não fosse tão imperiosa todo o tempo – Sparhawk resmungou, virando-se para responder à convocação.

– Ghwerig está fazendo algo que não consigo compreender – ela disse assim que ele se aproximou.

– E o que seria?

– Ele está seguindo para dentro do lago.

– Ele deve ter encontrado um barco – Sparhawk sugeriu. – Ulath nos disse que trolls não conseguem nadar. Para qual direção ele está indo?

Ela fechou os olhos para se concentrar.

– Mais ou menos para noroeste. Ele vai evitar a cidade de Venne e desembarcar na margem oeste do lago. Teremos de cavalgar até lá se quisermos interceptá-lo.

– Vou avisar os outros – Sparhawk falou. – Quão rápido ele está se movendo?

— Neste momento, bem devagar. Não creio que saiba remar um barco muito bem.

— Isso pode nos dar um pouco de tempo para chegar lá antes dele.

Eles desmontaram o acampamento compacto e cavalgaram para o sul, pelo lado oeste do lago Venne, conforme o crepúsculo se assentava sobre Pelosia ocidental.

— Só com esse pressentimento que capta da Bhelliom, você é capaz de arriscar com algum grau de precisão onde ele irá atracar? — Sparhawk perguntou a Flauta, que seguia nos braços de Sephrenia.

— A um raio de pouco menos de um quilômetro — ela respondeu. — Ficará mais preciso quando ele se aproximar mais da costa. Há correntezas e ventos e todas essas coisas, você entende.

— Ele ainda está se movendo devagar?

— Ainda mais lento. Ghwerig tem certas dificuldades com os ombros e com a bacia. Faz com que seja difícil remar.

— Você arriscaria um palpite de quanto tempo ele levará para chegar aqui, à margem oeste do lago?

— Na atual conjuntura, só depois de o dia raiar, amanhã. Agora ele está pescando. Ele precisa de comida.

— Com as mãos?

— Trolls são muito, muito rápidos com as mãos. A superfície do lago o confunde. Na maior parte do tempo, ele nem tem certeza de para onde está indo. Trolls têm um péssimo senso de direção... exceto para o norte. Eles conseguem sentir a atração do polo através da terra. Mas, na água, eles ficam desamparados.

— Então nós o pegamos.

— Não celebre a vitória antes que tenha vencido a batalha, Sparhawk — ela disse, acidamente.

— Você é uma garotinha muito desagradável, Flauta. Sabia disso?

— Mas você me ama, não ama? — ela perguntou com uma inocência que o desarmou.

— O que se pode fazer? — ele perguntou, impotente, para Sephrenia. — Ela é impossível.

— Responda à pergunta, Sparhawk — sua instrutora sugeriu. — É muito mais importante do que você imagina.

— Sim — ele disse a Flauta —, que Deus me ajude, mas eu amo. Tem vezes que quero bater em você, mas, *de fato*, te amo.

– Isso é tudo o que importa. – Ela suspirou. Em seguida, a menina se aninhou no manto protetor de Sephrenia e caiu de imediato no sono.

Eles patrulharam um extenso trecho da costa ocidental do lago Venne, perscrutando as trevas que haviam encoberto o lago. Durante a noite, de maneira gradual, Flauta foi estreitando a área de patrulha, trazendo-os cada vez mais próximos uns dos outros.

– Como você sabe? – Kalten perguntou a ela, algumas horas depois da meia-noite.

– Ele entenderia? – Flauta questionou Sephrenia.

– Kalten? Provavelmente não, mas você pode tentar explicar, se quiser. – Sephrenia sorriu. – Todos nós precisamos de um pouco de frustração de tempos em tempos.

– Tenho uma sensação diferente quando a Bhelliom está se movendo em diagonal e quando está vindo diretamente em minha direção – Flauta tentou.

– Ah – ele disse com hesitação –, isso faz sentido, creio eu.

– Viu – Flauta falou de maneira triunfante para Sephrenia. – Eu sabia que conseguiria fazer com que ele entendesse.

– Só uma pergunta – Kalten acrescentou. – O que é "diagonal"?

– Puxa vida – ela disse, pressionando o rosto contra Sephrenia em um gesto de desespero.

– E então? O que é? – Kalten apelou para seus colegas cavaleiros.

– Vamos um pouco para o sul, Kalten, e fiquemos de olho no lago – Tynian falou. – Explicarei conforme cavalgarmos.

– Você! – Sephrenia virou-se para Ulath, que estava esboçando um sorriso. – Nem uma palavra.

– Eu não disse nada.

Sparhawk virou Faran e seguiu devagar de volta para o norte, olhando para as águas escuras.

A lua se ergueu tarde naquela noite, e lançava um caminho comprido e brilhante pela superfície do lago. Sparhawk relaxou um pouco. Procurar pelo troll no escuro era algo muito tenso. Agora, de alguma forma, tudo parecia fácil demais. Depois de todas as dificuldades e contratempos que os haviam perseguido desde que partiram em busca da Bhelliom, a ideia de poder apenas sentar e esperar que a pedra lhe fosse entregue fez com que Sparhawk ficasse um pouco apreensivo. Ele tinha uma suspeita ominosa de que algo daria errado. Se todos os acontecimentos em Lamorkand e ali em Pelosia fossem um indicativo, algo estava prestes a dar errado. Sua busca havia sido repleta de desastres iminentes quase a partir do momento em que deixaram a casa capitular em Cimmura, e Sparhawk não via motivos para esperar que aquela situação fosse diferente.

Mais uma vez, o sol nasceu no céu enferrujado, um disco acobreado jazendo bem baixo nas águas tingidas de marrom do lago. Sparhawk cavalgou, exausto, de volta pelo bosque em que eles mantinham vigília até onde Sephrenia e as crianças estavam aguardando.

– Quão longe ele está agora? – ele indagou a Flauta.

– A cerca de um quilômetro e meio da margem do lago – ela respondeu. – Ele parou novamente.

– *Por que* ele fica parando? – Sparhawk estava ficando cada vez mais irritadiço por conta dessas interrupções periódicas no progresso do troll pelo lago.

– Você gostaria de ouvir um palpite? – Talen perguntou.

– Pode falar.

– Certa vez eu roubei um barco porque precisava cruzar o rio Cimmura. O barco vazava. Eu tinha de parar a cada quinze minutos, mais ou menos, para baldear a água. Ghwerig tem parado a cada meia hora. Talvez o barco dele vaze menos do que o meu vazava.

Sparhawk encarou o garoto por alguns instantes, e então de repente explodiu em uma gargalhada.

– Obrigado, Talen – ele disse, sentindo-se subitamente melhor.

– Essa foi de graça – o menino respondeu de maneira despudorada. – Sabe, Sparhawk, a resposta mais simples normalmente é a correta.

– Então há um troll lá fora com um barco que vaza, e temos de esperar na praia até que ele tire toda a água de sua embarcação.

– Isso resume bem a situação, sim.

Tynian se aproximou em um trote largo.

– Sparhawk – ele falou em voz baixa –, temos alguns cavaleiros vindos do oeste.

– Quantos?

– Muito mais do que pode ser considerado conveniente.

– Vamos dar uma olhada. – Os dois cavalgaram de volta pelas árvores até onde Kalten, Ulath e Bevier estavam sentados em suas montarias, olhando para o oeste.

– Estive observando, Sparhawk – Ulath comentou. – Acho que eles são thalesianos.

– O que thalesianos estão fazendo aqui em Pelosia?

– Você se lembra do que o estalajadeiro te contou lá em Venne? – Kalten perguntou –, sobre uma guerra acontecendo em Arcium? Ele não havia dito que os reinos ocidentais estavam se mobilizando?

– Eu tinha me esquecido disso – Sparhawk admitiu. – Bem, isso não é problema nosso... pelo menos não por ora.

Kurik e Berit se aproximaram.

– Acho que nós os avistamos, Sparhawk – Kurik informou. – No mínimo, Berit avistou.

Sparhawk olhou rapidamente para o noviço.

– Eu subi em uma árvore, Sir Sparhawk – Berit explicou. – Havia um pequeno barco a alguma distância da margem. Não consegui ver muitos detalhes, mas parecia que estava à deriva, e algo parecia chapinhar.

– Acho que Talen estava certo – Sparhawk disse, rindo com acidez.

– Creio que não compreendi, Sir Sparhawk.

– Ele disse que, provavelmente, Ghwerig havia roubado um barco furado e que tinha de parar de tempos em tempos para baldear a água.

– Você quer dizer que esperamos a noite toda enquanto Ghwerig tirava água de seu barco? – Kalten perguntou.

– Parece que foi isso mesmo – Sparhawk falou.

– Eles estão se aproximando, Sparhawk – Tynian informou, apontando para o oeste.

– E eles definitivamente são thalesianos – Ulath acrescentou.

Sparhawk soltou um palavrão e foi até a orla das árvores. Os homens que se aproximavam estavam formando uma coluna liderada por um indivíduo imenso trajando cota de malha e capa roxa. Sparhawk o reconheceu. Era o rei Wargun de Thalesia, e ele aparentava estar incrivelmente bêbado. Ao seu lado vinha um homem delgado e pálido em uma armadura excessivamente decorada, mas ainda assim delicada.

– Aquele ao lado de Wargun é o rei Soros de Pelosia – Tynian disse em voz baixa. – Não acho que ele seja uma grande ameaça; gasta a maior parte de seu tempo rezando e jejuando.

– Ainda assim, nós temos um problema, Sparhawk – Ulath falou com gravidade. – Ghwerig vai chegar à margem logo mais, e ele estará com a coroa real de Thalesia. Wargun daria a própria alma para conseguir aquela coroa de volta. Odeio ter de dizer isso, mas acho melhor conduzirmos o rei para longe daqui antes que Ghwerig chegue.

O CAVALEIRO DE RUBI

Sparhawk começou a xingar de tanta frustração. Suas suspeitas na noite anterior acabaram se provando bem fundamentadas.

– Vai dar tudo certo, Sparhawk – Bevier assegurou. – Flauta consegue seguir a trilha da Bhelliom. Vamos fazer com que o rei Wargun nos encontre em outro local e então pediremos sua licença. Poderemos voltar mais tarde e perseguir o troll.

– Parece que não temos muita escolha – Sparhawk concedeu. – Vamos buscar Sephrenia e as crianças e atrair Wargun para longe daqui.

Eles montaram rapidamente e cavalgaram de volta para onde Sephrenia, Talen e Flauta aguardavam.

– Temos de partir – Sparhawk falou de modo sucinto. – Há alguns thalesianos vindo para cá, e o rei Wargun está com eles. Ulath disse que, se Wargun descobrir o motivo de estarmos aqui, ele tentará tirar a coroa de nós assim que colocarmos as mãos nela. Vamos embora.

O grupo deixou a orla das árvores na margem do lago a galope, seguindo para o norte. Como eles haviam antecipado, a coluna de thalesianos saiu em perseguição.

– Precisamos de, pelo menos, mais alguns quilômetros – Sparhawk berrou para os outros. – Temos de dar uma chance para que Ghwerig fuja.

Eles chegaram à estrada que seguia para o nordeste, de volta à cidade de Venne, seguindo a galope de forma relativamente ostensiva, nem se virando para olhar os thalesianos que os perseguiam.

– Eles estão vindo bem rápido – Talen, que podia olhar por sobre o próprio ombro com discrição, informou Sparhawk.

– Eu gostaria de afastá-los um pouco mais de Ghwerig – o pandion falou, pesaroso –, mas acho que isto é o mais distante que conseguiremos chegar.

– Ghwerig é um troll, Sparhawk – Ulath disse. – Ele sabe se esconder.

– Muito bem – Sparhawk anuiu. Ele fez um teatro ao olhar para trás e então ergueu uma mão, sinalizando uma pausa. Todos puxaram as rédeas e viraram suas montarias para ficar de frente para os thalesianos que se aproximavam.

Os thalesianos também pararam e um deles se adiantou a um passo curto.

– O rei Wargun de Thalesia quer lhes falar, Sirs Cavaleiros – ele disse respeitosamente. – Sua Majestade chegará em breve.

– Muito bem – Sparhawk respondeu laconicamente.

– Wargun está bêbado – Ulath murmurou para seu amigo. – Tente ser diplomático, Sparhawk.

Os reis Wargun e Soros se aproximaram cavalgando e puxaram as rédeas de suas montarias.

– Ho, ho, Soros – Wargun rugiu, vacilando perigosamente em sua sela. – Parece que pegamos uma ninhada de Cavaleiros da Igreja em nossa rede. – Ele piscou os olhos e encarou os cavaleiros. – Eu conheço aquele ali – ele falou. – Ulath, o que você está fazendo aqui em Pelosia?

– Assuntos da Igreja, Vossa Majestade – Ulath respondeu com suavidade.

– E aquele ali com o nariz quebrado é o pandion Sparhawk – Wargun acrescentou para o rei Soros. – Por que vocês estavam cavalgando tão rápido, Sparhawk?

– Nossa missão é de certa urgência, Vossa Majestade – Sparhawk explicou.

– E que missão é essa?

– Não temos permissão para discuti-la, Vossa Majestade. Regras da Igreja, o senhor compreende.

– Então é política – Wargun bufou. – Queria que a Igreja mantivesse seu nariz fora da política.

– O senhor cavalgará um pouco conosco, Vossa Majestade? – Bevier inquiriu de modo polido.

– Não, acho que vai ser justamente o contrário, Sir Cavaleiro... e acho que será mais do que "um pouco". – Wargun olhou para todos eles. – Vocês sabem o que está acontecendo em Arcium?

– Ouvimos alguns boatos exagerados, Vossa Majestade – Tynian falou –, mas nada de substancial.

– Muito bem – Wargun disse –, vou lhes dar algo substancial. Os rendorenhos invadiram Arcium.

– Isso é impossível! – Sparhawk exclamou.

– Vá dizer o que é impossível à população que costumava viver em Coombe. Os rendorenhos pilharam e incendiaram a cidade. Agora eles estão marchando para o norte em direção à capital, Larium. O rei Dregos invocou os tratados de mútua defesa. Soros, aqui, e eu estamos juntando todos os homens capazes que conseguimos encontrar. Estamos cavalgando para o sul a fim de exterminar essa infecção rendorenha de uma vez por todas.

– Eu gostaria de poder acompanhar Vossa Majestade – Sparhawk falou –, mas temos outro compromisso. Talvez, quando nossa tarefa for concluída, possamos nos juntar a Vossa Majestade.

– Você já se juntou, Sparhawk – Wargun afirmou bruscamente.

– Temos outro compromisso urgente, Vossa Majestade – Sparhawk repetiu.

– A Igreja é eterna, Sparhawk, e é muito paciente. Esse outro compromisso terá de esperar.

Isso foi a gota d'água. Sparhawk, cujo temperamento nunca esteve completamente sob controle, olhou em cheio para o monarca de Thalesia. Diferen-

temente da raiva de outros homens, cuja ira se dissipava com gritos e xingamentos, a de Sparhawk manifestava-se por meio de uma calma gélida que
aumentava cada vez mais.

– Somos Cavaleiros da Igreja, Vossa Majestade – ele disse em uma voz
nivelada e inexpressiva. – Não estamos sujeitos a reis mundanos. Nossa responsabilidade é para com Deus e para com nossa mãe, a Igreja. Obedecere-
mos às ordens *dela*, não às suas.

– Tenho mil lanceiros atrás de mim – Wargun alardeou.

– E quantos Vossa Majestade está disposto a perder? – Sparhawk perguntou
em uma voz mortalmente baixa. Ele se endireitou em sua sela e lentamente
baixou o visor do elmo. – Poupemos tempo, Wargun de Thalesia – ele disse com
formalidade, removendo a manopla da mão direita. – Acho sua atitude indeco-
rosa, até mesmo irreligiosa, e ela me ofende. – Com um gesto de aparente negli-
gência, ele jogou a manopla na poeira da estrada diante do rei thalesiano.

– *Esse* é o conceito dele de diplomacia? – Ulath murmurou para Kalten
com espanto.

– Isso é o mais perto que ele consegue chegar – Kalten falou, tirando a
espada da bainha. – É melhor você se aprontar e sacar seu machado, Ulath.
Essa promete ser uma manhã bem interessante. Sephrenia, leve as crianças
para a retaguarda.

– Você ficou louco, Kalten? – Ulath explodiu. – Você quer que eu erga
meu machado contra meu próprio rei?

– Claro que não – Kalten escancarou um sorriso –, apenas em seu cortejo
fúnebre. Se Wargun enfrentar Sparhawk, ele estará bebendo hidromel celestial
depois da primeira passada.

– Então eu terei de lutar contra Sparhawk – Ulath disse com amargura.

– Você é quem sabe, meu amigo – Kalten retrucou com o mesmo amargor –,
mas eu não recomendo. Mesmo que você passe por Sparhawk, ainda teria de me
enfrentar, e eu trapaceio bastante.

– Eu não permitirei isso! – uma voz ribombante urrou. O homem, que abriu
caminho com seu cavalo por entre os thalesianos que o cercavam, era imenso,
maior ainda que Ulath. Ele trajava cota de malha, elmo com chifres de ogro e
carregava um machado pesado. Uma larga fita negra cingida em seu pescoço o
identificava como sendo um clérigo.

– Apanhe sua manopla, Sir Sparhawk, e retire seu desafio! Esta é a ordem
de nossa mãe, a Igreja!

– Quem é esse? – Kalten perguntou para Ulath.

– Bergsten, o patriarca de Emsat – o genidiano respondeu.

– Um *patriarca*? Vestido desse jeito?

– Bergsten não é um clérigo comum.

– Vossa Graça – o rei Wargun vacilou. – Eu...

– Embainhe sua espada, Wargun – Bergsten trovejou –, ou você gostaria de *me* enfrentar em duelo?

– *Eu* não enfrentaria – o monarca disse em tom de conversa para Sparhawk. – *Você* enfrentaria?

Sparhawk mirou o patriarca de Emsat, avaliando-o.

– Não se eu puder evitar – ele admitiu. – *Como* ele conseguiu crescer tanto?

– Ele era filho único – Wargun explicou. – Não tinha que lutar toda noite com nove irmãos e irmãs pelo jantar. A esta altura, o que você acha de uma trégua, Sparhawk?

– Parece-me que é o caminho da prudência, Vossa Majestade. Mas nós realmente temos algo muito importante para fazer.

– Conversaremos sobre isso mais tarde... quando Bergsten estiver fazendo suas orações.

– Esta é a ordem da Igreja! – o patriarca de Emsat rugiu. – Os Cavaleiros se unirão a nós nesta sagrada missão. A Heresia Eshandista é uma ofensa contra Deus. Ela morrerá nas planícies rochosas de Arcium. Com a força de Deus, meus filhos, prossigamos nessa grande obra com a qual estamos comprometidos. – Ele girou o cavalo para o sul. – Não se esqueça de sua manopla, Sir Sparhawk – ele disse por sobre o ombro. – O senhor poderá precisar dela quando chegarmos a Arcium.

– Sim, Vossa Graça – Sparhawk respondeu por entre dentes cerrados.

Capítulo 21

Pontualmente ao meio-dia, o rei Soros convocou uma pausa. Instruiu seus servos a erigirem seu pavilhão e ele e seu capelão pessoal se recolheram para as orações do meio-dia.

– Carola – o rei Wargun resmungou em voz baixa. – Bergsten! – ele berrou.

– Bem aqui, Vossa Majestade – o patriarca militarista respondeu suavemente logo atrás de seu rei.

– Você já melhorou do seu acesso de mau humor?

– Eu não estava de mau humor, Vossa Majestade. Eu apenas estava tentando salvar vidas... incluindo a sua.

– O que isso quer dizer?

– Caso Vossa Majestade tivesse sido tolo o bastante para aceitar o desafio de Sir Sparhawk, o senhor estaria jantando no Paraíso esta noite... ou ceando no Inferno, dependendo do Julgamento Divino.

– Isso foi direto o suficiente.

– A reputação de Sir Sparhawk o precede, Vossa Majestade, e o senhor não seria páreo para ele. Agora, o que Vossa Majestade tem em mente?

– Quão longe Lamorkand fica daqui?

– Na extremidade sul do lago, milorde... cerca de dois dias.

– E a cidade lamork mais próxima?

– Seria Agnak, Vossa Majestade. Fica logo depois da fronteira, um pouco mais a leste.

– Muito bem. Então seguiremos para lá. Quero tirar Soros do país dele e mantê-lo longe de todos esses santuários religiosos. Se ele parar para rezar mais uma vez, vou estrangulá-lo. Vamos alcançar o grosso do exército mais tarde, ainda hoje. Eles já estão marchando para o sul. Vou enviar Soros para mobilizar os barões lamorks e você irá acompanhá-lo; se ele tentar rezar mais do que uma vez por dia, tem minha permissão para quebrar o crânio dele.

– Isso poderia ter algumas ramificações políticas interessantes, Vossa Majestade – Bergsten observou.

– Minta a respeito – Wargun rosnou. – Diga que foi um acidente.

– Como se quebra o crânio de alguém por acidente?

– Pense em algo. Agora, ouça bem, Bergsten. Preciso daqueles lamorks. Não deixe que Soros se desvie em alguma peregrinação religiosa. Mantenha-o em movimento. Cite textos sagrados se for necessário. Apanhe todos os lamorks que aparecerem na sua frente e vá para Elenia. Encontrarei você na fronteira com Arcium. Tenho de ir até Acie, em Deira. Obler conclamou um conselho de guerra. – Ele olhou ao redor. – Sparhawk – ele disse, enojado –, vá para outro lugar e reze. Um Cavaleiro da Igreja não deveria se dignar a ouvir conversas alheias.

– Sim, Vossa Majestade – Sparhawk respondeu.

– Esse seu cavalo é muito feio, sabia? – Wargun falou, olhando criticamente para Faran.

– Somos feitos um para o outro, Vossa Majestade.

– Eu tomaria cuidado, rei Wargun – Kalten avisou por sobre o ombro, conforme ele e Sparhawk prosseguiam até onde seus amigos haviam desmontado. – Ele morde.

– Qual dos dois? Sparhawk ou o cavalo?

– A escolha é sua, Vossa Majestade.

Os dois manobraram seus cavalos e se juntaram aos amigos.

– O que Ghwerig está fazendo? – Sparhawk perguntou a Flauta.

– Ele ainda está se escondendo – a garotinha respondeu. – Pelo menos é o que eu acho. A Bhelliom não está se movendo. Ele provavelmente irá esperar até que escureça, antes de recomeçar.

Sparhawk grunhiu.

Kalten olhou para Ulath e perguntou:

– Qual é a história por trás de Bergsten? Eu nunca tinha visto um clérigo em armadura.

– Ele era um cavaleiro genidiano – Ulath contou. – Seria preceptor a esta altura, se não tivesse entrado para o clero.

– Ele *de fato* parecia manejar aquele machado como se soubesse usá-lo. Não é um pouco incomum para um membro de uma das ordens militantes adotar o hábito?

– Não é tão incomum, Kalten – Bevier, que estava ali perto, discordou. – Um bom número de clérigos de alto escalão em Arcium costumava ser da Ordem Cirínica. Algum dia eu mesmo irei deixar nossa ordem a fim de poder servir a Deus de modo mais pessoal.

– Teremos de arranjar uma garota boa e complacente para esse garoto, Sparhawk – Ulath murmurou. – Vamos fazer com que ele se envolva em alguns pecados bem sérios para que desista dessa ideia. Ele é um homem bom demais para se desperdiçar colocando-lhe um hábito.

– Que tal Naween? – Talen, que estava de pé ao lado deles, sugeriu.

– Quem é Naween? – Ulath questionou.

– A melhor prostituta de Cimmura. – Talen deu de ombros. – Ela é uma entusiasta de seu trabalho. Sparhawk a conheceu.

– É mesmo? – Ulath disse, olhando para Sparhawk com uma sobrancelha erguida.

– Foi a negócios – Sparhawk disse laconicamente.

– É claro... mas seus ou dela?

– Podemos trocar de assunto? – Sparhawk pigarreou e então olhou ao redor para garantir que nenhum soldado do rei Wargun pudesse ouvir. – Temos de nos livrar desse bando antes que Ghwerig ganhe muita distância – ele falou.

– Hoje à noite – Tynian sugeriu. – Dizem as más línguas que o rei Wargun bebe até cair todas as noites. Devemos conseguir escapar sem maiores problemas.

– Certamente não podemos desobedecer a uma ordem direta do patriarca de Emsat – Bevier disse, chocado.

– Claro que não, Bevier – Kalten falou com leveza. – Vamos escapulir, encontrar algum vigário local ou o abade de algum mosteiro e persuadi-lo a que nos mande continuar com o que estávamos fazendo.

– Isso é imoral! – Bevier ofegou.

– Eu sei – Kalten sorriu com malícia. – Repulsivo, não é mesmo?

– Mas *é*, tecnicamente, legítimo, Bevier – Tynian assegurou ao jovem cirínico. – Um pouco sórdido, admito, mas, ainda assim, legítimo. Somos obrigados por nossos juramentos a seguir as ordens de um membro consagrado do clero. A ordem de um vigário ou de um abade iria sobrepor o comando do patriarca Bergsten, não é verdade? – Os olhos de Tynian estavam arregalados e cheios de inocência.

Bevier olhou para ele, impotente, e então começou a rir.

– Acho que ele vai ficar bem, Sparhawk – Ulath comentou –, mas vamos manter sua amiga Naween a postos... só para garantir.

– Quem é Naween? – Bevier questionou, intrigado.

– Uma conhecida minha – Sparhawk respondeu vagamente. – Um dia, talvez, eu o apresente a ela.

– Seria uma honra – Bevier retrucou com sinceridade.

Talen se afastou e caiu no chão de tanto rir.

No final daquela tarde, eles alcançaram a turba dos pelosianos recrutados, que aparentavam desconsolo. Como Sparhawk temia, o perímetro ao redor do acampamento era patrulhado pelos brutamontes bem armados de Wargun.

Os soldados armaram um pavilhão próprio pouco antes do pôr do sol, e Sparhawk e seus amigos entraram nele. O pandion retirou a armadura e colocou uma cota de malha em seu lugar.

– O resto de vocês espere aqui – ele disse. – Quero dar uma olhada antes que escureça. – Ele colocou o cinturão com a espada e saiu da tenda.

Dois thalesianos mal-encarados estavam do lado de fora.

– Aonde você pensa que vai? – um deles perguntou.

Sparhawk dirigiu-lhe um olhar inexpressivo, de poucos amigos, e aguardou.

– Milorde – o camarada acrescentou, contrariado.

– Quero inspecionar meus cavalos – Sparhawk falou.

– Temos ferradores para fazer isso, Sir Cavaleiro.

– Não vamos ter que discutir sobre isso, não é mesmo, vizinho?

– Ah... não, acho que não, Sir Cavaleiro.

– Bom. Onde os cavalos são mantidos?

– Eu mostro ao senhor, Sir Sparhawk.

– Não há necessidade. Apenas me diga.

– Tenho de acompanhá-lo de qualquer forma, Sir Cavaleiro. Ordens do rei.

– Entendo. Então, conduza o caminho.

Assim que começaram a caminhar, Sparhawk ouviu, de súbito, uma voz barulhenta.

– Olá para o senhor, Sir Cavaleiro!

O pandion olhou ao redor.

– Vejo que eles pegaram você e seus amigos também. – Era Kring, o domi do bando saqueador dos peloi.

– Olá, meu amigo – Sparhawk cumprimentou o homem de cabeça raspada. – Você alcançou aqueles zemochs?

– Tenho um saco cheio de orelhas – Kring disse, rindo. – Eles tentaram resistir. Povo estúpido, os zemochs. Mas então o rei Soros se meteu com esse exército remendado, e tivemos de seguir junto com eles para coletar a recompensa. – Ele coçou a cabeça raspada. – Mas tudo bem. Não tínhamos nada de muito importante para fazer em casa, mesmo, agora que todas as éguas já deram cria. Diga-me, você ainda está com aquele jovem ladrão?

– Da última vez que conferi, ele ainda estava por aí. Claro, o menino pode ter roubado algumas coisas e fugido. Ele faz isso muito bem quando a ocasião pede.

– Aposto que sim, Sir Cavaleiro. Aposto que sim. Como está meu amigo Tynian? Eu vi todos vocês quando de sua chegada, e estava a caminho para fazer uma visita.

– Ele está bem.

– Bom. – Então o domi olhou seriamente para Sparhawk. – Talvez você possa me dar algumas informações sobre etiqueta militar, Sir Cavaleiro. Eu nunca fiz parte de um exército formal antes. Quais são as regras gerais sobre pilhagem?

– Acho que ninguém ficaria muito preocupado – Sparhawk respondeu –, desde que você limite os saques às baixas inimigas. Pilhar os corpos de seus próprios soldados é considerado falta de educação.

– Regra idiota, essa – Kring suspirou. – Para que os mortos vão se preocupar com suas posses? E quanto a estupros?

– São malvistos. Estaremos em Arcium, que é um país aliado. Os arcianos são sensíveis sobre suas mulheres. Wargun reuniu um bom número de acompanhantes para os homens do acampamento se esses instintos estiverem te incomodando.

– Acompanhantes sempre são tão chatas. Dê-me uma bela e jovem virgem, é o que eu digo. Sabe de uma coisa? Esta campanha está ficando cada vez menos divertida. E quanto a incêndios? Adoro um bom fogo.

– Recomendo fortemente desistir disso. Como disse antes, estaremos em Arcium, e todas as cidades e casas pertencem ao povo que vive lá. Tenho certeza de que eles objetarão.

– Guerra civilizada deixa muito a desejar, não é mesmo, Sir Cavaleiro?

– O que se pode fazer, domi? – Sparhawk se desculpou, estendendo as mãos em um gesto de impotência.

– Se me permite dizer, acho que é a armadura. É tanto aço ao redor do corpo que vocês perdem a perspectiva das coisas principais: o saque, as mulheres e os cavalos. É um defeito, Sir Cavaleiro.

– É um defeito, domi – Sparhawk concedeu. – Séculos de tradição, você compreende.

– Não há nada de errado com a tradição... desde que ela não fique no caminho das coisas importantes.

– Vou tentar me lembrar disso, domi. Nossa tenda está logo ali. Tynian ficará feliz em vê-lo. – Sparhawk seguiu o vigia thalesiano pelo acampamento até onde os cavalos estavam piqueteados. Ele fingiu conferir os cascos de Faran, olhando atentamente pelo crepúsculo em direção ao perímetro do acampamento. Como ele havia notado antes, havia dezenas de homens cavalgando lá fora.

– Por que tantos homens fazendo patrulha? – ele perguntou ao thalesiano.

– Os pelosianos recrutados não estão muito entusiasmados com esta campanha, Sir Cavaleiro – o guerreiro explicou. – Não tivemos tanto trabalho de juntá-los só para que escapassem no meio da noite.

– Entendo – Sparhawk disse. – Podemos voltar.

– Sim, milorde.

As patrulhas de Wargun complicavam seriamente as coisas, sem mencionar a presença dos dois vigias do lado de fora da tenda. Ghwerig estava se afastando cada vez mais com a Bhelliom, e a Sparhawk parecia haver muito pouco o que pudesse fazer a esse respeito. Ele sabia que, sozinho, usando uma mistura de furtividade e força bruta, poderia escapar do acampamento, mas o que conseguiria com isso? Sem Flauta, ele teria poucas chances de rastrear o troll fugitivo, e levá-la sem os outros para ajudar a protegê-la a colocaria em condições de perigo que eram inaceitáveis. Eles teriam de pensar em outra ideia.

O guerreiro thalesiano o estava conduzindo por entre as tendas de alguns pelosianos recrutados quando o pandion viu um rosto familiar.

– Occuda? – ele falou com incredulidade. – É você mesmo?

O homem de maxilar protuberante e armadura de couro de touro se pôs de pé. Seu rosto não transparecia qualquer satisfação particular com o encontro.

– Temo que sim, milorde – ele confirmou.

– O que aconteceu? O que o forçou a deixar o conde Ghasek?

Occuda relanceou para o homem com quem compartilhava a tenda.

– Podemos discutir isso em particular, Sir Sparhawk?

– Certamente, Occuda.

– Logo ali, milorde.

– Estarei bem à vista – Sparhawk disse à sua escolta.

Juntos, Sparhawk e Occuda afastaram-se das tendas e pararam nas proximidades de um bosque de brotos de abetos tão próximos uns dos outros que impediam a possibilidade de qualquer um armar uma tenda entre as árvores.

– O conde adoeceu, milorde – Occuda informou sombriamente.

– E você o deixou sozinho com aquela louca? Estou decepcionado com você, Occuda.

– As circunstâncias mudaram um bocado, milorde.

– Ah, é?

– Lady Bellina está morta.

– O que aconteceu com ela?

– Eu a matei. – Occuda confessou com a voz entorpecida. – Não pude mais aguentar seus gritos intermináveis. No começo, as ervas que lady Sephrenia havia recomendado aquietaram Bellina um pouco, mas depois de algum tempo o efeito logo passava. Tentei aumentar a dosagem, mas não adiantou. Então, certa noite, quando estava empurrando o jantar por aquela abertura na parede da torre, eu a vi. Ela estava delirando, espumando pela boca como um cão raivoso. Era óbvio que estava sofrendo. Foi então que eu decidi deixá-la descansar.

– Sabíamos que poderia chegar a esse ponto – Sparhawk falou com gravidade.

– Talvez. Ainda assim, não fui capaz de assassiná-la com as próprias mãos. As ervas já não a acalmavam. A beladona, entretanto, conseguiu. Ela parou de gritar pouco depois que dei o veneno. – Lágrimas brotaram nos olhos de Occuda. – Peguei minha marreta e abri um buraco no muro da torre. Em seguida, tomei meu machado e fiz o que o senhor me instruiu. Foi a coisa mais difícil que fiz em toda a minha vida. Envolvi o corpo dela em lona e a levei para fora do castelo. Lá eu a queimei. Depois do que havia feito, não podia encarar o conde. Deixei-lhe um recado escrito confessando meu crime e fui até a vila de cortadores de lenha não muito longe do castelo. Lá contratei alguns criados para que cuidassem do conde. Mesmo assegurando-lhes que não havia mais perigo no castelo, tive de pagar um soldo duas vezes maior do que o normal para que eles concordassem. Então me afastei daquele lugar e me juntei a este exército. Espero que a luta comece logo. Tudo em minha vida está acabado. Tudo o que quero, agora, é morrer.

– Você fez o que deveria ser feito, Occuda.

– Talvez, mas isso não me absolve de minha culpa.

Foi a essa altura que Sparhawk tomou uma decisão.

– Venha comigo – ele falou.

– Aonde nós vamos, milorde?

– Visitar o patriarca de Emsat.

– Eu não poderia me apresentar a um alto membro do clero com o sangue de lady Bellina em minhas mãos.

– O patriarca Bergsten é thalesiano. Duvido que ele seja muito sensível. – Virando-se para sua escolta thalesiana, Sparhawk disse: – Precisamos ver o patriarca de Emsat. Leve-nos até a tenda dele.

– Sim, milorde.

O vigia os conduziu pelo acampamento até o pavilhão do patriarca. As feições selvagens de Bergsten pareciam particularmente thalesianas à luz das velas. Ele tinha uma ossatura pronunciada em sua testa, e as maçãs do rosto e a mandíbula eram proeminentes. Ele ainda vestia sua cota de malha, embora tivesse retirado o elmo com chifres de ogro e colocado seu machado em um canto.

– Vossa Graça – Sparhawk falou, fazendo uma mesura –, meu amigo aqui está com um problema de natureza espiritual. Pergunto-me se o senhor poderia ajudá-lo.

– Esta é minha vocação, Sir Sparhawk – o patriarca respondeu.

– Obrigado, Vossa Graça. Occuda já foi monge, há algum tempo. Então ele entrou para os serviços de um conde no norte de Pelosia. A irmã do conde se envolveu em um culto maligno e começou a praticar certos ritos envolvendo sacrifício humano, os quais lhe deram poderes.

Os olhos de Bergsten se arregalaram.

– De toda forma – Sparhawk prosseguiu –, quando a irmã do conde finalmente foi privada de tais poderes, ela enlouqueceu, e o nobre foi forçado a confiná-la. Occuda cuidou dela até não poder mais suportar a agonia da mulher. Então, por compaixão, ele a envenenou.

– Este é um relato terrível, Sir Sparhawk – Bergsten falou com sua voz profunda.

– Foi uma série de eventos terríveis – Sparhawk concordou. – Agora, Occuda se sente dominado pela culpa, e está convencido de que sua alma está perdida. O senhor poderia absolvê-lo para que ele possa encarar o resto de sua vida?

O patriarca Bergsten mirou pensativamente a expressão de sofrimento de Occuda, com olhos ao mesmo tempo sagazes e cheios de compaixão. Ele aparentou considerar a questão por um bom tempo, então se endireitou e sua feição se tornou mais séria.

– Não, Sir Sparhawk, não posso – ele declarou.

Sparhawk estava prestes a protestar, mas o patriarca ergueu uma mão robusta. Virou-se para o imenso pelosiano e disse com seriedade:

– Occuda, você já foi monge?

– Sim, Vossa Graça.

– Bom. Então esta será sua penitência: você voltará a vestir o hábito de monge, irmão Occuda, e irá me servir. Quando eu decidir que já pagou por seu pecado, dar-te-ei absolvição.

– V-vossa Graça – Occuda soluçou, caindo de joelhos –, como posso lhe agradecer?

– Com o tempo, você poderá mudar de ideia, irmão Occuda. – Bergsten esboçou um sorriso austero. – Descobrirá que sou um mestre exigente. Seu pecado será pago várias vezes antes que sua alma seja purificada. Agora vá buscar seus pertences. Você ficará aqui comigo.

– Sim, Vossa Graça. – Occuda se levantou e deixou a tenda.

– Se me permite o comentário, Vossa Graça – Sparhawk falou –, o senhor é um homem astucioso.

– Não, Sir Sparhawk, na verdade, não. – O clérigo imenso sorriu. – Apenas tive experiências o suficiente para saber que o espírito humano é algo muito complexo. Seu amigo acredita que precisa sofrer para expiar seu pecado, e, se eu simplesmente o absolvesse, ele sempre questionaria se estava realmente purificado. Ele sente que deve sofrer, então me assegurarei de que sofra... com moderação, é claro. Afinal de contas, não sou um monstro.

– O que ele fez foi realmente um pecado?

– Claro que não. Ele agiu por piedade. Ele dará um ótimo monge, e, quando eu achar que sofreu o suficiente, encontrarei um bom e silencioso monastério em algum lugar e o farei abade. Ele ficará ocupado demais para remoer certas coisas, e a Igreja terá um bom e fiel abade. Sem mencionar todos os anos em que terei seus serviços sem pagar um tostão.

– O senhor não é um homem tão bondoso, Vossa Graça.

– Nunca fingi ser, meu filho. Isso é tudo, Sir Sparhawk. Vá com minha bênção. – O patriarca deu uma piscadela maldosa.

– Obrigado, Vossa Graça – Sparhawk disse sem esboçar um sorriso.

De alguma forma, o pandion se sentiu muito satisfeito consigo mesmo conforme ele e o vigia caminhavam pelo acampamento. Ele nem sempre conseguia resolver seus próprios problemas, mas certamente parecia capaz de solucionar os dos outros.

– Kring nos contou que o perímetro do acampamento está sendo patrulhado – Tynian disse quando Sparhawk voltou para a tenda que compartilhavam. – Isso vai dificultar nossa fuga, não vai?

– Vai dificultar muito – Sparhawk concordou.

– Ah – Tynian acrescentou –, Flauta esteve fazendo algumas perguntas sobre distâncias. Kurik tentou procurar nos fardos, mas não achou seu mapa.

– Está em meu alforje.

– Acho que eu deveria ter pensado nisso – Kurik resmungou.

– O que você quer saber? – Sparhawk perguntou à menininha, abrindo seu alforje para pegar o mapa.

– Quão longe fica Acie desse lugar chamado Agnak?

Sparhawk abriu o mapa sobre a mesa no centro do pavilhão.

– É um desenho muito bonito, mas não responde à minha questão – ela retrucou.

Sparhawk mediu a distância e respondeu:

– Fica a pouco mais de 1.400 quilômetros.

– Isso ainda não responde à minha pergunta, Sparhawk. Preciso saber quanto tempo vai levar.

Ele computou.

– Cerca de vinte dias.

Ela franziu o cenho.

– Talvez eu possa abreviar um pouco – ela murmurou.

– Do que você está falando? – ele questionou.

– Acie fica na costa, não é mesmo?
– Sim.
– Precisaremos de um barco que nos conduza a Thalesia. Ghwerig está levando a Bhelliom para a sua caverna nas montanhas.
– Estamos em número suficiente para dominar os vigias – Kalten falou –, e lidar com uma patrulha no meio da noite não é tão difícil. Não estamos tão distantes de Ghwerig, podemos pegá-lo.
– Temos algo a fazer em Acie – ela falou. – Pelo menos eu tenho... e deve ser feito antes de irmos atrás da Bhelliom. Sabemos para onde Ghwerig está indo, portanto não será difícil encontrá-lo. Ulath, vá dizer a Wargun que iremos acompanhá-lo até Acie. Pense em algum motivo plausível.
– Sim, senhora – ele anuiu, esboçando um leve sorriso.
– Eu gostaria que vocês todos parassem de fazer isso – Flauta reclamou. – Ah, aproveitando, quando você estiver a caminho da tenda de Wargun, peça para alguém nos trazer o jantar.
– Do que você gostaria?
– Carneiro seria muito bom, mas qualquer coisa serve, desde que não seja carne de porco.

Eles chegaram a Agnak pouco antes do pôr do sol do dia seguinte, e armaram o gigantesco acampamento. A população local imediatamente fechou os portões da cidade. O rei Wargun insistiu para que Sparhawk e os outros Cavaleiros da Igreja o acompanhassem sob uma bandeira de trégua até o portão norte.
– Eu sou o rei Wargun de Thalesia – ele urrou em direção à muralha da cidade. – O rei Soros me acompanha... bem como estes Cavaleiros da Igreja. O reino de Arcium está sendo invadido por rendorenhos, e conclamo a todos os homens de Deus, capazes de empunhar armas, que se unam a nossos esforços para esmagar a Heresia Eshandista. Não estou aqui para lhes causar nenhum inconveniente, meus amigos, mas, se este portão não for aberto até o sol se pôr, reduzirei suas muralhas a escombros e os afugentarei para a vastidão de onde vocês poderão assistir a sua cidade queimar até se tornar um punhado de cinzas.
– Você acha que eles o ouviram? – Kalten perguntou.
– Provavelmente o escutaram lá em Chyrellos – Tynian respondeu. – Seu rei tem uma voz penetrante, Sir Ulath.
– Em Thalesia, o topo de uma montanha fica bem longe do da próxima.

– Ulath deu de ombros. – Se você quiser ser ouvido, tem que falar bem alto.

O rei Wargun escancarou um sorriso de esguelha para o genidiano.

– Alguém quer apostar se eles vão ou não vão abrir esse portão antes de o sol se esconder atrás daquela colina ali? – ele perguntou.

– Somos Cavaleiros da Igreja, Vossa Majestade – Bevier respondeu com fervor. – Fazemos votos de pobreza, portanto não estamos em posição de apostar em eventos desportivos.

O rei Wargun soltou uma risada que era mais um rugido.

O portão da cidade abriu de forma hesitante.

– De algum modo, achei que eles entenderiam meu raciocínio – Wargun falou, abrindo caminho cidade adentro. – Onde podemos encontrar seu magistrado chefe? – ele interpelou um dos aterrorizados guardas do portão.

– E-eu acredito que ele esteja na câmara do conselho, Vossa Majestade – o guarda gaguejou. – Provavelmente se escondendo no porão.

– Seja um bom camarada e vá buscá-lo para mim.

– Imediatamente, Vossa Majestade. – O guarda jogou sua lança no chão e correu rua abaixo.

– Eu gosto dos lamorks – Wargun disse de modo expansivo. – Sempre tão prestativos.

O magistrado principal era um homem atarracado. Seu rosto estava pálido e suava em profusão conforme o guarda do portão arrastava sua pessoa até a presença de Wargun.

– Requisito acomodações dignas para mim, para o rei Soros e para nossa comitiva, Vossa Excelência – Wargun o informou. – Isso não será de grande inconveniência para seus cidadãos, uma vez que eles passarão a noite toda se preparando para uma extensa campanha militar.

– Como Vossa Majestade ordena – o magistrado respondeu com a voz esganiçada.

– Viu o que eu disse sobre os lamorks? – Wargun falou. – Soros vai passar por Lamorkand com facilidade. Ele vai varrer todo o país em uma semana... se não parar para rezar com muita frequência. Por que não vamos a algum lugar e arranjamos algo para beber enquanto Sua Excelência aqui esvazia algumas dezenas de casas para nossa estadia?

Depois de uma breve reunião com o rei Soros e o patriarca Bergsten na manhã seguinte, Wargun selecionou uma tropa de cavalaria thalesiana e a conduziu em direção ao oeste, com Sparhawk cavalgando a seu lado. Era uma bela manhã. A luz do sol resplandecia no lago, e a brisa vinda do oeste era suave.

– Acho que você não vai me contar o que estava fazendo em Pelosia, não é? – Wargun perguntou a Sparhawk. O monarca thalesiano parecia relativamente sóbrio naquela manhã, portanto o pandion decidiu arriscar.

– O senhor obviamente sabe sobre a doença da rainha Ehlana – ele começou.

– Todo mundo sabe. É por isso que o primo bastardo dela está tentando tomar as rédeas.

– A situação é um pouco mais complicada do que isso, Vossa Majestade. Finalmente conseguimos isolar a causa da doença. O primado Annias precisava de acesso irrestrito ao tesouro, então ele providenciou que ela fosse envenenada.

– Ele fez *o quê*?

Sparhawk confirmou com um aceno de cabeça e continuou:

– Annias não se deixa sobrecarregar com escrúpulos, e fará qualquer coisa para alcançar a arquiprelazia.

– O homem é um criminoso – Wargun rosnou.

– De todo modo, descobrimos uma possível cura para Ehlana, que envolve o uso de magia, e precisamos de um determinado talismã para que funcione. Averiguamos que o talismã está no lago Venne.

– O que é esse talismã? – Wargun perguntou, com os olhos semicerrados.

– Uma espécie de ornamento – Sparhawk respondeu evasivamente.

– Você coloca tanta fé assim em toda essa bobagem de magia?

– Eu já vi funcionar algumas vezes, Vossa Majestade. De qualquer maneira, é por isso que objetamos tanto quando o senhor insistiu para que nos juntássemos a seu exército. Não estávamos tentando ser desrespeitosos. A vida de Ehlana está sendo mantida por um feitiço, mas ele tem uma determinada duração. Se ela morrer, Lycheas ascenderá ao trono.

– Não se eu puder evitar. Não quero que qualquer trono em Eosia seja ocupado por um homem que não sabe quem é o próprio pai.

– A ideia também não me agrada, mas creio que Lycheas saiba quem é o pai dele.

– Ah, é? Quem é? Você sabe?

– O primado Annias.

Wargun arregalou os olhos e perguntou:

– Você tem certeza disso?

Sparhawk confirmou com um aceno de cabeça, dizendo:

– Tenho confirmação da maior das autoridades. O fantasma do rei Aldreas me contou. A irmã dele era um tanto libertina.

Wargun fez o sinal para afastar o mal, um gesto de pessoas comuns que parecia muito peculiar vindo de um monarca soberano.

– Um fantasma, você diz? A palavra de um fantasma não vale na corte, Sparhawk.

– Eu não estava planejando levá-la à corte, Vossa Majestade – Sparhawk falou, austero, pousando a mão sobre o cabo de sua espada. – Assim que eu tiver a oportunidade, os mandantes estarão diante do julgamento de uma esfera superior.

– Bom homem – Wargun aprovou. – Mas nunca pensei que um clérigo sucumbiria a Arissa.

– Às vezes, Arissa consegue ser muito persuasiva. Ainda assim, essa sua campanha militar visa combater outra conspiração de Annias. Tenho fortes suspeitas de que a invasão rendorenha esteja sendo liderada por um homem chamado Martel. Ele trabalha para Annias, e vem tentando criar problemas o suficiente para tirar os Cavaleiros da Igreja de Chyrellos durante a eleição. Como nossos preceptores seriam, provavelmente, capazes de manter Annias longe do trono do arquiprelado, o primado tem de tirá-los do caminho.

– O homem é uma verdadeira víbora, não é mesmo?

– Essa é uma descrição acurada.

– Você me deu muito em que pensar durante esta manhã, Sparhawk. Vou considerar tudo e voltaremos a conversar a respeito mais tarde.

Uma luz súbita surgiu nos olhos de Sparhawk.

– Mas não alimente muitas esperanças. Ainda acho que precisarei de você quando chegar a Arcium. Além disso, as ordens militantes já marcharam para o sul. Você é o braço direito de Vanion, e acho que ele sentiria sua falta se não estivesse por lá.

O tempo e a distância pareciam se arrastar interminavelmente conforme eles cavalgavam para oeste. Eles cruzaram novamente a fronteira para Pelosia e seguiram por planícies sem fim sob a brilhante luz do sol de verão.

Certa noite, quando o grupo ainda se encontrava a uma boa distância de Deira, Kalten estava de mau humor.

– Pensei que você havia dito que iria acelerar esta viagem – ele disse de modo acusador para Flauta.

– Foi o que eu fiz – ela respondeu.

– Mesmo? – ele retrucou, cheio de sarcasmo. – Já estamos na estrada há uma semana, e ainda nem chegamos a Deira.

– Na verdade, Kalten, estamos na estrada há apenas dois dias. Tenho de fazer com que a viagem *pareça* longa para que Wargun não desconfie.

Ele olhou para a garotinha sem acreditar nela.

– Tenho outra pergunta para você, Flauta – Tynian falou. – Lá no lago, você estava muito ansiosa para alcançar Ghwerig e tomar a Bhelliom dele. Então, subitamente, mudou de ideia e disse que temos de ir a Acie. O que aconteceu?

– Recebi um recado de minha família – ela explicou. – Eles me contaram que tenho uma tarefa para completar em Acie antes que possamos ir atrás da Bhelliom. – Ela fez uma careta. – Eu provavelmente deveria ter pensado nisso.

– Vamos voltar ao outro assunto – Kalten interrompeu com impaciência. – Como você espreme o tempo do jeito que disse que fez?

– Há formas de se fazer isso – ela respondeu de maneira evasiva.

– Eu não insistiria, Kalten – Sephrenia aconselhou. – Você não entenderia o que ela tem feito, então, por que se preocupar com isso? Além do mais, se você continuar a fazer perguntas, ela pode decidir respondê-las, e é possível que as respostas te deixem bem incomodado.

Capítulo 22

Parecia que eles haviam levado mais de duas semanas para chegar ao sopé das colinas acima de Acie, a austera e insípida capital de Deira, a qual estava instalada sobre um promontório erodido que dava vistas para o porto original e o longo e estreito Golfo de Acie. Entretanto, Flauta os informou naquela noite que mal haviam se passado cinco dias desde que deixaram a cidade de Agnak, em Lamorkand. A maioria optou por acreditar no que ela dizia, mas Sir Bevier, que tinha uma mente elena erudita e determinada, questionou a menininha sobre como esse aparente milagre podia acontecer. A explicação que ela forneceu foi paciente, embora terrivelmente obscura. Bevier finalmente pediu licença e saiu da tenda por algum tempo para observar as estrelas e tentar restabelecer sua conexão com coisas que ele sempre considerara imutáveis e eternas.

– Você entendeu alguma coisa do que ela disse? – Tynian indagou o cirínico quando este retornou, pálido e suado, para a tenda.

– Um pouco – Bevier respondeu, sentando-se outra vez. – Apenas marginalmente. – Ele olhou para Flauta com olhos aterrorizados. – Creio que o patriarca Ortzel estava certo. Não deveríamos lidar com o povo styrico. Nada é sagrado para eles.

Flauta cruzou a tenda com seus pezinhos manchados de grama e colocou uma mão consoladora na bochecha do cavaleiro.

– Querido Bevier – ela falou com doçura –, tão sério e tão devoto. Temos de ir a Thalesia com rapidez... assim que eu terminar o que devo fazer em Acie. Simplesmente não temos tempo para atravessar um continente em um passo normal. É por isso que tive de fazer da outra forma.

– Entendo os motivos, mas... – ele hesitou.

– Eu nunca o machucaria, você sabe disso, e não vou deixar ninguém te machucar também, mas deve tentar ser menos rígido. Faz com que seja muito difícil explicar as coisas para você. Isso ajudou um pouco?

– Não de maneira considerável.

Ela se pôs nas pontas dos pés e o beijou.

– Pronto – ela disse com leveza –, tudo está certo outra vez, não é?

– Faça como você quiser, Flauta – ele desistiu, dando um sorriso gentil, quase envergonhado. – Não sou capaz de refutar seus argumentos e seus beijos ao mesmo tempo.

– Ele é um garoto tão *bonzinho* – ela exclamou com satisfação para os outros.

– Nós sentimos mais ou menos o mesmo por ele – Ulath disse com brandura –, e temos alguns planos para ele.

– Você, em contrapartida – ela retrucou de modo crítico para o cavaleiro genidiano –, decididamente *não* é um garoto bonzinho.

– Eu sei – ele admitiu, inabalado –, e você não tem ideia de quanto isso desapontou minha mãe... e uma boa quantidade de outras damas de tempos em tempos.

Ela o fuzilou com um olhar sombrio e saiu batendo os pés, resmungando para si mesma em styrico. Sparhawk reconheceu algumas palavras, e ficou se perguntando se a menina realmente sabia o que elas significavam.

Como havia se tornado um costume, Wargun pediu que Sparhawk cavalgasse a seu lado na manhã seguinte conforme eles desciam uma encosta longa e rochosa dos sopés das montanhas deiranas em direção à costa.

– Eu realmente deveria sair com mais frequência – o rei de Thalesia confidenciou. – Depois de quase três semanas desde Agnak, achei que estaria quase caindo da minha sela, mas sinto-me como se estivéssemos na estrada há poucos dias.

– Talvez sejam as montanhas – Sparhawk sugeriu com cautela. – O ar da montanha sempre é revigorante.

– Talvez seja isso – Wargun concordou.

– O senhor teve a oportunidade de considerar a discussão que tivemos há algum tempo, Vossa Majestade? – Sparhawk perguntou com cuidado.

– Estou com a cabeça cheia, Sparhawk. Aprecio sua preocupação pessoal com a rainha Ehlana, mas, de um ponto de vista político, a coisa mais importante neste exato momento é esmagar essa invasão rendorenha. Só então os preceptores das ordens militares poderão retornar a Chyrellos e fazer oposição ao primado de Cimmura. Se Annias não conseguir a arquiprelazia, Lycheas, o bastardo, não terá nenhuma chance de ascender ao trono de Elenia. Sei que é uma escolha dura, mas a política é um jogo duro.

Um pouco mais tarde, quando Wargun estava se reunindo com o comandante de suas tropas, Sparhawk resumiu a conversa para seus companheiros.

– Ele não é muito mais razoável quando está sóbrio, não é? – disse Kalten.

– Ainda assim, do ponto de vista dele, ele está certo – Tynian observou.

– Os interesses políticos dessa situação ditam que temos de fazer o possível para garantir que os preceptores estejam de volta a Chyrellos antes que Cluvonus morra. Duvido muito que o rei de Thalesia se importe com o que aconteça com Ehlana. Mas há outra possibilidade. Agora estamos em Deira, e Obler é o rei aqui. Ele é um senhor muito idoso e sábio. Se lhe explicarmos a situação, talvez ele possa revogar as ordens de Wargun.

– Não gostaria que a vida de Ehlana dependesse de uma possibilidade tão ínfima – Sparhawk falou. Depois se virou e juntou-se outra vez a Wargun.

Apesar das garantias de Flauta a respeito do verdadeiro tempo que a jornada havia consumido, Sparhawk ainda estava impaciente. A lentidão aparente de seu progresso o incomodava. Enquanto era capaz de aceitar intelectualmente o que ela dizia, ele não conseguia apaziguar seu lado emocional. Vinte dias eram vinte dias para os sentidos de qualquer pessoa, e os de Sparhawk estavam retesados como cordas esticadas. Ele começou a ter pensamentos sombrios. As coisas haviam dado errado com tanta consistência que premonições duvidosas saltavam-lhe à mente. Ele começou a pensar sobre o encontro vindouro com Ghwerig e a ter cada vez menos certeza sobre o resultado.

Por volta do meio-dia eles chegaram a Acie, a capital do reino de Deira. O exército deirano estava acampado ao redor da cidade, e suas tendas fervilhavam de atividade conforme eles se preparavam para marchar ao sul.

Wargun estivera bebendo novamente, mas olhou ao redor com satisfação.

– Bom – ele falou –, eles estão quase prontos. Venha comigo, Sparhawk, e traga seus amigos. Vamos falar com Obler.

Enquanto eles cavalgavam pelas ruas estreitas e pavimentadas de Acie, Talen conduziu seu cavalo até Sparhawk.

– Vou ficar um pouco para trás – ele falou em voz baixa. – Quero dar uma olhada. Fugir em um campo aberto é bem difícil. Mas isto é uma cidade, e há vários lugares para se esconder em cidades. O rei Wargun não vai dar pela minha falta. Ele mal sabe que estou com vocês. Se eu puder encontrar um bom esconderijo, talvez consigamos escapar e ficar lá até que os exércitos vão embora. Então poderemos fugir para Thalesia.

– Apenas tenha muito cuidado.

– Naturalmente.

Algumas ruas mais adiante, Sephrenia puxou bruscamente as rédeas e encostou seu palafrém branco em um lado da rua. Ela e Flauta desmontaram depressa e seguiram pela entrada de um beco estreito para cumprimentar um styrico idoso de barba longa, branca feito neve, trajando um manto igualmente alvo. Parecia que os três estavam realizando alguma espécie de ritual cerimonioso, mas Sparhawk não pôde se ater aos detalhes. Sephrenia e Flauta conversaram com gravidade com o ancião por um bom tempo, e então ele fez uma reverência e se retirou beco adentro.

O CAVALEIRO DE RUBI

– O que foi tudo aquilo? – Wargun perguntou cheio de suspeitas quando Sephrenia e a garotinha retornaram.

– Ele é um velho amigo, Vossa Majestade – Sephrenia respondeu –, e a pessoa mais reverenciada e sábia de todo o Styricum ocidental.

– Você quer dizer que ele é um rei?

– Essa palavra não possui significado em Styricum, Vossa Majestade – ela retrucou.

– Como se pode ter um governo se não se tem um rei?

– Há outras formas, Vossa Majestade; além disso, styricos passaram do estágio em que um governo é necessário.

– Isso é absurdo.

– Muitas coisas parecem que o são... no princípio. Pode ser que isso ocorra aos elenos, com o tempo.

– Essa mulher pode ser exasperadora às vezes, Sparhawk – Wargun rosnou, fustigando seu cavalo para retornar à frente da coluna.

– Sparhawk – Flauta falou em voz baixa.

– Sim?

– A tarefa aqui em Acie está completa. Podemos partir para Thalesia a qualquer momento.

– Como propõe que façamos isso?

– Direi a você mais tarde. Vá fazer companhia para Wargun. Ele se sente muito solitário quando você não está por perto.

O palácio não era um edifício particularmente imponente. Parecia mais um complexo de escritórios administrativos em vez de algo construído para ostentação.

– Não sei como Obler consegue viver nessa cabana – Wargun comentou, desdenhoso, oscilando em sua sela. – Você aí – ele gritou para um dos guardas postados na porta principal –, vá dizer a Obler que Wargun de Thalesia chegou. Precisamos nos reunir para tratar de alguns assuntos.

– Imediatamente, Vossa Majestade. – O guarda bateu uma continência e entrou.

Wargun desmontou e soltou um odre de vinho que estava preso em sua sela. Ele tirou a rolha e tomou um gole demorado.

– Espero que Obler tenha cerveja gelada – ele falou. – Este vinho está começando a azedar meu estômago.

O guarda retornou e disse:

– O rei Obler irá receber Vossa Majestade. Por favor, siga-me.

– Eu conheço o caminho – Wargun contrapôs. – Já estive aqui antes. Arrume alguém para cuidar de nossos cavalos. – Ele piscou os olhos avermelhados para Sparhawk. – Então vamos lá – o rei comandou. Parecia que o monarca não havia dado pela falta de Talen.

Eles marcharam pelos corredores sem adornos do palácio do rei Obler e encontraram o idoso monarca de Deira sentado atrás de uma grande mesa repleta de mapas e papéis.

– Desculpe a demora, Obler – Wargun falou, desfazendo o nó que prendia sua capa roxa e deixando-a cair no chão. – Fiz um desvio até Pelosia para buscar Soros e um exército, se é que aquilo pode ser chamado assim. – Ele se jogou em uma cadeira. – Estive mais ou menos alheio a tudo. O que está acontecendo?

– Os rendorenhos estão sitiando Larium – contou o rei de Deira. – Os alciones, os genidianos e os cirínicos estão defendendo a cidade, e os pandions estão pelo interior lidando com as tropas de incursões rendorenhas.

– É mais ou menos o que eu esperava – Wargun grunhiu. – Você poderia pedir um pouco de cerveja, Obler? Meu estômago está me incomodando há alguns dias. Você se lembra de Sparhawk, não é mesmo?

– Claro. Foi ele quem salvou o conde Radun em Arcium.

– E este é Kalten. O grandão ali é Ulath. O garoto com pele morena é Bevier, e tenho certeza de que você conhece Tynian. A styrica é Sephrenia... não estou certo se esse é o nome verdadeiro dela. Sei que nenhum de nós seria capaz de pronunciá-lo. Ela leciona magia aos pandions, e aquela criança adorável é a menininha dela. Os outros dois trabalham para Sparhawk. Eu não provocaria nenhum deles. – Ele olhou ao redor, com os olhos embaçados. – O que aconteceu com aquele garoto que andava com vocês? – o monarca perguntou a Sparhawk.

– Provavelmente, foi explorar a cidade – Sparhawk respondeu com brandura. – Discussões políticas o entediam.

– Às vezes elas também me entediam – Wargun resmungou. Olhando de volta para o rei Obler, ele indagou: – Os elenianos já se mobilizaram?

– Meus agentes não detectaram nenhuma evidência disso.

Wargun começou a xingar.

– Acho que vou fazer uma visita a Cimmura no meu caminho para o sul e enforcar aquele bastardo Lycheas.

– Eu posso lhe emprestar uma corda, Vossa Majestade – Kalten ofereceu.

Wargun riu e perguntou:

– O que está acontecendo em Chyrellos, Obler?

– Cluvonus está delirante – o rei de Deira respondeu. – Temo que não dure por muito tempo. A maioria dos clérigos de alto escalão já está se preparando para a eleição de seu sucessor.

– O primado de Cimmura, mais provavelmente – Wargun rosnou com azedume. Ele pegou uma caneca de cerveja de um serviçal. – Está tudo bem, rapaz – ele falou. – Pode deixar o barril. – A voz do monarca de Thalesia estava um pouco arrastada. – É assim que vejo as coisas, Obler: é melhor chegarmos a Larium o mais rápido que pudermos. Nós empurramos os rendorenhos para o mar para que as ordens militantes possam ir a Chyrellos e evitar que Annias se torne o arquiprelado. Se isso acontecer, talvez tenhamos que declarar guerra.

– Contra a Igreja? – Obler soou abismado.

– Arquiprelados já foram depostos antes, Obler. Annias não terá qualquer serventia para uma mitra se ele não tiver uma cabeça. Sparhawk já se voluntariou para usar uma faca.

– Você dará início a uma guerra civil generalizada, Wargun. Ninguém confronta diretamente a Igreja há séculos.

– Então, talvez esteja na hora. Mais alguma coisa está acontecendo?

– O conde de Lenda e o preceptor Vanion dos pandions chegaram há menos de uma hora – Obler relatou. – Eles queriam se banhar. Irão se juntar a nós logo mais.

– Bom. Assim conseguiremos acertar uma série de coisas. Que dia é hoje?

O rei Obler o informou.

– Seu calendário deve estar errado, Obler – Wargun falou depois de contar os dias em seus dedos.

– O que você fez com Soros? – o monarca deirano perguntou.

– Cheguei bem perto de matá-lo – Wargun rosnou. – Nunca tinha visto alguém que reza tanto enquanto há trabalho a ser feito. Eu o mandei a Lamorkand para arrebanhar os barões daquele lugar. Ele está à frente do exército, mas, na verdade, é Bergsten quem está no comando. Bergsten daria um bom arquiprelado, se conseguíssemos tirá-lo daquela armadura. – Ele riu. – Você consegue imaginar a reação da hierocracia a um arquiprelado usando cota de malha e um elmo com chifres, e carregando um machado de guerra nas mãos?

– Poderia revitalizar um pouco a Igreja, Wargun – Obler concedeu, esboçando um sorriso.

– Deus sabe que ela precisa disso – Wargun falou. – Ela tem agido como uma velhota solteirona e frígida desde que Cluvonus ficou doente.

– Vossas Majestades poderiam me dar licença? – Sparhawk perguntou com deferência. – Eu gostaria de encontrar Vanion. Faz algum tempo desde que nos vimos da última vez, e preciso reportar algumas coisas para ele.

– Mais desses infindáveis negócios da Igreja? – Wargun questionou.

– O senhor sabe como é, Vossa Majestade.

– Não, graças a Deus eu não sei. Vá em frente, Cavaleiro da Igreja. Fale com seu padre superior, mas não o detenha por muito tempo. Temos assuntos importantes para tratar aqui.

– Sim, Vossa Majestade. – Sparhawk fez uma mesura para ambos os reis e deixou o cômodo em silêncio.

Vanion estava lutando para vestir sua armadura quando Sparhawk entrou no quarto. O preceptor encarou seu subordinado com algum espanto.

– O que você está fazendo aqui, Sparhawk? – ele quis saber. – Pensei que estivesse em Lamorkand.

– Estou apenas de passagem, Vanion – o cavaleiro respondeu. – Algumas coisas mudaram. Vou fazer um resumo agora, e podemos entrar em detalhes depois que o rei Wargun for para a cama. – Ele olhou de modo crítico para seu preceptor. – Você parece cansado, meu amigo.

– É a idade avançada – Vanion disse, pesaroso –, e todas aquelas espadas que fiz Sephrenia me dar estão ficando mais pesadas a cada dia. Você soube que Olven morreu?

– Sim. O fantasma dele levou sua espada para Sephrenia.

– Era o que temia. Eu a tomarei dela.

– Você sabe que não precisa usar isso – Sparhawk deu uma batidinha com os nós dos dedos no peito da armadura de Vanion. – Obler é relativamente informal, e Wargun nem sabe o significado da palavra "formal".

– Aparências, meu amigo – Vanion falou –, e a honra da Igreja. Devo admitir que, às vezes, é maçante, mas... – Ele deu de ombros. – Me ajude com essa geringonça, Sparhawk. Você pode falar enquanto aperta as cintas e as fivelas.

– Sim, milorde Vanion. – Sparhawk começou a auxiliar seu amigo com a armadura, fazendo um breve retrospecto dos eventos que haviam acontecido em Lamorkand e Pelosia.

– Por que vocês não perseguiram o troll? – Vanion questionou.

– Algumas coisas apareceram no caminho – Sparhawk explicou, prendendo a capa negra de Vanion nas ombreiras da armadura. – Wargun, para começo de conversa. Eu até me ofereci para lutar contra ele, mas o patriarca Bergsten interferiu.

– Você desafiou um *rei*? – Vanion parecia aturdido.

– Pareceu apropriado naquele momento, Vanion.

– Oh, meu amigo – o preceptor suspirou.

– É melhor irmos – Sparhawk falou. – Tenho muito mais a contar, mas Wargun está ficando impaciente. – O cavaleiro examinou a armadura de Vanion. – Segure-se – ele disse –, você está torto. – Então ele bateu com os dois punhos nas ombreiras de Vanion. – Pronto. Assim está bem melhor.

– Obrigado – Vanion murmurou secamente, com os joelhos tremendo de leve.

– A honra da Ordem, milorde. Não quero que pareça estar usando placas de latão barato.

Vanion preferiu não tecer comentários.

O conde de Lenda estava no cômodo quando Sparhawk e Vanion entraram.

– Aí está você, Vanion – disse o rei Wargun. – Agora podemos começar. O que está acontecendo lá em Arcium?

– A situação não mudou muito, Vossa Majestade. Os rendorenhos ainda estão sitiando Larium, mas os genidianos, os cirínicos e os alciones estão defendendo seus muros junto à maior parte do exército arciano.

– A cidade sofre alguma ameaça real?

– Dificilmente. Ela foi construída como uma montanha. Sabemos como os arcianos são afeitos a trabalhos em pedra. É provável que ela aguente por vinte anos. – Vanion olhou para Sparhawk. – Vi um velho amigo nosso por lá – ele falou. – Parece que Martel está comandando o exército rendorenho.

– Eu já estava adivinhando isso. Pensei que tinha pregado os pés dele no chão lá em Rendor, mas vejo que ele conseguiu passar por cima de Arasham.

– Ele não teve que fazer isso – o rei Obler disse. – Arasham morreu há um mês... sob circunstâncias altamente suspeitas.

– Parece que Martel colocou as mãos no jarro de veneno mais uma vez – Kalten observou.

– Então, quem é o novo líder espiritual em Rendor? – Sparhawk perguntou.

– Um homem chamado Ulesim – informou o rei Obler. – Pelo que entendi, ele era um dos discípulos de Arasham.

Sparhawk riu.

– Arasham nem sabia que ele existia. Conheci Ulesim. O homem é um idiota. Não vai durar seis meses.

– De toda forma – Vanion continuou –, enviei a Ordem Pandion ao interior do país, para lidar com as tropas de saque dos rendorenhos. Logo Martel vai começar a ficar com fome. Isso é tudo, Vossa Majestade – ele concluiu.

– Conciso e direto ao ponto. Obrigado, Vanion. Lenda, o que está acontecendo em Cimmura?

– As coisas não mudaram, Vossa Majestade... exceto que Annias partiu para Chyrellos.

– Onde ele deve estar empoleirado nos pés da cama do arquiprelado como um abutre – Wargun supôs.

– Não seria de se espantar, Vossa Majestade – Lenda concordou. – Ele deixou Lycheas no comando. Tenho um certo número de pessoas no palácio que trabalha para mim, e uma delas conseguiu ouvir as instruções finais de Annias para Lycheas. Ele ordenou que o regente não permitisse que o exército eleniano se juntasse à campanha contra os rendorenhos. Tão logo Cluvonus morra, o exército (bem como os soldados da Igreja em Cimmura) deverá marchar para Chyrellos. Annias quer abarrotar a cidade sagrada com seus próprios homens para ajudar a intimidar os membros indecisos da hierocracia.

– Então o exército eleniano está mobilizado.

– Completamente, Vossa Majestade. Eles estão em um acampamento a menos de cinquenta quilômetros ao sul de Cimmura.

– É provável que tenhamos de lutar contra eles, Vossa Majestade – Kalten comentou. – Annias dispensou a maior parte dos antigos generais e os substituiu por homens leais a ele.

Wargun começou a soltar palavrões.

– Pode não ser tão sério quanto parece, Vossa Majestade – o conde de Lenda falou. – Conduzi um extenso estudo da lei. Em tempos de crise religiosa, as ordens militares possuem o poder de tomar o comando de todas as forças em Eosia ocidental. O senhor não diria que uma invasão da Heresia Eshandista pode ser qualificada como uma crise religiosa?

– Por Deus, Lenda, você está certo. Isso é lei eleniana?

– Não, Vossa Majestade. Lei eclesiástica.

Wargun, subitamente, estava uivando de tanto rir.

– Ah, isso é bom demais! - ele urrou, batendo no braço da cadeira com uma de suas mãos robustas. – Annias está tentando se tornar o líder da Igreja e nós usamos a lei eclesiástica para frustrar seus planos. Lenda, você é um gênio.

– Tenho meus momentos, Vossa Majestade – o conde respondeu com modéstia. – Imagino que o preceptor Vanion será capaz de persuadir o estado-maior a se juntar a suas tropas... principalmente tendo em vista o fato de que a lei eclesiástica lhe dá o poder de apelar a medidas extremas caso algum oficial se recuse a aceitar a autoridade dele diante de tal situação.

O CAVALEIRO DE RUBI

– Penso que algumas decapitações podem ser instrutivas para o estado-maior – Ulath disse. – Se encurtarmos quatro ou cinco generais, o resto provavelmente irá se colocar às ordens.

– Bem rápido – Tynian acrescentou, escancarando um sorriso.

– Sendo assim, mantenha seu machado em boas condições e afiado, Ulath – Wargun falou.

– Sim, Vossa Majestade.

– O único problema que nos resta é o que fazer com Lycheas – o conde de Lenda comentou.

– Eu já me decidi sobre isso – Wargun retrucou. – Assim que chegarmos a Cimmura, vou enforcá-lo.

– Esplêndida ideia – Lenda emendou de modo agradável –, mas acho que temos de considerar isso por um instante. O senhor *sabe* que Annias é o pai do príncipe regente, não é mesmo?

– Foi o que Sparhawk me disse, mas eu realmente não me importo com quem o pai dele é; vou enforcá-lo de qualquer maneira.

– Não tenho certeza de quão apegado Annias é ao próprio filho, mas o primado, *de fato*, se valeu de algumas medidas extremas para colocá-lo no trono eleniano. Pode ser que as ordens militantes possam usar Lycheas para adquirir certa vantagem quando chegarem a Chyrellos. A sugestão de submetê-lo à tortura pode persuadir Annias a retirar suas tropas de Chyrellos para que as eleições possam transcorrer sem a sua interferência.

– Você está tirando toda a diversão disso, Lenda – Wargun reclamou. Ele fez uma careta. – Mas provavelmente está certo. Muito bem, quando chegarmos a Cimmura vamos jogá-lo na masmorra... com todos os seus bajuladores. Você está apto a tomar conta do palácio?

– Se Vossa Majestade deseja – Lenda suspirou. – Mas Sparhawk ou Vanion não seriam melhores candidatos?

– Talvez, mas vou precisar deles quando chegar a Arcium. O que você acha, Obler?

– Deposito absoluta confiança no conde de Lenda – o rei deirano respondeu.

– Farei o meu melhor, Vossas Majestades – Lenda falou –, mas lembrem-se de que estou ficando muito velho.

– Você não é tão velho quanto eu, meu amigo – o rei Obler o lembrou –, e ninguém se ofereceu para que *eu* pudesse me furtar de minhas responsabilidades.

– Muito bem, então estamos combinados – Wargun declarou. – Agora, vamos aos detalhes. Marcharemos para o sul até Cimmura, aprisionaremos Lycheas e intimidaremos o estado-maior eleniano para se juntar a nós com seu exército. Talvez devamos também levar os soldados da Igreja. Então poderemos nos unir a Soros e a Bergsten na fronteira arciana. Continuaremos a marcha para o sul até Larium, cercaremos os rendorenhos e exterminaremos todos eles.

– Isso não é um pouco extremo, Vossa Majestade? – Lenda objetou.

– Não, para falar a verdade, não é. Quero que leve pelo menos dez gerações até que a Heresia Eshandista mostre as caras novamente. – Ele escancarou um sorriso enviesado para Sparhawk. – Se você servir com presteza e fidelidade, meu amigo, eu até deixo que acabe com Martel.

– Agradeço, Vossa Majestade – Sparhawk respondeu com educação.

– Puxa vida – Sephrenia suspirou.

– É algo que tem de ser feito, milady – Wargun explicou. – Obler, seu exército está pronto para marchar?

– Estão apenas aguardando a ordem, Wargun.

– Bom. Se você não tem mais nada programado, por que não partimos para Elenia amanhã?

– Não vejo por que não. – O velho rei Obler deu de ombros.

Wargun se levantou, bocejou com impudência e disse:

– Então vamos dormir um pouco. Começaremos bem cedo amanhã.

Mais tarde, Sparhawk e seus amigos se reuniram no quarto de Vanion para relatar ao preceptor em maiores detalhes o que acontecera em Lamorkand e Pelosia.

Quando eles terminaram, Vanion olhou para Flauta com curiosidade.

– Qual é seu exato papel em tudo isso? – ele questionou.

– Fui enviada para ajudar – a garotinha respondeu, dando de ombros.

– Por Styricum.

– De certa forma.

– E em que consiste essa tarefa que você tem de fazer aqui em Acie?

– Eu já a completei, Vanion. Sephrenia e eu tínhamos de falar com um certo styrico. Nós o vimos na rua, quando vínhamos para o palácio, e já concluímos o que tinha de ser feito.

– O que você tinha para dizer a ele que era mais importante do que pegar a Bhelliom?

– Tínhamos de preparar Styricum para o que está por vir.

– Você quer dizer sobre a invasão dos rendorenhos?

– Ora, isso aí não é nada, Vanion. Falei sobre algo muito, muito mais sério.

– Então você vai a Thalesia? – o preceptor perguntou, virando-se para Sparhawk.

O cavaleiro anuiu com a cabeça, respondendo:

– Mesmo que eu tenha de caminhar sobre a água para chegar lá.

– Muito bem, farei o que posso para ajudá-lo a sair da cidade. Mas há algo que me preocupa. Se *todos* partirem, Wargun vai perceber que fugiram. Sparhawk e um ou dois de vocês talvez consigam escapar sem alertar Wargun, mas isso é tudo.

Flauta caminhou até o centro do quarto e olhou ao redor.

– Sparhawk e Kurik – ela disse, apontando. – Sephrenia e eu... e Talen.

– Isso é absurdo! – Bevier explodiu. – Sparhawk precisará de cavaleiros a seu lado quando tiver de enfrentar Ghwerig.

– Sparhawk e Kurik podem cuidar dele – ela retrucou, complacente.

– Não é perigoso levar Flauta? – Vanion perguntou para Sparhawk.

– Talvez seja, mas ela é a única que conhece o caminho para a caverna de Ghwerig.

– Por que Talen? – Kurik indagou a Flauta.

– Há algo que ele precisa fazer em Emsat – ela informou.

– Desculpem-me, meus amigos – Sparhawk disse aos outros cavaleiros –, mas somos mais ou menos forçados a fazer as coisas como ela quer.

– Vocês partirão agora? – Vanion quis saber.

– Não, temos de esperar por Talen.

– Bom. Sephrenia, vá buscar a espada de Olven.

– Mas...

– Apenas vá, Sephrenia. Por favor, não discuta comigo.

– Sim, meu querido. – Ela suspirou.

Depois que a styrica entregou a espada de Olven para Vanion, ele mal podia se manter de pé.

– Você sabe que, se continuar fazendo isso, vai acabar morrendo – ela disse.

– Todos morrem de alguma coisa. Agora, cavalheiros – ele disse aos outros –, tenho um pelotão de pandions comigo. Aqueles de vocês que ficarão para trás devem se misturar entre eles quando partirmos amanhã. Lenda e Obler estão bem velhos. Vou sugerir a Wargun que coloque os dois em uma carruagem, e que ele os acompanhe lá dentro. Isso deve fazer com que Wargun não consiga contar quantas cabeças estão ao redor. Tentarei mantê-lo ocupado. – O preceptor olhou para Sparhawk. – Um dia, talvez dois, é o máximo que conseguirei lhe dar – ele se desculpou.

– Isso deve ser o suficiente – o cavaleiro agradeceu. – É provável que Wargun ache que voltaremos ao lago Venne. Ele mandará os perseguidores naquela direção.

– Agora, o único problema é como tirar vocês do palácio – Vanion considerou.

– Eu cuido disso – Flauta disse a ele.

– Como?

– Maaa-gi-aaa – ela falou, formulando a palavra de maneira cômica e retorcendo os dedos na frente do preceptor.

Ele riu.

– Como conseguimos chegar tão longe sem você?

– Muito mal, penso eu – ela torceu o nariz.

Foi cerca de uma hora depois que Talen se esgueirou pela porta do quarto.

– Algum problema?

– Não. – Talen deu de ombros. – Fiz alguns contatos e arranjei um lugar para nos escondermos.

– Contatos? – Vanion indagou. – Com quem?

– Alguns ladrões, uns mendigos e dois assassinos. Eles me levaram até o homem que controla o submundo de Acie. Ele deve alguns favores a Platime; então, quando mencionei o nome "Platime", ele se tornou muito prestativo.

– Você vive em um mundo estranho, Talen – o preceptor dos pandions comentou.

– Não mais estranho do que o seu, milorde – Talen retrucou, fazendo uma mesura extravagante.

– Isso pode ser a mais pura verdade, Sparhawk – Vanion falou. – Talvez sejamos todos ladrões e assaltantes, se você pensar no assunto. Pois bem – ele se virou para Talen –, onde fica esse esconderijo?

– Prefiro não comentar – Talen respondeu, evasivo. – O senhor é meio que uma personalidade oficial, e dei minha palavra a eles.

– Há honra em sua profissão?

– Ah, sim, milorde. Mas não é baseada em nenhum código cavalheiresco de conduta. Baseia-se em não ter a garganta cortada.

– Você tem um filho muito sábio, Kurik – Kalten comentou.

– Você tinha que dizer isso para todo mundo, não tinha, Kalten? – Kurik resmungou com acidez.

– O senhor tem tanta vergonha assim de mim, pai? – Talen perguntou com a voz quase inaudível, baixando a cabeça.

Kurik olhou para o garoto e disse:

– Não, Talen, na verdade, não. – Ele colocou seu braço musculoso ao redor dos ombros do menino e declarou, em um tom de desafio: – Este é meu filho Talen, e, se alguém quiser questionar isso, ficarei felicíssimo em satisfazê-lo, e

O CAVALEIRO DE RUBI

podemos descartar toda essa bobagem de que à nobreza e ao povo comum não é permitido brigar uns com os outros.

– Não diga absurdos, Kurik – Tynian falou, escancarando um sorriso. – Parabéns aos dois.

Os outros cavaleiros se reuniram ao redor do escudeiro corpulento e de seu filho ladino, batendo em seus ombros e acrescentando suas congratulações às de Tynian.

Talen olhou em volta, com os olhos subitamente esbugalhados e cheios de lágrimas por conta do reconhecimento repentino. Então ele fugiu até Sephrenia, caiu de joelhos, escondeu o rosto no colo da styrica e chorou.

Flauta sorriu.

Capítulo 23

Era a mesma melodia peculiarmente sonolenta que Flauta havia tocado no cais, em Vardenais, e depois outra vez do lado de fora da casa capitular, em Cimmura.

– O que ela está fazendo agora? – Talen sussurrou para Sparhawk enquanto todos estavam agachados atrás da balaustrada do amplo pórtico na frente do palácio do rei Obler.

– Ela está adormecendo os vigias de Wargun – Sparhawk respondeu. Não havia motivos para estender as explicações. – Eles irão nos ignorar enquanto passamos. – Sparhawk trajava sua cota de malha e capa de viagem.

– Você tem certeza disso? – Talen soava como se tivesse dúvidas.

– Eu já vi isso funcionar algumas vezes.

Flauta se levantou e caminhou até a ampla escadaria que levava ao pátio, logo abaixo. Ainda segurando seu instrumento em uma mão, ela indicou com a outra para que eles a seguissem.

– Vamos lá – o cavaleiro falou, colocando-se de pé.

– Sparhawk, você está no campo de visão deles – o menino avisou.

– Está tudo bem, Talen. Eles não estão prestando atenção em nós.

– Você quer dizer que eles não estão nos vendo?

– Eles podem nos ver – Sephrenia disse ao garoto –, pelo menos seus olhos nos percebem, mas nossa presença não significa nada para eles.

Sparhawk os conduziu escada abaixo, e eles seguiram Flauta pelo pátio.

Um dos soldados thalesianos, que estava posicionado logo depois do último degrau, relanceou por eles conforme passavam, seus olhos embotados e desinteressados.

– Isso está acabando com os meus nervos, sabia? – Talen sussurrou.

– Você não precisa sussurrar, Talen – Sephrenia lhe disse.

– Eles também não podem nos ouvir?

– Eles podem nos ouvir muito bem, mas nossas vozes não são registradas.

– Você não se importa que eu me prepare para correr a qualquer instante, não é?

– Isso não é necessário.

– Mas vou me preparar da mesma forma.

– Relaxe, Talen – Sephrenia falou. – Você está dificultando as coisas para Flauta.

Eles entraram nos estábulos, selaram seus cavalos e os conduziram pelo pátio enquanto Flauta continuava a tocar seu instrumento. Então caminharam pelo portão, passando pelas sentinelas indiferentes do rei Obler e pelas patrulhas do rei Wargun, que estavam nas ruas que circundavam o palácio.

– Qual o caminho? – Kurik perguntou a seu filho.

– Aquele beco seguindo a rua.

– Esse lugar é muito longe?

– No meio do caminho entre aqui e o outro lado da cidade. Meland não gosta de ficar muito perto do palácio porque as ruas dessa região são patrulhadas.

– Meland?

– Nosso anfitrião. Ele controla todos os ladrões e mendigos aqui em Acie.

– Ele é confiável?

– É claro que não, Kurik. Ele é um ladrão. Mas não irá nos trair. Pedi o refúgio dos ladrões. Ele é obrigado a nos acolher e a nos esconder de qualquer um que esteja nos procurando. Caso se recuse, terá de responder a Platime no próximo encontro do conselho dos ladrões em Chyrellos.

– Tem um mundo inteiro lá fora sobre o qual não sabemos nada a respeito – Kurik comentou com Sparhawk.

– Eu reparei – Sparhawk observou.

O garoto os conduziu pelas ruas tortuosas de Acie até um bairro miserável não muito distante dos portões da cidade.

– Fiquem aqui – Talen falou quando chegaram a uma taverna de aspecto dilapidado. Ele entrou e voltou alguns instantes depois, acompanhado por um homem com cara de fuinha. – Ele vai cuidar dos nossos cavalos.

– Cuidado com este aqui, vizinho – Sparhawk avisou o homem quando lhe entregou as rédeas de Faran. – Ele é brincalhão. Faran, comporte-se.

O corcel virou as orelhas com irritação conforme Sparhawk tirava, cuidadosamente, a lança de Aldreas de debaixo da manta de sua sela.

Talen os conduziu para dentro da taverna. Ela era iluminada por velas de sebo fumacentas e tinha mesas compridas e maltratadas, flanqueadas por bancos instáveis. Havia um bom número de brutamontes sentados às mesas. Nenhum deles pareceu prestar atenção a Sparhawk e a seus amigos, ainda que estivessem atentos ao movimento do lugar. Talen foi até uma escadaria nos fundos.

– É ali em cima – ele falou, apontando escada acima.

O loft no topo dos degraus era bem amplo e tinha uma aparência estranhamente familiar para Sparhawk. Era pouco mobiliado e contava com catres de palha jogados no chão, contra as paredes. De alguma forma, parecia muito com o porão de Platime em Cimmura.

Meland era um homem magro com uma cicatriz horrível que descia por sua bochecha esquerda. Ele estava sentado a uma mesa com uma resma de papéis e um tinteiro à sua frente. Havia uma pilha de joias perto de sua mão esquerda, e parecia que ele estava catalogando as peças.

– Meland – Talen falou conforme se aproximava da mesa –, estes são os amigos dos quais lhe falei.

– Pensei que você havia dito que seriam dez – Meland tinha uma voz anasalada e desagradável.

– Os planos mudaram. Este é Sparhawk. Ele é quem está mais ou menos no comando.

Meland grunhiu.

– Quanto tempo vocês planejam ficar por aqui? – ele perguntou a Sparhawk de maneira direta.

– Se eu conseguir encontrar um navio, apenas até amanhã de manhã.

– Você não deve ter problemas para achar uma embarcação. Há navios de todos os lugares de Eosia ocidental no porto; thalesianos, arcianos, elenianos e até alguns de Cammoria.

– Os portões da cidade ficam abertos de noite?

– Não é o costume, mas há um exército acampado do lado de fora das muralhas. Os soldados têm de entrar e sair da cidade, portanto os portões ficam abertos. – Meland olhou para Sparhawk de modo crítico. – Se você quiser ir ao porto, melhor não usar essa cota de malha... nem a espada. Talen me disse que você prefere passar despercebido. As pessoas costumam se lembrar de pessoas vestidas como você. Há algumas roupas penduradas nos ganchos logo ali. Ache algo que sirva. – O tom de Meland era abrupto.

– Qual o melhor caminho para se chegar ao porto?

– Saia pelo portão norte. Tem uma trilha de carroças que leva até a água. Ela sai da estrada principal à esquerda depois de pouco menos de um quilômetro da cidade.

– Obrigado, vizinho – Sparhawk agradeceu.

Meland grunhiu e voltou para sua catalogação.

– Kurik e eu iremos até o porto ver se encontramos um navio – Sparhawk falou para Sephrenia. – É melhor você ficar aqui com as crianças.

– Como você preferir – ela disse.

Pendurado em um dos ganchos na parede, Sparhawk encontrou um gibão azul, em péssimas condições, que poderia caber nele. Tirou a cota de malha e a espada e colocou a peça de roupa. Em seguida, atou sua capa de volta.

– Onde está todo o seu povo? – Talen perguntava a Meland.

– Já anoiteceu – o ladrão respondeu. – Eles estão lá fora, trabalhando... ou, pelo menos, é o que eles deveriam estar fazendo.

– Ah, acho que eu não tinha pensado nisso.

Sparhawk e Kurik desceram as escadas e voltaram mais uma vez para a taverna.

– Quer que eu busque as montarias? – o escudeiro indagou.

– Não. Vamos caminhar. Pessoas prestam atenção em homens a cavalo.

– Está certo.

Eles saíram pelo portão da cidade e seguiram pela estrada principal até chegar à trilha das carroças mencionada por Meland. Então andaram até o porto.

– Lugarzinho feio, não é mesmo? – Sparhawk comentou, olhando em volta para o assentamento que cercava o porto.

– As zonas portuárias geralmente são assim – Kurik falou. – Vamos fazer algumas perguntas. – Ele abordou um transeunte que parecia ser um homem do mar. – Estamos procurando um navio que vá fundear em Thalesia – ele disse, revertendo à linguagem dos marinheiros que usara em Venne. – Diga, marujo, você poderia nos dizer se há alguma taverna em que os capitães dos navios se reúnam?

– Tente a Sino e Âncora – o marinheiro respondeu. – Fica cerca de duas ruas mais adiante, bem em frente à água.

– Obrigado, marujo.

Sparhawk e Kurik seguiram em direção ao extenso cais que se projetava mar adentro na escuridão, as águas repletas de lixo do Golfo de Acie. Kurik parou de súbito.

– Sparhawk, aquela embarcação no final do cais não parece ser um bocado familiar? – ele perguntou.

– O caimento dos mastros não me é estranho – Sparhawk concordou. – Vamos ver mais de perto.

Eles caminharam mais um pouco pelo cais.

– Ela é cammoriana – Kurik determinou.

– Como você sabe?

– Pelo cordame e pela inclinação dos mastros.

– Você não acha que... – Então Sparhawk parou, olhando com incredulidade para o nome do navio, pintado na proa. – Ora, veja só. É a embarcação do capitão Sorgi. O que ele estará fazendo por aqui?

– Por que não o encontramos e perguntamos a ele? Se realmente for Sorgi, e não alguém que tenha comprado o navio dele, isso pode resolver nossos problemas.

– Presumindo que ele planeje navegar para o local certo. Vamos encontrar a Sino e Âncora.

– Você se lembra de todos os detalhes daquela história que contou a Sorgi?

– Creio que o suficiente para mantê-la.

A Sino e Âncora era uma taverna aprumada e serena, tal como deveria ser um lugar frequentado por capitães de navios. Os estabelecimentos visitados por marinheiros comuns tendiam a ser mais desordeiros e quase sempre mostravam evidências de encontros brutais. Sparhawk e Kurik abriram a porta e ficaram de pé sob o batente, olhando ao redor.

– Bem ali – Kurik falou, indicando um homem corpulento de cabelos grisalhos e encaracolados que estava bebendo com um grupo de homens de aparência abastada em uma mesa de canto. – É mesmo o Sorgi.

Sparhawk olhou para o homem que os havia levado de Madel, em Cammoria, até Cippria, em Rendor, e balançou a cabeça, concordando com seu escudeiro.

– Vamos até lá tranquilamente – ele falou. – Talvez seja melhor que ele nos reconheça. – Os dois atravessaram o salão tentando aparentar ao máximo que estavam olhando casualmente ao redor.

– Ora, macacos me mordam se não for o mestre Cluff! – Sorgi exclamou. – O que você está fazendo aqui em Deira? Pensei que ficaria lá em Rendor até que todos aqueles primos se cansassem de te procurar.

– Veja só, creio que é o capitão Sorgi – Sparhawk disse a Kurik, fingindo perplexidade.

– Junte-se a nós, mestre Cluff – Sorgi convidou de maneira expansiva. – E traga seu criado.

– O senhor é muito gentil, capitão – Sparhawk murmurou, puxando uma cadeira e sentando-se ao lado do marinheiro.

– O que aconteceu com você, meu amigo? – Sorgi perguntou.

Sparhawk adotou uma expressão pesarosa.

– De algum modo, os primos conseguiram me localizar – ele explicou. – Tive sorte suficiente para avistar um deles em uma rua de Cippria antes que ele olhasse em minha direção, então corri. Estou fugindo desde então.

Sorgi riu.

– Meu amigo aqui, o mestre Cluff, está com um probleminha – contou o capitão a seus companheiros. – Ele cometeu o erro de cortejar uma herdeira antes de conhecê-la. A dama acabou se provando incrivelmente feia, e ele correu dela gritando de desespero.

– Bem, tecnicamente eu não gritei, capitão – Sparhawk contrapôs. – Mas admito que fiquei arrepiado por quase uma semana.

– De toda forma – Sorgi continuou, escancarando um sorriso –, acontece que a dama tem uma multidão de primos, e eles estão perseguindo o pobre mestre Cluff há meses. Se eles o pegarem, vão arrastá-lo de volta até a dama e forçá-lo a se casar com ela.

– Acho que preferiria me matar antes que isso acontecesse – Sparhawk disse em um tom de voz desolado. – Mas o que o senhor está fazendo tão ao norte, capitão? Pensei que se ativesse ao Estreito Arciano e ao Mar Interior.

– Eu estava no porto de Zenga, na costa sul de Cammoria, e tive a oportunidade de comprar um carregamento de cetim e brocados. Não há mercado para esse tipo de mercadoria em Rendor. Você sabe que tudo o que eles vestem por lá é aquele preto horrível. O melhor mercado para tecidos cammorianos é Thalesia. Pensam que isso é estranho, considerando o clima de lá, mas as damas thalesianas são apaixonadas por cetim e brocados. Acredito que estou prestes a tirar um bom lucro desse carregamento.

Sparhawk sentiu uma onda de júbilo varrer seu corpo.

– Então o senhor está indo para Thalesia? Há espaço para alguns passageiros? – ele perguntou.

– Você quer ir para Thalesia, mestre Cluff? – Sorgi indagou, surpreso.

– Quero ir para *qualquer* lugar, capitão Sorgi – Sparhawk retrucou com desespero na voz. – Há um grupo de primos atrás de mim a menos de dois dias de viagem. Se eu conseguir chegar a Thalesia, talvez possa escalar uma montanha e me esconder por lá.

– Eu teria cuidado, meu amigo – um dos outros capitães advertiu. – Há bandoleiros nas montanhas de Thalesia... sem mencionar os trolls.

– Posso correr mais que os bandoleiros, e trolls não podem ser mais feios que a dama em questão – Sparhawk murmurou, fingindo estremecer. – O que me diz, capitão Sorgi? O senhor me ajudará mais uma vez a fugir de minha sina? – ele implorou.

– Pelo mesmo preço? – Sorgi indagou com perspicácia.

– Qualquer coisa – Sparhawk respondeu aparentando desespero.

– Então está combinado, mestre Cluff. Meu navio está no final do terceiro cais a contar daqui. Partimos para Emsat com a maré matutina.

– Estarei lá, capitão Sorgi – Sparhawk prometeu. – Agora, se os senhores nos derem licença, eu e meu criado temos de juntar nossos pertences. – Ele se pôs de pé e estendeu a mão para o marinheiro. – O senhor salvou minha vida novamente, capitão – ele disse com gratidão genuína e deixou a taverna silenciosamente, na companhia de Kurik.

O escudeiro estava franzindo a testa quando eles voltaram para rua.

– Você não tem um pressentimento de que alguém pode estar manipulando as coisas? – ele perguntou.

– Como assim?

– Não é um pouco estranho que encontremos Sorgi outra vez por acaso... justamente uma das pessoas com quem podemos contar para nos ajudar? E não é ainda mais estranho que ele esteja indo para Thalesia... o exato local para onde precisamos ir?

– Acho que a sua imaginação está anuviando seu bom senso, Kurik. Você o ouviu. É perfeitamente lógico que ele esteja aqui.

– Mas no exato momento em que precisávamos que nossos caminhos se cruzassem?

Essa pergunta era, de fato, perturbadora.

– Podemos perguntar a Flauta sobre isso quando voltarmos à cidade – Sparhawk disse.

– Você acha que ela pode ser a responsável?

– Na verdade, não, mas não conheço outra pessoa capaz de providenciar algo assim... embora duvide que mesmo *ela* possa fazer isso.

Mas não houve chance de falar com Flauta quando eles retornaram ao loft da taverna, pois uma figura familiar estava sentada à mesa com Meland. Amplo e de barba cerrada, vestindo uma capa de aparência ordinária, Platime estava ocupado, regateando.

– Sparhawk! – o homem imensamente gordo saudou-o com um rugido.

O cavaleiro o encarou com perplexidade.

– O que você está fazendo em Acie, Platime?

– Para falar a verdade, várias coisas – o ladrão respondeu. – Meland e eu sempre negociamos joias. Ele vende o que roubo em Cimmura e eu levo de volta o que ele furta aqui para revender por lá. As pessoas tendem a reconhecer suas próprias joias, e nem sempre é seguro negociar coisas na mesma cidade em que você as roubou.

– Esta peça não vale o que você está pedindo, Platime – Meland disse bruscamente, erguendo um bracelete incrustado de joias.

– Pois bem, faça uma oferta – Platime sugeriu.

– Outra coincidência, Sparhawk? – Kurik perguntou, cheio de suspeitas.

– Veremos – Sparhawk falou.

– O conde de Lenda está aqui em Acie, Sparhawk – Platime comentou com seriedade. – Ele é a coisa mais próxima que temos de um homem honesto no Conselho Real, e está havendo alguma espécie de conferência no palácio. Algo está acontecendo, e quero saber a respeito. Não gosto de surpresas.

– Posso contar a você o que está acontecendo – Sparhawk disse.

– Pode? – Platime pareceu um pouco surpreso.

– Dependendo do preço. – Sparhawk escancarou um sorriso.

– Dinheiro?

– Não, creio que algo melhor que isso. Estive presente nessa conferência que você mencionou. Obviamente, você está sabendo da guerra em Arcium, não é mesmo?

– É claro.

– E o que eu lhe disser não cairá em ouvidos alheios?

Platime fez um gesto para que Meland se afastasse da mesa, então se aproximou de Sparhawk e sorriu abertamente.

– Você sabe como são os negócios, meu amigo – o ladrão comentou.

Essa resposta em particular fez com que Sparhawk ficasse mais aliviado.

– No passado, você professou certo grau de patriotismo – o cavaleiro disse com cautela.

– Expresso esses sentimentos de tempos em tempos – Platime admitiu a contragosto. – Desde que eles não interfiram com um lucro honesto.

– Muito bem, vou precisar de sua cooperação.

– Em que você está pensando? – Platime perguntou, cheio de suspeita.

– Eu e meus amigos estamos buscando uma forma de reconduzir a rainha Ehlana ao trono.

– Vocês estão nisso há um bom tempo, Sparhawk, mas a menininha pálida conseguirá de fato governar o reino?

– Creio que ela seja capaz, sim, e eu estarei bem ao lado dela.

– Isso dá a ela uma boa vantagem. O que você fará com Lycheas, o bastardo?

– O rei Wargun quer enforcá-lo.

– Normalmente não aprovo enforcamentos, mas, no caso de Lycheas, posso abrir uma exceção. Você acha que eu poderia chegar a um acordo com Ehlana?

– Eu não apostaria nem um tostão nessa possibilidade.

Platime escancarou outro sorriso.

– Valia a pena tentar – ele falou. – Apenas diga à minha rainha que sou seu fiel servo. Eu e ela podemos acertar os detalhes mais tarde.

– Você é um homem mau, Platime.

– Eu nunca fingi ser outra coisa. Muito bem, Sparhawk, o que você quer? Posso te ajudar... até certo ponto.

– Mais do que qualquer outra coisa, preciso de informação. Você se lembra de Kalten?

– Seu amigo? É claro.

– Ele está no palácio neste exato momento. Vista algo que faça você parecer minimamente respeitável. Vá até lá e peça para falar com ele. Combinem uma forma de trocar informações. Se entendi bem, você tem meios de reunir detalhes sobre quase tudo o que se passa em todo o mundo conhecido, não é?

– Quer saber o que está acontecendo no Império Tamul agora?

– Na verdade, não. Já tenho problemas suficientes aqui em Eosia, por ora. Vamos lidar com o continente daresiano no devido tempo.

– Você é ambicioso, meu amigo.

– Não sou, não. No momento, tudo o que quero é o retorno de nossa rainha ao trono que é dela por direito.

– Posso viver com isso – Platime comentou. – Qualquer coisa para me livrar de Lycheas e Annias.

– Então estamos trabalhando com um objetivo em comum. Fale com Kalten. Ele pode estabelecer formas para receber suas informações, e depois será capaz de retransmiti-las para as pessoas que podem tirar proveito delas.

– Você está me transformando em um espião, Sparhawk – Platime falou, como se estivesse aflito.

– É uma profissão tão honrada quanto a de ladrão.

– Eu sei. O único problema é que não sei quão bem esse tipo de serviço paga. Para onde você está indo?

– Temos de ir para Thalesia.

– O reino do próprio Wargun? Depois de acabar de fugir dele? Sparhawk, ou você é a pessoa mais corajosa que eu já conheci ou a mais estúpida.

– Então você sabe que escapamos do palácio?

– Talen me contou. – Platime pensou por um instante. – Você, provavelmente, vai aportar em Emsat, não é?

– Foi o que nosso capitão disse.

– Talen, venha aqui – Platime chamou.

– Pra quê? – o garoto respondeu de maneira mal-educada.

– Você não fez nada para corrigir esse péssimo hábito, Sparhawk? – o ladrão rotundo questionou com acidez.

– Era apenas para matar a saudade dos velhos tempos, Platime. – Talen abriu um amplo sorriso.

– Ouça com atenção – Platime disse ao garoto. – Quando vocês chegarem a Emsat, procure um homem chamado Stragen. Ele gerencia os negócios por lá... mais ou menos como eu em Cimmura e Meland aqui em Acie. Ele poderá oferecer seja lá o que vocês precisarem.

– Tá bom – Talen falou.

– Você pensa em tudo, não é, Platime? – Sparhawk comentou.

– Nesse ramo de trabalho, você é quase obrigado a isso. Os que não prestam atenção acabam pendurados, balançando de uma forma desagradável.

O CAVALEIRO DE RUBI

Eles chegaram ao porto pouco depois do nascer do sol da manhã seguinte, e, depois de os cavalos serem conduzidos para o navio, eles embarcaram.

– Parece que você conseguiu outro serviçal, mestre Cluff – o capitão Sorgi disse quando viu Talen.

– É o filho mais novo do meu criado – Sparhawk respondeu com honestidade.

– Para demonstrar a amizade que sinto por você, mestre Cluff, não cobrarei a mais pelo garoto. Falando nisso, por que não acertamos as contas antes de partirmos?

Sparhawk suspirou e levou a mão à bolsa de dinheiro.

Um vento favorável soprava conforme eles velejavam pelo Golfo de Acie e ao redor do promontório que se estendia ao norte. Em seguida singraram rumo ao Estreito de Thalesia, deixando a terra firme para trás. Sparhawk estava no deque conversando com Sorgi.

– Quanto tempo o senhor acha que levaremos para chegar a Emsat? – o cavaleiro perguntou ao marinheiro de cabelos encaracolados.

– Provavelmente, aportaremos ao meio-dia de amanhã – Sorgi respondeu –, isso se o vento se mantiver. Vamos recolher as velas e deitar âncoras de noite. Não estou tão acostumado com estas águas como com as do Mar Interior ou do Estreito Arciano, então prefiro não correr riscos.

– Gosto que o capitão do navio no qual me encontro tenha prudência – Sparhawk falou. – Ah, e falando em prudência, será que o senhor conseguiria encontrar uma baía isolada antes de chegarmos a Emsat? Por algum motivo, centros urbanos me deixam apreensivo.

– Você vê aqueles primos em todas as esquinas, não é, mestre Cluff? – Sorgi riu. – É por isso que está armado? – o capitão olhou sugestivamente para a cota de malha de Sparhawk e para a espada.

– Um homem na minha situação nunca é cauteloso demais.

– Acharemos uma baía, mestre Cluff. As encostas de Thalesia são como uma longa baía isolada. Encontraremos uma bela prainha sossegada, levaremos você até lá para que possa se esgueirar rumo ao norte e visitar os trolls sem a inconveniência de ter os primos em seus calcanhares.

– Agradeço, capitão Sorgi.

– Você, aí em cima! – o marinheiro gritou para um dos marujos no alto. – Acorde! Você está aí para trabalhar, não para sonhar acordado!

Sparhawk se afastou um pouco pelo deque e se recostou na amurada, observando, despreocupado, as vagas que resplandeciam à luz do sol do meio--dia. A pergunta de Kurik ainda o perturbava. Será que os encontros fortuitos com Sorgi e Platime haviam sido, de fato, coincidências? Por que ambos estavam em Acie na exata ocasião em que Sparhawk e seus amigos escaparam do palácio? Se Flauta pudesse realmente influenciar o tempo, será que ela também podia alcançar além das tremendas distâncias e trazer as pessoas de que eles necessitavam no momento mais essencial? Quão poderosa ela era?

Quase como se seus pensamentos a tivessem invocado, Flauta subiu pela escada do convés e olhou ao redor. Sparhawk atravessou o deque para encontrá-la e disse:

– Tenho algumas perguntas para fazer a você.

– Foi o que eu pensei.

– Você teve algo a ver com a vinda de Platime e de Sorgi a Acie?

– Não pessoalmente.

– Mas você sabia que eles estariam aqui?

– Economizamos tempo quando lidamos com pessoas que já nos conhecem, Sparhawk. Fiz alguns pedidos, e certos membros da minha família cuidaram dos detalhes.

– Você vive mencionando sua família. Quem exatamente...

– O que é aquilo? – ela exclamou, apontando para estibordo.

Sparhawk olhou. Uma onda enorme estava se formando logo abaixo da superfície; então um rabo plano e gigantesco explodiu para fora da água e logo em seguida imergiu, enviando uma volumosa nuvem de gotículas para o alto.

– Acho que é uma baleia – ele respondeu.

– Os peixes realmente ficam tão grandes?

– Acho que, na verdade, elas não são peixes... pelo menos foi isso o que ouvi dizer.

– Ela está *cantando*! – Flauta disse, batendo palmas de puro deleite.

– Não estou ouvindo nada.

– Você não está escutando, Sparhawk. – Ela correu para a frente e se inclinou por sobre a proa do navio.

– Flauta! – ele gritou. – Tome cuidado! – Ele correu para a amurada da proa e segurou a garotinha.

– Pare com isso – ela falou. A menina levou seu instrumento aos lábios, mas um movimento súbito do navio fez com que ele escorregasse de sua mão, caindo diretamente no mar. – Ah, puxa vida – ela murmurou. Então fez uma careta. – Bom, você acabaria descobrindo mais cedo ou mais tarde. – Ela ergueu o rostinho. A música proveniente de sua garganta era o som daqueles rústicos tubos da flauta de pastoreio. Sparhawk estava perplexo. O instrumento era apenas fachada. O que eles estiveram ouvindo todo aquele tempo era o som da voz de Flauta. A canção da garotinha se espalhava por sobre as ondas.

A baleia emergiu outra vez, virando-se levemente para um dos lados, seu olho imenso cheio de curiosidade. Flauta cantou para o animal, sua voz trinando. A enorme criatura se aproximou, e um dos marinheiros mais acima gritou o aviso:

– Tem baleias aqui, capitão Sorgi!

E então mais baleias surgiram das profundezas como se em resposta à canção da menininha. O navio oscilou e ondulou por conta das ondas que as criaturas produziam conforme se reuniam ao redor da proa, exalando imensas nuvens de gotículas de seus respiradouros, no topo das cabeças.

Um dos marinheiros correu para a frente com um gancho comprido e os olhos repletos de pavor.

– Ora, não seja bobo – Flauta disse a ele. – Elas só estão brincando.

– Hmmm... Flauta – Sparhawk falou com a voz atônita –, você não acha melhor pedir a elas que voltem para casa? – No mesmo momento em que proferiu essas palavras, ele pôde perceber o quão tolas elas soaram. As baleias *estavam* em casa.

– Mas eu *gosto* delas – a criança protestou. – Elas são lindas.

– Sim, eu sei, mas baleias não são bons animais de estimação. Assim que chegarmos a Thalesia, comprarei um gatinho para você. Por favor, Flauta, diga adeus para as suas baleias e as faça ir embora. Elas estão nos atrasando.

– Ah. – O rosto da garotinha transparecia sua decepção. – Está certo, creio eu. – Ela soltou a voz novamente, um trinado com um tom peculiar de pesar. As baleias se afastaram e logo depois submergiram, as extremidades de seus rabos chocando-se contra a superfície do mar, rasgando-a em farrapos espumosos.

Sparhawk relanceou à sua volta. Os marinheiros encaravam a menina, boquiabertos. Àquela altura, explicações seriam extremamente difíceis.

– Por que não voltamos à nossa cabine e comemos alguma coisa? – ele sugeriu.

– Está bem – ela concordou. Então a garotinha ergueu os braços para o pandion. – Se quiser, você pode me carregar.

Era a forma mais rápida de afastá-la da perplexa tripulação de Sorgi, de modo que ele a ergueu e a carregou para o convés inferior.

– Eu realmente gostaria que você não usasse isso – ela falou, cutucando a cota de malha do cavaleiro com uma de suas pequenas unhas. – Tem um cheiro horrível, sabia?

– Em meu ramo de trabalho, ela é um mal necessário. Proteção, se é que você me entende.

– Há outras formas de proteção, Sparhawk, e elas são bem menos ofensivas.

Quando eles chegaram à cabine, encontraram Sephrenia sentada, com o rosto pálido, tremendo; uma espada cerimonial jazia em seu colo. Kurik, cujos olhos estavam um pouco vidrados, se achava logo atrás dela.

— Foi Sir Gared, Sparhawk — ele disse em voz baixa. — Ele atravessou a porta como se ela nem estivesse lá e entregou sua espada a Sephrenia.

Sparhawk sentiu uma pontada de pesar. Gared fora seu amigo. Então ele se endireitou e suspirou. Se tudo corresse bem, esta seria a última espada que Sephrenia seria forçada a carregar.

— Flauta, você pode ajudá-la a dormir? — o pandion perguntou.

A menininha anuiu com a cabeça. Seu rosto estava sério.

Sparhawk ergueu Sephrenia em seus braços. Ela parecia não ter peso algum. O cavaleiro a carregou até seu leito e a pousou com gentileza. Flauta se aproximou e começou a cantar. Era uma canção de ninar, como aquelas que se entoa para bebês. Sephrenia suspirou e fechou os olhos.

— Ela precisa descansar — Sparhawk disse à garotinha. — Será uma longa viagem até a caverna de Ghwerig. Mantenha-a dormindo até chegarmos à costa de Thalesia.

— É claro, meu querido.

Eles alcançaram a costa thalesiana no dia seguinte, quando o sol estava em seu ápice, e o capitão Sorgi conduziu sua embarcação até uma pequena baía a oeste da cidade portuária de Emsat.

— O senhor não faz ideia de quanto estimo sua ajuda, capitão — Sparhawk falou a Sorgi enquanto o próprio cavaleiro e os outros estavam se preparando para desembarcar.

— O prazer é todo meu, mestre Cluff — Sorgi disse. — Nós, solteirões, devemos nos ajudar nessas situações.

Sparhawk escancarou um sorriso para o marinheiro.

O pequeno grupo conduziu os cavalos pela longa prancha de desembarque em direção à praia. Eles montaram ao mesmo tempo que os marinheiros manobravam com cautela o navio para fora da baía.

— Quer vir comigo até Emsat? — Talen perguntou. — Tenho de ir falar com Stragen.

— Acho melhor não — Sparhawk declinou. — A esta altura, Wargun pode ter arranjado um tempinho para enviar um mensageiro até sua capital, e sou uma pessoa fácil de reconhecer.

— Eu irei com ele — Kurik se ofereceu. — Afinal de contas, vamos precisar de suprimentos.

— Muito bem. Mas primeiro vamos entrar naquela mata logo ali e montar o acampamento para esta noite.

Eles se instalaram em uma pequena clareira na floresta, e Kurik e Talen partiram a cavalo por volta do meio da tarde.

Sephrenia estava pálida, e seu rosto aparentava cansaço enquanto se sentava perto do fogo carregando em seus braços a espada de Sir Gared.

– Temo que isso não será fácil para você – Sparhawk falou, cheio de tristeza. – Teremos de cavalgar com rapidez se quisermos alcançar a caverna de Ghwerig antes que ele a feche. Existe alguma maneira de você me passar a espada de Gared?

– Não, meu querido – ela meneou. – Você não estava presente no salão do trono. Apenas aqueles que lá se encontravam quando o feitiço foi lançado podem carregar a espada de Gared.

– Era isso que eu temia. Acho que vou providenciar algo para o jantar.

Foi por volta da meia-noite que Kurik e Talen retornaram.

– Tiveram algum problema? – Sparhawk indagou.

– Nada que valha a pena mencionar. – Talen deu de ombros. – O nome de Platime abre todo tipo de porta. Mas Stragen nos contou que o interior ao norte de Emsat está infestado de assaltantes. Ele irá nos fornecer uma escolta armada e cavalos extras... os cavalos foram ideia do meu pai.

– Podemos nos mover mais rápido se pudermos trocar de montaria de hora em hora – Kurik explicou. – Stragen também irá nos enviar suprimentos com os homens que nos acompanharão.

– Viu como é bom ter amigos, Sparhawk? – Talen perguntou despudoradamente.

O cavaleiro ignorou esse comentário e indagou:

– Os homens de Stragen virão até aqui?

– Não – Talen respondeu. – Antes de o sol nascer iremos encontrá-los na estrada que leva ao norte, a mais ou menos dois quilômetros de distância de Emsat. – Ele olhou ao redor. – O que tem para jantar? Estou morrendo de fome.

Capítulo 24

Eles partiram assim que o dia raiou, circundando a floresta que ficava ao norte de Emsat e parando na estrada, a pouca distância da cidade.

– Espero que esse Stragen cumpra sua palavra – Kurik resmungou para Talen. – Eu nunca estive em Thalesia, e não gosto da ideia de cavalgar em um país hostil sem saber o que está acontecendo.

– Podemos confiar em Stragen, pai – Talen retrucou, confiante. – Os ladrões thalesianos têm um senso de honra peculiar. É nos cammorianos que você tem de ficar de olho. Eles trapaceiam uns aos outros se encontrarem uma forma de tirar lucro da situação.

– Sir Cavaleiro – uma voz suave veio por entre as árvores.

De imediato Sparhawk levou a mão ao cabo de sua espada.

– Não há necessidade disso, milorde – a voz falou. – Stragen nos enviou. Há bandoleiros nos sopés das colinas, e ele nos ordenou que garantíssemos uma travessia segura aos senhores.

– Então saia das sombras, vizinho – Sparhawk disse.

– Vizinho. – O homem riu. – Gostei dessa. O senhor tem uma vizinhança bem ampla, vizinho.

– Ultimamente, a maior parte do mundo – Sparhawk admitiu.

– Sendo assim, bem-vindo a Thalesia, vizinho. – O homem que cavalgou a partir das sombras tinha um cabelo loiro bem claro. Estava bem barbeado e vestido de modo grosseiro, carregando uma lança de aparência brutal, além de um machado pendurado em sua sela. – Stragen nos disse que o senhor quer ir para o norte. Nós o acompanharemos até Heid.

– Isso será suficiente? – Sparhawk perguntou para Flauta.

– Perfeitamente – ela respondeu. – Deixaremos a estrada poucos quilômetros à frente.

– Você recebe ordens de uma criança? – o homem loiro questionou.

– Ela conhece o caminho para o lugar aonde temos de ir. – Sparhawk deu de ombros. – Nunca discuta com seu guia.

– Isso provavelmente é verdade, Sir Sparhawk. Meu nome é Tel... se é que isso faz alguma diferença. Tenho uma dúzia de homens e cavalos extras... assim como os suprimentos que seu criado, Kurik, solicitou. – Ele passou a mão pelo rosto. – Isso me deixa meio intrigado, Sir Cavaleiro. Eu nunca tinha visto Stragen tão disposto a ajudar um estranho.

– Você já ouviu falar de Platime? – Talen perguntou.

Tel virou-se rapidamente para o garoto.

– O chefe lá de Cimmura? – ele retrucou.

– Esse mesmo – Talen falou. – Stragen deve alguns favores para Platime, e eu trabalho para Platime.

– Ah, então acho que isso explica tudo – Tel admitiu. – O dia está passando, Sir Cavaleiro – ele disse a Sparhawk. – Por que não seguimos até Husdal?

– Por que não? – Sparhawk concordou.

Os homens de Tel estavam vestidos com os trajes comuns aos camponeses thalesianos, e todos portavam suas armas de uma forma que denotava que eles sabiam como usá-las. Eram uniformemente loiros e tinham o rosto severo dos homens com pouco interesse nas amenidades mais refinadas da vida.

Quando o sol nasceu, eles aumentaram a velocidade. Sparhawk sabia que a presença de Tel e de seus capangas iria retardar seu progresso de modo considerável, mas estava grato pela segurança adicional que eles proviam para Sephrenia e Flauta. O pandion ficara bem preocupado com a vulnerabilidade de seu pequeno grupo em uma eventual emboscada nas montanhas.

Eles passaram rapidamente por um trecho de terras cultivadas, onde fazendas bem organizadas estavam estabelecidas ao longo da estrada. Um ataque era improvável em uma região tão habitada. O perigo viria quando chegassem às montanhas. Eles cavalgaram arduamente por todo aquele dia e cobriram um percurso considerável. Acamparam a uma distância segura da estrada e partiram outra vez bem cedo na manhã seguinte.

– Estou começando a ficar um pouco cansado desta sela – Kurik admitiu quando eles levantaram acampamento assim que os primeiros raios de sol surgiram no céu.

– Pensei que, a esta altura, você já estaria acostumado – Sparhawk comentou.

– Sparhawk, quase não paramos de cavalgar nos últimos seis meses. Acho que estou começando a gastar minha sela com meu traseiro.

– Comprarei uma nova para você.

– Para que eu tenha o prazer de amaciá-la? Não, muito obrigado.

O terreno começou a ficar mais ondulado, e eles podiam ver com clareza o verde-escuro das montanhas ao norte.

– Se eu puder fazer uma sugestão, Sparhawk – Tel disse –, por que não acampamos antes de subir as colinas? Há bandoleiros lá em cima, e um ataque noturno poderia nos causar um pouco de inconveniência. Mas duvido que eles desçam aqui para as planícies.

Sparhawk tinha de admitir que Tel provavelmente estava certo, embora se ressentisse da demora. A segurança de Sephrenia e de Flauta era muito mais importante do que quaisquer limitações arbitrárias do tempo.

Antes que o sol se pusesse, eles buscaram abrigo em um vale não muito profundo e fizeram uma pausa para passar a noite. Sparhawk notou que os homens de Tel eram muito bons em se esconder.

Na manhã seguinte, aguardaram a luz do dia antes de partir.

– Muito bem – Tel falou conforme eles seguiam seu caminho a um trote. – Conheço certos camaradas que se escondem aqui nas montanhas, e eles têm alguns lugares prediletos para suas emboscadas. Aviso você quando estivermos nos aproximando desses locais. A melhor forma de passar por eles é cavalgar a pleno galope. Isso pega de surpresa aqueles que estão armando a emboscada, e eles geralmente precisam de alguns minutos para montar em seus cavalos. Podemos abrir uma distância segura antes que eles consigam preparar uma perseguição.

– Quantos deles deve haver na região? – Sparhawk perguntou.

– Entre vinte e trinta, ao todo. Mas eles estarão divididos. Há mais de um local, e é provável que eles queiram cobrir todos.

– Seu plano não é ruim, Tel – Sparhawk concedeu –, mas acho que tenho um melhor. Atravessemos a emboscada a galope, como você sugeriu, até que eles comecem a nos perseguir. Então nos viramos e investimos contra eles. Não há motivo para deixar que eles unifiquem suas forças unindo-se aos outros que estão mais adiante.

– Você é sanguinário, não é, Sparhawk?

– Tenho um amigo aqui de Thalesia que vive me dizendo que não se deve deixar inimigos vivos atrás de si.

– Ele pode ter razão.

– Como você aprendeu tanto sobre esses camaradas daqui de cima?

– Eu costumava ser um deles, mas fiquei cansado de dormir ao relento em clima ruim. Foi então que segui até Emsat e comecei a trabalhar para Stragen.

– Qual a distância daqui até Husdal?

– Aproximadamente 240 quilômetros. Podemos chegar lá até o fim da semana, se nos apressarmos.

– Bom. Então façamos isso.

Cavalgaram a trote montanha acima, mantendo os olhos cautelosos nas árvores e arbustos de ambos os lados da estrada.

– Logo adiante – Tel disse em voz baixa. – Este é um dos lugares que eles escolhem. A estrada segue por uma fenda ali.

– Então vamos cavalgar – Sparhawk disse e abriu caminho pela abertura. Todos ouviram um grito espantado do topo de uma escarpa do lado esquerdo da estrada. Um único homem estava de pé.

– Ele está sozinho – Tel gritou, olhando por sobre os ombros. – Ele vigia a estrada em busca de viajantes, então acende uma fogueira para sinalizar aos outros mais adiante.

– Desta vez, ele não vai, não – um dos capangas de Tel rosnou, pegando um arco longo de suas costas. O homem parou o cavalo e atirou uma flecha com serenidade em direção ao vigia no topo da escarpa. Quando a flecha atingiu-lhe o estômago, o vigia se curvou e caiu lá de cima para jazer, imóvel, na estrada poeirenta.

– Belo tiro – Kurik falou.

– Nada mal – o arqueiro comentou com modéstia.

– Você acha que alguém o ouviu gritando? – Sparhawk perguntou a Tel.

– Isso depende de quão perto eles estão. É provável que eles não saibam o que aconteceu, mas alguns podem vir até aqui para investigar.

– Que venham – o homem com o arco disse, austero.

– É melhor irmos mais devagar por aqui – Tel aconselhou. – Não seria nada bom dobrarmos uma dessas curvas e dar de cara com eles.

– Você é muito bom nisso, Tel – Sparhawk o elogiou.

– Prática, Sparhawk, e conhecimento do terreno. Vivi aqui em cima por mais de cinco anos. É por isso que Stragen enviou a mim em vez de outra pessoa. É melhor você deixar que eu dê uma olhada depois dessa curva aí adiante. – Tel desceu do cavalo, pegou sua lança e seguiu agachado; pouco antes de chegar à curva, ele se embrenhou em alguns arbustos e desapareceu. Alguns instantes depois, ele ressurgiu e fez alguns gestos obscuros.

– Três deles – o arqueiro traduziu em voz baixa. – Estão vindo a trote. – Ele posicionou uma flecha na corda e ergueu seu arco.

Sparhawk sacou sua espada e disse a Kurik:

– Proteja Sephrenia.

O primeiro homem que dobrou a curva caiu de sua sela com uma flecha na garganta. Sparhawk agitou as rédeas e Faran investiu.

Os outros dois estavam encarando com perplexidade o corpo de seu companheiro caído. Sparhawk golpeou um para fora de sua sela e o outro se virou para fugir. Tel, entretanto, saiu dos arbustos e golpeou o corpo do homem de forma angular. O bandoleiro soltou um lamento gorgolejante e caiu de sua montaria.

– Peguem os cavalos! – Tel gritou para seus homens. – Não deixem que eles retornem para onde os outros assaltantes estão se escondendo!

Seus subordinados partiram a galope em busca dos cavalos em fuga, trazendo-os de volta alguns minutos depois.

– Foi um belo trabalho – Tel observou, livrando sua lança do corpo do homem na estrada com um puxão. – Nenhum grito, e ninguém conseguiu fugir. – Ele virou o corpo com o pé. – Conheço este aqui – ele falou. – Os outros dois devem ser novos. A expectativa de vida de um bandoleiro de estrada não é muito boa, portanto Dorga tem de achar novos recrutas com alguma frequência.

– Dorga? – Sparhawk perguntou, desmontando.

– O chefe deste bando. Nunca gostei muito dele. Ele dá muita importância a si mesmo.

– Vamos arrastar estes corpos para os arbustos – Sparhawk disse. – Prefiro que a menininha não os veja.

– Certo.

Depois que os corpos haviam sido escondidos, Sparhawk voltou pela curva e sinalizou para que Sephrenia e Kurik seguissem adiante.

Eles prosseguiram com cautela.

– Isso pode se provar mais fácil do que eu imaginava – Tel comentou. – Acho que eles estão se dividindo em grupos bem pequenos para cobrir um trecho mais extenso da estrada. É melhor entrarmos um pouco na floresta à esquerda da estrada logo adiante. Há um deslizamento de pedras do lado direito, e Dorga costuma colocar alguns arqueiros ali. Assim que passarmos por lá, farei com que alguns homens deem a volta para lidar com eles.

– Isso é realmente necessário? – Sephrenia questionou.

– Estou apenas seguindo o conselho de Sir Sparhawk, milady – Tel disse. – Não deixe inimigos vivos atrás de si... principalmente se eles estiverem armados com arcos. Eu não preciso de uma flecha nas costas, e a senhora também não.

Eles cavalgaram pela mata antes de alcançar o deslizamento de pedras e prosseguiram a um passo muito cauteloso. Um dos homens de Tel se esgueirou até o limite das árvores e se juntou a eles alguns minutos depois.

– Dois deles – ele informou em voz baixa. – Estão a pouco menos de quarenta metros aclive cima.

– Leve alguns homens – Tel instruiu. – Há um trecho coberto a cerca de 150 metros mais adiante. Vocês conseguirão atravessar a estrada. Suba pelo deslizamento e chegue por trás deles. Evite que seus homens façam muito barulho.

O bandido loiro de barba por fazer escancarou um sorriso, sinalizou para dois de seus companheiros e cavalgou adiante.

– Eu tinha me esquecido de como isso tudo é divertido – Tel disse. – Pelo menos quando o tempo está bom. Mas no inverno é horrível.

O grupo de Sparhawk havia cavalgado pouco menos de um quilômetro quando os três bandidos o alcançaram.

– Tiveram algum problema? – Tel perguntou.

– Eles estavam meio adormecidos. – Um deles deu uma risada. – Agora estão dormindo de verdade.

– Bom. – Tel olhou ao redor. – Agora podemos galopar um pouco, Sparhawk. Pelos próximos quilômetros a estrada é aberta demais para armar emboscadas.

Eles galoparam até quase o meio-dia, quando chegaram ao topo de uma cordilheira, onde Tel sinalizou uma parada.

– A próxima parte é complicada – ele falou a Sparhawk. – A estrada desce por uma ravina, e não há como dar a volta a partir desta ponta. Este lugar é um dos favoritos de Dorga, então é provável que ele tenha postado uma boa quantidade de homens ali. Eu diria que a melhor coisa que podemos fazer é atravessar a pleno galope. Um arqueiro tem sérios problemas para acertar uma flecha morro abaixo em um alvo móvel... pelo menos eu sempre tive.

– Qual a distância a percorrer até que saiamos da ravina?

– Por volta de um quilômetro e meio.

– E estaremos sob a mira deles em todo o trajeto?

– Mais ou menos, sim.

– Não temos muitas opções, não é mesmo?

– Não, a não ser que você queira esperar até escurecer, mas isso fará com que o resto da estrada até Husdal fique ainda mais perigoso.

– Muito bem – Sparhawk se decidiu. – Você conhece o território, portanto você é quem conduz o caminho. – Ele desenganchou o escudo da sela e apertou suas cintas no braço. – Sephrenia, você cavalgará ao meu lado. Eu posso dar cobertura a você e a Flauta com meu escudo. Siga em frente, Tel.

A corrida desenfreada tomou os bandoleiros escondidos de surpresa. Sparhawk ouviu alguns gritos de espanto do topo da ravina, e uma flecha solitária caiu bem atrás deles.

– Separem-se! – Tel berrou. – Não cavalguem tão próximos uns dos outros!

Eles prosseguiram a galope. Mais flechas vieram assobiando até a ravina, desta vez caindo entre eles. Uma delas se chocou contra o escudo que Sparhawk segurava para proteger Sephrenia e Flauta. Ele ouviu um lamento abafado e relanceou para trás. Um dos homens de Tel que oscilava em sua sela com os olhos cheios de dor se inclinou e caiu pesadamente no chão.

– Continuem em frente! – Tel ordenou. – Estamos quase fora de alcance!

A estrada logo adiante saía da ravina, passando por um trecho arborizado, e então descrevia uma curva margeando a face de um abismo que se abria de forma íngreme sobre um desfiladeiro.

Mais algumas flechas traçaram arcos por sobre a ravina, mas caíram bem atrás, longe deles.

Eles seguiram a galope pelo trecho repleto de árvores e pela lateral do abismo.

– Continuem! – Tel comandou outra vez. – Deixem que eles pensem que vamos correr até o final da trilha.

O grupo de Sparhawk continuou a galopar pela face do despenhadeiro. Então a ampla borda sobre a qual a estrada havia sido traçada virou-se bruscamente para dentro, na direção em que o abismo acabava e a estrada se voltava novamente pela floresta. Tel puxou as rédeas de seu cavalo ofegante.

– Este parece ser um bom lugar – ele falou. – A estrada fica um pouco mais estreita ali, portanto eles só poderão vir em nossa direção de dois em dois.

– Você realmente acha que eles tentarão nos seguir? – Kurik perguntou.

– Eu conheço Dorga. Ele pode não saber com precisão quem somos nós, mas tenho certeza de que não quer que cheguemos às autoridades em Husdal. Dorga fica muito apreensivo com a ideia de ter um grupo numeroso de homens do xerife varrendo estas montanhas. Eles têm forcas muito bem construídas lá em Husdal.

– Aquela floresta ali embaixo é segura? – Sparhawk questionou, apontando estrada abaixo.

Tel confirmou com um movimento de cabeça.

– A mata é muito espessa para permitir a realização de emboscadas. Aquela ravina é o último trecho realmente perigoso neste lado das montanhas.

– Sephrenia, siga lá para baixo – Sparhawk falou. – Kurik, vá com ela.

O rosto do escudeiro deixou transparecer que estava a ponto de protestar, mas ele não disse uma palavra. Kurik conduziu Sephrenia e as crianças estrada abaixo, em direção à segurança da floresta.

– Eles chegarão depressa – Tel avisou. – Passamos por lá a pleno galope, e eles tentarão nos alcançar. – Ele olhou para o bandido com o arco longo e perguntou: – Quão rápido você consegue atirar com essa coisa?

– Posso fazer com que três flechas fiquem no ar ao mesmo tempo – o homem disse com indiferença.

– Tente chegar a quatro. Não importa se você acertar os cavalos. Eles cairão pela beirada do precipício e levarão junto seus cavaleiros. Atinja o maior número que conseguir; em seguida, o resto de nós irá investir. É um bom plano, Sparhawk?

– É factível – Sparhawk concordou. Ele ajustou o escudo em seu braço esquerdo e então sacou a espada.

Logo depois eles ouviram o som dos cascos dos cavalos se aproximando rapidamente pela beirada rochosa do outro lado da curva brusca. O arqueiro de Tel desceu do cavalo e pendurou sua aljava de flechas em uma árvore mirrada na beira da estrada, onde sua munição estaria de fácil alcance.

– Elas vão te custar um quarto de coroa cada, Tel – ele falou com tranquilidade, sacando uma flecha da aljava e colocando-a na corda do arco. – Boas flechas são caras.

– Leve a conta para Stragen – Tel sugeriu.

– Stragen é mau pagador. Prefiro cobrar de você e deixá-lo discutir com o chefe.

– Está bem. – O tom de voz de Tel denotava mau humor.

– Aí vêm eles – um dos outros bandidos de Tel disse sem entusiasmo evidente.

Era possível que os dois primeiros bandoleiros que dobraram a curva nem os tivessem visto. O arqueiro lacônico de Tel era tão bom quanto havia se gabado. Os dois homens caíram de suas selas, um para o canto da estrada e o outro desaparecendo no precipício. Os cavalos continuaram a correr alguns metros, então empinaram quando viram os homens de Tel barrando o caminho.

O arqueiro não conseguiu atingir um dos homens da dupla que avançou em seguida pela curva.

– Ele se abaixou – o homem com o arco disse. – Vejamos se consegue desviar desta aqui. – Ele puxou o arco e atirou novamente, e sua flecha acertou a testa do oponente. O homem tombou para trás e caiu na estrada, com espasmos nas pernas.

Então os bandoleiros fizeram a curva em um grupo fechado. O arqueiro soltou mais uma série de flechas na direção deles.

– Acho melhor você ir agora, Tel – ele falou. – Eles estão vindo rápido demais.

– Vamos cavalgar! – Tel gritou, apoiando sua lança debaixo do braço de uma maneira curiosa, que lembrava aquela usada pelos cavaleiros em armaduras. Apesar de os homens de Tel utilizarem um equipamento bem variado, todos pareciam competentes no manejo de suas armas.

Uma vez que Faran era, de longe, o cavalo mais forte e mais rápido do grupo, Sparhawk se distanciou dos outros por cerca de quarenta metros na estrada. Ele colidiu contra o centro do grupo dos espantados oponentes, brandindo sua espada para a direita e para a esquerda em golpes amplos. Os homens que ele atacava não usavam nenhum tipo de proteção, portanto a lâmina de Sparhawk os feria profundamente. Um par deles tentou empunhar suas espadas enferrujadas para aparar os golpes cruéis de Sparhawk, mas o cavaleiro era um espadachim treinado, capaz de mudar o ponto que queria atingir mesmo no meio do golpe, e os dois caíram uivando na estrada, segurando o pulso onde a mão direita de cada um deles havia sido decepada.

Um homem de barba ruiva estava cavalgando na retaguarda do grupo que os emboscara. Ele virou-se para fugir, mas Tel passou direto por Sparhawk com seu cabelo loiro esvoaçando, sua lança abaixada, e os dois desapareceram pela curva. Os homens de Tel vieram por trás de Sparhawk, limpando o espaço da batalha com eficiência brutal.

O pandion fez com que Faran trotasse, dobrando a curva. Parecia que Tel havia derrubado o homem de barba ruiva do cavalo com sua lança, e o bandido jazia na estrada com a haste afixada em suas costas. Tel desmontou e se agachou ao lado do homem mortalmente ferido.

– Acabou não saindo do seu jeito, não é, Dorga? – ele falou em um tom quase amistoso. – Eu te disse, muito tempo atrás, que deter viajantes era um negócio arriscado. – Então ele puxou a lança do corpo de seu antigo chefe e, com muita calma, chutou-o pela beirada do abismo. O grito de desespero de Dorga desvaneceu conforme ele caía no desfiladeiro.

– Bom, acho que isso dá conta de toda esta situação – Tel falou para Sparhawk. – Vamos continuar a descida. Ainda estamos a uma boa distância de Husdal.

Os capangas de Tel estavam se livrando dos corpos dos bandoleiros mortos e feridos por meio do simples expediente de jogá-los no desfiladeiro.

– Agora estamos seguros – Tel os informou. – Alguns de vocês fiquem aqui e juntem os cavalos desses homens. Poderemos conseguir um bom preço por eles. Os demais, me acompanhem. Você vem, Sparhawk? – Ele conduziu o caminho estrada abaixo.

Os dias pareciam se arrastar enquanto eles atravessavam as montanhas desabitadas da região central de Thalesia. A certa altura, Sparhawk puxou as rédeas de Faran para cavalgar ao lado de Sephrenia e Flauta.

– Parece-me que estamos nesta estrada há pelo menos cinco dias – ele falou para a garotinha. – Quanto tempo realmente se passou?

Ela sorriu e ergueu dois dedos.

– Você está brincando com o tempo outra vez, não é? – ele acusou.

– É claro – ela disse. – Você não comprou para mim aquele gatinho que havia prometido, então tenho de brincar com outra coisa.

Nesse momento, ele se deu por vencido. Nada no mundo era mais imutável do que o nascer e o pôr do sol, mas parecia que Flauta podia alterar esses eventos de acordo com sua vontade. Sparhawk havia testemunhado a consternação de Bevier quando ela havia tentado explicar com paciência aquilo que era inexplicável. O pandion decidiu que não queria experimentar essa sensação na própria pele.

Vários dias pareceram se passar – embora Sparhawk não pudesse jurar que esse fato fosse verdade – até que, ao pôr do sol, Tel fez com que seu cavalo se colocasse ao lado de Faran.

– Aquelas fumaças ali adiante vêm das chaminés de Husdal – ele informou. – Meus homens e eu iremos voltar agora. Creio que minha cabeça ainda está a prêmio nessa cidade. É tudo um mal-entendido, claro, mas explicações são cansativas... principalmente quando se está de pé num cadafalso com uma corda ao redor do pescoço.

– Flauta – Sparhawk chamou por sobre o ombro –, Talen já completou o que ele tinha de fazer aqui?

– Sim.

– Foi o que eu pensei. – Tel, você poderia fazer o favor de levar o garoto de volta a Stragen? Nós o pegaremos quando regressarmos. Amarre-o bem e dê uma volta em seus calcanhares e no tronco do cavalo. Pegue-o desprevenido e tome cuidado: ele tem uma faca em seu cinto.

– Há um motivo para essa precaução, creio eu – Tel falou.

Sparhawk anuiu com a cabeça e explicou:

– O lugar para onde estamos indo é muito perigoso. O pai do garoto e eu preferimos não expô-lo a isso.

– E a menininha?

– Ela pode cuidar de si mesma... provavelmente, melhor do que o resto de nós.

– Você sabe de uma coisa, Sparhawk? – Tel comentou com ceticismo. – Quando eu era um garotinho, sempre quis ser Cavaleiro da Igreja. Agora fico feliz por isso não ter acontecido. Vocês são completamente doidos.

– Deve ser todo aquele tempo que gastamos em oração – Sparhawk retrucou. – Isso tende a fazer que uma pessoa fique um bocado obscura.

– Boa sorte, Sparhawk – Tel falou laconicamente. Em seguida, ele e dois de seus homens arrancaram Talen de sua sela com violência, desarmando-o e amarrando-o a seu cavalo. Os nomes pelos quais Talen chamou Sparhawk enquanto seus captores o levavam embora para o sul eram diversos e, em sua maior parte, nada elogiosos.

– Ela não entende todas aquelas palavras, entende? – Sparhawk perguntou a Sephrenia, olhando para Flauta.

– Você poderia parar de falar como se eu não estivesse aqui? – a garotinha reclamou. – Sim, para dizer a verdade, eu sei o que aquelas palavras significam, mas elênico é uma língua pobre para se xingar. Styrico é bem mais satisfatório, mas, se você realmente quiser ofender, tente em troll.

– Você fala troll? – O cavaleiro parecia surpreso.

– Claro. Não é algo que todos sabem? Não há motivos para irmos até Husdal. É um lugar deprimente... cheio de lama, madeira apodrecida e palha bolorenta. Vamos dar a volta pelo oeste e encontraremos o vale que precisamos seguir.

Eles evitaram Husdal e seguiram para um terreno mais íngreme nas montanhas. Flauta observou atentamente e depois de algum tempo apontou com um dedo.

– Ali – ela disse. – Viramos à esquerda ali.

Pararam na entrada para o vale e olharam com desânimo para o caminho até o qual a menina os havia conduzido. Era mais uma trilha do que uma estrada, e parecia dar muitas voltas.

– Não parece muito promissor – Sparhawk observou com incerteza –, e acho que ninguém passa por aqui há anos.

– As pessoas não a usam – Flauta explicou. – É uma trilha de caça... ou algo assim.

– Que tipo de caça?

– Olhe ali. – Ela apontou.

Era uma rocha com um dos lados plano no qual uma imagem havia sido talhada de maneira tosca. A figura parecia muito antiga e sofrera com o tempo, e era hedionda.

– O que é isso? – Sparhawk perguntou.

– É um aviso – ela respondeu com calma. – Essa é a imagem de um troll.

– Você está nos levando para o território dos trolls? – ele perguntou, surpreso.

– Sparhawk, Ghwerig é um troll. Onde você acha que ele mora?

– E não há outro caminho para chegarmos até a caverna dele?

– Não, não há. Posso afugentar quaisquer trolls que tivermos o azar de encontrar, e os ogros não saem à luz do dia; portanto, não devemos ter problemas.

– Ogros também?

– É claro. Eles sempre vivem no mesmo território que os trolls. Todos sabem disso.

– Eu não.

– Bom, agora você sabe. Estamos perdendo tempo, Sparhawk.

– Temos de avançar em fila única – o cavaleiro falou para Kurik e Sephrenia. – Sigam o mais próximo de mim que puderem. Não vamos nos espalhar. – Ele começou a seguir a trilha a trote, com a lança de Aldreas na mão.

O vale pelo qual Flauta os conduzia era estreito e escuro. Os contrafortes íngremes estavam repletos de abetos tão escuros que aparentavam ser negros, e as laterais do vale eram tão altas que o sol raramente brilhava naquele lugar sombrio. Um rio de montanha fluía para o centro do desfiladeiro apertado, rugindo e espumando.

– É pior do que a estrada para Ghasek – Kurik berrou por sobre o barulho do rio.

– Mande-o ficar quieto – Flauta disse ao pandion. – Trolls têm ouvidos aguçados.

Sparhawk virou-se em sua sela e colocou um dedo por sobre os lábios. Kurik anuiu com a cabeça.

Parecia haver um número excessivo de troncos brancos de árvores mortas pontuando a floresta negra que se erguia em ambos os lados. Sparhawk reclinou-se para a frente e colocou os lábios bem próximos à orelha de Flauta.

– O que está matando as árvores? – ele indagou.

– Os ogros saem à noite e roem a casca – a menina explicou. – Depois de um tempo, a árvore morre.

– Eu achava que os ogros eram carnívoros.

– Ogros comem qualquer coisa. Não podemos ir mais rápido?

– Não neste trecho. A trilha está muito ruim. Ela melhora mais adiante?

– Depois que subirmos e sairmos deste vale, chegaremos a um lugar plano nas montanhas.

– Um planalto?

– Chame-o como quiser. Há algumas colinas, mas podemos contorná-las. É tudo coberto por grama.

– Poderemos seguir mais rapidamente por lá. Esse planalto se estende por todo o caminho até a caverna de Ghwerig?

– Não exatamente. Depois de cruzá-lo, teremos de subir pelas pedras.

– Quem te trouxe até aqui em cima? Você disse que já havia estado neste lugar antes.

– Eu vim sozinha. Alguém que sabia o caminho me contou como chegar à caverna.

– Por que você iria querer isso?

– Eu tinha algo a fazer por lá. Nós realmente precisamos falar tanto assim? Estou tentando ouvir sinais dos trolls.

– Desculpe.

– Shhh, Sparhawk. – Ela colocou o indicador nos lábios.

Eles chegaram ao planalto no dia seguinte. Assim como Flauta lhes havia dito, era um terreno gramado, amplo e ondulado com picos cobertos de neve delineando o horizonte por todos os lados.

– Quanto tempo levaremos para cruzar isso? – Sparhawk perguntou.

– Não tenho certeza – Flauta respondeu. – Da última vez que vim aqui, eu estava a pé. Os cavalos devem ser capazes de nos levar bem mais rápido.

– Você esteve aqui em cima, sozinha e a pé, com trolls e ogros à sua volta? – ele indagou, incrédulo.

– Não cheguei a ver nenhuma dessas criaturas. Mas havia um urso jovem que me seguiu por alguns dias. Acho que o animal só estava curioso, mas fiquei cansada dele atrás de mim, então o mandei embora.

Sparhawk decidiu não fazer mais perguntas à garotinha. As respostas eram sempre perturbadoras.

Os campos gramados pareciam intermináveis. Eles cavalgaram por horas, mas a linha do horizonte aparentava não mudar. O sol afundou atrás dos picos nevados, e eles montaram acampamento em um pequeno aglomerado de pinheiros raquíticos.

– Este é um país bem grande – Kurik falou, olhando ao redor. Ele apertou mais a capa à sua volta. – Gelado também, depois que o sol se põe. Agora entendo por que os thalesianos se vestem com peles.

Eles piquetearam os cavalos para evitar que se afastassem muito e acenderam uma fogueira.

– Não há perigo real aqui nestes campos – Flauta assegurou. – Trolls e ogros preferem se manter nas florestas. Para eles, é mais fácil caçar onde são capazes de se esconder atrás das árvores.

O dia seguinte amanheceu nublado, e um vento gélido soprava das montanhas, dobrando a grama alta, semelhante a ondas compridas. Eles cavalgaram incessantemente ao longo de todo aquele dia, e ao cair da noite haviam alcançado os sopés dos alvos picos que assomavam sobre eles.

– Não poderemos acender nenhum fogo esta noite – Flauta avisou. – Ghwerig pode estar vigiando.

– Estamos tão perto assim? – Sparhawk indagou.

– Você está vendo aquela ravina logo adiante?

– Sim.

– A caverna de Ghwerig fica na parte superior dela.

– Então, por que não subimos até lá?

– Isso não seria uma boa ideia. Não é possível se esgueirar para pegar um troll à noite. Temos de esperar até amanhã, e partir depois de o sol já estar bem no alto. Trolls costumam cochilar durante o dia. Eles nunca dormem de verdade, mas ficam um pouco menos alertas quando o sol nasce.

– Parece que você sabe muitas coisas sobre eles.

– Não é muito difícil descobrir coisas... se você sabe a quem dirigir suas perguntas. Faça um chá para Sephrenia e um pouco de sopa quente. É muito provável que amanhã seja um dia difícil, e ela precisará de toda força que puder reunir.

– É um pouquinho difícil fazer sopa sem fogo.

– Ora, Sparhawk, eu sei disso. Sou pequena, mas não estúpida. Faça um montinho de pedras na frente da tenda. Eu cuidarei do resto.

Resmungando para si mesmo, ele fez conforme a garotinha instruiu.

– Agora se afaste – ela disse. – Não quero que você se queime.

– Queimar? Como?

Ela começou a cantar com suavidade, e então fez um gesto breve com uma de suas mãozinhas. Sparhawk começou a sentir de imediato o calor irradiando de sua pilha de pedras.

– Esse é um feitiço útil – ele disse com admiração.

– Comece a cozinhar, Sparhawk. Não posso manter essas pedras aquecidas a noite toda.

Era muito estranho, Sparhawk pensou enquanto colocava a chaleira de Sephrenia contra uma das pedras aquecidas. De alguma forma, nas semanas que se passaram, ele quase havia parado de pensar em Flauta como uma criança. Seu tom de voz e seus maneirismos eram adultos, e ela mandava no cavaleiro como se este fosse um lacaio. E o mais surpreendente era que ele automaticamente a obedecia. Sephrenia estava certa, ele concluiu. Essa garotinha era, muito provavelmente, uma das feiticeiras mais poderosas de todo o Styricum. Uma pergunta inquietante lhe ocorreu. Quão velha Flauta realmente *era*? Será que os magos styricos eram capazes de controlar ou modificar sua própria idade? Sparhawk sabia que nem Flauta nem Sephrenia responderiam a tais perguntas, portanto ele se ocupou com a comida que estava preparando e tentou não pensar mais nesse assunto.

Eles acordaram com a aurora, mas Flauta insistiu para que esperassem até o meio da manhã antes de iniciar a subida pela ravina. Ela também os instruiu para que deixassem os cavalos no acampamento, uma vez que o som de seus cascos nas pedras poderia alertar os ouvidos aguçados do troll entocado na caverna.

A ravina era estreita e tinha as laterais íngremes, e estava repleta de sombras densas. Os quatro se moviam vagarosamente pelo chão rochoso, posicionando os pés com cuidado para evitar que qualquer pedra solta fosse deslocada. Eles quase não falavam e, quando isso era necessário, o faziam apenas em sussurros. Sparhawk carregava a lança ancestral. Por algum motivo, parecia a coisa certa a fazer.

A subida ficou mais íngreme, e eles foram forçados a passar por cima de rochas arredondadas para continuar sua ascensão. Assim que chegaram mais próximos do topo, Flauta fez um gesto para que eles parassem enquanto ela rastejava alguns metros mais à frente. Então ela voltou e murmurou:

– Ele está lá dentro, e já começou a lançar seus encantamentos.

– A entrada da caverna está bloqueada? – Sparhawk sussurrou de volta.

– De certo modo, sim. Quando chegarmos lá em cima, você não será capaz de vê-la. Ele criou uma ilusão para fazer com que a boca da caverna pareça apenas uma parte da face do aclive. A ilusão é sólida o suficiente para que não possamos simplesmente atravessá-la. Você precisará usar a lança para abrir caminho. – Ela conferenciou em voz baixa com Sephrenia por alguns instantes, e a tutora styrica concordou com a cabeça. – Então, muito bem – Flauta disse, inspirando profundamente. – Vamos lá.

Eles escalaram os últimos metros e entraram em uma bacia de aparência desolada e insalubre, permeada de espinheiros e troncos esbranquiçados de árvores mortas. Em uma das laterais da bacia se erguia um despenhadeiro íngreme que não aparentava possuir aberturas.

– Ali está – Flauta sussurrou.

– Você tem certeza de que este é o lugar certo? – Kurik murmurou. – Parece ser rocha sólida.

– O local é este – ela respondeu. – Ghwerig está ocultando a entrada. – Ela os conduziu por uma trilha quase indistinta até a face do despenhadeiro. – É bem aqui – a menina falou com a voz quase inaudível, colocando sua mãozinha na rocha. – Agora, preste atenção no que vamos fazer. Sephrenia e eu iremos formular um feitiço, e, quando nós o lançarmos, ele recairá sobre você, Sparhawk. Você se sentirá muito estranho por alguns instantes, e então perceberá o encantamento crescendo dentro de você. No momento certo, direi o que deverá fazer. – Ela começou a cantar com suavidade e Sephrenia falou em styrico, quase como um sussurro. Então, em sincronia, ambas gesticularam na direção de Sparhawk.

Os olhos do cavaleiro ficaram subitamente embaçados, e ele quase caiu. Ele se sentiu muito fraco, e a lança que carregava na mão esquerda parecia pesada demais para que o pandion pudesse carregá-la. Então, com a mesma rapidez, pareceu que ela não tinha peso algum. Sparhawk sentiu seus ombros impregnados com a força do feitiço.

– Agora – Flauta disse a ele. – Aponte a lança para a face do despenhadeiro.

Ele ergueu o braço e fez como a garotinha havia instruído.

– Ande para a frente até que a lança toque a parede.

O cavaleiro deu dois passos adiante e sentiu a ponta da lança tocar a rocha intransponível.

– Solte o poder... *através* da lança.

Ele se concentrou, juntando o poder dentro de si. O anel em sua mão esquerda parecia vibrar. Então ele enviou o poder pelo cabo da lança até sua lâmina larga.

A rocha à sua frente, que aparentara solidez, ondulou; em seguida, ela desapareceu, revelando uma abertura de formato irregular.

– E aí está – Flauta disse com um sussurro triunfante. – A caverna de Ghwerig. Agora, vamos encontrá-lo.

Capítulo 25

A CAVERNA TINHA UM FORTE CHEIRO de bolor, de terra e pedras há muito úmidas, e havia o som de água gotejando eternamente em algum lugar na escuridão.

– Qual o local mais provável de sua localização? – Sparhawk sussurrou para Flauta.

– Vamos começar por sua reserva de tesouros – ela respondeu. – Ghwerig aprecia observar suas riquezas. É por ali. – A menina apontou para uma abertura no corredor.

– Está totalmente escuro ali – ele objetou, cheio de dúvidas.

– Vou cuidar disso – Sephrenia falou.

– Mas bem baixinho – Flauta acautelou. – Não sabemos onde Ghwerig está com exatidão, e ele pode ouvir e sentir magia. – Ela examinou Sephrenia de perto e perguntou: – Você está bem?

– Não está tão mal quanto antes – Sephrenia respondeu, passando a espada de Sir Gared para a mão direita.

– Bom. Não serei capaz de fazer nada aqui. Ghwerig reconheceria minha voz. Vocês terão de fazer quase tudo.

– Posso lidar com a situação – Sephrenia falou, mas sua voz soava cansada. Ela ergueu a espada. – Enquanto eu tiver de carregar isto, posso muito bem aproveitá-la. – A styrica sussurrou brevemente e fez um pequeno gesto com a mão esquerda. A ponta da arma começou a brilhar, uma ínfima centelha incandescente. – Não é muita coisa – ela disse com gravidade –, mas deve servir. Se eu deixá-la mais clara, Ghwerig a verá. – Ela ergueu a espada e conduziu o caminho pela entrada da galeria. A ponta brilhante da arma quase parecia um vaga-lume na escuridão opressiva, mas lançava uma luz tênue o suficiente para que eles fossem capazes de se orientar e evitar obstruções no chão irregular da passagem que estavam seguindo.

O caminho se curvava com certa constância para baixo e para a direita. Depois de percorrerem cerca de 75 metros, Sparhawk percebeu que aquela não era uma galeria natural, mas que havia sido escavada na rocha, e prosseguia em uma espiral contínua para baixo.

– Como Ghwerig conseguiu fazer isso? – ele sussurrou para Flauta.

– Ele usou a Bhelliom. A passagem antiga era muito mais longa, e bem mais íngreme. Ghwerig é tão deformado que costumava levar dias para escalar e sair de sua caverna.

Eles continuaram, caminhando da maneira mais silenciosa que podiam. A certa altura, a galeria passou por uma ampla caverna onde estalactites de pedra calcária ficavam penduradas no teto, gotejando continuamente. Então o caminho prosseguiu pela rocha sólida. Em certas ocasiões, a luz tênue que carregavam perturbava colônias de morcegos instaladas nos tetos, e as criaturas protestavam agudamente conforme fugiam batendo suas asas de modo frenético em imensas nuvens negras.

– Eu *odeio* morcegos – Kurik disse, emendando um insulto.

– Eles não vão te machucar – Flauta sussurrou. – Um morcego nunca irá se chocar contra você, nem mesmo na escuridão total.

– Os olhos deles são tão bons assim?

– Não, mas os ouvidos são.

– Você sabe sobre *tudo*? – o murmúrio de Kurik soou um pouco irritadiço.

– Ainda não – ela falou em voz baixa –, mas estou me esforçando. Você tem algo para comer? Por algum motivo, estou com um pouco de fome.

– Alguns bifes desidratados – Kurik respondeu, colocando a mão por dentro da túnica que cobria sua vestimenta de couro negro. – Mas estão bem salgados.

– Há bastante água nesta caverna. – Ela pegou um pedaço da carne ressecada que ele lhe oferecera e deu uma mordida. – Ela *está* um pouquinho salgada, não é mesmo? – a garotinha admitiu, engolindo a seco.

Eles prosseguiram. Então viram uma luz vinda de algum lugar adiante, fraca de início, mas aumentando progressivamente conforme eles se aprofundavam pela passagem em espiral.

– A reserva de tesouros dele fica logo adiante – Flauta sussurrou. – Deixe-me dar uma olhada. – Ela se esgueirou para a frente e depois retornou. – Ele está ali – a menina afirmou, seu rosto esboçando um sorriso.

– É ele que está produzindo essa luz? – Kurik cochichou.

– Não. Ela está vindo da superfície. Há um veio d'água que cai pela caverna e captura a luz do sol em determinados horários do dia. – Ela estava falando em um tom de voz normal. – O som da queda d'água irá abafar nossas vozes. Mas ainda assim teremos de tomar cuidado. Os olhos dele irão captar qualquer movimento. – Ela falou rapidamente com Sephrenia; a styrica anuiu com a cabeça, esticou a mão e extinguiu a centelha na ponta da espada com dois dedos. Em seguida, começou a tecer um encantamento.

– O que ela está fazendo? – Sparhawk perguntou a Flauta.

– Ghwerig está falando consigo mesmo – ela respondeu –, e pode ser que ele diga algo que nos seja útil. Ele está utilizando a linguagem dos trolls, então Sephrenia está fazendo com que sejamos capazes de compreendê-lo.

– Você quer dizer que ela fará com que Ghwerig fale em elênico?

– Não. O feitiço não é direcionado a ele. – Ela esboçou seu sorrisinho malicioso. – Você está aprendendo várias coisas, Sparhawk, e agora entenderá a linguagem dos trolls... pelo menos por algum tempo.

Sephrenia lançou o feitiço e, de repente, Sparhawk pôde ouvir muito mais do que havia escutado no percurso de sua longa descida pela galeria espiralada. O ruído torrencial da queda d'água caindo na caverna adiante se transformara quase em um rugido, e o murmúrio áspero de Ghwerig tornou-se audível por sobre o outro som.

– Aguardaremos aqui por algum tempo – Flauta os instruiu. – Ghwerig é um pária, portanto ele fala consigo mesmo uma boa parte do tempo, e diz o que está se passando em sua mente. Podemos descobrir muitas coisas se simplesmente o escutarmos. Ah, a propósito: ele está com a coroa de Sarak, e a Bhelliom ainda está encrustada nela.

Sparhawk sentiu uma súbita onda de agitação. Aquilo que ele há tanto procurava não estava a mais do que algumas centenas de passos.

– O que ele está fazendo? – ele perguntou a Flauta.

– Ele está sentado na beirada do precipício que a queda d'água esculpiu na rocha. Todos os seus tesouros estão empilhados à sua volta. Ele está limpando os pedaços de turfa que ainda estão na Bhelliom com a língua. É por isso que não conseguimos entender o que ele está dizendo neste instante. Vamos nos aproximar um pouco, mas fique afastado da entrada da galeria.

Eles se esgueiraram em direção à luz e pararam a poucos metros da abertura. A luz refletida pela queda d'água resplandecia e parecia tremeluzir de modo fluido. Era, de certa maneira, como um arco-íris.

– Gatunos! Ladrões! – A voz era brusca, muito mais do que qualquer garganta elena ou styrica poderia emitir. – Suja. Ela toda suja. – Ouviu-se mais daquele barulho de lambidas enquanto o troll-anão passava a língua em seu tesouro. – Gatunos todos mortos, agora. – Ghwerig riu-se de modo hediondo. – Todos mortos. Ghwerig não morto, e sua rosa está de volta em casa.

– Ele soa como se estivesse louco – Kurik murmurou.

– Ele sempre esteve – Flauta explicou. – Sua mente é tão deformada quanto seu corpo.

– Fale com Ghwerig, Rosa-Azul! – a voz da monstruosidade ordenou. Em seguida, ele uivou um xingamento repugnante direcionado à deusa styrica

Aphrael. – Traga de volta os anéis! Traga de volta os anéis! Bhelliom não fala com Ghwerig se Ghwerig não tem os anéis! – Ouviu-se um berreiro, e Sparhawk percebeu com repulsa que a besta estava chorando. – Sozinho – o troll choramingou. – Ghwerig tão sozinho!

Sparhawk foi atingido por uma onda de piedade quase insuportável pelo anão deformado.

– Não faça isso – Flauta disse com brusquidão. – Isso irá te enfraquecer quando tiver de enfrentá-lo. Você é nossa única esperança, Sparhawk, e seu coração deve ser como uma pedra.

Então Ghwerig discorreu por algum tempo com palavras tão vis que não havia equivalentes no idioma elênico.

– Ele está invocando os Deuses Trolls – Flauta explicou em voz baixa. Ela inclinou a cabeça. – Ouçam – ela exclamou. – Os Deuses Trolls estão respondendo.

O bramido da queda d'água pareceu mudar de tom, tornando-se mais profundo e ressonante.

– Teremos de matá-lo bem rápido – a garotinha disse em um tom gélido e casual. – Ele ainda possui alguns fragmentos da safira original em sua oficina. Os Deuses Trolls o estão instruindo a fazer novos anéis, e depois vão infundi-los com sua força para liberar o poder da Bhelliom. A esta altura, Ghwerig será capaz de nos destruir.

Nesse instante, o troll-anão gargalhou de forma horrenda.

– Ghwerig venceu você, Azash. Azash um Deus, mas Ghwerig venceu ele. Azash nunca ver Bhelliom agora.

– Será que Azash consegue ouvi-lo? – Sparhawk perguntou.

– É provável – Sephrenia disse com calma. – Azash conhece o som de seu próprio nome. Ele escuta quando alguém lhe dirige a palavra.

– As coisas-homens nadam no lago para encontrar Bhelliom – Ghwerig continuou a tagarelar. – Coisa-inseto que pertence a Azash olha das moitas e vê eles. Coisas-homens vão embora. Coisa-inseto traz coisas-homens sem mentes. Coisas-homens nadam na água. Muitos afogam. Uma coisa-homem encontra Bhelliom. Ghwerig mata coisa-homem e pega Rosa-Azul. Azash quer Bhelliom? Azash vem procurar Ghwerig. Azash cozinha no fogo do Deus Troll. Ghwerig nunca comeu carne de deus. Ghwerig imagina que gosto carne de deus tem.

Das profundezas da terra ouviu-se um rumor, e o chão da caverna pareceu tremer.

– Azash definitivamente o ouviu – Sephrenia falou. – Quase temos de admirar aquela criatura deturpada ali adiante. Ninguém jamais dirigiu esse tipo de insulto na cara de um Deus Ancião.

– Azash bravo com Ghwerig? – o troll estava dizendo. – Ou talvez Azash tremendo de medo. Agora Ghwerig tem Bhelliom. Logo fazer anéis. Ghwerig não precisar Deuses Trolls depois disso. Cozinhar Azash no fogo da Bhelliom. Cozinhar devagar para ficar suculento. Ghwerig comer Azash. Quem vai rezar para Azash quando Azash estiver no fundo da barriga de Ghwerig?

Desta vez, o rumor foi acompanhado pelo distinto ruído de algo rachando conforme as pedras nas profundezas da terra se despedaçavam.

– Ele está colocando o pescoço em risco, vocês não acham? – Kurik disse com a voz contida. – Azash não é do tipo de se brincar.

– Os Deuses Trolls estão protegendo Ghwerig – Sephrenia retrucou. – Nem mesmo Azash arriscaria um confronto com eles.

– Gatunos! Todos gatunos! – o troll uivou. – Aphrael roubou anéis. Adian-de-Thalesia roubou Bhelliom! Agora Azash e Sparhawk-de-Elenia tentam roubar ela de Ghwerig de novo! Fale com Ghwerig, Rosa-Azul! Ghwerig sozinho!

– Como ele descobriu sobre mim? – Sparhawk estava espantado com a amplitude de conhecimento do troll-anão.

– Os Deuses Trolls são velhos e muito sábios – Sephrenia respondeu. – Há muito pouco que acontece no mundo que eles não saibam, e eles passarão esse conhecimento para aqueles que os servem... por um certo preço.

– Que tipo de preço poderia satisfazer um deus?

– Reze para que você nunca venha a saber, meu querido – ela disse, estremecendo.

– Ghwerig levou dez anos para esculpir uma pétala aqui, Rosa-Azul. Ghwerig ama Rosa-Azul. Por que ela não fala com Ghwerig? – Ele murmurou algo inaudível por um tempo. – Anéis. Ghwerig fazer anéis para que Bhelliom fale de novo. Queimar Azash no fogo da Bhelliom. Queimar Sparhawk no fogo da Bhelliom. Queimar Aphrael no fogo da Bhelliom. Tudo queimar. Tudo queimar. Então Ghwerig comer.

– Acho melhor entrarmos em cena – Sparhawk falou com seriedade. – Eu definitivamente não quero que ele chegue à sua oficina. – O cavaleiro estendeu a mão até sua espada.

– Use a lança – Flauta orientou. – Ele pode agarrar sua espada e arrancá-la de sua mão, mas a lança tem poder suficiente para manter Ghwerig afastado. Por favor, meu nobre pai, tente permanecer vivo. Preciso de você.

– Estou fazendo meu melhor – ele retrucou.

– Pai? – Kurik perguntou com um tom de surpresa.

– É uma forma de tratamento styrica – Sephrenia emendou com certa rapidez, lançando um olhar para Flauta. – Tem a ver com respeito... e amor.

O CAVALEIRO DE RUBI

A essa altura, Sparhawk fez algo que raramente havia feito antes. Ele juntou as palmas das mãos diante do peito e fez uma mesura para a estranha criança styrica.

Flauta bateu palmas de puro deleite, então se jogou nos braços do cavaleiro e o beijou sonoramente com seus pequenos lábios rosados.

– Pai – ela disse. Por alguma razão, Sparhawk se sentiu profundamente encabulado. O beijo de Flauta não era o de uma menininha.

– Quão dura é a cabeça de um troll? – Kurik perguntou bruscamente, deixando óbvio que estava tão transtornado quanto Sparhawk pela aberta demonstração de afeto da garotinha, que aparentava ter muito além de sua idade. Ele estava chacoalhando seu mangual de aspecto bárbaro.

– Muito, muito dura – ela respondeu.

– Ouvimos que ele é deformado – Kurik continuou. – Quão boas são as pernas dele?

– Fracas. Ele mal consegue ficar de pé.

– Então está tudo certo, Sparhawk – Kurik falou em um tom profissional. – Vou dar a volta nele e atingi-lo nos joelhos, quadris e calcanhares com isto. – Ele balançou seu mangual, assoviando pelo ar. – Se eu conseguir derrubá-lo, enfie sua lança nas entranhas dele e então eu tentarei golpeá-lo na cabeça.

– Você tem que ser tão detalhista, Kurik? – Sephrenia protestou com a voz enojada.

– Estamos tratando de negócios, mãezinha – Sparhawk disse a ela. – Temos de saber exatamente o que iremos fazer, para não interferirmos um com o outro. Muito bem, Kurik, vamos lá. – Deliberadamente, ele caminhou até a boca da galeria e saiu para a caverna, sem tentar se esconder.

A caverna era um lugar maravilhoso. Seu teto estava perdido nas sombras arroxeadas, e a queda d'água borbulhante despencava como uma névoa dourada e brilhante em um precipício de profundidade inimaginável, do qual o rugido surdo da água caindo ecoava em uma repetição interminável. As paredes, que se estendiam até onde os olhos podiam ver, brilhavam com bolsões e veios de ouro, e gemas mais preciosas do que os tesouros de reis fulguravam na luz cambiante e policromática.

O troll-anão deformado, desgrenhado e grotesco estava agachado na beirada do precipício. Empilhadas ao seu redor estavam pepitas e pedras de ouro puro, e havia montes de gemas de todas as tonalidades. Na mão direita, Ghwerig segurava a suja coroa de ouro do rei Sarak, e incrustada nela estava a Bhelliom, a rosa de safira. A joia parecia brilhar ao captar e refletir a luz que se precipitava com a água que caía. Sparhawk olhou pela primeira vez para o objeto mais precioso em todo o mundo, e, por um momento, uma espécie de deslumbramento quase o sobrepujou. Então ele deu um passo adiante, segurando a lança ancestral bem baixo com sua mão esquerda. Ele não sabia se o feitiço de Sephrenia seria capaz de fazer com que o troll grotesco o compreendesse, mas o cavaleiro sentiu uma estranha compunção moral que o impeliu a falar. Simplesmente destruir essa monstruosidade deformada sem dizer-lhe uma palavra não era da natureza de Sparhawk.

– Vim atrás da Bhelliom – ele declarou. – Não sou Adian, rei de Thalesia, portanto não irei enganá-lo. Tomarei aquilo que quero de você por uso de força bruta. Defenda a si mesmo se for capaz. – Para Sparhawk, isso foi o mais próximo de um desafio formal a que ele conseguiu chegar, dadas as circunstâncias.

Ghwerig pôs-se de pé com seu corpo hediondo e contorcido, e seus lábios achatados retraíram-se, revelando dentes amarelados em um rosnado de ódio.

– Você não pegar Bhelliom de Ghwerig dele, Sparhawk-de-Elenia. Ghwerig matar primeiro. Aqui você morre, e Ghwerig comer... nem o pálido Deus eleno salva Sparhawk agora.

– Isso ainda não foi decidido – Sparhawk respondeu com frieza. – Preciso usar a Bhelliom por algum tempo, e então eu a destruirei para mantê-la longe das mãos de Azash. Entregue-a para mim, ou morra.

A risada de Ghwerig era pavorosa.

– Ghwerig morrer? Ghwerig imortal, Sparhawk-de-Elenia. Coisa-homem não pode matar.

– Isso também não foi decidido ainda. – De modo deliberado, Sparhawk segurou a lança com as duas mãos e avançou contra o troll-anão. Kurik, com o mangual balançando em seu punho direito, surgiu pela abertura da galeria e se afastou pela lateral de seu senhor para seguir em direção ao flanco do troll.

– Dois? – Ghwerig disse. – Sparhawk deveria ter trazido uma centena. – Ele se inclinou e ergueu uma imensa clava de pedra revestida por ferro que estava em uma pilha de gemas. – Você não tirar Bhelliom de Ghwerig dele, Sparhawk-de-Elenia. Ghwerig matar primeiro. Aqui você morre, e Ghwerig come. Nem mesmo Aphrael salva Sparhawk agora. Coisas-homens pequenas estão condenadas. Ghwerig tem banquete esta noite. Coisas-homens assadas suculentas. – Ele estalou os lábios de forma grosseira e se endireitou, seus ombros musculosos e peludos se agigantando de maneira ominosa. O termo "anão", quando aplicado a um troll, Sparhawk pôde perceber, era tremendamente enganoso. Ghwerig, apesar de sua deformidade, era pelo menos tão grande quanto o cavaleiro, e os braços do troll, retorcidos como troncos de árvores velhas, ficavam pendurados na altura dos joelhos. O rosto era peludo em vez de barbado, e os olhos esverdeados pareciam brilhar com malevolência. Ele avançou cambaleante, balançando sua clava gigante na mão direita. Na esquerda, o troll ainda segurava a coroa de Sarak com a Bhelliom brilhando em seu ponto mais alto.

Kurik avançou e lançou seu mangual em direção ao joelho do monstro, mas Ghwerig, de modo quase desdenhoso, bloqueou o golpe com sua clava.

– Fuja, coisa-homem fraca – o troll falou, sua voz terrivelmente repulsiva. – Toda carne é comida para mim. – A essa altura, ele brandiu sua clava horrenda, e o alcance da arma era fora do normal por conta de seus longos braços, fazendo-o duplamente perigoso. Kurik saltou para trás quando a clava recoberta de ferro assoviou perto de seu rosto.

Sparhawk investiu, conduzindo a lança contra o peito do troll, mas novamente Ghwerig aparou o golpe.

– Muito devagar, Sparhawk-de-Elenia – ele riu.

Então Kurik acertou-o bem acima do quadril esquerdo. Ghwerig recuou, mas, com a agilidade de um felino, bateu com sua clava em uma pilha de gemas resplandecentes, fustigando os dois homens com uma chuva de projéteis. Kurik se retraiu e levou sua mão livre ao rosto para limpar o sangue que escorria de um talho que havia se aberto em sua testa, próximo aos olhos.

Sparhawk atacou com sua lança mais uma vez, abrindo um corte superficial no peito do troll desequilibrado. Ghwerig rugiu de raiva e dor, em seguida cambaleou para a frente, agitando sua clava em movimentos amplos. Sparhawk esquivou-se para trás, aguardando friamente por uma abertura. Ele percebeu que o troll era totalmente destemido. Nenhum ferimento que não fosse mortal faria essa coisa recuar. Ghwerig estava, naquele exato momento, com a boca espumando, seus olhos verdes brilhando com loucura. Ele cuspiu xingamentos horrendos e outra vez avançou vacilante, brandindo sua clava terrível.

– Mantenha-o longe da beirada! – Sparhawk gritou para Kurik. – Se ele cair, podemos nunca recuperar a coroa! – Então, com clareza, ele percebeu que havia encontrado a solução. De alguma forma, eles teriam de fazer com que o troll deformado deixasse a coroa cair no chão. Àquela altura, ficara óbvio que nem mesmo os dois juntos poderiam vencer aquela criatura desgrenhada com seus longos braços e olhos flamejantes de ódio insano. Apenas uma distração daria a eles a oportunidade de investir e desferir um ferimento mortal. O cavaleiro balançou a mão direita para atrair a atenção de Kurik, então a estendeu, batendo-a contra seu próprio ombro esquerdo. Os olhos do escudeiro por um instante demonstraram incompreensão, mas em seguida se estreitaram, e ele anuiu com a cabeça. Kurik circundou pela esquerda de Ghwerig, com seu mangual em prontidão.

Sparhawk apertou ambas as mãos na haste da lança e fez uma finta com ela. Ghwerig brandiu sua clava em direção à arma estendida, mas Sparhawk a puxou rapidamente de volta.

– Os anéis de Ghwerig! – o troll gritou em triunfo. – Sparhawk-de-Elenia trazer os anéis de volta para Ghwerig. Ghwerig sente a presença deles! – Com um rugido abominável ele saltou adiante, sua clava dividindo o ar.

Kurik golpeou, seu mangual pontiagudo arrancando um grande pedaço de carne do imenso braço esquerdo do troll. Ainda assim, Ghwerig deu pouca atenção ao ferimento e continuou em sua investida, sua clava assoviando no ar conforme ele caía sobre Sparhawk. Sua mão esquerda ainda segurava fortemente a coroa.

A contragosto, Sparhawk recuou. Ele devia manter o troll longe da beirada do precipício enquanto a criatura tivesse a coroa em sua mão.

Kurik balançou seu mangual outra vez, mas Ghwerig se esquivou, e a arma passou longe do ombro peludo. Parecia que o primeiro golpe havia lhe causado mais dor do que ficara evidente. Sparhawk aproveitou a vantagem daquele recuo momentâneo e lanceou rapidamente, abrindo um talho no ombro direito do troll. Ghwerig uivou, mais de raiva do que de dor, e imediatamente brandiu sua clava mais uma vez.

Então, detrás de si, Sparhawk ouviu a voz de Flauta erguendo-se clara e retinindo como sinos sobre o rugido constante da queda d'água. Os olhos de Ghwerig se arregalaram, e sua boca animalesca abriu-se.

– Você! – ele berrou. – Agora Ghwerig se vingar, garota-criança! Música da garota-criança acaba aqui!

Flauta continuou a cantar, e Sparhawk arriscou relancear rapidamente por sobre o ombro. A garotinha estava de pé na entrada da passagem com Sephrenia logo atrás. Sparhawk sentiu que a música não era, de fato, um feitiço, mas tinha a intenção de distrair o anão para que o pandion ou Kurik conseguissem pegar o monstro com a guarda baixa. Ghwerig vacilou para a frente mais uma vez, balançando sua clava para tirar Sparhawk do caminho. Os olhos do troll estavam fixados em Flauta, e sua respiração sibilava por entre seus dentes cerrados. Kurik fez com que seu mangual se chocasse contra as costas do monstro, mas Ghwerig não deu sinal algum de ter sentido o golpe enquanto prosseguia em direção à criança styrica. Foi então que Sparhawk vislumbrou sua oportunidade. Quando o troll passou por ele, os amplos movimentos da clava de pedra deixaram o flanco peludo exposto. O cavaleiro golpeou com toda a força, enterrando a lâmina larga de sua lança ancestral no corpo de Ghwerig, logo abaixo das costelas. O troll-anão uivou conforme o gume afiado penetrava sua couraça. Ele tentou brandir sua clava, mas Sparhawk deu um

O CAVALEIRO DE RUBI

salto para trás, libertando a lança com um puxão. Em seguida, Kurik golpeou a lateral do joelho direito deformado de Ghwerig com seu mangual, e Sparhawk ouviu o som repugnante do osso se quebrando. Ghwerig tombou, soltando sua clava. O pandion inverteu a lança e a enfiou com um movimento descendente na barriga do troll.

Ghwerig gritou, segurando a lança com a mão direita enquanto Sparhawk a movia para a frente e para trás, cortando as entranhas do monstro com a lâmina afiada. A coroa, entretanto, ainda continuava firmemente contida pela mão esquerda retorcida. Sparhawk notou que apenas a morte faria com que ela fosse solta.

O troll esquivou-se da lança, abrindo de forma ainda mais horrível o corte por conta desse movimento. Kurik esmagou-lhe o rosto com o mangual, destruindo um de seus olhos. Com um uivo hediondo, o monstro rolou em direção à borda do precipício, espalhando no processo todas as suas joias acumuladas. Então, com um grito triunfante, ele tropeçou para fora da beirada com a coroa de Sarak ainda em seu punho!

Tomado pelo desespero, Sparhawk correu até a extremidade do abismo e olhou para as profundezas, com desânimo. Muito abaixo, ele podia ver o corpo deformado caindo inexoravelmente rumo à escuridão inescrutável. Então o cavaleiro ouviu as batidas leves de pés descalços correndo sobre as pedras do chão da caverna, e Flauta passou depressa para além de onde ele estava, com seus cabelos negros ao vento. Para o horror do pandion, a menininha não hesitou ou se deteve, mas correu diretamente para além da beirada e mergulhou atrás do troll em queda.

– Meu Deus! – ele ofegou, esticando a mão em vão atrás dela ao mesmo tempo que Kurik, com o rosto mortalmente pálido, veio ao seu encontro.

E então Sephrenia estava ali, com a espada de Sir Gared ainda em mãos.

– Faça algo, Sephrenia – Kurik suplicou.

– Não há necessidade, Kurik – ela respondeu com calma. – Nada pode acontecer com ela.

– Mas...

– Quieto, Kurik. Estou tentando escutar.

A luz da queda d'água brilhante pareceu diminuir um pouco, como se uma nuvem bem ao alto tivesse passado pelo sol. O rugido da água que caía parecia fazer troça deles, e Sparhawk percebeu que lágrimas escorriam por suas bochechas.

Então, nas trevas profundas daquele abismo inimaginável, ele viu o que parecia ser uma centelha de luz. Ela ficava cada vez mais brilhante, ascendendo daquele precipício fantasmagórico, ou, pelo menos, era essa a impressão que tinha. E conforme a fagulha subia, Sparhawk podia ver com mais clareza. Assemelhava-se a um pilar brilhante da mais alva luz, encimada por um lampejo de um azul intenso.

A Bhelliom se ergueu das profundezas, descansando na palma de uma das mãozinhas incandescentes de Flauta. Sparhawk estava boquiaberto, perplexo ao perceber que ele podia ver através da menininha, e que aquilo que havia surgido fulgurando das trevas abaixo era tão insubstancial quanto a névoa. O rostinho de Flauta estava calmo e imperturbável enquanto ela segurava a rosa de safira sobre a própria cabeça com uma mão; ela estendeu a outra para Sephrenia. Para o horror de Sparhawk, sua adorada tutora colocou um pé para além da beirada.

Mas ela não caiu.

Como se estivesse andando em terra firme, Sephrenia avançou calmamente pelo trecho de ar sobre o precipício interminável para tomar a Bhelliom da mão de Flauta. Em seguida, ela se virou e falou de forma estranhamente arcaica.

– Abra tua lança, Sir Sparhawk, e coloque o anel de tua rainha em tua mão direita, caso contrário a Bhelliom o destruirá quando eu a entregar a ti.

– Ao seu lado, Flauta ergueu o rosto com uma canção exultante, uma canção que soava com as vozes de multidões.

Sephrenia estendeu a mão para tocar aquele rostinho insubstancial em um gesto de amor infinito. Então ela andou de volta pelo espaço vazio, carregando a Bhelliom levemente entre as palmas de suas mãos.

– Aqui se encerra tua busca, Sir Sparhawk – ela declarou com gravidade. – Estenda tuas mãos para receber a Bhelliom de mim e de minha Deusa-Criança Aphrael.

E, de súbito, tudo ficou claro. Sparhawk caiu de joelhos e Kurik imitou o gesto ao seu lado, e o cavaleiro aceitou a rosa de safira das mãos de Sephrenia. Ela também se ajoelhou entre os dois em adoração, enquanto eles observavam a face radiante daquela a quem chamavam Flauta.

A eterna Deusa-Criança Aphrael sorriu para eles, sua voz ainda ressoando naquela música de coral que preenchia toda a caverna com seus ecos trêmulos. A luz que dava forma à sua silhueta enevoada ficou cada vez mais brilhante, e ela disparou para o alto, mais rápida que uma flecha.

Então ela desapareceu.

Aqui termina *O Cavaleiro de Rubi,*
Livro Dois da esplêndida série de fantasia
de David Eddings, *Elenium*.
Aguarde pela surpreendente conclusão no
Livro Três, *A Rosa de Safira*.

TIPOLOGIA:	Calisto 10x13.5 [texto]
	Hoefler 10x13.5 [entretítulos]
PAPEL:	Pólen Soft 80g/m² [miolo]
	Cartão Supremo 250g/m² [capa]
IMPRESSÃO:	Rettec Artes Gráficas e Editora Ltda. [fevereiro de 2016]